und müsste ich gehen
in dunkler Schlucht

# VI

# Schlucht

# 3

Erster Teil 11
Zweiter Teil 143
Dritter Teil 281

·

Schutzschrift

Natürlich basiert dieser Roman
auf der Realität des Lebens auch wirklicher Menschen.
Aber es ist ein Roman, Fiktion, fiktiv in jeder Figur,
alles hier Erzählte auch: Werk der Literatur.

Rainald Goetz

# JOHANN HOLTROP

## Abriss der Gesellschaft

Roman

Suhrkamp

4. Auflage 2013

Druck und Bindung: Pustet, Regensburg
Printed in Germany

Wütend schritt ich voran.

*KRIEG*

o r t e

1998

# ERSTER TEIL

## I

Als die Winter noch lang und schneereich und die Sommer heiß und trocken waren –

Da stand der schwarzgläserne Büromonolith sinnlos riesig in der Nacht, am Ortsrand von Krölpa, Krölpa an der Unstrut, dahinter die Wälder, die Krölpa nördlich zur Warthe hin abgrenzten, da leuchtete einsam, böse und rot das glutrote Firmenlogo von Arrow PC oben am Dach über dem düsteren Riesen, aus schwarzem Stahl und schwarzem Glas gemacht, die rote Schrift darüber, ein Neubau, so kaputt wie Deutschland in diesen Jahren, so hysterisch kalt und verblödet konzeptioniert, wie die Macher, die hier ihre Schreibtische hatten, sich die Welt vorstellten, weil sie selber so waren, gesteuert von Gier, der Gier, sich dauernd irgendeinen Vorteil für sich zu verschaffen, am liebsten natürlich in Form von Geld, genau darin aber, in ihrem Kalkül auf Eigennutz, umgekehrt selber kalkulierbar, ausrechenbar und ausbeutbar zuletzt, das war die Basis der abstrakten Geldmaschine, die hier residierte: das Phantasma der totalen Herrschaft des KAPITALS über den Menschen. So falsch, so lächerlich, so blind gedacht, so infantil größenwahnsinnig wie, wie, wie –

Mitternacht schlug eine Uhr von fern, eine Stunde später schlug es eins, dann zwei, eine halbe Stunde später, um halb drei, rollte der schwarzlackierte Subaro Sunset Compactor mit den mattschwarz getönten Scheiben langsam auf den Parkplatz von Arrow PC, PC stand hier für Produkte und Consulting, und aus dem Auto kamen die Männer des Reinigungstrupps von Clean Impact einer nach dem anderen herausgestiegen, gingen zum Hintereingang des Hochhauses, der mit einem elektronischen Code und zwei Schlössern gesichert war, die Türe öffnete sich, die Männer gingen ins Haus, dort in den Keller, holten sich aus dem Maintenance-Center ihre grellbunten Putzkarren und machten sich damit an die Arbeit, und in den folgenden Stunden der Nacht gingen die Lichter in dem Bau an, quer durch alle Etagen gleichzeitig, in den einzelnen Zimmern, Zimmer für Zimmer, vom Programm der Weltlichtorgel Timecode gesteuert, überall dort, wo einer der Arbeiter von Clean Impact gerade am Saubermachen war.

Die Schreibtische in den Büros waren ordentlich aufgeräumt, trotzdem ließ es sich nicht vermeiden, dass vereinzelt liegengebliebene Gegenstände und Papiere die Aufmerksamkeit des derzeit als Leihkraft auf Stundenbasis bei Clean Impact beschäftigten ehemaligen Produktionsfacharbeiters für Landwirtschaft und Forsten, Henze, 58, erregten, und Henze folgte dann dem Impuls, sich diesem Objekt kurz zuzuwenden, oder widersetzte sich ihm, je nachdem, wie sehr er in Eile war oder das Gefühl hatte, von Kollegen oder gar dem Chef selbst dabei beobachtet zu werden, wie er eventuell etwas zu lange in einem einzelnen der zu putzenden Zimmer verblieb. Seinem Kunden Arrow PC gegenüber hatte sich Henzes Chef Dan Poggart, 45, ein in Thüringen kurz nach der Wende der Liebe wegen hängengebliebener britischer Ex-Roadie, für Clean Impact informell darauf verpflichtet, datensensible Büroräume von nichtdeutschen Reinigungskräften bearbeiten zu lassen, heute durch die Mitarbeiter Üsküb, Callao, Dobrudsch, Asow und Isjum. Henze war als Ersatzmann für den kurzfristig erkrankten Ismail Khedive eingesetzt, wurde im Hinblick auf die haftungsrechtlichen Sicherheitsvorschriften in den Poggartschen Unterlagen aber nicht als Henze, sondern, wie er selbst auch wusste, als Khedive geführt.

Im achten Stock kam Henze in das Eckzimmer Sprißler, Leiter KS, und setzte sich auf den Stuhl. Henze war ein ruhiger, schwer gebauter Mann mit großem Kopf, der wegen seiner Freundlichkeit von Schlaueren für dumm gehalten wurde, wegen seiner Langsamkeit von Hektikern für faul. Henze schaute sich das auf dem Schreibtisch aufgestellte Bild der Familie Sprißler an, schaute in den gefüllten Abfalleimer hinein, nahm im Aufstehen den Abfalleimer mit und leerte ihn draußen auf dem Gang in die große blaue Mülltüte. Dann kam er mit dem Staubsauger zurück, ließ den Motor aufheulen und saugte den Boden des Zimmers. An der Ecke des Schreibtischs ging unten eine Schublade auf. Henze war mit dem Rohr dagegengestoßen. Er sah ein Handy auf den dort abgelegten Papieren liegen, nahm es heraus und wog es in seiner Hand. Er dachte an die nackte Brust, die er vor einiger Zeit einmal bei einer Frau in einer Sauna gesehen hatte, an den weißen Klappstuhl auf einem Felsen im Meer, wo ein roter Sonnenschirm darüber aufgespannt war. Dann legte Henze, nachdem er kurz innegehalten hatte, das Handy zurück in die Schublade des Schreibtischs und machte sie zu. Im selben Augenblick hörte er von hinten die Stimme Poggarts, der ins Zimmer rief: »Bei dir so weit in Ordnung alles?« Und wahrheitsgemäß konnte Henze im Umdrehen antworten: »Ja!«, es sei alles in Ordnung. Dabei sah er das Vollbartgesicht Poggarts, vom Türsturz umrahmt, wegtauchen und im Dunkel des Gangs verschwinden.

Eine Stunde später war Henze mit den ihm heute zugeteilten Zimmern fertig, brachte den Putzwagen in den Keller und fuhr wieder hoch in die Eingangshalle im Parterre.

Rechts neben dem Empfangsdesk waren schwarzlederne Sessel, Couchen und niedrige Tische für Besucher aufgestellt, dort versammelten sich die Männer von Clean Impact nach der Arbeit. Die anderen saßen schon da, als Henze dazukam, und der festangestellte Russe Dobrudsch, Riese, forderte Henze dazu auf, den Aschenbecher vom drüberen Tisch herzubringen und sich dann vor ihm, dabei haute er auf seine Sessellehne, auf den Boden zu setzen. Den Befehl beendete nach einer Wirkungspause, Stille, tok, ein bellendes Triumphgelächter, erst von Dobrudsch allein, dann von allen Kollegen gemeinsam. Henze ging, wobei er auch schwach mitlachte, zur zweiten Sitzgruppe, brachte den leeren Aschenbecher von dort mit und zeigte auf seine Ohren, er sei übrigens nicht schwerhörig, erklärte er, Dobrudsch könne mit ihm auch leiser sprechen. Dann ließ er sich von dem neben Dobrudsch sitzenden Kirgisen Asow, der auch nur Aushilfskraft bei Clean Impact war, eine Zigarette geben, und während Henze den ersten Zug inhalierte, setzte er sich in den Ecksessel der zweiten, leeren Sitzgruppe und rauchte dort. Die Asche aschte er auf die ihm zugewendete Glastischecke.

Die anderen redeten über ihre Autos und über die Überlegenheit der türkischen Turkyolreifen, die zur Zeit bei Autotip im Sonderangebot waren. Dobrudsch hatte von einem Testbericht gehört, die Turkyolreifen wären auch nicht schlechter als die viel teureren angeblichen Markenprodukte aus Europa oder Fernost. Weil Isjum, der dem Asow gegenübersitzende Finne, Bulgare, Altane, »wo bist du eigentlich her?, Kanalratte!«, den Führerschein wegen Alkohol neu machen musste, war vom Führerscheinentzug und dem deutschen Deppentest die Rede. Der Deppentest werde von den deutschen Behörden, den deutschen Ärzten, Psychologen, Fahrschulleitern und Führerscheinstellen zur Aussortierung unerwünschter Ausländer, Einwanderer und anderer Opfer eingesetzt, habe Üsküb von Poggart gehört, aber die Aussortierung unerwünscher Nichtdeutscher durch deutsche Tests sei ja wohl auch keine besonders große Überraschung. Er selbst sei zwar erst seit ein paar Monaten in Deutschland, wäre davor in Polen und England, davor in Spanien gewesen, das Geld sei besser hier, die Kontrollen überall gleich umgehbar. Dobrudsch bestätigte das Gesagte, er habe mit Poggart Ärger wegen Krankmeldungen, die er für sich und Khedive im Büro habe eintragen lassen, ohne sofort die Atteste beigebracht zu haben. Dabei hätte er nur zum Facharzt für Krankmeldungen nach Werra oder zu dem in Nörsel gehen müssen, das habe er versäumt, deswegen habe Poggart ihm Anfang dieser Woche einen schriftlichen Verweis im Büro übergeben lassen. Das müsse er sich von Poggart aber nicht gefallen lassen, er wäre beim Bezirksbetriebsrat in Ohra gewesen, dort hätten sie ihm auch gesagt, eine solche Drohung sei nichtig, dazu gäbe es ja Arbeitsschutz, um gegen die Art Willkür der Chefs geschützt zu sein usw.

Henze wischte die Asche von der Tischecke in seine Hand und brachte sie zum Aschenbecher am anderen Tisch, drückte die Zigarette aus und setzte sich wieder an seinen Solotisch. Um kurz nach halb sieben beendeten die Männer ihre Sitzung in der Eingangshalle, gingen zum Auto auf dem Parkplatz zurück und fuhren vom westlichen Ortsrand von Krölpa, wo das Gewerbegebiet mit dem neuen Arrowhochhaus war, über die B 173 zum einige Kilometer südlich, in Bad Langensalza, gelegenen Firmensitz von Clean Impact.

## II

Das Büro der Gebäudereinigungsfirma Clean Impact war in einer Lagerhalle auf dem Gelände der ehemaligen russischen Kaserne südlich des Güterbahnhofs im ersten Stock untergebracht. Hier saß Poggarts Sekretärin Frau Straub an ihrem Schreibtisch, rote Haare, Tochter eines Landgasthausbesitzers aus Bad Langensalza, sie hatte die schriftlichen Dinge der Firma in der Hand, führte Clean Impact geordnet durch den täglichen Wust behördlicher Vorschriften und Formulare. Sie legte den Arbeitern die Arbeitslisten vor, wo Name, Tag und Stundenzahl eingetragen waren, und an der entsprechenden Stelle musste jeder unterschreiben, von Frau Straub dabei überwacht. Henze zeichnete die Khedivestunden ab. Die Festangestellten bekamen ihren Lohn wöchentlich, die Leihkräfte sofort ausbezahlt. Henze sollte heute für die fünf Khedivestunden DM 37,50 bekommen, bekam von Frau Straub aber nur drei Zehnerscheine und ein Fünfmarkstück, also DM 35, ausgehändigt. Das restliche Kleingeld von DM 2,50 wurde auf dem Sonderzettel Henze gutgeschrieben. Die Stundenkalkulation berechnete: zwei Stunden für die An- und Abfahrt zum Objekt, wofür real jeweils fünfzehn Minuten angefallen waren, aber angefangene Stunden mussten voll berechnet werden; zwei Stunden Putzen in den Büroräumen, einschließlich der arbeitsschutzrechtlich vorgeschriebenen Zigarettenpausen alle zwanzig Minuten zwischendurch; eine Stunde Aufräumen der Putzgeräte nach der Arbeit, real zehn Minuten, hier musste die Sitzung danach in der Eingangshalle mitgerechnet werden. Weil aber in den heute Nacht sauber gemachten Büros von Arrow PC untertags ein im Vergleich zu Clean Impact etwa 50- bis 160-facher, manchmal auch 200-facher Stundensatz, also etwa DM 375,– bis DM 4.550,– pro Stunde, für dort erbrachte Entwicklungs- und Beratungsleistungen abgerechnet wurde, war es egal, und zwar allen Beteiligten, ob die fünf von Clean Impact abgerechneten Stunden à DM 22,50 pro Mann in Wirklichkeit nur zwei, drei oder vier real abgearbeitete Arbeitsstunden vor Ort gewesen waren oder eine oder fünf. Die Büros waren danach jedenfalls so sauber, wie von Clean Impact zugesichert. Und wenn dort in Krölpa der Pförtner in den Minuten um kurz vor sieben Uhr hinter dem Empfangstresen seinen Platz einnahm und bald auch schon die ersten Angestellten, die Frühanfänger, die die Stille des Morgens für konzentriertes Arbeiten nutzen wollten, in den frisch geputzten Zimmern ankamen, war auch in dieser Firma, jetzt überall hell erleuchtet, denn es war Ende November und noch dunkel draußen, die Welt durch Tätigkeit bezahlter Arbeitskräfte über Nacht äußerlich auf Null zurückgesetzt, war alles aufgeräumt und sauber gemacht und in den Frischezustand der täglich neuen Frühe versetzt, ohne dass die Angestellten selbst davon viel mitbekommen hätten oder das besonders bemerken würden.

In seinem Eckzimmer saß der Leiter Konzernsicherheit Krölpa, Dr. H. Sprißler, 52, auch einer dieser Frühanfänger, nahm den Telefonhörer in die Hand und wählte eigenhändig die Nummer seines direkten Ansprechpartners bei der der Arrow PC seitlich schräg übergeordneten Mutterfirma Assperg AG in Schönhausen und hatte nach einem kurzen Gespräch mit dem dort zuständigen Unter seines hiesigen Chefs Blaschke den Satz notiert: »Assperg lässt die Frage: Zulässigkeit Überwachung Immobilien Krölpa vorerst inhouse in Schönhausen prüfen«, um anschließend sofort, vorschrifts- und vereinbarungsgemäß einen angefangenen Zehnminutenslot auf den rechnungstechnisch unabhängigen KS-Mandanten Assperg zu schreiben, war so aus einem Vierzigsekundentelefonat und einer Achtsekundennotiz, durch fast nichts also, nicht gerade wenig Geld, ein paar hundert Mark auf jeden Fall, wieviel genau, würde zuletzt in den Kürzungsverhandlungen über das geforderte Honorar entschieden werden, neu generiert und gemacht, war Geld aus nichts erschaffen worden, hatte Arrow PC seinen Auftrag erfüllt, sein Imprint verwirklicht: Arrow turns your phantasy to cash.

Henze steckte die ihm übergebenen 35 Mark ein. Poggart war aus dem hinteren Bürozimmer hervorgekommen, mit Papieren in der Hand, die er der Frau Straub auf den Schreibtisch legte, diese Unterlagen, erklärte er ihr, gehörten zum Objekt in Gössitz, ein Fensterjob, der tagsüber gemacht wurde. Poggart hatte zur Zeit, je nach konkreter Auftragslage, bis zu dreißig oder vierzig Mann im Einsatz, die Hälfte von ihnen wurde über die thüringische Landesarbeitsanstalt, Kreisstelle Tonna, vermittelt und bezahlt, was aus finanzverwaltungstechnischen Gründen geboten war, aber eine hohe Fluktuation dieser Mitarbeiter zur Folge hatte. Die andere Hälfte der Arbeiter war, nach dem Subunternehmermodell, selbst jeweils als Selbständiger, oder auch, das hatte Poggart nicht zu prüfen, als Scheinselbständiger beim Finanzamt registriert und bei Clean Impact unter Vertrag. Abgaben und Steuern wurden so aus den Fördertöpfen für strukturschwache Kreise in den einzelnen Gemeinden, wo die jeweiligen Objekte, die Clean Impact bearbeitete, angesiedelt waren, direkt fällig, für die Einzelunternehmer selbst wiederum umgekehrt als nebenabzugsfähig gegenzurechnen und damit vorsteuerfrei zu buchen usw. Natürlich machte sich Poggart keine Illusionen über die Zuverlässigkeit der Putzleute, die bei ihm arbeiteten. Nach seinen Erfahrungen als Chef galt auch hier, Daumen mal pi, die Drittelregel: ein Drittel Betrüger, Halunken und Hallodris, ein Drittel Anständige, Nette und Bemühte, und das dritte Drittel Schwankende, die verführbar waren durch günstige Gelegenheiten. Man musste die Leute deshalb, das war Poggarts konsequenzialethische Philosophie als Chef, auf eine ordentliche, übersichtliche, für die Leute vorhersehbare, im Konkreten aber überraschende Art mit Überwachung bedrohen, um sie beherrschen und führen zu können. Diesem Auftrag kam er durch seine Besuche in den Objekten, wo geputzt wurde, nach, und wie er jetzt zu Henze meinte: »ganz gut gelaufen heute«, konnte Henze durch den dichten Vollbart Poggarts hindurch die mit diesem Satz eventuell verbundene Aussageabsicht, die ihre morgendliche Begegnung in Sprißlers Eckbüro betraf, und deren möglichen Hintersinn nicht erkennen, weshalb er, von dieser Undurchsichtigkeit gestresst, nur langsam nicken und »ja« sagen konnte, ohne Poggart sagen zu können, was er immer schon einmal machen wollte, dass er gerne bei ihm arbeitete.

Dann verabschiedete sich Henze und ging an den Kollegen, die auf dem Gang bei den Spinden standen, vorbei nach draußen, setzte sich in sein Auto und machte sich auf den Heimweg, wieder zurück nach Krölpa. Er fuhr die Strecke ohne Eile. Erst kamen Bäume, dann leere Flächen, dann ein kleiner Wald, der sich auf eine Senke hin öffnete, dahinter eine Gerade und zuletzt die ersten Häuser von Krölpa, hier, in der Glasheimersiedlung am alten Ortsrand bei den Kalksteinbrüchen, war Henze in einer Baracke, die es bis vor wenigen Jahren noch gegeben hatte, aufgewachsen. Die Fahrt zwischen den Ortschaften war ohne besondere Vorkommnisse geblieben und unbemerkt, als Moment der Seele, durch Henze hindurchgegangen, er fuhr in den Ort hinein, bei der Bäckerei rechts ab richtung Unstrut, über die Brücke, beim Kiosk nocheinmal rechts, dreihundert Meter, dann war er da: Ortsteil Lauchhammer, früher eine Ansammlung einfacher Datschen, heute waren die Häuser teils hergerichtet, teils so gelassen worden, wie sie immer schon gewesen waren, gebückt und abgeschabt, Orte, wo das Unglück genauso zuhause gewesen sein konnte wie Ruhe und Glück. Ein solches Zuhause war das Haus seiner Kindheit für Henze bis zum Tod seiner Mutter gewesen, danach war das Haus geschrumpft, ein entfernter Cousin aus dem Westen hatte Rechte reklamiert und bekommen, aus der Hauptwohnung, 70 qm, hatte Henze ausziehen müssen, im seitlichen Teil, 40 qm, sich eine Parzelle für Küche und Dusche abgetrennt, vom Zimmer aus eine Türe direkt in den Garten hinaus durchgebrochen, Gartenbenützung gemeinsam mit den Untermietern der Mieter des Cousins. Die Sachen der Mutter hatte er auf den dafür eigens ausgebauten Dachboden verbracht. Bei seinen eigenen Sachen, die sich in den letzten Jahren der Arbeitslosigkeit stetig vermehrt hatten, war Henze immer noch am Räumen und Aufräumen, deswegen waren diejenigen Tage gute Tage in Henzes jetzigem Leben, an denen er keinen Anruf von der Reinigungsfirma bekam, weil er dann nachts nicht zum Putzen gehen musste, sondern bei sich zuhause aufräumen konnte.

Henze stopte den Wagen vor dem Grundstück Am Steinanger 10, hatte zwei Eisengitter, die er vor ein paar Tagen auf einem Parkplatz mitgenommen und im Auto verstaut hatte, ausgeladen, das Auto weiter zu der Garagenanlage am Ende der nächsten Querstraße gefahren, wo er eine Garage gemietet hatte, und das Auto dort abgestellt. Auf dem Rückweg zum Haus, vorbei an einigen Sträuchern, bemerkte er ein Geräusch, Knacken von Holz, dann einen tierhaften Ton, einen Schrei, eine Stimme, die er keinem der Tiere aus der Nachbarschaft zuordnen konnte, ging aber weiter, ohne stehenzubleiben. Er war in anderen, von ihm selbst nicht festgehaltenen Gedanken, ein von Google Mind ausgelesenes Atomelektroenzephalogramm wüsste, in welchen genau. Er öffnete das Gartentor, brachte die Eisengitter hinter das Haus zu seiner Türe, sperrte auf, stellte den Container, der vor der Türe stand, zur Seite, machte die Türe auf und ging in dem Zimmer, wo in der Mitte ein Durchgang freigehalten war, bis zur Küchenecke. Dort ließ er sich am Waschbecken ein Glas Wasser einlaufen und zündete sich noch eine Zigarette an. Dann stand er an die Spüle gelehnt, rauchte und trank Wasser. Er sah den leeren Stuhl vor sich, wollte sich dort hinsetzen, blieb stehen, dann war das Telefon, das er vorhin im Büro fast mitgenommen hätte, nocheinmal gedanklich in seinem Kopf sehr präsent, gefolgt von einer Kaskade möglicher Handlungen, auch illegaler Art, die sich aus dem Wissen hätten ergeben können, das durch die Mitnahme des Telefons in ihm zusammengekommen wäre, wegen der daraus folgenden Komplikationen seines Lebens, die er vermeiden wollte, von ihm wahrscheinlich richtigerweise abgelehnte, eventuell auch generell abzulehnende Handlungen usw. Zu verschiedenen Punkten dieser Überlegung kamen dann verschiedene Zweifel in Henze auf, denen er im Moment aber nicht in weitere Erwägungen hinein folgen wollte. Er war nämlich müde, ging zum Bett, räumte die dortigen Kartons zur Seite und stellte einen Bottich voll Wasser innen vor die Türe, aus Gewohnheit und zur Sicherheit. Dann zog er sich die Schuhe und die Hose aus und legte sich zum Schlafen hin. Bei geschlossenen Augen, auf dem Rücken liegend, wartete er auf den Schlaf. Nach einer Zeit, in der nichts passiert war, außer dass es in seinem Kopf immer unruhiger geworden war, machte Henze die Augen wieder auf und lauschte hinaus in den anbrechenden Morgen.

## III

Holtrop hatte mit der flachen Hand, »pa, pa, pa!«, auf den Tisch gehauen, um sich zu verabschieden, die Gläser sprangen, es klirrte, »meine Herren!« rief er aus, von den anderen Tischen kamen einige Blicke, die Gespräche im Festsaal waren für einen Moment leiser geworden, an Holtrops eigenem Tisch wurde gelacht, da war er schon aufgestanden, verbeugte sich, breitete die Arme aus, »gnädige Frau!« sagte er zu der vom Nebenstuhl zu ihm hochblickenden Ehefrau des Kollegen Uhl, »es ist soweit«, er lachte sie an, »Ihnen einen wunderschönen Abend noch zu wünschen, tschüß!«, wobei er die letzten Worte, nach einer Drehung, schon im Abgehen gesagt hatte, im Rausgehen einige Bekannte grüßte, »gehst du schon?« wurde er gefragt, und er nickte nur und winkte, obwohl er auch jedem dieser Bekannten, Freunde und Kollegen ganz direkt und höchstpersönlich die Existenzwahrheit, die ihn auf den Punkt brachte, ins Gesicht gesagt haben könnte: Ehre, Geiz, Geld, Ruhm, oder: Faulheit, Streber, Dummkopf, Intrigant.

Aber das war ASSPERG, die Firma, das war bekannt, das wusste jeder von jedem, was für ein Typ Loser der jeweils andere war, weshalb er auch nicht richtig ernst genommen werden konnte, eigentlich nur zu verachten war. Diese generalisierte, alle Chefs verbindende, die Über-, Unter- und Mittelchefs einende Verachtung füreinander hatte Holtrop schon mit Anfang zwanzig, vor über fünfundzwanzig Jahren, bei seinem ersten betriebswirtschaftlichen Praktikum in der Firma seines Vaters beobachtet. Später hatte er die Verachtung als Basis einer korrupten Kollegialität der Führenden verstanden, die sich gerade in ihrer gegenseitigen Verachtung gegenseitig tolerieren konnten. Mir doch egal, dachte und sagte jeder über jeden, was die Null, der Typ neben mir, plant, vermeldet oder beabsichtigt, es wird ja sowieso nichts, der kann es nicht, dachte jeder über jeden.

Holtrops Vater war nach Ansicht seines Sohns kein wirklich guter Chef gewesen. Er merkte nicht, wie schlecht die Gruppe seiner Mitarbeiter funktionierte, in der alle gegeneinander arbeiteten und jeder nur für sich selbst anstatt für ihn als Chef oder für die gemeinsame Sache der Firma als Ganzes zumindest. Natürlich hätte es der Vater nicht ungern gesehen, wenn sein Sohn, er war der Älteste, es gab noch drei jüngere Töchter, die mittelgroße Firma, die Kartons herstellte und Verpackungen bedruckte, übernommen hätte, wie es der Tradition der Familie entsprach. Aber das kam für Holtrop nicht in Frage. Der ineffektive Führungsstil seines Vaters, der impulsiv intuitiv war, diffus menschenfreundlich, aber oft auch fürchterlich erratisch, hatte Holtrops theoretische Neugier geweckt. Wie funktioniert ein Unternehmen? Wie führt man eine Firma? Als Jugendlicher hatte er eine Zeit davon geträumt, Schriftsteller zu werden. Aber nach dem Abitur und dem Wehrdienst bei der Bundeswehr hatte er an der Hochschule für Betriebswirtschaftslehre in Speyer, die im Bereich Marketing einen exzellenten Ruf hatte, das Studium aufgenommen, mit dem schönen Berufsziel: Professor. Bald nach Beginn des Studiums hatten dann aber die vielen Kontakte mit Menschen aus der Welt der Wirtschaft, auch mit Kommilitonen, die jünger waren als er selbst, diesen Berufswunsch verändert. Vielleicht könnte er doch anders Karriere machen, weder in der väterlichen Klein- und Loserfirma, aber auch nicht unbedingt an der Universität, sondern direkt als Praktiker und Unternehmer, so stand es Holtrop immer deutlicher vor Augen, Karriere etwa als Konzernchef eines Daxkonzerns, und er würde dabei täglich mehr bewegen als nur Papier, Ideen und Konzepte, wie es in den Arbeitszimmern der Wissenschaft auch bei den tollsten Professoren der meist ziemlich wenig glamouröse Normalfall war.

Nicht ohne sich die Türe zur Universitätslaufbahn durch ein Promotionsstipendium, dann durch eine Assistentenstelle noch eine Zeitlang offen zu halten, hatte Holtrop schließlich doch mit ganzer Kraft die CEO-Karriere angesteuert, zwar spät, aber umso zielstrebiger die üblichen Stationen durchlaufen: zwei schnelle Jahre war er als Jungsöldner Berater bei Deloitte, Effektivität und Abstraktion pur, im Dienst der Praxis, das Gegenteil zur Universität, eine faszinierende, grausame, auch lächerliche Lehrzeit, auf die Kälte der Überlegenheit reiner Wirtschaftsrationalität zugespitzt. So bald wie möglich nahm er den Sprung ins operative Geschäft. Holtrop wurde Vorstandsassistent beim Maschinenbauer Voith, wechselte dann in gleicher Position, wobei er im Schwäbischen verblieb, zu Holtzbrinck und von dort, schon zwei Jahre später, aber für das doppelte Gehalt, schließlich zur Assperg AG nach Schönhausen, wo er in der Asspergfirma Druckmaschinen, dem biedersten, aber renditestärksten Unternehmensbereich, Assistent des Vorstands wurde. Mit der Wende beschleunigte sich der Aufschwung der Wirtschaft und mit ihm Holtrops Karriere. Ende 1989 wurde ihm die Sanierung der von Assperg gekauften Westberliner Großdruckerei Dablonskidruck als Geschäftsführer übertragen, das lief gut. Schon ein Jahr später wurde Holtrop vom damaligen Asspergchef Brosse zurück nach Schönhausen in die Hauptverwaltung berufen, um als Leiter von dessen Büro die Reform des Vorstands zu koordinieren.

Während dieser Jahre seines Berufsanfangs hatte sich auch Holtrop in das überall herrschende System der alle einenden Verachtung hineingelebt und damit arrangiert, Kollegen, die Verachtung auf sich ziehen mussten, ganz zu Recht, gab es schließlich überall. Zugleich aber hatte er gegenüber der Verachtung als Prinzip von Führung innerlich Distanz gewonnen in dem, wie er nicht wusste, verboten naiven Glauben an die höchst besondere Andersartigkeit seiner selbst. So wie er in der Beobachtung seines Vaters geglaubt hatte, er werde alle Fehler, die der machte, vermeiden und alles besser machen als der Vater, ging es ihm später mit jedem Vorgesetzten. Er übernahm per Nachahmung, was er gut fand, identifizierte die Defizite, die er vermeiden wollte, und glaubte, er würde jetzt, weil er alles erkannt hatte, die Fehler vermeiden und alles richtig machen können. Holtrop glaubte einschränkungslos an die Freiheit seines selbstbestimmten Handelns. Und die strukturelle Kaputtheit des Systems der Verachtung erzeugte bei ihm vorallem den Überlegenheitsgedanken: gut, dass ich weiß, dass alle so kaputt sind, denn dann kann ich davon profitieren.

Der Erfolg bestätigte Holtrop, anfangs zu seinem eigenen Erstaunen. Bald war er daran gewöhnt. So machte er Karriere, hell und brillant, wie er im Auftreten war, die optimierte Summe aller, eines jeden, der ihm gerade gegenüberstand, so hatte er seinen Aufstieg in der Firma gemacht und genauso heute Abend, beim Festbankett zu Ehren des achtzigsten Geburtstags von Asspergs Altpatriarchen Berthold Assperg, aus dem dekorierten Festsaal der Schönhausener Stadthalle seinen Abgang wieder einmal zum genau richtigen Zeitpunkt genommen, früh, aber nicht zu früh, dafür blitzartig schnell. Da lag er auch schon im Bett, kurz nach halb zwölf, und war auch schon, letzter Gedanke: diese hocheffiziente Präzisionsmaschine, die Führung auswirft, ICH, eingeschlafen auf der Stelle, wie gewünscht.

## IV

Das Medienhaus Assperg, die Assperg Medien AG, hatte in den vergangenen Jahren einen ebenso fulminanten Aufstieg hingelegt wie sein gegenwärtiger, seit fast vier Jahren amtierender Chef, der Vorstandsvorsitzende Dr. Johann Holtrop, 48, Herr über 80.000 Mitarbeiter weltweit und eine Bilanzsumme von 20 Milliarden DM in 1999, von 15 Milliarden Euro im Jahr 2000. Alle Kennzahlen der Firma waren steil angestiegen und zweistellig gewachsen. Als Vorstand Neue Medien hatte Holtrop schon früh eine Öffnung des Hauses zu diesen neuen Medien hin eingeleitet. Nach Holtrops Wechsel in den Vorstandsvorsitz hatte sein Vorgänger Brosse als Chef des Aufsichtsrats auf die alten Geschäftsfelder, die Druckereien, die Gruppe Service, die Verlage und auf deren besondere Pflege geachtet. Das gerade erst aufgebaute Zeitschriftengeschäft wurde durch Zukäufe in Osteuropa weiterentwickelt. Die Musik- und Fernsehunternehmungen wurden zu weltweit boomenden und boomend ertragreichen Unternehmensbereichen. Assperg machte Gewinn, Assperg war am Wachsen, und unter Holtrops Führung mehr und erfolgreicher denn je.

Von alledem war die Rede gewesen in den Ansprachen am Abend, die Unternehmerpersönlichkeit Berthold Assperg wurde gefeiert, seine Bodenständigkeit und sein Weitblick, sein Mut, seine Strenge gegen sich selbst, vorallem aber sein besonderer Einsatz für das Wohlergehen seiner Mitarbeiter, aller Mitarbeiter des Hauses Assperg. Und in einer kurzen, die Zuhörer anrührenden Rede hatte Assperg sich dann auf die ihm eigene spröde Art bedankt: man möge es ihm nachsehen, derartige Feiern lägen ihm bekanntlich nicht so sehr, er wisse gleichwohl um ihre Funktion, die Mitarbeiter der Firma, die ja nun sein Leben sei, im festlichen Ereignis zusammenkommen zu lassen, seiner

Frau und seinen Kindern verdanke er alles. Die so Angesprochenen schauten auf. Seine Frau, die den ganzen Abend über jeden im Saal unerbittlich lächelnd angelächelt hatte, applaudierte ihrem Mann, der nickte ihr zu und setzte sich. Der Applaus schwoll an und ebbte ab. Dann wurden die Gläser gehoben, und es war auf Assperg, den alten Herrn und die Firma, von den anwesenden Asspergianern und den von außen dazugeladenen Gästen angestoßen und getrunken worden. Die Band spielte auf, die Tanzfläche füllte sich. Stimmung nahm Fahrt auf, der Anfang einer später wieder legendären Nacht.

Kurz vor fünf, einige Sekunden bevor der Wecker dreimal pickte, um dann im Alarmton loszufiepen, war Holtrop aus tiefem Schlaf erwacht. Er sah das Bild der urgroßväterlichen Fabrik an der Wand. Fragen aus fraglich verlaufenen Szenen des gestrigen Tages hatten sich über Nacht in die Lust verwandelt, sofort wieder selbst zu handeln und alles mögliche zu *machen*. Er stellte den Wecker aus, warf die Decke, unter der er geschlafen hatte, zurück und sah den kommenden Tag mit der Freude eines wilden Tiers auf sich zukommen. »Den Toten die Blüte, uns Lebenden die Tat«. Er stand auf und ging in den Keller. Dort setzte er sich, nachdem er den Fernseher eingeschaltet und seinen Trainingsanzug angezogen hatte, auf das in der Ecke stehende Hometrainergerät und fing an, locker, langsam, ruhig und leicht in die Pedale zu treten.

Die neue Frau von Technikvorstand Uhl, die gestern neben ihm gesessen war, Holtrops Frau hatte wegen einer Erkältung nicht dabei sein können, hatte sich als aufgedreht hysterisches Wesen präsentiert und mit frechen Sprüchen den ganzen Holtroptisch die meiste Zeit des Abends bestens unterhalten. »Ich bin Audrey Hepburn!«, sagte sie zur Begrüßung, sie sah auch so aus. Holtrop hätte mit dem Namen eines Filmhelden aus der Truman-Capote-

Zeit kontern sollen, er wusste aber nicht, mit welchem. »Errol Flynn«, sagte er, weil das für ihn nach der Eleganz einer vergangenen Zeit klang. »Falsch!« rief sie mit hell quiekender Kinderstimme, von Holtrops Ahnungslosigkeit aufgekratzt und erfreut darüber, dass er sofort auf das Spiel mit ihr eingegangen war. Den älteren Männern trug sie in Gesellschaft, besonders bei den gähnend langweiligen Essenseinladungen, zu denen sie als neue Ehefrau des Asspergvorstands Uhl jetzt öfter eingeladen war, als es ihr Spaß machte, den spielerischen Pakt an, sich mit ihr gegen die Lächerlichkeit der sonstigen Erwachsenenwelt zu verbünden und gemeinsam, wenn man sonst schon nichts Vernünftiges machen konnte, wenigstens ein bisschen zu spielen. »Du musst sagen«, sagte sie, »äh: Sie natürlich!«, dabei klimperte sie selbstironisch mit den Wimpern und stieß sich von Holtrops Unterarm mit den Fingerspitzen beider Hände ab, »George Peppard!« Sie sprach den Namen französisch aus und betonte stark den Rachenlaut am Schluss. Dadurch öffnete sich ihr Mund sehr weit und zeigte Holtrop beim Lachen die weißen Zähne, die Lippen und das Innere des frisch in allen Roséfarbtönen schimmernden Mundinnenraums. Uhl, der zwei Tische weiter am schlimmsten Langweilertisch bei Finanzvorstand Ahlers saß, wurde vom hellen Kichern seiner Frau übermächtig und gegen seinen Willen dazu gezwungen, sich rückwärts zu ihr nach hinten umzudrehen, in grotesk verdrehter Haltung seines ziemlich fetten Oberkörpers saß er da und sah, Entsetzen im Blick, wie seine Frau mit offenem Mund von Holtrop fort und zu ihm wieder hinwippte und in Holtrops Gesicht mit aller Kraft, die sie hatte, hinein lachte, kicherte, kreischte.

Später am Abend, als alle schon einigen Alkohol getrunken hatten, war das Spiel in die Richtung gegangen, dass sie als seine Assistentin, Zofe, Dienerin ihm als ihrem Herrn gehorchen müsse, und er umgekehrt ihr als ihr Meister, Herr und Chef möglichst absurde Befehle zu geben hätte, die sie dann nicht genügend devot und nicht gut genug ausführen würde, wofür sie von ihm, zumindest verbal, gezüchtigt werden müsse usw. Dabei war es für Holtrop wie mit Errol Flynn und George Peppard, er wusste, dass mit dem Spiel von ihr etwas spielerisch Sadomasohaftes gemeint war, kannte aber diese Spiele nicht genügend gut, um in der von ihr erwünschten Weise einsteigen und mit ihr regelrecht mitspielen zu können, wie sie es gerne gehabt hätte. »Sind Sie eigentlich verheiratet?« sagte sie spöttisch. »Ja«, antwortete er und lehnte sich zurück. »Ich auch«, sagte sie und lehnte sich vor, und ihr provokativer Blick sagte dazu: »umso besser, dann kann ja nichts passieren!« und gleichzeitig das Gegenteil davon.

Da war Wenningrode an den Holtroptisch herangetreten und hatte, an Holtrop vorbei, seine Hand von hinten vertraulich auf die Schulter von Uhls Frau gelegt, die er dabei mit ihrem Spitznamen, »na, Ambra!«, angesprochen hatte, und sie hatte ihren Kopf umgedreht und Wenningrode mit dem exakt gleichen Gaumensegellachen angelacht wie zuvor Holtrop. In diesem Augenblick war ihr Spiel: »Jetzt haben Sie mich kleine Frau aber körperlich sehr stark erschreckt mit Ihrer großen Hand, Sie Mann!« Wenningrode, 55, ein lascher Sack von Mensch, saß wie Schnur am Tisch des Jubilars. Er überbrachte hier den angeblich ganz witzigen Vorschlag von Asspergs Frau, Uhl nachher mit irgendeinem Holtrop unverständlichen Insiderscherz, der auf eine Idee von Schnur zurückgehe, zu überraschen, was in der Situation vorallem die Funktion hatte, deutlich zu machen, und zwar genau dem von Wenningrode ignorierten Holtrop, in einer wie spielerischen Allianz Wenningrode, Uhl, Kate Assperg, Schnur und Uhls Frau miteinander verbündet waren.

»Wenningrode muss vernichtet werden«, hatte Holtrop in diesem Moment gedacht, aber er wusste, dass das Unsinn war. Dienstevorstand Wenningrode verantwortete den in der aktuellen Wirtschaftsflaute profitabelsten Konzernbereich, er hatte den Standort Krölpa in zehn Jahren so erfolgreich entwickelt, dass in den dortigen Firmen Mereo Dienste und Securo, unter dem Dach der Arrow PC zusammengefasst, inzwischen genauso viel Umsatz gemacht wurde wie am Assperghauptstandort Schönhausen, und vorallem mit einem weniger konjunkturvolatilen, von Werbeeinnahmen weniger abhängigen Geschäft. In den Vorstandssitzungen sagte Wenningrode nichts, er war ein dröger, biederer, im Geschäftlichen grausig uninspirierter, umso mehr an allen betriebsklimatischen Fragen und Intrigen interessierter Volltrottel, »muss man leider so sagen«, dachte Holtrop, Wenningrode muss deshalb auch nicht vernichtet werden, denn er wird als Volltrottel von selber untergehen. Gegen diese These sprach allerdings der stetige, langsame und, egal wie späte, unwiderstehliche Aufstieg Wenningrodes, der als erster, als vor zehn Jahren Asspergs neue Frau Käthe Schieder, damals Ende vierzig, scheinbar aus dem Nichts aufgetaucht und kurz darauf schon die jetzt so genannte KATE, bitte von allen englisch auszusprechen, Assperg geworden war, mehr als nur höflich von ihr Notiz genommen hatte. Er hatte sich ihr vielmehr sofort intensiv zugewendet, sie als potentiell relevanten Machtpol im Haus Assperg identifiziert, komplimentreich umworben und mit diesem Kalkül recht gehabt. Dabei hatte er wichtige Intrigantengrundregeln strikt beachtet und vorallem dies eine vermieden: je ein schlechtes Wort über sie zu sagen, zumindest vor anderen Asspergianern. Ende der Woche würde Wenningrode eine zu Ehren des alten Assperg von dessen Frau kuratierte Ausstellung eröffnen, die den Titel hatte: »Die Rückkehr der Landschaft.« In der Vortragsaula des Stiftungssitzes, von dem aus die Asspergstiftung geführt wurde, war ein intimer Empfang im kleinsten Kreis von Führungskräften vorgesehen, die Festspiele anlässlich des achtzigsten Geburtstags von Berthold Assperg gingen also weiter, und Holtrop war froh, dass er ab morgen für einige Tage geschäftlich in den USA zu sein hatte.

Der Fernseher in der Ecke von Holtrops Fitnesskeller meldete: Gosch plant Einstieg bei der Bahn. Der designierte Goschchef Messmer, 38, eben auf Bloomberg im Interview, sagte dazu: »Ich bin stolz auf das Erreichte, aber weit davon entfernt, zufrieden zu sein.« Holtrop reagierte, hielt auf seinem Fahrrad inne und schaute konzentriert auf den Bildschirm, wo Kollege Messmer, eine schreiend bunte Kitschkrawatte umgebunden, seine Fertigsätze runterspulte. Holtrop stieg vom Rad. Ansonsten: Dax rauf, Dow runter, Asien heute Morgen unruhig. Dann meldete der Mann vom Wetter die Fundamentalfaktizität: »Der Normalzustand der Atmosphäre ist die Turbulenz.« Zwanzig Minuten später saß Holtrop, frisch geduscht und vom Sport am Geist rundum erfrischt, in seinem Wagen und ließ sich die 260 Kilometer nach Krölpa bringen.

## V

Das Wetter war schlecht, es war Freitagfrüh, die Autobahn war stark befahren. Durch Sprühregen, Nebel und Gischt raste Holtrops Wagen dahin, hinten im Fond brannte Licht, und es war warm im Inneren des Autos. Holtrop hatte beim Einsteigen Mantel und Degen abgelegt, das Jackett ausgezogen und seine Mappe mit den Unterlagen neben sich auf den Sitz geworfen. Jetzt blätterte er in den

Papieren. Er führte Telefonate mit fernöstlichen Vasallen, erledigte seine elektronische Post und machte sich Notizen am Rand der Vorlagen zu den heutigen Gesprächen, um optimal vorbereitet zu sein. Die meisten Leute gehen unvorbereitet in die Verhandlungen, das konnte man sich zunutze machen, außerdem sind die Leute wirr, also steuerbar, die meisten wollen sogar gesteuert werden, sie wollen auch etwas davon merken, ein sie entlastendes Moment, etwas penetrant Direktivistisches will aber keiner spüren müssen, wozu er sich dann auch noch ganz explizit irgendetwas Konkretes bewusst denken müsste. Es muss laufen. Das war Holtrops Führungsphilosophie: »Wir müssen das Rad nicht neu erfinden, aber rund laufen sollte es schon.« Auch als Chef war er primär Marketinggenie, konnte sich und das von ihm Gewollte jedem verkaufen. Holtrop würde das schlechte Wetter draußen zwar auch nicht wegzaubern können, könnte aber jeden Menschen, der hier im Auto neben ihm säße, davon überzeugen, dass etwas Schöneres gar nicht vorstellbar wäre, als zwischen sieben und acht Uhr früh über diese Ostautobahn zu brausen, eng im Pulk mit all den anderen Verrückten, Stoßstange an Stoßstange hintereinander her, siebenfacher ABS, ixfacher Safeassistent, Driveself, Airbag allseits, und jeder auf die Art vollgas in seiner eigenen rasenden Einzelzelle unterwegs und mit anderen Absichten, Hoffnungen, Urdringlichkeiten befasst und davon gejagt, jeder anders verrückt und alle zusammen doch auch perfekt koordiniert bei Tempo 180. So fetzte Holtrop also durch dieses kranke Mitteldeutschland dahin, ostwärts, hoch, tief, runter, rüber, weiter. Und der ganze Osten schnaubte, schniefte Rotz und Wasser, brodelte.

Der Himmel kam endlich heller herunter und öffnete sich hinter Stranow, wo Holtrops Wagen von der A 88 abgefahren war. Es ging dann auf kleineren Straßen über die uralten Weiten der thüringischen Großplateaus, erst über sie hin, dann immer tiefer in sie hinein. Gamma, Torse, Hettlich, trostlos weggeduckte Flecken, lächerliche Wüsten dazwischen, der Dreck des Neuen an jeder Ecke, so billig, dass man nur in das allerbilligste Gelächter ausbrechen konnte. Aber Holtrop schaute hinaus und sah Möglichkeiten, die Dividende zu steigern. In jeder letzten Bruchbude wohnte ein Mensch mindestens, der noch nicht genügend laut von Fernsehwerbung angebrüllt wurde. »Das können wir ändern. Das werden wir ändern.« Assperg hatte für seine Mereo Dienste Krölpa auch den Ostmarktführer für Fernsehwerbung aufgekauft, TV-Prima, halbkriminelles Umfeld, das man halb mitgenommen hatte, halb bereinigen musste. Das würde geschehen und war auch teilweise schon geschehen, ohne dass die Geschäfte zu sehr darunter gelitten hatten. Neuerdings gab es dafür außerdem die Holtrop direkt zugeordnete Hauptabteilung CCC, Chief Counsel Compliance, wo Dr. Immo von Drawaert, 65, imposante Erscheinung, sehr vertrauenerweckend und souverän amtierte, durchgreifend im Gesamtkonzern Assperg und allen Tochterfirmen zuständig für Good Corporate Governance, Antikorruption, Transparenz und Frauenquote und all die anderen weichen Managementthemen, die für das Bild der Firma in der Öffentlichkeit immer wichtiger wurden. Erst neulich war Drawaert bei Holtrop erschienen und hatte erklärt: »Was wir bei der Mereo Dienste immer noch an Zuständen haben, nach zwei Jahren strengster Maßnahmen, darf ich Ihnen schriftlich gar nicht aufschreiben, wie verhalten wir uns?« Ursel, Horre, Orla, Weste, die Straßen wurden kleiner, die Kurven enger, der Regen hatte aufgehört, langsam wurde es Tag. Die letzten zehn Kilometer vor Krölpa waren, von Westen kommend, schnurgerade Rasestrecke, Allee teilweise, teils mit Krampe bepflanzte Flachflächen beidseits der Straße. Holtrop beugte sich zu Terek, seinem Fahrer, vor und sagte: »Haben Sie wegen der Tomatensuppe mit Dirlmeier gesprochen?« »Selbstverständlich«, antwortete Terek. »Danke, sehr gut«, sagte Holtrop.

Dann waren sie da. ARROW PC. Das Haus strahlte. Anfang März 2000, vor einer halben Ewigkeit von heute aus gesehen, als der Boom noch boomte, war der Bau eröffnet worden. Daneben ging es auf das alte Ostgelände. Die stählerne Schranke der Einfahrt ging hoch. Der Wagen rollte durch, der Pförtner grüßte aus dem Fenster seiner Kabine heraus mit gehobener Hand, Holtrop grüßte zurück, dann fuhren sie an der alten Hauptdruckerei vorbei, vorbei an der Baustelle für die Kantine, hinter zum DDR-Altbau, wo die Mereo Dienste residierte. »Wenige wissen, wer diesen Bau errichtet hat«, sagte Holtrop standardmäßig zu den Gästen, die ihn hier besuchten, um dann in die höfliche Interessiertheit des Gegenübers die Pointe möglichst matt fallenzulassen: »Ich auch nicht.« An der Art des folgenden Lachers konnte Holtrop erkennen, mit welchem Typus Mensch er es bei dem aktuellen Exemplar von Gegenüber zu tun hatte, der subalterne Idiot, der froh war, sich als erstes gleich ein bisschen locker lachen zu dürfen, ja, zu sollen, war leider der bei weitem häufigste Fall, wofür die Leute selber kaum verantwortlich zu machen waren, das lag, wie Holtrop wusste, an seiner Position. »Guten Morgen.« »Guten Morgen.« »Guten Morgen.« Die Türen wurden nicht gerade aufgerissen, aber die elektrische Spannung schnellte hoch in jedem Raum, den Holtrop betrat. Die Körper der Menschen erstarrten in Konzentration, um sich nichts anmerken zu lassen vom Schreck, von der Faszination, die das Erscheinen des Vorstandsvorsitzenden Johann Holtrop, der natürlich besonders höflich abwiegelnd auftrat, auslöste. Das war ein Kick, der Holtrop Energien zuführte, die er als Chef auch brauchte, aber in der Hand haben musste, sich nicht anmerken lassen durfte. »Gleiche der Ratte nie«, so ein Spruch seines Großvaters, den der von Bismarck oder Seneca, vielleicht auch von Nietzsche oder irgendeinem anderen damals gerade aktuellen Haudegen für Unternehmerweisheiten hergeleitet hatte. Die gegenseitige Abhängigkeit von Ober und Unter machte Distanz erforderlich, für deren Einhaltung der Ober verantwortlich war. »Guten Morgen, Herr Doktor Holtrop.« »Guten Tag, Frau Därne.« Holtrop war im Vorzimmer seines hiesigen Statthalters Thewe angekommen, »Herr Thewe erwartet Sie schon«, sagte die Sekretärin, »darf ich Ihnen was zu trinken bringen?« »Gerne einen Kaffee«, antwortete Holtrop, »es dauert allerdings noch ein paar Minuten.«

Er ging in sein eigenes Zimmer und machte die Türe zu. Er warf die Mappe auf den Schreibtisch und den Mantel auf den Stuhl daneben, zog das Jackett aus, hängte es über die Lehne seines Sessels und stand für einen Augenblick, um sich blitzartig zu sammeln, einfach nur so da. Dann setzte er sich. Die Tischplatte war leer, es lag nichts vor ihm, nur seine Mappe. Diese Leere euphorisierte Holtrop. Der erste Augenblick des Arbeitstags war geglückt. Die Uhr zeigte 08:58, kurz vor neun, »sehr gut«. Holtrop machte die Lampe an und nahm den Telefonhörer in die Hand. Während er mit seinem Büro in Schönhausen telefonierte, ging sein Blick über die riesengroße Karte von Großeuropa, die ihm gegenüber an der Wand hing. Noch waren es Gegenstände, zwar handliche, in ihrer Massenhaftigkeit insgesamt aber doch reichlich schwergewichtige Objekte, die Assperg von seinen Druckereien in Krölpa aus quer durch die halbe Welt versendete, um Handel damit zu treiben, dieses Geschäft würde sich grundlegend ändern, das war seit Beginn der 90er Jahre bekannt, aber wie genau dieser Wandel ausschauen würde, der auf die Informationsindustrien zukam, wusste niemand. Blaschke erbitte Rückruf, möglichst noch vor dem Gespräch mit Thewe, hatte Holtrop von Frau Rösler bestellt bekommen, jetzt war Blaschke nicht erreichbar. Frau Därne brachte Kaffee, Holtrop machte den Fernseher an und stellte den Ton auf stumm. Dann ließ er Thewe kommen.

## VI

Die Türe ging auf, da stand Thewe. »Mein lieber Freund«, sagte er und ging mit jovial raumgreifenden Schritten und ausgebreiteten Armen auf den unbewegt und sehr klein vor dem Fenster stehenden Holtrop zu. Thewe, groß und dunkelhaarig, Ende fünfzig, elegant im Auftritt und in jeder Bewegung, ergriff Holtrops rechte Hand, den Ellbogen, den halben Arm und schüttelte daran viel zu lange. Das war insgesamt eine so inadäquate Begrüßung, dass Holtrop fast Mitleid mit Thewe bekam, der offenbar schon wusste, dass er am morgigen Tag in diesen Büros niemanden mehr begrüßen würde. »Wie gehts dir? Wie war die Fahrt? Wie lief die große Feier gestern?« Thewe spuckte beim Reden, hatte rote Haut im Gesicht, war stark parfümiert. Holtrop setzte sich hinter seinen Schreibtisch, offerierte Thewe den Stuhl davor und legte ein Kuvert auf den Tisch. Dann sagte er: »Du weißt, warum ich hier bin.« Thewe sackte zusammen, erleichtert und schockiert zugleich, hatte sich im selben Moment schon wieder gefasst, nickte Holtrop, dem er dabei zum erstenmal direkt in die Augen schaute, aufmunternd zu und sagte: »Nein, worum geht es denn?« Thewe weigerte sich, sich selbst zu entlassen, wozu Holtrop ihn zu nötigen versuchte. »Gut«, sagte Holtrop, der es als Chef gewöhnt war, dass er nur andeuten, nicht aussprechen musste, was er beschlossen hatte, aber in der Frage unentschieden war, ob man vom Todeskandidaten aus Gründen der Ehre die Selbstexekution erwarten konnte, »es geht um deine Freistellung.« Thewe nickte. Holtrop wartete. Thewe sagte nichts, und Holtrop sagte dann: »Es gibt natürlich verschiedene Modelle, wir würden eine einvernehmliche Lösung vorziehen, sind aber«, dabei lachte er, »wie du selbst weißt, auch zu jedem Streit bereit.« Thewe nickte wieder und sagte weiter nichts. In den wenigen Sekunden, in denen Holtrop geredet hatte, hatte sich Thewes Lage, die sich über die letzten Monate hin immer weiter verschlechtert hatte, schlagartig aufgehellt. Denn Holtrop, und mit ihm ganz Assperg, war jetzt von ihm, Thewe, abhängig, genau umgekehrt wie bisher, das Kräfteverhältnis war in einer fast schon irren, grell auf Thewe einwirkenden Weise auf den Kopf gestellt. Plötzlich war er, was er sein Leben lang nicht gewesen war: ein freier Mensch. Die Angst war weg. Euphorin, die schluchtbekannte Freudedroge, durchflutete die kranken Organe des Körpers von Thewe, sein Hirn. Er war ein freier Mensch, der außerdem auch noch sehr viel wusste. Und zwar über Assperg.

Holtrop saß konzentriert und böse hinter seinem Schreibtisch. Er hatte auf seinem Weg nach oben nicht wenige Weggefährten am Rand stehen gelassen, so manchen hatte er im Vorbeigehen wegstoßen müssen und genügend viele gegen deren Widerstand auch brutal und eigenhändig in den Abgrund, an dem der gemeinsame Weg nach oben entlangführte, hinuntergestoßen. Er wusste, was in Thewe vorging. Die sogenannten Unregelmäßigkeiten, die Thewe zu verantworten hatte, waren früher stillschweigend akzeptierte, branchenübliche Absprachen, Rabattsysteme, Kickbackgutschriften, Zuwendungen von sogenannten Aufmerksamkeiten, selten auch direkte Geldzahlungen gewesen, die das geschäftliche Miteinander einfach etwas einfacher gestaltet hatten, nur heute passten sie nicht mehr so richtig in die Zeiten. Das war Thewe lange genug signalisiert worden, ausreichend explizit, obwohl in diesem Graubereich um das Korruptionsthema herum das meiste nur indirekt behandelt werden konnte. Aber Thewe war insgesamt nicht mehr der Mann, der in einer so fundamentalen Frage von Firmenphilosophie den nötigen Neuanfang hätte schaffen können. Mit Ende fünfzig war er schlicht auch zu alt, mental erschöpft. Vom Führungsnaturell her war Thewe der Typus des in unauffälliger Weise inkompetenten Bürokraten, der mittleren Null, wie sie im gehobenen Management der Regelfall war, aus guten Gründen. »Sie können größere Einheiten nicht von lauter Hysterikern, Charismatikern und anderen Intensitätsspinnern durch die Mühen der Ebene über längere Distanzen hin führen lassen«, hatte Holtrop, selbst der Inbegriff eines solchen Spinners und Charismatikers, gestern Abend bei dem Asspergjubiläum zu dem ihm gegenübersitzenden IFO-Chef Luther gesagt. Aber diese mittleren Normalmanager in ihren mittelhohen Führungsjobs waren nach zwanzig Jahren aufgebraucht, da konnte man nichts Neues mehr erwarten, Thewe war so eine ausgebrannte Null.

Außerdem war Thewe, unverheiratet, alleinlebend und ohne Kinder, vor Jahren wegen einer Alkoholproblematik in Behandlung gewesen. Das könnte in der jetzigen Situation für alle Beteiligten von Vorteil sein. »Wir können die Krankheit nehmen«, sagte Holtrop und deutete auf den Fernseher, wo gerade die pervers aufgedunsene Gestalt von Helmut Qualtinger zu sehen war. »Die Krankheit«, wiederholte Thewe, und als er merkte, dass sein Gesicht heiß wurde, wie er schnaufen musste, dass der Zorn in ihm hochschoss und das Exsudat der Angst, der Schweiß, ihm auf die Stirn trat, sagte er: »Wie meinst du das?« »Ich will dich nicht drängen«, lenkte Holtrop sofort ein, »überleg es dir in Ruhe, sprich mit deinem Anwalt, wir geben die Presseerklärung erst morgen Mittag heraus.« »Gut«, sagte Thewe. Holtrop schaute ihn an, lehnte sich vor, stellte aber nicht die hochprivate Frage, die von dieser Geste anmoderiert war, sondern machte einen den alten Assperg in der firmenüblichen Weise herabsetzenden Scherz über den gestrigen Abend, antwortete damit quasi mit einer etwa vierminütigen Zeitverzögerung auf Thewes Eingangsfrage. Der nahm das Thema auf, es gab dazu ein kleines Gespräch, das Holtrop aber nicht zu lang werden ließ. Er legte die Hände flach auf den Tisch, stand auf, Thewe eine schwere, lange Sekunde später auch. Holtrop streckte ihm die rechte Hand entgegen und sagte: »Du kennst ja das Verfahren. Blaschke wartet in deinem Zimmer auf dich und bringt dich raus. Du kannst mich jederzeit über Frau Rösler oder Dirlmeier erreichen oder auch direkt anrufen. Wir werden eine gute Lösung finden.« An der Türe blieb Thewe nocheinmal stehen, schaute ins Zimmer zurück und fragte: »Türe schließen?« »Ist egal, wie du willst.«

Nachdem Thewe gegangen war, informierte Holtrop seinen Stab, das Büro Brosse, dann die Vorstandskollegen Wenningrode und Ahlers, zuletzt den alten Assperg. »Was haben wir ihm konkret geboten?« fragte Assperg. »Einen Tag Zeit, sich daran zu gewöhnen«, antwortete Holtrop. Assperg bedankte sich, sie legten auf, und Holtrop lehnte sich in seinem Chefsessel weit zurück, schaute zur Decke hoch und verschränkte die Hände hinter dem Kopf. Er konnte in solchen Momenten der Decke über sich manchmal die Zukunft, die kommen würde, ablesen. Die Decke war weiß. Holtrop fühlte sich gut.

## VII

Im kleinen Konferenzraum der SECURO, des Sicherheitsdienstleisters von Assperg, zwei Stockwerke tiefer, war alles bereit für die Strategiesitzung um halb zehn. Kaffee, Wasser, Gebäck und Aschenbecher standen auf dem Tisch, in der Mitte ein Bund alter Dörrblumen. Um an dieser Sitzung teilnehmen zu können, war Thewe am heutigen Freitag ausnahmsweise in Krölpa geblieben. Holtrop hatte sich angesagt. Die seit Monaten laufende interne Untersuchung der Unregelmäßigkeiten bei der Securo, die Krölpavorstand Wenningrode wenig engagiert betrieb, hatte bisher nichts Konkretes erbracht. Securochef Meyerhill, 36, den Holtrop Anfang des Jahres an Wenningrode vorbei installiert hatte, hatte sich Holtrops Aufklärungsvorhaben zu eigen gemacht und die Arbeit der unabhängigen Leipziger Beratungsfirma Berag gefördert, deren Ergebnisse heute von den beiden Beragchefs Salger und Priepke präsentiert werden sollten. Außer Meyerhills direktem Konkurrenten Sprißler, der als Sicherheitschef eine ganz andere, definitiv klandestine Agenda verfolgte, und Thewestellvertreter Diemers hatte Holtrop die Kommunikationschefin Frau Wiede und deren Stellvertreterin Frau Rathjen zu der Sitzung einbestellt, um die Bedeutung des Aufklärungsvorhabens hervorzuheben, außerdem um die dem Wenningrodelager zugerechnete Abteilung Kommunikation für sich zu gewinnen.

Die Teilnehmer der Sitzung hatten sich rechtzeitig eingefunden und warteten jetzt, leise im Gespräch miteinander, auf den Pünktlichkeitsfanatiker Holtrop, der jede Sekunde ins Zimmer stürmen und die Sitzung eröffnen würde. Dass der Unpünktlichkeitskönig Thewe noch nicht da war, war normal. Thewe war Doppelchef der Mereo Dienste und der alle Krölpa-Aktivitäten Asspergs führenden Arrow PC, er hatte neben den Chefrechten zusätzliche Sonderrechte, arbeitete viel von zuhause, kam später, ging früher und war Freitag und Montag meist nicht in Krölpa, auf Dienstreise oder privat unterwegs. Trotzdem war er als Chef nicht nur unbeliebt, weil er, wenn er da war, wenig sichtbar war, wenig Druck machte und die Mitarbeiter auf die Art sozusagen passiv doch auch motivierte.

Zwischen der Securo und der MEREO Dienste, die über der Securo zwei Stockwerke im DDR-Altbau und einige Etagen im neuen Arrowhochhaus hatte, gab es vielfache Dienstleistungsbeziehungen zu gegenseitigem Nutzen. Die Securo beobachtete Kunden, auch Kunden der Mereo, und lieferte die Ergebnisse, die die Ausspähung dieser Kunden ergab, als Kundenanalysen an die Mereo. Im Gegenzug bezog die Securo von der Mereo Schuldansprüche gegenüber säumigen Kunden. Es ging zwischen den beiden Assperg-töchtern Securo und Mereo also um Geschäfte mit Wissen über Firmen und Personen, Inkasso-Aufträge und Drohung mit Gewalt. Zuletzt waren jährlich aber einige hunderttausend Mark zwischen den beiden Firmen versickert. Das war im Nachhinein zwar immer wieder noch einmal irgendwie erklärbar und dann auch korrekt darstellbar gewesen, aber in Verbindung mit den anhaltenden Complianceproblemen bei der gesamten Arrow PC ein Holtrop beunruhigendes Geschehen, das final eventuell sogar ihn selbst bedrohte, weshalb er sich jetzt endlich entschlossen hatte, die kranke Stelle weit im Gesunden zu exzidieren. Unter Umgehung von Thewe, auch um Thewe unter Druck zu setzen, hatte Holtrop die Beragunternehmensberater, die ihm von seinem Berliner Statthalter Leffers empfohlen worden waren, mit einem Gutachten beauftragt, dessen erste Zwischenergebnisse in der heutigen Sitzung präsentiert werden sollten. Der Beginn der Sitzung war für halb zehn Uhr vorgesehen, aber die Hauptpersonen fehlten immer noch, Holtrop war nicht da, Thewe fehlte. Um zwei Minuten nach halb zehn: nichts. Um vier nach halb: nichts. Auch um fünf nach halb zehn: immer noch kein Holtrop, das war sehr ungewöhnlich. Die leisen Gespräche waren immer noch leiser geworden und hatten schließlich aufgehört. Der Wind warf den Regen gegen die Billigfenster, drängte gegen Fugen und Scharniere. Die Beragberater zeigten offen, aber nicht ungebührlich detailinteressiert die wache Neugier, mit der sie in den letzten vier Wochen hier Gespräche geführt und Unterlagen gesichtet hatten. In öligen Wasserschlieren kroch das Regenwasser an den längst nicht mehr säuberbaren Duplexfensterscheiben verschmutzt nach unten. Dann wurde Meyerhill nach draußen gerufen. Er kam zurück und erklärte: »Es dauert noch ein bisschen, sie kommen gleich.« Er setzte sich wieder, blickte auf die Uhr, synchron tat dies auch die Kommunikationschefin Arrow PC, Frau Wiede, für die Außendarstellung von Asspergs gesamter Krölpagruppe zuständig, Blickwechsel zwischen den beiden, sie nickten, wobei jeder den anderen auf ein eventuell vorliegendes Hintergrundwissen hin auszuforschen versuchte, beidseits negativ. Es war Holtrop gelungen, die Information über Thewes bevorstehende Entlassung geheim zu halten. Obwohl in Schönhausen vier Leute in den Plan eingeweiht waren, hatten die davon direkt betroffenen Asspergianer in Krölpa nichts erfahren.

Thewe hatte Holtrops Türe von außen zu sich hergezogen, die Aluminiumklinke nach unten gedrückt und, während er das Namensschild DR. J. HOLTROP sah und las, die Türe leise, langsam zugemacht. Der Vorgang geschah automatisch und war von stark aufgewühlten Gefühlen begleitet, die aber unterhalb der Verbalitätsschwelle blieben. Das Handeln setzte sich selbsttätig fort. Thewe war im engen Schacht des Gangs, nachdem er sich von der Türe abgewendet hatte, unterwegs nach hinten, zurück zu seinem Büro, der Boden aus laschgelbem Eternitbelag, in der Mitte stark abgegangen, wich bei jedem Schritt merklich nach unten zurück, der berühmte Tag danach hatte also schon angefangen. Thewe wurde gedanklich klarer, zugleich aufgebrachter und war dann plötzlich, als er hinten am absurd verfinsterten Ende des Gangs die Stimme seiner Sekretärin, offenbar im Gespräch mit dem Justitiar Blaschke, hörte, umgekehrt, zurückgegangen, an Holtrops geschlossener Zimmertüre wieder vorbei und auf das hellere Gegenende des Gangs zu, wo der sich schräg zur Teeküche ausweitete. Unterwegs hatte sich Thewes Blick wieder gehoben. Er sah die teils offenen, teils angelehnten Türen seiner Mitarbeiter vorbeiziehen, grüßte in zwei Zimmer hinein, wo sein Vorbeigehen vom Aufschauen eines Gesichts beantwortet worden war, ging beim dritten nicht einfach nur weiter, sondern hielt an, blieb in der Türe stehen und wechselte dort mit den IT-Mitarbeitern Berstner und Wonka ein paar Worte über die Grauslichkeit des Wetters und die ganz guten Vorhersagen für das Wochenende.

Durch das Innenfenster zum Hof konnte Thewe in seinem eigenen Zimmer auf der anderen Seite des Hauses den dort auf ihn wartenden Blaschke dastehen, dann auf und ab gehen sehen, außerdem zwei Sicherheitsleute, die an seinen Regalen beschäftigt waren. In der Teeküche, eine Gangecke mit Theke davor, auf der eine bunt gefüllte Obstschale und ein Strauß frischer Herbstblumen standen, waren drei Kollegen, zwei Frauen aus der Registratur und ein junger Mann, den Thewe nicht kannte, am Hantieren mit Obst, Cola, Kaffee und im Gespräch über Diätcoaching mit Lassepilates, den Speiseplan der zurückliegenden Woche und das heutige Essen, weißer Fisch mit gelben Augen. »Guten Tag«, sagte Thewe, »hallo« der junge Mann, »ach!«, erfreut die Frau Ferre, und »gestern noch neu!«, auf anderes bezogen, ihre Kollegin Petanie-Köster. Während die Unterhaltung lief, nahm Thewe einen Kaffeemug aus dem Hängeschrank über der Spüle, stellte ihn in der Kaffeemaschine auf das Gitter und drückte auf den Knopf mit dem Symbol der doppelten Portion, zwei Tassen im Umriss. Dann lärmte die Maschine los und übertönte das Gespräch, denn die Bohnen wurden jeweils frisch gemahlen. Und Thewe dachte in diesen Lärm hinein, immer wieder musste er neu die neue Lage ganz erfassen: »okay! okay!« Der Kaffee tröpfelte in die Tasse, eine Düse setzte heiß dampfendes Wasser, eine zweite weißen Schaum dazu, fertig war der letzte Cappuccino.

## VIII

Thewe machte sich wenig Illusionen über die realen Kräfteverhältnisse, aber so wie Holtrop sich das vorstellte, musste er sich hier nicht aus dem Haus jagen lassen, quasi im Vorbeigehen die hinterste Treppe in den Keller hinuntergestoßen, und keiner hat etwas gesehen. »Nein«, dachte Thewe. Den Cappuccino bestreute er mit Zucker aus einem Papierrohr, das er aufgerissen hatte, rührte den Zucker ein und lehnte sich zurück an die Theke. Er hielt den Kopf eingezogen, sein sehr großer Körper war mit den Jahren zwar nicht richtig fett geworden, aber doch weichlich in alle Richtungen auseinandergegangen, von einem allerbesten Anzug allerdings zusammengehalten. Der junge Mann, der sich Thewe gegenüber als Mitarbeiter der Abteilung Zeitkontrolle vorgestellt hatte, bot Thewe eine Zigarette an. Thewe bedankte sich, lehnte ab und dachte, »ich sollte jetzt so langsam gehen«, blieb aber an die Theke gelehnt stehen, rührte mit dem Löffel in seinem Kaffeekrug herum und nippte manchmal vorsichtig an der noch sehr heißen Cappuccinoflüssigkeit. Schließlich sagte er halblaut: »Das schmeckt eigentlich ganz gut.« Die Kolleginnen aus der Registratur konnten bestätigen, dass die Maschine, die in letzter Zeit immer kränker vor sich hingeröchelt hatte, seit der Wartung neulich wieder viel frischeren und besseren Kaffee machte. Anschließend folgte ein Gespräch über Kaffeemaschinenkaffee, Espressomaschinen, solche für zuhause, im Büro, in Italien in den dortigen Espressobars, über das berühmte Einstein in Berlin, den Dampfdruck, die Filter, die Reinigung, die Zahl der hergestellten Einheiten und die Qualität des erzeugten Espresso in Abhängigkeit von dieser Zahl, die Wartung und die Wartungskosten und dann all das Gesagte wieder im losen Reigen von vorn. Thewe sagte dazu nichts. Nichts am Gesagten war neu, der Text war bis in die letzte Formulierungseinzelheit hinein fertig durchstandardisiert und ohne jede inhaltliche Information, wurde aber so ausgetauscht, als würde mit ihm ein hochinteressantes Wissen, zugleich eine hochindividuelle Besonderheit des sich selbst damit darstellenden Sprechers mitgeteilt. Im Kern bestand diese Individualitätsmitteilung darin, dass nichts individuell Abweichendes von diesem Individuum her drohte, dass auch dieser Sprecher das von der Allgemeinheit Vorgeschriebene kannte und akzeptierte. Im richtigen Moment konnte die deprimierende Abgedroschenheit des auf diese Art Dahergeredeten deshalb Wohlbefinden, ein Gefühl von Gefahrlosigkeit, Vertrautem und Vertrauen in gesellschaftliches Gehaltensein hervorrufen, im falschen Moment Abscheu, Ekel, Hass auf die Demenz der Normalität. Thewe war nicht extrem unnormal, aber sozial doch so weit behindert, dass er sich nicht immer an den üblichen Sozialisierungsritualen beteiligen konnte. Über das Ausmaß eigener Gestörtheit lebt der Mensch normalerweise stark im

Dunklen. Thewe verabschiedete sich, stellte den Kaffeekrug neben die Spüle und ging den Gang weiter.

Im Gehen nahm er sein Handy aus der Jacke und stellte fest, dass er keinen Netzempfang mehr hatte. Es war das Firmenhandy, er benutzte gar kein anderes. Die Firma hatte ihm also schon zehn Minuten nach dem Rausschmiss das Handy abgestellt. Mitten im Gehen blieb er stehen, drehte sich um und ging wieder zurück. Er wollte zu den IT-Technikern zurückgehen, schaute auf die Uhr, da musste er noch einmal an der Teeküchenversammlung vorbei, teilte seine Verwirrung mit, gestikulierte mit den Händen und murmelte »sorry, sorry«, »kein Problem«, wurde ihm versichert, er nickte und schüttelte den Kopf, und das Kopfschütteln blieb dann bei denen, die ihm hinterherschauten, zurück, und jeder dachte: »Da geht er, der Gestörte, der brutal gestörte Chef.« Thewe ging weiter und nahm den Seitengang links zum inneren Versorgungstrakt, wo Drucker, Lagerräume, Maschinen und Putzmittel untergebracht waren. Die Türe einer Reinigungskammer machte er auf, machte das Licht an. Das Gerät stand wohlgeordnet in offenen Regalen und am Boden, es roch nach Putzmitteln, Thewe betrat die Kammer. Die Türe ging von selber zu. Das Licht an der Decke war hell, seine Grellheit irritierte Thewe. Er machte das Licht deshalb wieder aus, zögerte, dann setzte er sich auf den Boden. Dabei kam ihm diese Bewegung nach unten sofort fehlerhaft vor. Er wollte sich etwas beruhigen, dachte, dass er im Sitzen vielleicht zur Ruhe kommen könnte. Aber die Gedanken wurden, im Gegenteil, im Dunklen immer unruhiger, verrückter, sie erfassten klar die Verrücktheit der Situation, in die er sich hier versehentlich gebracht hatte. Aus dem Schwarz der Finsternis, die er vor sich sah, traten langsam die Regale erkennbar hervor. Panik erfasste Thewe. Er hatte Durst, er wollte rauchen, tastete nach den Zigaretten, wusste aber, dass er hier nicht rauchen konnte wegen des Feuermelders. Er nahm seinen berühmten silbernen Flachmann, über den firmenweit gemutmaßt und gespottet wurde, aus der linken Innentasche seines Jacketts, um einen Schluck Alkohol zu trinken. Thewe setzte den Flachmann an und nahm einen Schluck. Die Wirkung war gut, der Geschmack des Wodkas beruhigte ihn sofort. Unwillkürlich musste er nicken. Er setzte den Flachmann nocheinmal an und ließ den Wodka in sich hineingurgeln. Er wollte aufstehen, blieb aber sitzen. Zeit verging, und nichts geschah.

Dann stand Thewe wieder bei den IT-Leuten, die Türe war offen, Thewe ging in das Zimmer, Berstner stand auf, Wonka war nicht da, Thewe machte die Türe zu und sagte: »Eine Frage, Herr Berstner.« »Ja klar.« »Mein Handy geht nicht mehr. Können Sie da etwas machen?« »Kann ich mal sehen?« »Bitte.« Berstner prüfte das Handy mit seinem Computer. »Da ist der Anschluss zentral gesperrt, da kann ich nichts machen.« »Verstehe.« Thewe zeigte auf sein Zimmer gegenüber und fragte: »Kann ich von hier aus telefonieren?« Berstner reichte ihm den Hörer, Thewe winkte ab, Berstner gab ihm sein Handy. »Kann ich das kurz haben?« »Klar«, sagte Berstner, und Thewe: »Können Sie Wenningrode informieren, ich bitte um seinen Anruf, auf Ihrem Handy.« »Mache ich gern, wollen Sie hier warten?« »Nein, ich gehe jetzt in die Sitzung.«

Das Erstaunen im kleinen Konferenzraum der Securo, den Thewe kurz vor zehn betrat, war für einen Augenblick extrem stark spürbar, wurde dann sofort mit Scherzen überspielt. Holtrop war noch nicht da. Thewe setzte sich. Frau Wiede sagte: »Wir hatten verstanden, Sie kämen gemeinsam.« »Das war auch so geplant«, sagte Thewe. »Und jetzt?« Die Beragberater schauten sich an. Meyerhill machte eine einladende Handbewegung zu Thewe: »Wollen Sie?« Thewe verneinte. »Gut«, sagte Meyerhill, »dann fangen wir an.« Im selben Moment fiel es ihm anders ein, er schickte Frau Rathjen nach oben in das Sekretariat Holtrop mit der Bitte um Mitteilung, ob auf Holtrop noch gewartet oder sofort angefangen werden solle. Frau Rathjen stand gerne auf, zeigte allen ihren Körper und ging hinaus. Im Raum war es still, niemand rührte sich, keiner sagte etwas, es war eine Stille, für die Thewe die Verantwortung zugewiesen wurde. Aber auch Thewe sagte nichts. Die Menschen waren stumm, und von draußen schlugen Wind und Regen an.

## IX

»Das Gutachten der Berag hat drei Teile«, erklärte der Sprecher der beiden Beragberater, Mathias Salger, 35, schmal und hochgewachsen, kurz rasierte Haare, Charakterkopf, und zeigte dabei auf sein erstes Powerpointbild rechts an der Wand, wo drei verschiedenfarbige Rechtecke zu sehen waren und ebendies zu lesen war, was er sagte. »Erstens: das System Securo, zweitens: das System Mereo Dienste, drittens: Interpenetration und Kommunikation, Interaktion und wechselseitige Leistungen zwischen Securo und Mereo.« Mit dieser Überschrift war eigentlich alles schon gesagt. In ein schülerhaft ordentliches Schema wird die Pseudopräzision einer möglichst angeberhaft abstrakten Begrifflichkeit, hier billig der Systemtheorie entlehnt, quasi automatisch hineingefüllt. Die so erzeugte Wissenschaftlichkeitsanmutung war dazu da, das Gutachten möglichst weit weg von der Realität der begutachteten Wirklichkeit zu positionieren, um seiner Funktion zu entsprechen, Realwissen über Realität zu stören. Der Boom der Beraterindustrie seit den eben vergangenen 90er Jahren des XX.

Jahrhunderts hatte auch darin seine Ursache, dass den Leuten in Entscheiderpositionen das Urteilszutrauen verlorengegangen war, es fehlte die Freude daran und der Mut, das Wirre der Realität mit eigenen Urteilsintuitionen erfassen zu wollen. Lieber wurden vier Gutachten eingeholt, je teurer, umso besser, als dass man sich in der irrational witternden Weise, so wie die Vernunft der Urteilskraft es vorgab, selbst ein Bild vom zu beurteilenden Gegenstand, hier etwa den insgesamt klandestinen Strukturen am Asspergstandort Krölpa, gemacht hätte. Außerdem lieferte schon der Prozess der Begutachtung von außen erwünschte Nebeneffekte mit, die jede Innenanalyse als falsch ausgewiesen hätte, die vom Auftraggeber des Gutachtens aber genau gewollt waren: das Gutachten sollte auch Unruhe stiften, Angst erzeugen, Instabilität schaffen.

Salger fing an und sagte: »Erstens, Bestand, konstruktive Beschreibung des Uneinsehbaren.« Eine Pause folgte, um diese Worte abzusetzen und als Überschrift auszuweisen. »Moment«, sagte Meyerhill, hob eine Hand und schaute zu Thewe. Er wollte Thewe einbeziehen, ihm Allianz anbieten gegen die Beraterpoesie Salgers. Aber Thewe saß gerade und ohne zu schwanken da und hielt seine Augen unbewegt auf Salger gerichtet, um so mitzuteilen: »Almosen der Zuwendung wünsche ich nicht, so kaputt bin ich noch nicht.« Meyerhill schaltete sofort um und rief: »Gut, weiter!«, und Salger nahm seinen Vortrag wieder auf. Er redete zuerst über die Securo. Ursprünglich war die Securo, die derzeit 135 Mitarbeiter hatte und neunzig Millionen Euro Umsatz machte, eine kleine Fünfmannabteilung innerhalb der alten Assperg GmbH gewesen, eingesetzt zur Überwachung der Abteilung Rechnungswesen, dann hineingewachsen in die Bereiche Information und Personal, Informatik und Steuerung. Eine Zeitlang hatte diese Informationsabteilung auch die Redaktion des firmeninternen Mitarbeiterbulletins Asspergreport organisiert. Erst 1983, nach dem Organisationsdesaster um die vom Stern erfundenen Hitlertagebücher, hatte Assperg die Abteilung als eigenständige Firma für Sicherheit und Selbstkontrolle ausgegliedert und der Asspergakademie in Hamm zugeordnet. Die Aufgaben damals waren: Unabhängige Evaluation einzelner Unternehmensbereiche der Assperg AG; Analyse von deren Output und Organisation; Analyse der Kommunikation einzelner Bereiche innerhalb der Assperg AG untereinander; Analyse von deren Beziehungen nach außen; Evaluation der mit Assperg kooperierenden Fremdfirmen, Zulieferer und Kunden. Mit diesen Aufgaben war die Securo gewachsen und schon 1992 von Hamm nach Krölpa, an den im Jahr davor von der Treuhand übernommenen neuen Druckstandort, verlagert worden, wo Assperg seine nach Osten gerichteten Operationen und bestimmte Stabsbereiche der übergeordneten Holding zentral konzentrierte.

Heute war das Geschäft der Securo zur Hälfte: Aufträge aus der Assperg AG, die, wenn sie nach innen gerichtet waren, in enger Abstimmung mit der ebenfalls in Krölpa sitzenden Konzernsicherheitsabteilung von Sprißler durchgeführt wurden, zur anderen Hälfte: Aufträge von Drittfirmen, in letzter Zeit vermehrt auch Banken, Evaluationen der mit diesen Auftraggebern in Kontakt stehenden Klienten, Zulieferer und Kunden zu erstellen. Diesen Anforderungen entspreche der Binnenaufbau der Securo nach Einschätzung der Berag heute nicht mehr in optimaler Weise, hatte Salger erläutert. Er führte als Probleme auf: akkumulatives Wachstum separater Einheiten; flache Hierarchien, kaum zu führen, schwer zu überwachen; riskante Methoden der Beschaffung von Informationen, strukturell am Rand der Legalität. Der Subtext des von Salger Gesagten war: die von der Securo praktizierte Informationsaggregation ergibt zu viel zu wenig kontrollierte Information. Die daraus resultierende Macht tendiert zu Missbrauch, Erpressung, Betrug, Gewalt, was von der Firmenführung nicht verhindert werden kann, aber verantwortet wird. Meyerhill, der davon direkt betroffen war, machte während Salgers Rede durch Zustimmungszeichen mimisch deutlich, dass Salger Ansichten von Meyerhill wiedergab, was Salger beim Reden in richtung Meyerhill ebenfalls deutlich werden ließ. Gerade hatte Salger mit der Einzelanalyse der Hauptabteilung Auswertung angefangen, da krachte die Türe.

Die Türe flog auf, Holtrop stand da, demonstrativ unbewegt. Ein Eiswind sollte von Holtrop her in den Raum hineinfegen. Holtrops unbewegtes Dastehen sagte: »Da sitzt ihr also alle und schaut mich an.« Der Zorn, den er so übermitteln wollte, kam aber nicht an. Thewe hatte sich als einziger überhaupt nicht bewegt. Er war gefeuert, Holtrop konnte ihm nicht mehr drohen. Holtrop merkte, dass er keine Macht mehr über Thewe hatte, das machte ihn hilflos. Thewe provozierte ihn mit seiner Indolenz, wogegen Holtrop sich nicht wehren konnte. Er hatte nicht erwartet, dass Thewe sich der Anordnung, sich von Blaschke vor die Türe bringen zu lassen, widersetzen würde. Diese Fehlkalkulation machte Holtrop wütend. Thewe war die vor ihm sitzende Niederlage dieses Morgens, Holtrops Machtlosigkeit als echter, lebend dasitzender Mensch. »Thewe!« dachte Holtrop, fasste sich und betrat den Raum. »Machen Sie weiter!« sagte er scharf. Das war so lächerlich knapp und böse befohlen, dass Salger nicht sofort reagierte. »Was IST?« rief Holtrop, trat näher, ergriff den nächstbesten Stuhl und setzte sich. »Nichts«, sagte Salger. »Was ist denn noch!« rief Holtrop noch einmal und warf beide Hände allen entgegen, die am Tisch saßen: Frau Rathjen, Frau Wiede, der zweite Beragmann Priepke, Meyerhill und Diemers. Thewe registrierte den Wutausbruch Holtrops ohne erkennbare Regung. Nach bekannter Chef-dreht-durch-Regel wurden die Untergebenen umso entspannter und souveräner, je lauter und inadäquater der Chef gerade durchdrehte. Holtrop haute noch zweimal auf den Tisch, inzwischen fast schon ohne Wut, weil auch ihm die Lächerlichkeit seines Auftritts inzwischen bewusst geworden war, und sagte, wobei er alles quasi zurücknahm: »Jetzt machen Sie halt bitte endlich weiter, verdammt nochmal, danke.« Und in den ersten Satz Salgers hinein klingelte mit einem Brummton das vor Thewe am Tisch liegende Telefon von Berstner. Thewe nahm es auf, sah auf dem Display den Anruf von Wenningrodes Sekretariat, drückte im Aufstehen die grüne Taste, um das Gespräch anzunehmen, meldete sich und verließ den kleinen Konferenzsaal.

## X

Die folgende Stille im Konferenzsaal, die durch Thewes Weggehen verursacht worden war, dauerte ein paar Blickkontakte lang. Salger schaute zwischen Meyerhill und Holtrop hin und her, Meyerhill zu Holtrop und Frau Wiede, die schaute zu Holtrop, aber Holtrop ignorierte alle Blicke und schaute starr ins Nichts der Tischplatte vor sich, ohne die auf ihn gerichteten Blicke und ihre Frage aufzunehmen. Zuletzt war diese Darstellung des Beleidigtseins so lächerlich geworden wie zuvor Holtrops etwas zu lange ausagierte Wut. Holtrop nickte Salger zu, und Salger fing wieder zu reden an. Aber nach wenigen Sekunden stand Holtrop, der stark angespannt dasaß, plötzlich vom Tisch auf und ging ohne ein Wort der Erklärung Thewe hinterher nach draußen.

Thewe war, während er darauf wartete, dass Wenningrode, zu dem er durchgestellt werden sollte, abnahm, sofort nach links gegangen und hatte die Türe zum Treppenhaus gerade hinter sich zugemacht, als Holtrop auf den Gang hinaustrat und nach beiden Richtungen hin schaute, niemanden mehr sah und zum Aufzug ging, um in sein Büro hochzufahren. Während Thewe unterwegs im Treppenhaus nach unten war, meldete sich Wenningrode und sagte: »Sie wollten mich sprechen?« Thewe blieb im Zwischenstock am Fenster stehen, schaute nach draußen und antwortete: »Ich brauche Ihren Rat.« »Haben Sie schon unterschrieben?« »Nein.« »Können Sie morgen kommen?« »Sehr gern.« »Am besten direkt zu der Eröffnung.« »Danke.« »Bis morgen.« Thewe legte auf. Wahrscheinlich war es Unsinn, Wenningrode einzuschalten. Anstatt morgen nach Schönhausen zu fahren, sollte er sich, dachte Thewe, lieber zuhause ins Bett legen und ein paar Wochen schlafen. Die Vorstellung von Schlaf, der möglichst lange dauern sollte, erfüllte Thewe. In der verregneten Glasscheibe, vor der er stand, sah er, was ihn in dem Moment irritierte, die Spiegelung seines Gesichts. Der Bunker dahinter war mit Lichtern erleuchtet, die schmalen Fenster darin elektrisch erhellt. Noch weiter dahinter schwankten die hohen Bäume im Wind.

Früher hatte Thewe mit Holtrop gut zusammengearbeitet. Silvester 1992 waren sie gemeinsam mit allen Kollegen auf dem Dach des Bunkers gestanden und hatten die Übernahme des Neustandorts Krölpa gefeiert. Ein völlig neues Assperg würde hier in den leeren Weiten des Ostens unter ihrer gemeinsamen Führung entstehen. Sie waren Pioniere, beide froh, aus Schönhausen, dem Knast der Biederkeit, weggekommen zu sein. Zwar war der alte Assperg damals noch nicht so verknöchert wie inzwischen, aber täglich in der Kantine oder auf dem Firmengelände in das strenge

Patriarchengesicht des alten Assperg hineinschauen zu müssen, machte die Leute kaputt. Darüber hatten sich Holtrop und Thewe damals verständigt. Geduckte Gestalten, umso geduckter, je weiter oben sie waren, bevölkerten als Führungskräfte, Manager und Topmanager die Hauptverwaltung der Assperg AG. Grauenhausen wurde der Ort des gemäßigt mittelmäßigen Grauens und der grau geduckten Gestalten von den dort inhaftierten Asspergianern genannt. Thewe hatte sich damals sofort eine Wohnung in Berlin genommen. In den Ruinen des alten Ostteils der Stadt war ein Leben, wurde überall zumindest gesagt, wie in den legendären 20er Jahren, und nachts, in den Lokalen, die an jeder Ecke aufgemacht hatten, war Thewe glücklich, weil er überhaupt und ganz allgemein in dieser glücklichen Zeit der 90er Jahre glücklich gewesen war.

All das änderte sich, als Holtrop 1998 unerwartet plötzlich die Karriereleiter hochgestolpert und zum Asspergvorstandsvorsitzenden berufen worden war. Die Veränderung in Holtrop ging rasend schnell vor sich. Demonstrativ schroff wendete er sich von Thewe ab. Vom blitzhaften Aufstieg beglückt, drehte Holtrop sich im Licht der öffentlichen Aufmerksamkeit für die Person seines Ichs. Immer gieriger wurde er nach diesem Licht, immer eitler, immer hysterischer und strahlender trat er auf. Thewe beobachtete die Veränderung an Holtrop auch mit Erleichterung. Er hatte den jungen Holtrop bewundert. Jetzt war er froh, dass ihm selbst ein solcher Sprung an die Spitze, was vor seinem Wechsel nach Krölpa durchaus in Reichweite gewesen wäre, erspart geblieben war. Für diesen Job musste man wirklich gemacht sein. Am besten war man genau ein solcher OCHSE, wie Brosse einer war, der entthronte und gegen seinen Willen, nur weil er die Altersgrenze erreicht hatte, aus dem operativen Geschäft verbannte und an die

Aufsichtsratsspitze abgeschobene Vorgänger von Holtrop. Thewe wäre in Holtrops Position kaputtgegangen. Aber auch Holtrop hatte nicht die nötige Statur für den Job ganz oben. Er war begabt, talentiert, aber charakterlich auf die allermittelmäßigste Weise unausgereift. Selbstverständlich konfrontierte Thewe Holtrop nicht mit diesem Befund, obwohl er manchmal dachte, dass der Rat eines alten Freundes für Holtrop nützlich hätte sein können. Aber von den alten Freunden wollte Holtrop nichts mehr wissen, das machte er Thewe überdeutlich klar, er hatte auch Angst vor Thewe. Thewe hatte für Holtrop Vergangenheitskrätze, von seiner Vergangenheit wollte Holtrop weg, die Zeugen des Aufstiegs beseitigen, gerade die aus großer einstiger Nähe, um endgültig absolut, auch von der Vergangenheit seines Aufstieg befreit, herrschen zu können. Es war krank, das wusste Thewe, aber es war auch komplett normal, sie waren eben alle Angestellte, dachte Thewe, während er die Treppe nach unten ging, gebückt, entkernt, kaputt.

Holtrop hatte sofort umgeschaltet, schon im Aufzug. Oben stand er ruhig bei Frau Därne. Er hatte die Reise abgesagt. »Rufen Sie Frau Rösler an! Geben Sie her!« Dann war Justitiar Blaschke, weil er ins Zimmer kam, dran, und Holtrop hatte Blaschke, der doch tatsächlich die Pforte sperren hatte lassen, um Thewe daran zu hindern, das Gelände zu verlassen, gefragt: »Sind Sie jetzt auch schon verrückt geworden?« »Nein.« »Das ist gut zu hören.« Im eigenen Zimmer nahm Holtrop sein Telefon und führte weitere Gespräche, mit Riethuys, dann mit Ben Sherman, mit Fame Scarlett, Anruf bei Leif Randt, zuletzt bei Leffers in Berlin. Holtrop war wieder bester Stimmung und redete animiert in sein Telefon hinein, nach dem Auflegen stand er schweigend am Fenster. Unten sah er die Menschen. Holtrop hatte die Reise in die USA offiziell abgesagt, aber

Riethuys damit beauftragt, ein Ticket nach New York zu buchen, abgehend von Berlin, sich selbst morgen in Schönhausen bereit zu halten, er hatte das Interview mit dem Handelsblatt durch Dirlmeier verschieben lassen und Leffers für heute Abend zum Gespräch bestellt. Es war zwanzig nach zehn, und unten ging jetzt tatsächlich, ja, da kam er: Thewe dahin. Holtrop sah, wie Thewe, das Jackett zum Schutz gegen den Regen über den Kopf gezogen, auf seinen Jaguar zuging, springend fast, die Türe öffnete und sich groß und schwarz, wie er nun einmal gemacht war, in seinen Jaguar hineinfaltete, »lächerlich«, dachte Holtrop, also doch immer noch wütend, und schimpfte in sich auf Thewe und dessen Jaguar.

Der Motor ging an, brummte, schnurrte, die Wegfahrsperre war also nicht aktiviert. Thewe trat auf die Bremse und stellte den Ganghebel auf Retour, ließ die Bremse langsam los, und der Wagen rollte zurück. Er drehte sich um und schaute über die Schulter nach hinten. Rückwärts fuhr er aus der Parklücke heraus, drehte sich wieder nach vorn, hatte den Gang auf Drive gestellt, Musik angemacht, und in dem Moment, als er tief in seinen Ledersesselsitz hineinfederte, als der Wagen vom Parkplatz auf die Straße fuhr, durchzuckte ihn das Glück: der Gedanke, hier einfach abzuhauen. Er drückte aufs Gas, die Reifen quietschten beim Anfahren, vierzig Meter Maximalbeschleunigung die Stichstraße dahin, dann das Stopschild, heftig gebremst stopte der Wagen, STOP. Thewe fuhr weiter, der Wagen gehorchte, das Auto tat, wie er wollte, »sehr gut«, dachte er, ganz er selbst, der Herr seiner eigenen Welt.

## XI

Thewe stopte, bog nach rechts ab und rollte langsam die Carl-von-Assperg-Straße entlang, die um das Firmengelände in einem weiten Oval herumging, Lagerhalle, Wäldchen, Leercontainer, alte Druckerei, Verwaltung, neue Druckerei, überall brannte Licht, auf schmutzig aufgeweichten Wegen waren die Leute in ihrer Mittagspause zwischen den Gebäuden unterwegs, viele mit Regenschirm, und das Pfützenwasser am Straßenrand spritzte hoch in die Luft über dem Gehweg, wenn ein Wagen zu schnell die Straße entlangfuhr. Thewe umkurvte die Pfützen, machte vor der Ausfahrt zur Pforte einen U-Turn und fuhr wieder zurück, direkt zur alten Lagerhalle. Die alte Lagerhalle war ein asbestverseuchter Flachbau, der in den ersten Asspergjahren leergestanden hatte, Mitte der 90er Jahre grundsaniert worden war und seit Holtrops Amtsantritt in ein integriertes Mitarbeitercenter umgebaut werden sollte. Jetzt war Giftwasser in der Umgebung des Gebäudes gefunden worden, Schwermetalle aus alten Vorkriegsbeständen waren dort ins Erdreich unter der Halle eingebracht worden, wann genau und von wem, wurde noch untersucht, unklar war auch, ob eine Sanierung des Gebäudes überhaupt noch möglich war. Planen schlackerten um das Gerüst, das um die Halle herum aufgestellt war, auch der Bauzaun davor wackelte im Wind. Thewe ließ den Wagen am Straßenrand stehen und ging in die Halle hinein.

Es war dunkel, die Luft war feucht, nach hinten zu wurde der Raum weiter und heller. Am Boden lagen Kabel und Bastrollen, auch ein Strick, ein längeres Stück Seil, das sich zwischen den Kabeln und Rollen dahinschlängelte und von irgendwem hier zurückgelassen worden war, daneben waren Ziegel aufgeschichtet. Thewe blieb stehen. Er schaute auf das am Boden unbewegt daliegende Seil, das er deutlich erkennen konnte. Als Thewe in die Hocke ging, um diesen Gegenstand, der sich ihm beim Hinschauen zu der plötzlich möglichen Tat STRICK verzerrt hatte, aufzuheben, hörte er Schritte, richtete sich auf, und bevor er sich umdrehen konnte, sagte jemand: »Was machen Sie denn hier, Chef!« Von hinten legte Baufachpolier Ostrowski Thewe eine Hand auf die Schulter. Thewe hob seinen Kopf hoch und drehte ihn nach hinten zu Ostrowski um. »Wir hatten gestern wieder Baustandssitzung. Wie läuft es aktuell bei euch?« Ostrowski machte eine Geste der Vergeblichkeit. »Sie sehen es selbst.« Thewe drehte sich ganz zu Ostrowski um und schaute ihm ins Gesicht. Wieder gab es in Thewes Endhirn eine Fehlverschaltung, denn er hörte in sich die Worte: »die reitenden Boten des Todes, die reitenden Boten des Todes«, die keinen Bezug zu Ostrowski hatten, eine Zeile aus einem Text war durch Ostrowskis Gesicht in Thewe aktiviert worden, aber diese Sinnesverwirrung zwischen dem Gesehenen und der irrationalen Musikalität der Worte bewirkte ein Aufleuchten in Thewes Geist, was Ostrowski, obwohl Thewe ihm nicht direkt in die Augen schaute, registriert hatte, und er sagte im Ton einer Ermutigung: »Wir fahren zum Thai-Imbiss, kommen Sie mit!« Bei diesen Worten packte Ostrowski mit seiner rechten Hand den linken Oberarm von Thewe, der Impulsaustausch funktionierte jetzt in Gegenrichtung direkt physikalisch, Thewe wich erschreckt zurück, die Berührung wurde dadurch beendet, zugleich nahm er, inhaltlich gegensinnig, den Vorschlag verbal an: »Mache ich gern.« »Fahren Sie mit uns?« »Ich fahre lieber selber.« Im Halblicht der Halle sah Thewe auf die Rohre aus Stahl, den Dreck am Boden und die überall herumstehenden Geräte für Handwerker. Er dachte an Aktivitäten von früher, was ihn aber nicht vitalisierte, sondern betrübte und impulsiv empörte. Der Plötzlichkeit der geplanten Ausstoßung seiner Person aus dem Kreis der Lebenden wollte er sich, sagte sich Thewe, wie er hinter Ostrowski herging, widersetzen, Ostrowski ging mit kräftig auftretenden Schritten voran und Thewe ihm hinterher.

In der zukünftigen Kapelle, wo auch Yogameditationen stattfinden sollten, wenn die Anregungen des alten Assperg, der nicht nur als Hobbyarchitekt und Hobbyphilosoph, sondern auch als Hobbyspengler an umfassenden Weltuntergangsszenarien und niemanden ausschließenden Weltverbesserungsideen herumdengelte, erst einmal gebaute Wirklichkeit geworden sein würden, saßen die Männer von Ostrowskis Arbeitstruppe und warteten auf ihren Chef. Sie nickten Ostrowski zu und redeten weiter, sahen dann Thewe, nahmen minimal Haltung an, ersparten es Thewe aber, durch übertriebene Signale der Rangakzeptanz von ihnen ausgestoßen und verhöhnt zu werden, Resultat des allgemein freundlichen Theweschen Naturells, das im Auftreten sichtbar wurde, Freude an freundlichen Menschen, Melancholie und Naivität. Ostrowski sagte zu den Männern: »Die Lieferung der Pappen verspätet sich, wir fahren zum Thai.« »Wann kommen die Pappen?« »Heute Nachmittag oder morgen.« »In der Früh?« »Eher am Nachmittag.« Ostrowski drehte sich von den Männern ab, zeigte ins Dunkel der Halle und sagte zu Thewe: »Jetzt wurde hier auch noch Blei gefunden.« Thewe antwortete: »Kontaktblei oder alt versackte Reste?« »Benzolschorf, ganz neu, aus einer früheren Verkippung.« »Nicht schön.« »Nein.« Thewe nickte. Ostrowski drehte sich wieder zur Gruppe, die Männer saßen da und hatten aufgehört, sich zu unterhalten. Ostrowski: »Können wir dann gehen?« »Ob du kannst, weiß ich nicht.« Das war Günsche, er lehnte an einer Kiste am Rand und schaute sich nach den anderen um. Ohne auf Günsche zu reagieren, setzten sich die anderen Männer in Bewegung. Ostrowski ging auf

Günsche zu und sagte zu ihm: »Thai!« »Habe ich verstanden«, sagte der. In träge fließender Osmose bewegte sich die Gruppe durch den Gegenstandswiderstand der Halle auf den Ausgang zu. Thewe ging mit. Sie kamen in der zukünftigen Kantine an der mit silbernen Planen abgedeckten Bleiverkippungsstelle vorbei, daneben standen Stümpfe aus Beton. An die Wände waren mit Leuchtschrift Graffitiparolen aufgesprayt, unlesbare Worte, aber auch Worte wie *Astralstrumpf* und *Sakralstumpf* standen da, oben ragten aus den abgeschnittenen Betonsäulen Stahldochte heraus, zwischen den Stümpfen waren T-Träger aus Metall aufgelegt, auf der so gebildeten Brücke lagen Säcke mit Gips, Sand und Zement, darunter umgestoßen eine Betonmischmaschine. Die Pfütze der dahinkriechenden Männer entließ einen Einzelmenschen, Lenting, der auf die Betonmischmaschine zuging, um sie im Vorbeigehen aufzustellen. Thewe wollte helfen, stolperte, die Männer lachten. Richtung Eingang wurde es wieder dunkler. Die Flamme eines Feuerzeugs, das Ostrowski angemacht hatte, beleuchtete für einen Augenblick den Raum, die Türe war direkt vor ihnen. Die Flamme ging aus, Thewe blieb stehen, und da flutete durch den Türspalt der aufgedrückten Türe das Licht auch schon herein, fahl, aber extrem hell.

## XII

Das riesige Einkaufszentrum am Ende der Ausfallstraße aus Krölpa heraus, auf das Thewe hinter Ostrowskis Ford Transit Sprinter in seinem dunkelgrünen Jaguar zufuhr, war eine Schrottimmobilie aus der Zeit von Kohls blühenden Landschaften des Ostens, die der Brache am Stadtrand von Krölpa den Flair einer avanciert heruntergewirtschafteten Dying City gab. Noch nie hatte Thewe dort jemanden einkaufen gesehen. Als die beiden Wagen auf den fast leeren Parkplatz fuhren, läutete sehr hell eine Kirchenglocke. Zwischen dem Einkaufszentrum und der neu erbauten Müllverbrennungsanlage war damals, Anfang der 90er Jahre, auch gleich ein Kleinkrematorium für die Toten von Westkrölpa errichtet worden. Die Kredite wurden der Stadt von westdeutschen Banken geschenkt, und die Stadt konnte dadurch die Anlage günstig an die von der Stadt unabhängige städtische Betreiberfirma mit hohem Gewinn zurückvermieten. Es dauerte einige Jahre, bis klar war, dass dieser hohe Gewinn dadurch entstand, dass die Stadt ihre eigenen Betreiberfirmen mit hohen Zahlungen, die in den ersten Jahren noch aus dem Sonderetat Aufbau Ost geleistet werden konnten, selbst subventionieren musste, und dass für die ursprünglich kostenlosen Kredite mit der Zeit jährlich steigende Zins- und Tilgungskosten fällig wurden, durch die der Haushalt der Stadt immer stärker belastet wurde. Die früheren Staatssicherheitsmitarbeiter der DDR, die zunächst als städtische Neupolitiker aller Parteien mit Bonuszahlungen dazu motiviert worden waren, diese den Kapitalismus verhöhnenden Geschäfte für die Stadt abzuschließen, hatten sich inzwischen auf die von ihnen gegründeten Firmen, deren Existenz durch langjährige Verträge mit der Stadt gesichert war, und auf die dort im Verhältnis zur Größe der Firma grotesk überhöht dotierten Geschäftsführerposten zurückgezogen. Sie verfolgten ihre eigenen Deals am Kapitalmarkt mit den Geldern, die sie aus den von ihnen gekaperten Firmen herauszogen. Für die so in die Insolvenz geschickten Firmen musste die Stadt rettende Auffanggesellschaften gründen, wodurch neue städtische Zahlungsverpflichtungen entstanden, die aber bei keiner konkreten Person, schon gar nicht bei den alten DDR-Seilschaften, sondern nur wieder bei der Stadt, die sowieso schon pleite war, als ganzer lagen.

Thewe hatte als Chef der Gesamtholding für Krölpa, der Assperg Dienste Krölpa GmbH, von Holtrop im Jahr 2000 umbenannt in Arrow PC, mit den Stadtpolitikern viele Geschäfte auf Gegenseitigkeit machen müssen, anders wären die Genehmigungen nicht erteilt worden, die für den von Wenningrode massiv forcierten Ausbau des Standorts Krölpa nötig gewesen waren. Gegen Ende der 90er Jahre waren die Forderungen nach seitwärts und nebenher der Stadt und den Politikern zuzuwendenden Geldern immer offensiver und dreister geworden, weil alle festgestellt hatten, dass umso mehr Geld da war, je mehr gefordert wurde. Der jetzige Bürgermeister Schomburgk war zwar die seit Jahren integerste Figur an der Spitze der Stadt, aber auch er war nur Bürgermeister von Gnaden der im Boriéclub sich versammelnden Obristen und Generäle des früheren Staatssicherheitsdienstes der umliegenden Bezirke von Gera, Erfurt, Halle und Suhl. Die Wirtschaft der DDR war zwar zusammengebrochen, aber das System der Macht, Gesinnungskorruption, parteigeleitete Menschenverachtung und Aushöhlung der staatlichen Institutionen, das der DDR-Staat kultiviert hatte, hatte die überlegenen Apparatschiks der Macht produziert und so selbst überlebt. Mafiös organisierte DDR-Kaputtheit regierte heute den Osten, wie früher auch. Fast zehn Jahre hatte Thewe hier gearbeitet, die Verhältnisse waren kaputt, aber sie funktionierten.

Vor dem Einkaufszentrum parkten am Straßenrand illegal zwei Wohnwagen, das war der Thai-Imbiss, unter den Vordächern standen einige Leute beim Essen. Ostrowski fuhr an den Rand des Parkplatzes, Thewe blieb weiter vorne stehen. Er drückte einen Schalter, drehte den Kopf nach links und sah, wie der Rand der Seitenscheibe leise ächzend aus dem Schutzfutter der Türe hervorkam und sich langsam nach unten senkte, während Ostrowski aus der Ferne durch den Regen hindurch, in eine monströse Regenjacke gehüllt, die Kapuze über den Kopf gezogen, auf Thewes Jaguar zuging. Gleich würde Ostrowski dastehen, und Thewe musste dann entschieden haben, Essen beim Thai und Treffen danach mit Sprißler oder Rückfahrt sofort nach Berlin, um abends Leffers zu sprechen, oder beides oder keins von beidem. Thewe fühlte sich sogar für eine solche Entscheidung zu schwach. Der Schlag ins Gesicht, den Holtrop ihm gegeben hatte, hatte ihn nicht paradox gekräftigt. Es war sehr lange her, dass er sich so stark gefühlt hatte wie Ostrowski, der jetzt unwiderstehlich gutgelaunt vor ihm stand. Belustigt fragte Ostrowski: »Ist Ihnen zu nass heute?« »Ja.« »Sie bleiben also sitzen?« »Nein.« »Was kann ich Ihnen bringen?« »Danke, nichts.« »Herr Thewe!« »Ja.« »So können wir nicht arbeiten!« »Ich weiß.« Dann war Thewe, der zu Beginn des Wortwechsels noch sofort nach Berlin weiterfahren wollte, um in Ruhe über alles nachdenken zu können, plötzlich doch dazu entschlossen gewesen hierzubleiben, um mit Sprißler zu sprechen. Er stieg aus seinem Auto aus, warf die Türe zu und ging hinter Ostrowski auf die anderen Arbeiter beim Thai-Imbiss-Wohnwagen zu. Dort stand er und schaute, während die Kollegen schon bestellten, auf die ausgeblichenen Schaubilder der mindestens vierzig angebotenen Gerichte, abgestoßen von der Vorstellung, gleich die Worte »Schabbi Mirch« aussprechen zu müssen. Und als er an der Reihe war, sagte er einfach: »Einen doppelten Döni bitte.« »Weißrot, gelb, weiß oder rot?« »Bitte mit allem.« Der Döni wurde, in der Kartonschale angerichtet wie bestellt, über den Tresen gereicht, Thewe bezahlte DM 1,60, nahm den Döni, eine Art Wursthack mit gedünstetem Altgemüse auf Vollfleisch und Dicknudelsud, und ging an den Stehtisch, der unter dem Vordach des zweiten Wohnwagens aufgestellt war, zu den Kollegen, die mit ihrem Essen, zwei Minuten nachdem sie damit angefangen hatten, schon fertig waren. Thewe stellte sich dazu und fing zu essen an, und die anderen Männer schauten ihm beim Essen zu.

## XIII

»Ja natürlich wird man leben«, sagte Thewe, »aber es wird kein schönes Leben sein«, dabei schaute er auf den Teppichboden von Sprißlers Bürozimmer im Arrowhochhaus. Sprißler fragte nicht nach, das war ihm zu kaputt, nur eine weitere Bestätigung des Ruins der vom Alkohol zerstörten Theweschen Persönlichkeit. Thewe ging vom Fenster zurück zur Sitzgruppe, das Gespräch mit Sprißler hatte ergeben, dass auch Sprißler, der in Krölpa alles wusste, ihm nicht helfen wollte. Sprißler stand neben einem der beiden schwarzen Sessel am Couchtisch. Thewe ging auf den anderen Sessel zu, um sich nocheinmal zu setzen, aber Sprißler blieb stehen. Er sagte nichts mehr, die Unterredung war beendet. Die Modernität der Einrichtung des Büros von Sprißler war auf eine kühle Neutralität ausgerichtet, aber das Schwarz und Grau der Möbel, der Teppich, die Türen, die Lampen aus Stahl und eine mitten am Hals geköpfte gläserne Vase, aus der eine einzelne Orchideenblüte herausragte, es wirkte all dies auf eine grelle Art kalt und ordinär. Thewe atmete hörbar aus und nahm die Hände auseinander. Er wollte die fällige Verabschiedung einleiten. Sprißler machte noch eine Geste nach hinten zur Wand, wo ein kleines Bild von Penck oder Meese hing, und sagte: »Eines will ich Ihnen noch zeigen.« »Was denn?« Sprißler ging auf das Gemälde zu, auf dem ein Militär mit Totenkopfkreuz zu sehen war, hängte es ab und öffnete den dort dahinter in der Wand befindlichen Tresor. Er winkte Thewe heran und forderte ihn auf, in den Tresor hineinzuschauen. Dort war eine Kasse, ein Stein und ein Stapel Papiere zu sehen. Sprißler nahm die Papiere an sich, dahinter wurde ein Metallgegenstand sichtbar, und machte den Tresor wieder zu. Dann hängte er das Bild zurück an die Wand. »Ein starkes Bild«, sagte er. Thewe widersprach nicht, obwohl auch das Bild nur brutal und ordinär war. »Das sind die Beweise und Belege«, sagte Sprißler und rollte die Papiere zusammen, »kommen Sie mit.«

Sie fuhren mit dem Aufzug in den unter der Tiefgarage gelegenen Heizungskeller im zweiten Untergeschoss. Dort gingen sie durch gelbbraun beleuchtete, von Rohren an der Decke und an den Seiten durchzogene Gänge um mehrere Ecken herum zur Steuerstelle für die Heizung. Sprißler öffnete die Türe. Es brannte Licht, der Wachmann, der hier Dienst hatte, schaute erstaunt, er war gerade am Essen, es roch nach frischem Fleischsalat mit Paprika, der Mann entschuldigte sich. Sprißler schickte ihn hinaus. Dann stellte er das Lüftungsgebläse an und setzte sich auf die Bank vor den Spinden. Thewe blieb stehen. Sprißler blätterte in den Papieren und erklärte dazu, mit diesen Unterlagen setze er sich gegen die wahrheitswidrigen Behauptungen zur Wehr, die Meyerhill und Holtrop im Zug der neuesten Compliance-Offensive in Krölpa gestreut hätten, dass nur er, Sprißler, von fragwürdigen und problematischen Zahlungen an den hiesigen Sicherheitsdienstleister Bessemer gewusst habe. »Es war anders«, sagte Sprißler, »und diese Papiere belegen das.« Er habe Holtrop genau diese Papiere gezeigt und genau dies gesagt. Das habe seine Wirkung getan. Er könne Thewe nur den Rat geben, entsprechende eigene Unterlagen, die er vermutlich bei sich aufgehoben habe, Holtrop vorzulegen. Holtrop habe sich nie sehr für

Arrow PC und Krölpa interessiert, aber sicher sei, dass er zum gegenwärtigen Zeitpunkt keine weiteren Probleme brauchen könne. Thewe hatte verstanden. Er hatte allerdings keine solchen ihn schützenden Unterlagen aufgehoben. Er hatte alle diese grauen Anschubzahlungen und stillen Spenden, die Kuverts mit Geld und die Rechnungen ohne Gegenleistung zu übersehen sich bemüht, und genau das war in den letzten Jahren recht gut gegangen. Thewe war Sprißler dankbar, er bedankte sich für Sprißlers Rat. »Ich habe nur überhaupt gar keine derartigen Papiere«, sagte Thewe. »Ach?« sagte Sprißler erstaunt. Eben dies hatte er von Thewe wissen wollen, und jetzt sagte er zu Thewe: »Keine Papiere, überhaupt nichts Derartiges?« »Nein, gar nichts«, sagte Thewe. »Das ist natürlich sehr schlecht.« Sprißler freute sich über den neuerlichen Beleg der an Blödheit grenzenden Naivität von Thewe. Er würde bei Holtrop ein gutes Wort für ihn einlegen, sagte Sprißler im Hochgehen zu Thewe, könne der sich denn eine andere Position vorstellen innerhalb der Assperg AG, eventuell auch in Schönhausen? In der Eingangshalle des Arrowhochhauses verabschiedete sich Sprißler von Thewe und achtete dabei darauf, von wem er hier mit Thewe zusammen gesehen worden war.

## XIV

In dem abhörsicheren Raum von Blaschkes Büro, ein begehbarer Schrank, den ein Vorgänger Blaschkes sich noch zu DDR-Zeiten für seine Jagdutensilien hatte ausbauen und einrichten lassen, standen sich Holtrop und Blaschke gegenüber, jeder in einer Ecke, so weit wie möglich voneinander entfernt, was eine Distanz von kaum mehr als eineinhalb Armlängen ergab. Zwischen den beiden lag ein Packen Papier auf dem Klapptisch. Früher wurde an solchen Orten der Klandestinität Kokain gehackt, heute ging Holtrop hier dem Geschäft von Verrat und Überwachung nach. Er sagte: »Wie genau können wir feststellen, wo Thewe sich aufhält?« »Das hängt natürlich davon ab, wo er sich aufhält.« »Aha.« »Naja«, sagte Blaschke, »wenn er sein Handy wegschmeißt, das Auto stehen lässt und irgendwo hier in Thüringen in den Wäldern verschwindet, dann ist es natürlich schlecht.« »Ist klar, aber wir haben doch keinen Hinweis, dass er so etwas plant?« »Nein«, antwortete Blaschke, »im Moment nicht.« Holtrop deutete auf die Papiere, Abschriften von Gesprächen, die in den vergangenen Wochen in den Büros von Meyerhill, Sprißler und Thewe geführt worden waren. Blaschke hatte Holtrop die Unterlagen zur Durchsicht übergeben, eventuell relevante Passagen, die sogenannten *Stellen*, mit gelbem Leuchtstift markiert. Holtrop sagte: »Da war ja wohl nichts dabei, oder?« »Nein.« »Wo werden diese Tonbänder jetzt eigentlich abgetippt?« »Bei Burgmer Target in Rostock.« »Aha.« »Sind auch keine Bänder mehr.« »Noch besser.« Die bürokratenhafte Laschheit von Justitiar Blaschke, das breiig Aufgedunsene seines Gesichts, das in Momenten der Anspannung von ticartigen Verkrampfungen der tieferliegenden Muskulatur durchzuckt wurde, wie man das von Finanzminister Eichel her kannte, gaben Holtrop das gute Gefühl, das Böse bei Blaschke in den richtigen Händen zu wissen. Aber auch in Blaschke irrte sich Holtrop, dessen Menschenkenntnis durch überwertige Egoorientierung auffallend schwach ausgeprägt war.

Blaschke agierte in allem nach dem Grundsatz, Schaden abzuhalten von Assperg. Er war Radikalangestellter der Firma in dem Sinn, dass er sich keiner einzelnen Person, noch nicht einmal dem alten Assperg, schon gar nicht etwas so Vergänglichem wie dem aktuellen Vorstandsvorsitzenden, der zufällig gerade Holtrop hieß, verpflichtet fühlte, sondern einzig dem, was er für das rechtlich definierte Wohl der Firma hielt. Er verfolgte keine eigene Agenda, jedenfalls nach eigenem Selbstverständnis nicht, das machte ihn unberechenbar, denn was das Firmenwohl vorgab, war unvorhersehbar, nur für Blaschke, der das Ganze der Firma im Blick zu haben glaubte, Objektivität. Insofern war Blaschke, bezogen auf den Kosmos Assperg, Gottes Stellvertreter auf Erden, Papst oder Teufel, je nachdem ob von einem Theologen oder Soziologen beobachtet. Im Moment jedenfalls war aus Sicht Gottes, wenn man Blaschkes Bemühen, eine möglichst unauffällige, im Streitfall auch unangreifbare Entlassung Thewes sicherzustellen, zum Erkenntnismaßstab nahm, ein Verbleiben von Thewe in seiner Position als Arrowchef nicht mehr im Sinn und zum Vorteil der Assperg AG. Die technischen Details zur Sicherung von Beweisen, dass Thewe Firmeninterna an Dritte weitergegeben und sich damit eines rechtswidrigen Geheimnisverrats schuldig gemacht habe, ein klarer Verstoß gegen die Unternehmensleitlinien, die Charta der Wahrheit, auf die jeder Angestellte von Assperg sich bei der Unterzeichnung seines Anstellungsvertrags zu verpflichten hatte, legte Blaschke mit einer an diesen Details besonders interessierten Präzision dar. Außerdem in Blaschkes Fokus: die Korrektheit der Delegationskaskade, die zwischen dem Auftraggeber der Überwachungsmaßnahmen, offiziell Meyerhills Securo, und der realen Durchführung vor Ort durch unabhängige, über die Reinigungsfirma Clean Impact vermittelte Sicherheitsfachkräfte im Auftrag der Bessemer Consult so eingerichtet war, dass die Maßnahmen, auch finanztechnisch korrekt, dem Komplex *Entlassung Thewe* zugeordnet, später Thewe, falls es zu einer gerichtlichen Überprüfung der Vorgänge um seine Entlassung kommen sollte, in Rechnung gestellt werden konnten.

Holtrop fand den paranoid pedantischen Detaillismus von Blaschke pervers. Er hörte sich dessen Ausführungen an und wusste, dass Blaschke ihm diese Informationen, wäre er ihm gegenüber loyal, nicht aufdrängen, sondern vorenthalten würde. Aber weil Blaschke ihm in seiner Korrektheit so widerwärtig war, konnte er nicht richtig über ihn nachdenken. Er konnte nicht einmal dessen Motiv erfassen, obwohl es offensichtlich war: Holtrop die Verantwortung für die Maßnahmen gegen Thewe zuzuweisen, nicht vor Zeugen, aber bezeugt von der gleich im Anschluss an dieses Gespräch anzufertigenden Gesprächsnotiz. Immerzu nickte Holtrop ungeduldig. Holtrop wollte diese Besenkammer, in der Blaschke sich auf beklemmende Weise wohlzufühlen schien, endlich verlassen. »Der Herr«, sagte Holtrop und stöhnte auf, »ist der Knecht des Knechts! Ich bitte Sie, Herr Blaschke, ich bin in Eile, ich muss jetzt wirklich gehen.« »Kein Problem«, antwortete Blaschke, »wir sind auch so weit durch.« »Auf Wiedersehen«, sagte Holtrop sofort. Und Blaschke sagte: »Das Protokoll schicke ich Ihnen zu.« »Nicht nötig, Herr Blaschke.« »Ich weiß«, antwortete der, »nur für uns.« »Für Sie«, sagte Holtrop. »Ja, zur internen Information.« »Natürlich!« Holtrop war genervt. »So sind nun mal die Regeln, Herr Dr. Holtrop.« »Wollen Sie mich beleidigen, Blaschke?« »Eigentlich ungern«, sagte Blaschke, und das war sicher die Wahrheit, denn ein Konflikt wegen einer solchen Banalität, dass im konspirativen Prozedere jeder die Dokumentationsinteressen seines Gegenübers anerkennen musste, war Blaschke unangenehm, ungefähr genauso widerwärtig wie Holtrop umgekehrt Blaschkes Korrektheit. »Sie haben die USA-Reise abgesagt«, sagte Blaschke in verbindlich fragendem Ton, um eine normale Verabschiedung zu ermöglichen. Holtrop: »Wie kommen Sie denn darauf!« »Hatte ich so verstanden, ganz egal.« »Wiedersehen«, schrie Holtrop jetzt beinahe. »Auf Wiedersehen, Herr Dr. Holtrop.« Kopfschüttelnd und zuletzt wirklich verärgert ging Holtrop von Blaschke fort. Natürlich müsste man in einem virtuellen besseren Leben einen Mensch wie Blaschke, das waren Holtrops Resultatgedanken, als erstes loswerden, am besten so schnell wie möglich. »Aber wie sollte das möglich sein?« dachte Holtrop, Blaschke würde der Assperg AG für immer und selbst dann noch als Justitiar dienen, wenn die Familie Assperg ihre Anteile an einen saudischen oder taiwanesischen Hedgefonds verkauft haben würde, was für die nächsten zwanzig Jahre nicht zu erwarten war.

Blaschke nahm die Papiere vom Klapptisch und ging in sein Büro. Für ihn war Holtrops genervter Abgang nur wieder ein weiterer Beleg dafür, wie schlecht Holtrop die Firma, die er selber führte, wirklich verstand. Dass Holtrop es als Asspergchef nicht mehr lange machen würde, war Blaschke völlig klar. Er stand am kleinen Aktenvernichter und ließ die Gesprächsmitschriften durch die altmodische Maschine laufen. Der luftige Papierbrei, der dabei entstand, konnte allerdings das informationelle Problem, dass man diese Informationen, die man sich beschaffen zu müssen geglaubt hatte, jetzt, nachdem man sie gesichtet und als unbrauchbar für den intendierten Zweck, den Beleg eines Verrats, erkannt hatte, gerne wieder in die Inexistenz der Vergänglichkeit real gesprochener Worte zurückverwandeln würde, nicht lösen, so schön er auch ausschaute. Und auch wenn man alle CDs geschreddert hätte, auf denen die Datei gespeichert worden war, und die Festplatten aller Computer, durch die die Datei hindurchgereist war, vernichtet: der Akt der Isolierung dieser Informationen war nicht rückgängig zu machen, ihr Herausgerissenwerden in die egal wie kurze Nichtvergänglichkeit von Text war für immer gespeicherte Tat, sie selbst dadurch Datei geworden, unbeseitigbar in der Welt. Aber Blaschke war Jurist. Wenn man die Irrealität solcher informationstheoretisch möglichen Spekulationen zuende denken würde, könnte man den Realbetrieb jeder echten Firma, wie sie die Assperg AG war, einstellen. Blaschke beendete statt dessen die von dieser abzulehnenden Endkonsequenz her sinnlosen Gedanken und stopfte den Papierbrei in den Abfalleimer, mit unaufgeregten Bewegungen, aber endgültig.

Dann setzte er sich an den Schreibtisch und notierte vier Zeilen zu dem Gespräch. Noch davor hatte Blaschke bei der Frankfurter Sozietät Sennheiser, von der Assperg sich in komplizierteren arbeitsrechtlichen Fragen beraten ließ, ein Gutachten bestellt, das die Aussichten einer Klage gegen Thewe wegen Geheimnisverrats und die möglichen Folgen für eine fristlose Kündigung prüfen sollte. Es bestand dieser Verdacht auf Verrat von Geschäftsgeheimnissen zwar auf Grund überhaupt keiner realen Verdachtsmomente, aber umso mehr gab es den Bedarf, in den Akten einen Grund dafür dokumentiert zu haben, dass hausintern gegen Thewe wegen dieses Verdachts ermittelt werden musste. Aus Sicht des Rechts gab es alle Grade von Illegalität, etwas komplett Nichtillegales aber praktisch nicht. Insofern war das Vorgehen gegen Thewe, das die Assperg AG im eigenen Interesse wählen musste, vielleicht nicht das allerschönste, aber was auf Erden war schon wirklich SCHÖN? Recht: Maschinenraum der Gesellschaft.

Im Keller des Arrowhochhauses schräg gegenüber standen die buntfarbenen Putzwagen hinter verschlossener Türe im Dunklen und warteten dort tagsüber auf ihren Einsatz später, wenn es erst wieder richtig Nacht geworden sein würde.

## XV

In der zweiten Nacht war der Regen schwächer geworden. Eine verstümmelte Funkmeldung des Inhalts, das Wetter sei nicht nur plötzlich, sondern endgültig umgeschlagen, führte deutschlandweit zu fehlerhaft optimistischen Prognosen für die Aussichten auf den kommenden Tag. In Krölpa war Sprißler mit Zedlitz und Rechtsanwalt Buhnke beim Verlassen des Rathauskellers gesehen worden. In Berlin wurde Dienstaufsichtsbeschwerde gegen BKA-Kriminaldirektor Kiefer erhoben. Kiefer war um Mitternacht vor dem geschlossenen Haupteingang zum Bundeskanzleramt erschienen, in weiblicher Begleitung und offensichtlich stark angetrunken, und hatte von dem dort wachhabenden Bundesgrenzschutzbeamten Gant, aus Krölpa gebürtig, Einlass gefordert. Auf die Weigerung Gants hin, Kiefer Zutritt zu gewähren, habe Kiefer, so die Rüge der Beschwerde, Gant zuerst verbal provoziert, als *Wichser* bezeichnet, ihm dann mit der Faust ins Gesicht geschlagen, woraufhin BGS-Mann Gant den BKA-Mann Kiefer nach allen Regeln der Selbstverteidigungskunst zusammengefaltet, zu Boden gebracht und dort fixiert habe. Die Rechtsberatung Gants war noch in der Nacht, auf Sprißlers Vermittlung hin, durch Clubanwalt Buhnke übernommen worden.

Henze hatte frei und lag zu der Zeit schon im Bett, von dort aus sah er, als er aufgewacht war, durch das Fenster hindurch die Bäume in Bewegung und konnte nicht mehr einschlafen. Langsam neigten sich die Spitzen der Bäume, die keine Blätter mehr hatten, zur Seite, langsam zurück, zur Mitte, nach vorn, auf das Haus zu, nach unten, und wieder zurück zur anderen Seite, langsam und groß. Henze machte die Augen zu. Da hörte er etwas, Schritte, die näher kamen, regelmäßige Tritte, die immer regelmäßiger und lauter wurden, unüberhörbar, eine Kolonne marschierender Bundesgrenzschutzmänner mit Stiefeln an den Füßen marschierte in nicht so weiter Ferne durch Henzes Welt, durch sein Gehör hindurch in sein Gehirn hinein, »cht cht cht«. Er hielt die Luft an und wartete, machte die Augen wieder auf und lauschte in sich hinein. »Rchb chb chb«, die Tritte waren sein eigener Herzschlag, der das Blut rauschend und zugleich abgehackt durch das Innere seiner Ohren pumpte, er selbst war diese Marschkolonne marschierender Männer gewesen, die dann leiser geworden und verschwunden war, und durch die geöffneten Augen kamen die Umstände der Außenwelt, auch ihre Geräusche, wieder zurück, der Wind draußen und ein hölzernes Schieben der Bohlen auf dem Dachboden, unregelmäßig, nicht weniger irritierend als die vorherige Regelmäßigkeit der Schritte vom Herzschlag her, so bewegte sich hörbar die sichtbare Welt um Henze herum, Wald, Hütte, Nacht. Er hatte das Handy im Büro von Sprißler in der Hand gehabt, und Poggart hatte ihn dabei beobachtet. Er hatte das Handy nicht sofort zurück in die Schublade gelegt. Die Schublade war offen gewesen, diese Schublade hätte nicht offen sein dürfen. Und in genau dem Moment, in dem Henze das Handy in die Schublade zurückgelegt hatte, hatte Poggart nach ihm gerufen, Poggart hatte also so lange gewartet, bis Henze das Handy zurückgelegt hatte. Henze überlegte, ob man ihn einer Tat, die er nicht begangen hatte, in einer Weise beschuldigen wollte, gegen die er sich nicht zur Wehr würde setzen können. Poggart benutzte seine Undurchschaubarkeit als Instrument. Henze fürchtete sich vor Poggart. Er lag wach und überlegte.

Poggart war auf der anderen Seite der Stadt mit Abgesandten der Detektei Bessemer Consult beim Thai-Imbiss verabredet. An den Stehtischen der Imbisswohnwagen drängten sich jetzt die Besucher der Diskothek MOON, die auf der Straßenseite gegenüber in einem ansonsten leerstehenden Industriegebäude aus Krölpas großer Zeit am Ende des XIX. Jahrhunderts ihre Räume hatte, ein monströs sich auftürmender Backsteinbau mit vernagelten Fenstern in den unteren Etagen und leeren schwarzen Löchern, wo einst Fenster gewesen waren, weiter oben. Das Moon war ganz unten im Keller, und über dem Dach ganz oben leuchtete hellgelb und riesig, auf einen metallenen Stecken aufgesteckt, ein märchenhaft zurückgelehnter Mond als dünne helle Neonsichel. Zwischen dem Moon, dem Parkplatz und dem Thai-Imbiss waren die Nachtlebenleute unterwegs, und wenn eine Autotüre aufging, wummerten ein paar Takte Techno durch die Nacht. Pünktlich um ein Uhr dreißig erschienen zwei Männer der Bessemer Consult, die Poggart kannte. Er holte Bier und ging mit ihnen zu den Abfallcontainern am ortsauswärts gelegenen Rand des Parkplatzes, dahinter standen eingezäunt mehrere Straßenbaumaschinen, die als dunkel schlafende Riesen von ATLAS, Loewe, Gegenbauer hier gesichert übernachteten. Vom Zaun aus hatte man einen guten Überblick über die Bewegungsvorgänge auf dem von einer Straßenlampe matt beleuchteten Areal zwischen Diskothek und Parkplatz, zur Hälfte waren diese Vorgänge der Aufnahme von Nahrung, zur anderen Hälfte dem Konsum von Drogen zuzuordnen. Die Männer erklärten, dass es bei dem besprochenen Projekt UMBRA um eine Überwachungsmaßnahme der Zielperson Thewe gehe, Poggart erhielt als erstes ein Kuvert, das der Wortführer der beiden Männer, Drabic, ihm übergab mit der Aufforderung, vor den Augen seines Kollegen das darin enthaltene Geld durchzuzählen, viertausend Mark in Hundertern, Barhonorar plus Spesen für Poggart und die von Poggart zu engagierenden Männer für die ersten vier Tage. Ein Erfolgshonorar in gleicher Höhe, erklärte Drabic, sei vorgesehen für den Fall, dass der Nachweis schnell gelingen würde, dass der Asspergangestellte Thewe gegen Assperg, seinen eigenen Arbeitgeber also, dort insbesondere gegen dessen Chef Holtrop, konspirativ tätig sei. Es bestehe der Verdacht, dass dieser Thewe sich durch die Weitergabe von Informationen und Akten einer Verletzung der vertraglich vereinbarten Pflicht zur Verschwiegenheit und des Verrats von Betriebsgeheimnissen schuldig gemacht habe, sagte Drabic, vom Auftraggeber habe es geheißen: »Wir müssen wissen, wo er ist, was er sagt, wen er trifft und welche Papiere sich in seinem Besitz befinden.« Wie das ermittelt werde, sei selbstverständlich der Professionalität der von Poggart einzusetzenden Kollegen überlassen. Poggart bejahte. Drabic übergab ihm Schlüssel und ein Dossier über Thewe, das Telefonnummern, Adressen, Autokennzeichen und Kontaktpersonen auflistete. Poggart steckte die Schlüssel ein, schaute auf das Papier und fasste den Auftrag nach seinem Verständnis nocheinmal zusammen. Drabic bestätigte die Richtigkeit dieser Zusammenfassung. Dann tranken die Männer ihr Bier aus, und Drabic sagte, dass er jetzt in das Moon gehen würde, um dort noch ein Bier zu trinken. Zusammen gingen sie von den Abfallcontainern zurück zum Parkplatz, wo sie sich trennten. Drabic ging über die Straße in Richtung Diskothek, der zweite Mann ging zu seinem Dienstwagen und fuhr in das Büro der Bessemer Consult zurück. Poggart fuhr zum Arrowhochhaus, um das Handy von Sprißler wieder in dessen Arbeitszimmer abzulegen. Von einem der blinden Fenster oberhalb des Moon aus wurden die Vorgänge auf dem Parkplatz durch Kriminalbeamte der Abteilung Droge, Sitte und Organisierte Kriminalität, zuständig für den Hauptbezirk Untere Unstrut, routinemäßig überwacht und mitdokumentiert.

## XVI

Thewe war nach Sprißlers Weggehen in der Eingangshalle des Arrowhauses stehen geblieben und wartete auf einen Rückruf von Leffers. Er hatte Leffers in Berlin angerufen, aber dessen Sekretärin hatte Thewe nicht durchgestellt, Leffers sei in einer Besprechung, er würde sich gleich melden. Dieses *gleich* war für den, der auf den Anruf warten musste, ein fundamental anderes als für den, der den Anruf gleich, wenn er erst dies und das und jenes, was ihm wichtiger war, erledigt hätte, von sich aus initiieren konnte, wann er wollte. Der Unter leidet, der Mächtige lässt warten. Jede Minute des Wartens hieß für den Wartenden: du bist eine Null. Mit Mühe versuchte Thewe sich von diesem Verdikt Leffers', den es bei Assperg nie gegeben hätte ohne Thewes Unterstützung, in Gedanken abzuwenden. Er glaubte, gerade seine Optionen im Konflikt mit Holtrop durchzurechnen, als er merkte, dass er in seinen Gedanken eigentlich beim nächsten Schluck aus der silbernen Flachflasche war. Nach einer Zeit des Widerstands gegen die Anwesenheit des Gedankens der Möglichkeit dieses nächsten Schlucks schaute Thewe wieder auf die Uhr, akzeptierte die ihm von Leffers neuerlich übermittelte Beleidigung, drehte sich um und ging auf die rückwärtige Wand der Halle und die dortige Ecke zu, erstaunt davon, dass er, dort angekommen, im Moment des Unbeobachtetseins einfach ganz ruhig kehrtmachte und zurück zu der Stelle seitlich hinter dem Pult des Empfangsdesks ging, wo er zuvor gestanden hatte. »Auch Schluck kann warten«, dachte Thewe, die Absurdität der Situation erheiterte ihn auch. Es wäre einfach, Holtrop einfach für verrückt zu erklären, aber das war Unsinn, Holtrop war nicht wirklich verrückt geworden. Trotzdem hatte die Unruhe, die am Krölpastandort Asspergs entstanden war, ihren Ursprung in Holtrops Paranoia, seiner generalisierten Angst vor Verrat. Weil Holtrop sich von Wenningrode bedroht fühlte, hatte er, um eine Gegendrohung aufzubauen, die Beragberater nach Krölpa geholt, die alle hier nervös machen sollten. Aber die Angst vor Illoyalität gehörte nach Thewes Auffassung und seiner eigenen Praxis als Chef, die es auch gab, auch wenn er selbst nur ein schwacher und kein guter Chef war, zum Chefsein dazu, sie war durch Vorsicht oder Misstrauen nicht beseitigbar. Thewe hatte sich deshalb nicht daran beteiligt, durch eigene Maßnahmen sicherzustellen, dass es unmöglich sein würde, ihn durch Intrigen zu schädigen. Jetzt stand er als Depp dieser Zurückhaltung da. Er hatte nicht die ganze Zeit Informationen gesammelt, weder gegen Sprißler noch gegen Meyerhill, die in natürlicher Konkurrenz um die Arrowführung hier in Krölpa, um seine Nachfolge also, standen, schon gar nicht gegen Holtrop, um sich im Fall eines Angriffs mit einem Gegenangriff wehren zu können. Die einzige Maßnahme zur Eigensicherung, die Thewe ergriffen hatte, war seine Offenheit gewesen, mit der er allen sein Vertrauen und die Friedlichkeit seiner Absichten signalisiert hatte. Aber natürlich war das primär als das aufgefasst worden, was es auch war: als Schwäche, Zeichen von Schwäche und deren Akzeptanz. Damit war Thewe unter den aktuellen Bedingungen des betriebsinternen Kriegs zum Abschuss freigegeben.

Der Rücken des Portiers, auf den Thewe die ganze Zeit schaute, bewegte sich nicht, aber Thewe konnte spüren, dass der Portier, der ihn vorhin noch freundlich begrüßt hatte, sich jetzt von Thewe auf eine unzulässige Weise von hinten überwacht fühlte. Es war nicht erlaubt, schräg hinter dem Rücken eines anderen zu stehen, nichts zu tun und dort einfach zu warten. Immer waren es ein paar Grundregeln zu viel, die Thewe auf eine auch noch deutlich überpenetrante Art missachten zu dürfen glaubte, nur weil er selbst die bösen Absichten, die sein Verhalten nahelegen könnten, nach eigener Überzeugung nicht verfolgte. Das war die von Sprißler so sehr verachtete Dummheit von Thewe, dass er sein Verhalten nicht als das nahm, wie es wirkte, sondern wie er es meinte. Der Portier war mit den Reportern und der Abwehr der Reporter beschäftigt, die vor dem Haus unter dem Vordach standen und sich ein Statement, am liebsten natürlich von Holtrop selbst, zu der am Vormittag bekannt gewordenen Nachricht erhofften, Holtrop habe ein Angebot aus den USA bekommen und erwäge tatsächlich, von Assperg wegzugehen und in die USA zu wechseln. Thewe schaute wieder auf die Uhr, checkte, ob das Handy nicht etwa auf leise gestellt war, nein, das Handy war auf laut gestellt, und Leffers ließ ihn weiter warten.

Vor Thewe gingen die Männer einer Umzugsfirma, in beigefarbene Overalls mit der Aufschrift MOVERS gekleidet, vorbei, die vierte Etage wurde geräumt. Die Firma Fly Pimp, die dort Büroraum angemietet hatte, war pleite gegangen. Fly Pimp entwickelte Hardwarelösungen für die drahtlose Übertragung von elektrischem Strom, nicht einfach nur Programme wie alle anderen Startupunternehmen aus der Gründerzeit des Internetbooms. Insofern war die Firma ein ungewöhnliches Investment gewesen Ende der 90er Jahre, als auch die von Holtrop besonders geförderte Venture-Capital-Abteilung viel Geld in jedes nur mögliche Startupunternehmen gegeben hatte. Die Idee *end.of.kabelsalat* war als Idee und Story von Asspergs AVC-Chef Schindt so vielversprechend gefunden worden, dass Assperg dort ganz besonders viel Geld investiert hatte. Fly Pimp hatte dann den Zusammenbruch der Internetblase zwar noch überlebt, aber den zweiten Absturz der Märkte nach dem Elften September nicht mehr. »Und jetzt auch noch Fly Pimp!« hatte Holtrop zu Thewe im Ton des ultimativen Vorwurfs gesagt, als ob Thewe an der Pleite eine Mitverantwortung tragen würde und durch persönlichen Einsatz hätte verhindern können, dass der Leerstand im Arrowhochhaus durch die Fly-Pimp-Pleite jetzt noch weiter wachsen würde. Mit einem der Umzugsmänner von Movers, der auf einer Sackkarre vier Kartons gestapelt vor sich herschob, ging Thewe nach draußen, an den wartenden Journalisten vorbei.

Unter dem Vordach blieb er stehen und wählte jetzt nocheinmal, wieder mit mitgesendeter eigener Nummer, das private Handy von Leffers an. Die Mailbox meldete sich, Thewe zögerte, wollte etwas sagen, legte dann aber doch auf. Er war einfach zu schwach, um sich der Erniedrigung auszusetzen, irgendeinen Betteltext auf die Höhenflugmailbox des unerreichbaren Leffers zu sprechen, der dann von dem ja doch nur wieder ignoriert werden würde. Im selben Moment klingelte Thewes Telefon, Leffers war dran. »Was gibts, du willst mich sprechen, was kann ich für dich tun?« rief Leffers bestens gelaunt und herzlich zu Thewe nach Krölpa hinunter. Sofort willigte Leffers ein in Thewes Bitte um einen Termin bei ihm in Berlin, »ja, natürlich«, rief Leffers, »morgen, gestern, wie du willst!« Thewe bemerkte an Leffers' völlig normal vom Arbeitsstress aufgekratzter Reaktion, »rühr dich«, rief er, »wenn du da bist, tschüß!«, dass es keineswegs so gewesen war, dass Leffers ihn absichtlich, gar um ihn zu quälen oder zu erniedrigen, hatte warten lassen, sondern ganz einfach, weil er beschäftigt gewesen war. Dieser Gedanke deprimierte Thewe noch mehr. Der Regen hatte aufgehört, das Vordach tropfte. Thewe ging zu seinem Auto, setzte sich hinein, nahm einen Schluck aus der Silberflasche und ging dann weiter zur Kantine, um vor der Fahrt nach Berlin noch etwas zu essen. Die Kantine wurde auch als öffentlich zugängliches Lokal genutzt. Es war kurz vor eins, die meisten Mitarbeiter hatten schon gegessen, nur wenige Tische waren besetzt. Thewe holte sich einen Kaffee und einen Käsekuchen und bewegte sich mit seinem Tablett suchenden Blicks quer durch den Raum auf die mit riesigen grünen Zimmerbäumen bepflanzte Fensterfront zu. Auch diese Kantine, ein klassisch schöner Zweckbau der frühen Hochmoderne vom Beginn der 60er Jahre des vergangenen Jahrhunderts, klar, offen, hell und ohne Schnörkel, würde demnächst abgerissen werden, einfach so, aus Willkür, weil Holtrops große Halle des Volkes im asbestverseuchten Flachbau nebenan kein Gestern neben sich duldete, im Wahn totaler Gegenwart, den Holtrop lebte, gefangen. Thewe setzte sich allein an einen großen runden Tisch und schaute durch die elefantenohrartig riesigen Blätter des Zimmerbaums nach draußen. Er griff nach der Kaffeetasse und nahm einen Schluck. Auf der Tasse stand in Französisch:

encore un jour
sans amour
encore un jour
de ma vie

Der Kaffee schmeckte gut, der Käsekuchen schmeckte auch gut, und die Aussicht nach draußen war normal. Thewe beruhigte sich. Er schaute auf die Straße, sah die Autos vorbeifahren, er sah einen Blaumannpassanten mit Rucksack auf dem Rücken und mehrere vereinzelt dahingehende Anzugleute mit Aktentasche, manche Leute hatten auch Anoraks mit Kapuzen an, man sah Hüte, Truckercaps und Schirme, fast alles war beschriftet, was die sich dort bewegenden Menschen angezogen hatten, mit Buchstaben, Parolen, Markennamen. Die Namen der Marken der Kleider kannte Thewe, er sah sie, las sie und vernichtete sie auf die

Art, indem er sie in sich aufgenommen hatte, waren sie aus der Welt genommen und verschwunden. Der Anblick des Vertrauten machte Thewe in dem Moment endgültig fertig. Er wollte gar nicht mehr um sein Überleben bei Assperg kämpfen, das war das Ergebnis der Gefühle, die im Moment der Beruhigung durch den Ausblick nach draußen auf das vor der Kantine sich abspielende Alltagsleben in ihm ausgelöst wurden, die totale Sinnlosigkeit von allem. Thewe hörte etwas, drehte den Kopf nach links und sah die beiden Beragberater von vorhin schwungvoll um die Ecke aus dem Raucherraum kommen, dahinter den jungen Meyerhill und seine Entourage. Thewe grüßte, offenbar wirkte er weniger reserviert, als er sich fühlte, denn der Gruß wurde von der Gruppe als Einladung verstanden, zu ihm an den leeren Tisch zu kommen. Und in animierter Kollektivität kamen sie gemeinsam näher und verteilten sich, wobei sie sich weiter unterhielten, Thewe nocheinmal begrüßten, gestikulierend, schnatternd und rumpelnd auf den leeren Plätzen. Thewe rückte mit seinem Stuhl vom Tisch etwas zurück, aber der Überpräsenz der Gruppe und dem von ihr ausgehenden Stimmengewirr konnte er sich dadurch nicht entziehen.

## XVII

»Ja ja, richtig«, sagte Holtrop, »ich weiß!«, er telefonierte mit Ahlers, Ahlers redete ihm zu langsam. Finanzvorstand Ahlers, 56, war ein sehr solider, brauchbarer Fachmann auf seinem Gebiet, ein Gesprächspartner für Holtrop in den aktuell drängenden unternehmerischen Fragen war er nicht. Es ging bei Ahlers' Vortrag um Probleme mit dem von Assperg Capital Services aufgelegten Immobilienfonds, der das Arrowhochhaus in Krölpa errichtet und an die Assperg AG als Ganzes zurückvermietet hatte. Dieser Mietvertrag sollte jetzt auf den Standort Krölpa und die Krölpa Assperg GmbH umgeschrieben werden, um die dort auflaufenden Verluste mit den in Krölpa immer noch erwirtschafteten Gewinnen günstiger bilanzieren zu können, »machen wir«, sagte Holtrop dauernd dazwischen, aber Ahlers redete weiter, erklärte Banalitäten und Detailfragen, die er Holtrop in einer gehässig insistierenden Ausführlichkeit darlegte, obwohl Holtrop sich dafür überhaupt nicht interessierte, er wollte zu all diesen Dingen keine Fragen und Erklärungen, sondern abnickbare Vorlagen, noch besser gleich die fertig unterschriftsreifen Papiere vorgelegt bekommen.

Holtrop war in Stürmerstimmung, wenn er nahe genug an die Fensterscheibe seines Bürozimmers ging und nach links schaute, konnte er die vor dem Arrowhochhaus auf ihn wartenden Journalisten sehen. Es drängte ihn, dorthin zu gehen und sich den Fragen der Presse zu stellen. In fünf Minuten könnte er dort für den Börsenkurs der Asspergaktie mehr tun als Ahlers in den letzten fünf Wochen mit seinen egal wie zutreffenden Warnungen: das Geld wird knapp. Ahlers' Stimme kam gut hörbar aus dem laut gestellten Telefon, und Holtrop stand vor der Europakarte, den Kopf in den Nacken gelegt. Die Banken forderten dies, die Banken weigerten sich, jenes zu tun, die Banken seien nervös geworden, betonte Ahlers, darauf müssten wir, er meinte die Assperg AG, aber auch Holtrop und sich selbst, jetzt konstruktiv reagieren, Mitte Dezember laufe Kreditlinie XY und der Kredit YZ aus, »ja natürlich«, rief Holtrop, »weiß ich doch!«, und Ahlers redete weiter über die gegenwärtigen Geschäftszahlen der Assperg AG und das aktuell sich quasi täglich weiter eintrübende Wirtschaftsklima der gesamten Volks- und Weltwirtschaft usw.

Aber nach Holtrops Ansicht war die Aufgabenverteilung innerhalb des Vorstands klar genug geregelt. Von Ahlers wurde doch eigentlich nur erwartet, dass er die finanziellen Spielräume so gestaltete, dass die geplanten Geschäfte wie geplant abgewickelt werden könnten, mehr nicht. »Was gibts denn da zu quatschen ohne Ende?« dachte Holtrop und wusste doch genau, dass Ahlers, Individualist vom Typus: nie ohne meine Fliege, mit Krawatte nie, in Schönhausen an seinem Schreibtisch saß und einen Sprechzettel vor sich liegen hatte, den er Punkt für Punkt abarbeitete und Holtrop vortragen würde, völlig egal, was Holtrop dazu sagte. Ahlers war die Indolenz durch Verfahren, die Unangreifbarkeit der Bürokratie, dagegen war Blaschke ein Feuerwerk erhellender Assoziationen rechtlicher Aspekte, die das Ganze der Firma allseits beleuchteten. Aber in Wirklichkeit war immer der der Schlimmste für Holtrop, mit dem er gerade reden musste. Außerdem waren sich Blaschke und Ahlers auch sehr ähnlich in ihrem aggressiv selbstbewusst vorgetragenen Schönhausenismus, der seine Spießigkeit sicher gedeckt wusste von ganz oben, von der bis ins letzte firmenphilosophische Argument ausbuchstabierten und untopbaren Exzeßspießigkeit des alten Assperg selbst. Eine unschöne Ängstlichkeit und Vorsicht war bei Assperg die fundamentale Firmenkulturprägung. Dass Holtrop ein paar schnelle kurze Jahre hatte glauben können, er könne diesen mentalen Kern Asspergs und aller Asspergianer im Alleingang ändern, war durch die damaligen Zeiten des Aufbruchs verursacht und durch Holtrops übertrieben von sich selbst überzeugte Was-kostet-die-Welt-Attitüde. Bald würde man so weit sein, dass irgendein Knecht von Ahlers als Finanzcontroller Holtrops Concordeflug nach New York auf die Frage hin analysieren würde: was kostet dieser Flug? Was bringt die Zeitersparnis uns konkret? Und mit *uns* war dann die allen Aktionären verantwortliche Assperg AG gemeint, nicht die konkrete Person des Vorstandsvorsitzenden Holtrop, nicht seine Schaffenskraft und sein etwaiges Wohlempfinden in der verrückten, euphorisch ausgelebten Phantasy physischer Allgegenwärtigkeit. An allen Orten der Welt wäre Holtrop lieber im Moment als in diesem lächerlichen Arbeitszimmer, in dem er hier gefangen war, im Haus der alten DDR-Ruine, Kloake Krölpa, vom Ahlersschen Trotteltext gefoltert und zu Tode gequatscht. Ahlers redete vom Absturz der Märkte, vor dem er immer gewarnt hatte, mit einer wenig gebremsten Genugtuung. Die Indices deuteten auf das eine hin: die Party ist vorbei. Der Kater wird furchtbar. Es war die Stunde der Spießer, die Spieler hatten endlich ausgespielt. Aber weil Ahlers all das immer schon prophezeit und die schrecklichsten Konsequenzen für die Assperg AG immer schon vorhergesagt hatte, weil er den Boom der vergangenen Jahre abgelehnt hatte, war für den Spieler Holtrop das Neue an Ahlers' Rede nicht zu erkennen: dass Ahlers zum ersten Mal recht hatte, dass er jetzt nicht seine Ängste, sondern die wirklich ins Bedrohliche gekippte wirtschaftliche Lage beschrieb.

Holtrop konnte Ahlers' Drohungen auch deshalb so schwer folgen, weil ihn die Dinge des Finanziellen im Prinzip in genau dem Maß *ankotzten*, in dem er nichts davon verstand. Holtrop war Verkäufer. Mit jedem Gedanken war er dem Markt zugewendet, der Welt, und schon immer war es ihm schwergefallen, die andere Seite des Betrieblichen, die nach innen auf sich selbst gerichtete Ziffernexegese, von der jeder Finanzfachmann gefesselt war, ernst genug zu nehmen, um sich davon in den unternehmerischen Entscheidungen steuern zu lassen. Es war der Finanzfachmann auch ein bestimmter Typus von zukurzgekommenem Ehrgeizling. Verklemmte, Spinner, Freaks mit leichtem Hau ins Schizoide waren es, die sich in den

Finanzabteilungen gegenseitig vergiftet mit ihrem besserwisserischen Schweigen bekriegten, während das hocheffiziente Zahlengehirn eines jeden von ihnen neueste Grenzen, Unmöglichkeiten, Finessen der Agonie bestens begründet zusammenrechnete: keine angenehmen Leute, kein angenehmes Klima dort. Wir haben kein Geld? Dann besorgen wir uns eben eines. Das war Unternehmertum. Was Ahlers hier seit zehn Minuten erzählte, waren die sprichwörtlichen Milchmädchenrechnungen, egal wie superpräzise durchkalkuliert, nur dass Holtrop Ahlers dies auf Grund seiner mangelnden Detailkenntnisse auf dessen Gebiet nicht schlüssig vorrechnen und beweisen konnte usw, und all das war Holtrop zusätzlich lästig.

Endlich war Ahlers fertig und sagte zum Abschied: »Und morgen gehts bei Ihnen nach New York?« »Ja ja«, antwortete Holtrop matt. »Es hieß«, sagte Ahlers, »Sie hätten die Reise abgesagt?« »Nein, alles wie geplant.« Stille. Ahlers erwartete die Verbindlichkeit einer erläuternden Erklärung, glaubte sie durch Warten erpressen zu können. Nach Ahlers' unglaublich randlosem Gequatsche war dieser Moment erpresserischer Stille von großer Gewalt. Noch größer war Holtrops Abscheu vor Ahlers. Holtrop war dran, sagte aber einfach nichts. Er sagte noch nicht einmal etwas Einlenkendes wie »sonst noch was?«. Holtrop wartete, bis Ahlers sich seines Erpressungsversuchs schämen musste, und zwar doppelt, wegen Zudringlichkeit und wegen Erfolglosigkeit, bis Ahlers zuletzt schließlich sagen musste: »Aha, wie geplant. Gut. Auf Wiedersehen.« »Wiederhören!« rief Holtrop und drückte im selben Moment die das Gespräch beendende Taste seines Telefons. Um Ahlers zum Abschied wenigstens akustisch noch schnell ins Gesicht zu spucken.

Vom Gelingen dieser Bösartigkeit erfreut, ließ Holtrop sofort die draußen wartenden Beragberater Salger und

Priepke hereinkommen. Salger kam als erster herein, er lächelte, und seine Augen blitzten, und wie Holtrop diesen unfassbar zeitgenössischen Menschen, hochgewachsen, kurzgeschoren, hell und lässig auf sich zukommen sah, wusste er wieder, was er ja wusste: Ahlers war die Blödheit des Alters, nicht der Zahlen. Es gab inzwischen einen neuen Breed von Finanzfachleuten, die eher wie genialisch gestimmte Pianisten oder Jungphilosophen daherkamen, in heiterster Weise identisch mit ihrer Welt der Spekulation, vom Geist beseelte, hochabstrakte Naturelle, denen eindeutig und offensichtlich – das konnte Holtrop gut erkennen, weil es ihm seine eigene Geschichte vor Augen führte, Finanzmathematik war heute das, was sein eigenes Gebiet, Marketing, vor zwanzig Jahren gewesen war, die Zukunft, heute vergangen – die heutige, jetzige Zukunft gehörte. Von Freude erfasst ging Holtrop auf Salger zu und gab ihm die Hand.

## XVIII

Im freien Vortrag wiederholte Salger, was er zuvor im Konferenzraum der Securo vorgetragen hatte. Priepke übergab Holtrop dazu verschiedene Tabellen, die das Gesagte präzisierten, und Holtrop schaute auf die mit Zahlen gefüllten Papiere, auf die dort in verschiedene Kästen, Ecken, Kolonnen und Kammern eingesperrten Ziffern, und nickte immer wieder. Salger merkte, wie sehr Holtrop sich zwingen musste, dem Vortrag zu folgen, wie es ihn quälte, wie wenig animiert Holtrops Denken auf die Attraktivität der Analysen reagierte, und kam deshalb zu einem schnellen, unvorhersehbar pointierten Schluss. Holtrop erwachte, warf sich zurück, ruckte vor, schaute Salger amüsiert ins Gesicht und sagte: »Gefällt mir gut, wie Sie das machen.« Dazu sprang er hoch. Salger und Priepke standen auch auf, Holtrop verabschiedete sich mit besonders freundlich werbenden Worten, die beiden Männer gingen hinaus, und dann stand Holtrop hinter seinem Schreibtisch und klopfte mit den Fingernägeln beider Hände auf seine Schreibtischfläche ein, wobei er leise und schnell die Worte sagte: »gut, gut, gut«.

Thewe hatte sich noch am späten Mittag, Salgers Bericht, der Holtrop von dem Treffen mit Thewe in der Kantine erzählt hatte, war diesbezüglich zutreffend gewesen, auf den Weg nach Berlin gemacht. Zuvor hatte er einen Umweg über die Halle genommen, aber für Ostrowski, den er dort nicht angetroffen hatte, dann doch keine Nachricht hinterlassen. In dem Moment, als Thewe aus der Halle herauskam, sah er Blaschke im Auto vorbeifahren. Blaschke saß so verkrampft hinter sein Lenkrad eingeklemmt, dass er außer der Straße nichts bemerkte, auch Thewe nicht. Blaschke, dieses Gespenst der absolut gesetzten beruflichen Passion, war der letzte Mensch, den Thewe in Krölpa sah. Dann fuhr Thewe aus Krölpa hinaus richtung Autobahn, er fuhr sehr schnell, erst die Chaussee nach Westen gerade dahin, Bäume, Krampe, dann die Kurven, Orla, Horre, Ursel, dann endlich hoch nach Norden. Die Autobahn war voll mit dichtem Freitagsverkehr. Aus den Lautsprechern kam eine dramatische Radiomusik, extrem in ihren Schwankungen von laut und leise, getragen von der Woge dieser Musik raste Thewe durch den Nachmittag. Es war schon fast dunkel, als er kurz vor Berlin an einem Rastplatz, dessen Namen er gesehen, aber nicht behalten hatte, den Wagen verlangsamt hatte und herausgefahren war, die Warnschilder mit den Strichen für 300, 200 und 100 Meter waren zu schnell an ihm vorbeigehuscht, er hatte scharf bremsen müssen und dabei neben sich ein Geräusch gehört, das er nicht kannte, es kam vom Boden unter dem Beifahrersitz her. Nachdem er die vor den Wald gestellte Ganzmetalltoilette benutzt hatte, über dem Pissoir war das Piktogramm einer weit geöffneten Scheide zu sehen, abstrahiert, aus dem Kopf gezeichnet, mit dem bekannten Text beschriftet, so knapp und klar wie die dazwischen eingeritzte Skizze:

suche
fotze zum

ficken
alter egal

war er zum Auto zurückgegangen, von links kam ein PKW herangerollt, rechts stand, wie zuvor auch, ein lichtloser Laster vor der Böschung, Tatort Unterholz, »ein düsteres Denkmal wider die Nähe der Zeit«. Thewe hatte die Autotüre aufgemacht, war eingestiegen, während der PKW zum Stehen gekommen war, Leute waren aus dem Auto ausgestiegen und langsam näher gekommen, Thewe drückte die Verriegelung seiner Türen nach unten, und die Männer waren seitlich abgebogen und auf das Toilettenhaus zugegangen. Thewe hatte den Motor angelassen, Gas gegeben und war losgefahren, Boxenstop von höchstens zwei Minuten. Heftig beschleunigend war er wieder auf die Autobahn zurückgefahren. Nach ein paar hundert Metern kam ein Schild mit Schlangenlinie, Hinweis auf einen Fluss mit dem Namen ALTE LUPPE, richtig, so hatte der Parkplatz auch geheißen. Thewe löste den Sicherheitsgurt und beugte sich seitlich nach vorn, um unter dem Beifahrersitz die Ursache des Geräuschs von eben zu ermitteln. Er ertastete etwas, kam damit hoch und hatte einen kleinen schwarzen Kasten aus Hartplastik in der Hand, nicht sehr schwer, möglicherweise Teil der Elektrik, abgefallen, für Sitzverstellung oder Sitzheizung. Er warf den Kasten zurück in den Fußraum neben sich, machte die Scheinwerfer des Autos an, dann das Radio und kehrte zurück zur Musik, wieder eine Symphonie, die immer wilder und bewegter wurde.

Das war der beste Moment des heutigen Tages gewesen, dachte Thewe, wie er morgens auf dem Gang plötzlich umgekehrt war und von Holtrops Zimmer aus nicht, wie Holtrop es ihm befohlen hatte, in sein eigenes Büro, wo Blaschke auf ihn wartete, zurückgegangen war, sondern weg von Blaschke und von Holtrop fort geflüchtet war, so lächerlich und folgenlos diese Flucht zuletzt auch gewesen sein würde. Was sich nicht gehalten hatte, war die initiale Euphorie der allerersten Sekunden gewesen, nachdem Holtrop ihm den Rausschmiss mitgeteilt hatte, die aus dem Glücksgefühl, ein nicht mehr unterdrückter, von Assperg endlich befreiter, freier Mensch zu sein, in ihm aufexplodiert war, auch die Vorstellung sich zu rächen, die ihn kurz getröstet hatte, war in ihm erloschen. Das war alles Unsinn, das war nicht sein Leben. Thewe kam der Plan, heute Abend noch Leffers treffen zu müssen, genauso absurd vor wie sein Plan, morgen nach Schönhausen zu fahren, um sich dort von Wenningrode, der noch nie eine kontroverse Entscheidung getroffen hatte, mit den allerdeprimierendsten Ausreden für weitere zwei Tage hinhalten zu lassen, ohne dass zuletzt irgendetwas für ihn Positives daraus folgen würde. Nein, es war aus. Das war die Lage. Thewe machte die Musik leiser, dann war das Stück zuende. Bruckner, die IV. Symphonie, so meldete die Absage, dann kamen die Nachrichten, Thewe hörte die Worte: Höhle, Schacht, Bewässerungskanal, Fluchtstollen. Verteidigungsminister Scharping empfängt auf dem Petersberg bei Bonn berittene US-Kommandosoldaten und Nordallianzkämpfer zu einer internationalen Afghanistankonferenz. Dann Fußball, Wetter, Verkehr. Die Reise im eigenen Auto als Selberfahrer war Thewe lieber als das bei den übrigen Chefs so beliebte Chauffiertwerden von einem Fahrer, der am Schluss jeden Gedanken, den man im Auto dachte, weil er ihn zu beobachten bekam, kennen konnte.

Vom Berliner Bär aus, der in Bronze gegossen mit erhobener Tatze auf dem Mittelstreifen stand, unter sich im betonierten Sockel das Sehnsuchtswort von früher eingraviert, BERLIN, das die begrüßte, die es bis hierher geschafft hatten, war es noch eine ganze Stunde zu Thewes Villa in Bad Hönow an der Havel am südwestlichen Rand der Stadt. Dieses Stück des Wegs ohne Autobahn zog sich am längsten hin, auf endlosen Straßen ging es bei Tempo 50 und von unendlich vielen Ampeln aufgehalten durch die westlichen Stadtrandviertel von Berlin. Zuletzt kam eine Kaserne, dahinter das Nichts der früheren Grenze zum Osten, ein ziemlich langer Waldweg, und dann war Thewe endlich da, mitten im Nirgendwo. Es war ein Fehler, sich hier ein Haus gekauft zu haben, nur weil Bad Hönow am Wasser gelegen war und als Ortsteil zu Karinhall gehörte, wo die reicheren Reichen sich ihre Villen als Seeschlösschen herrichten ließen. Thewe parkte den Wagen in der Einfahrt, nahm seine Tasche in die Hand und ging auf das Haus zu. Die Scheinwerfer für die Überwachungskameras flammten auf und beleuchteten die Villa grellweiß, Thewe sperrte die Türe auf, machte im Eingang Licht und verschwand im Haus. Die Türe fiel zu. Die Lichter draußen gingen aus, und innen, in den Fenstern sichtbar, gingen sie überall im ganzen Haus an.

## XIX

Die Stimmung in Krölpa war schlecht, das war normal. In den Bürozimmern des Arrowhochhauses brannten die Lampen, an ihren Schreibtischen warteten die Angestellten auf den letzten Feierabend dieser Woche, Freitagnachmittag, viertel nach drei. Ziemlich weit unten, im zweiten Stock war in einem Konferenzraum der Mereo Dienste eine Sitzung des Komitees zur Organisation der Weihnachtsfeier angesetzt, hier saßen sich die stellvertretende Kommunikationschefin Frau Rathjen und IT-Chef Wonka an dem dafür vorbereiteten Tisch gegenüber, die anderen Mitglieder des Komitees waren vorerst nicht erschienen. Frau Rathjen machte Wonka gegenüber eine Bemerkung über die Kaputtheit des Betriebsklimas am Standort Krölpa, die von der Zentrale in Schönhausen gewollt sei. Wonka saß da und nahm sich ein Stück von dem Kuchen, der in der Mitte des Tischs bereitgestellt war. Der Text von Frau Rathjen war nicht auf eine verbal explizite Resonanz hin angelegt, es reichte für diesen Text, dass der Körper irgendeines anderen Menschen, zum Beispiel der von Wonka, in Gesprächsentfernung anwesend war. Wonka wehrte sich nicht dagegen, den Fertigtext von Frau Rathjen mitgeteilt zu bekommen, so war die Situation entspannt, ohne dass er selbst etwas sagen musste. Er nahm sich noch ein Stück Kuchen, dann noch eines. Und die letzten beiden Stücke auf dem ersten Teller nahm Wonka gleich beide zusammen, zwei auf einmal, denn der Kuchen schmeckte ihm gut. Sein Hunger war fundamental, durch den Sinnentzug, den der Arbeitgeber zu verantworten hatte, bedingt, der Hunger war durch Essen auch nicht zu stillen, ein bisschen zu lindern aber doch. Auch war das Kuchenessen Wonkas, während Frau Rathjen die Kaputtheit der Chefebene analysierte, Rache an Assperg, so viel Kuchen konnte Assperg ihm hier gar nicht hinstellen, wie sie eigentlich zahlen müssten, um ihn dafür zu entschädigen, dass sie ihn hier Tag für Tag nur dazu eingekauft und eingesperrt hatten, für viel zu billiges Geld obendrein, sein Leben zu vergeuden, die Schweine des Kapitals, die sich die Taschen mit dem von ihm erarbeiteten Mehrwert vollmachten. Dabei hatte Wonka eigentlich keine Wut. Es waren auch diese Worte, wie der Text von Frau Rathjen, eher einer fertigen Rede aus der organisierten Arbeitnehmerfolklore entnommen, die ihm Spaß machte, weil es sich lustig anfühlte, mit vollem Mund beim Kauen die Worte vom Taschenvollmachen der Schweine des Kapitals zu denken oder auszusprechen, und dann sagte Wonka, weil Frau Rathjen kurz eine Pause zum Aus- oder Einatmen gemacht hatte, wörtlich, die Stimmung sei eben, damit fasste er das von Frau Rathjen ausführlich Dargestellte in seinen Worten pointiert zusammen, *im Arsch*, soviel Klartext und Hinweis auf die eigene Herkunft müsse ja wohl noch erlaubt sein, ohne dass man sich all dessen nur noch zu schämen brauche, auch weil ihm in Frau Rathjen eine besonders affektierte, ihm ihre hochgeschraubte Verbalität angeberhaft vortanzende Edelnutte gegenübersaß, der gegenüber er das Wort vom *Arsch* besonders gut angebracht fand und freudig zu benutzen sich erlaubt hatte.

Da betrat Diemers bestens gelaunt das Zimmer. Diemers, Ende fünfzig, Souschef unter Thewe. Er erkundigte sich, ob denn schon angefangen worden sei, aha, er sei zu spät, da freute er sich gleich noch mehr. Diemers, sofort flirtend: »Frau Rathjen! Wie gehts!« Dann setzte er sich, klappte die Beine ein paar Mal auf und zu, nahm ein Stück Kuchen und schaute erwartungsfroh zwischen Wonka und Frau Rathjen hin und her. Diemers war Hochschulingenieur, Krölpa-Urgestein, hatte hier immer schon, lange bevor Assperg den Druckstandort gekauft hatte und Thewe hierher versetzt und ausrangiert worden war, das operative Geschäft stellvertretend geführt, die eigentliche Arbeit gemacht, Akquise von Kunden, Kontakte, Absprachen, Deals, bis hin zu den vertraglichen Feinheiten bestimmter Spezialabrechnungen bei der Mereo Dienste, zugespitzt gesagt gab es hier in Krölpa kein Stück Papier, dessen Zweck Diemers nicht verstehen und dessen Richtigkeit er nicht beurteilen hätte können, wovon Thewe als ehemaliger Personaler meilenweit entfernt war. Diemers war insofern der Typ zweiter Mann: wer unter mir Chef ist, ist mir egal. Aber er war ein untypisches Exemplar der Gattung, weil der Spruch keine Anmaßung war, sondern die Wahrheit benannte. Außerdem war Diemers gerne zweiter Mann, wie umgekehrt Thewe unter ihm gerne Chef war, weil beide über die geschäftlichen Dinge ähnlich dachten und sich menschlich mochten. Ebendies hatten die Beragberater auch ermittelt: alles bestens in der Spitze der Mereo Dienste. Trotzdem waren die betriebsklimatischen Probleme, von denen Frau Rathjen geredet hatte, nicht nur die Einbildung einiger schlechtgelaunter Mitarbeiter. Diemers teilte auch nicht die Verachtung vieler Führungskräfte für Probleme der innerbetrieblichen Stimmung. Diese Probleme waren zwar primär ein Unterschichtenphänomen in der Firma, aber für die Mitarbeiter unterhalb der Ebene der mittleren Führung, die faktisch aus der gehobenen Unterschicht rekrutiert wurden, war die Stimmung eben *alles*, zugleich der Ort der Identifikation mit der Firma und die Motivation zu dieser Identifikation. Wer so anspruchsvolle Aufgaben hatte, dass er sich mit deren Inhalt und also mit seiner Arbeit selbst identifizieren konnte, brauchte kein gutes Betriebsklima, die anderen schon. Dreiviertel aller Büroangestellten beschäftigten sich zu Vierfünfteln ihrer Arbeitszeit mit betriebsklimatischen Fragen. Das restliche Fünftel der Zeit wurde gerecht zwischen den Privataktivitäten im Internet und dem zeitlupenhaften Abarbeiten der eigentlichen Arbeitsaufgaben verteilt. Hierbei war die Zeitlupenhaftigkeit sicherzustellen, da zu schnelles Abarbeiten der Aufgaben aus Gründen der Kollegialität vermieden werden musste, andernfalls entstünden an vorgesetzter Stelle illusionäre Erwartungen darüber, wie viel Arbeit dem einzelnen Angestellten auferlegt werden könne. Es könne ja wohl nicht sein, so die Deppenformel für all das, was sehr wohl sein kann, aber nach Ansicht des Formelbenützers nicht sein sollte, dass Fleiß von einzelnen auch noch bestraft werde durch Mehrarbeit für alle. Die Wenigarbeiter wurden entsprechend zurückhaltend oder, um es direkt zu sagen, richtig schlecht bezahlt. Diejenigen, die wenig Geld kriegten, waren zwar da, körperlich anwesend, arbeiteten aber wenig. Und weiter oben, wo man mehr bekam, zusätzlich zum Privileg, sich mit sich selbst auch noch identifizieren zu können, wurde auch mehr gearbeitet. Obwohl diese Dinge recht einfach und offensichtlich waren, war es unüblich, dass sie ausgesprochen wurden. Speziell Nichtunterschichtlern war es verboten, zu sagen: »Die Faulen sind faul, weil sie schlecht bezahlt werden, und schlecht werden sie deshalb bezahlt, weil sie faul sind.« Diese strukturelle Faulheit, absichtlich, systembedingt, der schlechtbezahlten Wenigarbeiter unter den Büroangestellten – vom Arbeitsplatz Büro war hier die Rede, Weihnachtsfeier heißt BÜRO BÜRO, Büroroman – durfte den Schlechtbezahlten aber auch genau deshalb, weil sie so schlecht bezahlt wurden, nicht vorgehalten werden. Wahrheit würde extra kosten. Im Subprimepreissegment für Arbeitskraft war generell Lüge vorgeschrieben.

»Einer geht schon noch, Herr Wonka«, meinte Diemers, als er sah, wie Wonka zaudernd in sich hineingehört hatte, ob der Hunger, der unstillbare Hunger, noch so groß war, dass er sich noch ein oder zwei weitere Stück Kuchen würde zuführen müssen. Die Debatte ging inzwischen um das in diesem Jahr stark zusammengestrichene Budget für den Abend, einige Firmen hatten ihre Weihnachtfeier aus aktuellen Gründen, Terror, Krieg, und wegen der wirtschaftlich angespannten Lage sogar ganz abgesagt, von Thewe habe es diesbezüglich auch schon Andeutungen gegeben, berichtete Frau Rathjen, auf eine klare Vorgabe warte sie bis heute, zwei Wochen vor dem Termin, immer noch. Diemers nickte. Fehlender Chef, entscheidungsschwach, auch das war nicht nur Frau Rathjens Gerede, das war Realproblem in der Arbeit der Mereo Dienste und der Arrow PC insgesamt. Thewe drückte sich, Thewe war nicht ansprechbar, Thewe war verreist, »ich habe noch nie einen Chef erlebt«, sagte Frau Rathjen, »der so wenig führt wie Thewe«. Ein Chef muss ansprechbar sein, präsent als Energielieferant, Identifikationsfigur für alle. Aber Thewe war nicht ansprechbar, Thewe war nicht da, Thewe bunkerte sich ein. Die Klagen waren immer die gleichen, weil die Verhältnisse, die sie beklagten, sich gleich blieben. Aus Loyalität gegenüber Thewe bestätigte Diemers die allesamt zutreffenden Aussagen dennoch nicht. Aber auch dieses Lavieren verschlechterte die Lage nur. Außerdem galt Thewe als faul, er war nur Dreitagechef. Diemers war fleißig, trat aber aktiv immer hinter seinen Chef Thewe und die Formalität der Hierarchie zurück. Das bewirkte Agonie, auch das hatten die Beragberater in ihren Gutachten beschrieben. Diemers wusste deswegen auch, dass Holtrop mit seiner aus dem Nichts gestarteten Entlassungsaktion völlig richtig lag, im Prinzip und im Effekt und in der Sache, nicht aber im Stil. Holtrop hätte Diemers gern auf Thewes Stelle gesetzt, aber Diemers wollte Thewes Stelle nicht. Er arbeitete gern und viel, aber nicht wenn er direkt dem Vorstand unterstellt wäre, damit an Wenningrode und Holtrop berichten müsste. Er wollte lieber einem entscheidungsschwachen Chef wie Thewe unterstellt sein, als einem komplett entscheidungsverrückten, sprunghaften und rücksichtslosen Entscheidungshysteriker wie Holtrop. Außerdem hatte Holtrop die unangenehme Chefallüre, die Leute, die ihm zuarbeiteten, auch privat an sich zu binden und jeden einzelnen quasi als Freund auf sich zu verpflichten, der Chef also als Diktator, der Freundschaft einforderte. Ohne diese Zumutung anzunehmen, in Holtrops privaten Kreis aufgenommen zu werden, konnte man Holtrop nicht unterstellt sein. Für Leute, die von Macht fasziniert waren, war die Teilhabe an Holtrops Macht das Höchste. Damit spielte Holtrop. Aber es war nicht jeder von Macht fasziniert, das wusste Diemers, weil Macht ihm selbst egal war. Macht war etwas für Leute, die kein eigenes Leben hatten, die andere brauchten, um sich an denen austoben zu können. Diemers tobte sich gerne in der Arbeit und an der Arbeit aus, so war Diemers für sich selbst und für die Firma, das gab es bei Assperg also auch: der ideale Angestellte in der zweiten Reihe. Nach einer dreiviertel Stunde wurde Wonka ungeduldig. Es war vier Uhr. Der Feierabend war da. Diemers reagierte schnell, beendete die Sitzung und sagte: »Die nächste Sitzung des Komitees wird für nächsten Freitag einberufen.« Frau Rathjen schaute Diemers fröhlich an. Der lachte zurück, verabschiedete sich und ging in sein Büro, um Thewe anzurufen.

## XX

Für fünf Uhr abends hatte Holtrop seine Chefs am Standort Krölpa zu einer außerordentlichen Besprechung in das Büro von Meyerhill zusammenrufen lassen. Er selbst war nach Berlin unterwegs und würde telefonisch zugeschaltet sein. Sprißler ging davor noch zu Blaschke in den Altbau hinüber. Beim Verlassen des Arrowhochhauses hatte Sprißler auf die ihm entgegengehaltenen Mikrophone und Kameras reagiert und den Journalisten das Dementi der Asspergpressestelle bestätigt: Holtrop sei zwar schon aus Krölpa abgereist, es sei aber nichts dran an den Berichten, Holtrop plane einen Wechsel weg von Assperg, ja, er habe eben erst mit ihm gesprochen. Das war zwar gelogen, aber Sprißlers Gesicht leuchtete in den Scheinwerfern der Kameras, die ihn filmten, scharf geschnitten, weiß und energisch, dahinter sah man die dunkel getönten Scheiben des Eingangsportals mit dem roten Schriftzug von Arrow PC. Unübersehbar brachte sich Sprißler auch öffentlich in Stellung. Die meisten Informationen über jeden, der bei Assperg Verantwortung hatte, hatte er als Chef der Abteilung Konzernsicherheit sowieso. Bei Blaschke sondierte er seine Aussichten, in den Zeiten nach Thewe die Aufsplitterung der verschiedenen Bereiche für Konzernsicherheit, die am Standort Krölpa der Arrow PC zugeordnet waren, jetzt endlich zu überwinden, unter seiner Führung natürlich. Das würde Meyerhill entlasten und der Securo das eigene Profil zurückgeben, das durch die sachwidrig organisierte Zusammenarbeit mit der Mereo Dienste beschädigt worden sei. Vom organisatorischen Ungefährismus profitierten allerdings zu viele Leute, als dass Blaschke die Auswirkungen einer solchen Vernunftreform, wie Sprißler sie forderte, sofort und weit genug übersehen konnte, um Sprißler seine Unterstützung zusagen zu können. Am Ende des kurzen Gesprächs, bei dem Blaschke nur die formelhaft schlaffe Zusage machte, das könne und müsse man alles in Ruhe bedenken und besprechen, zweifelte Sprißler an der Neutralität von Blaschkes Absichten. Von den Meyerhillmitarbeitern Zedlitz und Katzenberger, von Thewestellvertreter Diemers und dem Beragberater Salger hatte

Blaschke in seinen Ausführungen über die Abläufe bei der Arrow PC mehr geredet als von Meyerhill, Thewe, Holtrop oder ihm selbst, Sprißler. Blaschke war gar nicht die Vernunft des Organisatorischen, als die er überall auftrat, sondern einfach nur der mit dem bestehenden Wirrwarr komplett identische, finale Apparatschik, den Sprißler folglich eventuell als erstes zur Seite würde räumen müssen, um zu vernünftig durchgreifenden Änderungen bei der Arrow PC zu kommen. Sprißlers Gegner war nicht sein Konkurrent Meyerhill, sondern die Kräfte der Beharrung von ganz Assperg, die in Blaschke ihre aggressiv defensive Vertretung hatten. »Gehen wir zusammen hinüber?« fragte Sprißler höflicherweise, aber Blaschke verneinte ohne Erklärung und sagte einfach: »Nein.« »Dieser Mensch ist so kaputt«, dachte Sprißler, während er sich bei Blaschke dafür bedankte, dass der sich für ihn Zeit genommen habe, »wie dieses Haus, in dem er sein Büro hat.« Dann ging er hinaus, am Aufzug vorbei, die Treppen hinunter. Beim Aufdrücken der Türe bemerkte Sprißler den stürmischen Wind, der eisig dahergeblasen kam und die Wolken und den Regen fortgeweht hatte. Der Himmel über den Wäldern hinter dem Arrowhochhaus, auf das Sprißler zulief, glänzte kalt, man konnte den Schnee in der Luft fast schon riechen. Es war Ende November, der Winter war nicht mehr weit weg.

»Ein herrlicher Abend«, sagte Holtrop zu der neben ihm im Wagen sitzenden Journalistin und machte eine Geste nach links, wo über der weiten Fläche der Leipziger Tiefebene das letzte Licht des Tages in einem hell leuchtenden Horizontstreifen zusammengedrängt war, weiter oben am Himmel war es schon tiefschwarze Nacht. Holtrop ließ sich gerne von anderen, speziell jüngeren Menschen dabei beobachten, wie er war und was er machte, denn er fand sich selbst, auch wenn er vor langer Zeit einmal gespürt hatte, dass das eine fundamental unzulässige Empfindung war, zuletzt unweigerlich doch: erstaunlich gut gelungen, ein besonders geglücktes Exemplar Mensch. Da seien natürlich viele glückliche Zufälle zusammengekommen, erklärte er der Journalistin auf die Fragen nach seinem Werdegang, pries die Eltern und die jüngeren Schwestern, die Großeltern und Onkel, die Lehrer, die Uni, das Leben, sich selbst. Er gestikulierte und strahlte und freute sich dabei sichtlich sehr.

Die junge Frau kam von der linksliberalen *Woche* und sollte für eine dort laufende Serie über Wirtschaftsführer ein Porträt des Asspergchefs Holtrop schreiben. Sie war eine wache, gut vorbereitete Anfängerin, den Dingen der Wirtschaft gegenüber skeptisch eingestellt. Kritisch armiert, aber offen, interessiert und freundlich kam sie auf Holtrop zu, Constanze Zegna. »Sind Sie etwa Italienerin?« fragte Holtrop, »nein, nein«, sagte sie und schüttelte lachend den Kopf. Sie standen vor Holtrops dunkelblauem Mercedes. »Steigen Sie ein!« rief Holtrop, zeigte dabei auf Terek und sagte: »Herr Terek fährt uns nach Berlin.« Terek nickte in ihre Richtung, ließ sie einsteigen und drückte hinter ihr die Türe zu. Es war der Sound des Reichtums, wie die schwere Autotüre zufiel, wie still es danach augenblicklich im Inneren des Wagens wurde, da fuhren sie schon dahin, schwerelos. Von der Außenwelt war nichts mehr zu merken, diese Unbemerkbarkeit der äußeren Welt war der Luxus im Inneren einer solchen Highendlimousine, sie erlaubte den Reisenden geistige Freiheit. Mitten in Holtrops Ausführungen über die genialen Maßnahmen der Assperg AG gegen die aktuelle Wirtschaftskrise kam der von Holtrop schon angekündigte Telefonanruf aus Krölpa, das Vorzimmer Meyerhill meldete sich, es sei so weit, fünf Uhr.

Dann war Holtrops Stimme in Meyerhills Zimmer zu hören: »Guten Abend, meine Herren!« Die Herren grüßten zurück. Meyerhill, Diemers, Sprißler, Blaschke und diverse Assistenten in Krölpa, aus der Hauptverwaltung in Schönhausen war Wenningrode zugeschaltet, außerdem Asspergsprecher Flath und Holtrops persönlicher Referent Dirlmeier. In knappen Worten fasste Holtrop den Tag und die vergangene Woche zusammen. Bedauerlicherweise werde Thewe seine Stelle an der Spitze der Arrow PC und der Mereo Dienste aufgeben, er bleibe der Assperg AG aber in beratender Funktion verbunden. Der Nachfolger werde demnächst benannt. Besonders erfreulich sei das Ergebnis des heute präsentierten Beragberichts für die Securo, dort und bei der Mereo Dienste seien Teams berufen worden, um unter der Leitung von Sprißlers KS die Integration der Konzernsicherheit in allen Teilfirmen zu optimieren. Auch da sei die Assperg AG am Standort Krölpa auf bestem Weg. »Gibt es Fragen?« Ohne zu warten, denn Fragen waren am Ende solcher Rallyetelefonkonferenzen nicht vorgesehen, fügte Holtrop die Formel an: »Ich höre keinen Widerspruch, dann ist das so beschlossen und verkündet. Schönes Wochenende allen. Guten Abend!« Weg war er. Weg war seine Stimme. Schönhausen verabschiedete sich. Und im Büro von Meyerhill standen sich die verfeindeten Lager noch kurz gegenüber, auf die von Holtrop durchgesagte Version der heutigen Vorgänge jetzt gemeinsam verpflichtet.

Holtrop schaute Frau Zegna imperativ an. »Wie war ich?!« schrie sein Blick. Sie nickte. Eingeschüchtert, angewidert, aber auch bewundernd. Dann erklärte er ihr einige Hintergründe der Thewegeschichte, von der sie allerdings in ihrem Porträt keinesfalls etwas schreiben dürfe. »Aber da kann ich mich doch auf Sie verlassen?« sagte Holtrop. »Natürlich«, antwortete sie routiniert, denn diesen Deal kannte sie schon. Sie kriegte vertrauliche Informationen, er wollte dafür ihre Sympathie. Gleichzeitig streute Holtrop so seine Version der Thewegeschichte, er wusste und wollte, dass sie sie weitererzählen würde, mit dem steigernden Interessantizismus ausgeflaggt: Herrschaftswissen, streng geheim! Mit nichts waren die Journalisten besser korrumpierbar. Das war die Basis des Porträtgeschäfts, der Flirt mit der Lüge gegenseitigen Vertrauens. Holtrop war egal, wie all die guten Berichte über ihn zustande kamen. Werbend schaute er Frau Zegna beim Reden in die Augen, auf dass auch sie ihn so erkennen möge, wie er wirklich war.

Sprißler und die Assistenten waren gegangen. Dann war Blaschke aufgestanden und zu Meyerhill an den Schreibtisch gekommen. Neben Meyerhill stand dessen Assistent Zedlitz, er hatte die Personenliste vor sich, die ihm Sprißler übergeben hatte. Blaschke ließ sich die Liste geben. Mit dieser Liste in der Hand rief Blaschke dann nocheinmal bei Holtrop an, um ihm den Unsinn der von Sprißler empfohlenen Personenüberprüfungen darzulegen. Blaschke sah Zedlitz dabei als Zeugen, den Meyerhill zwar dominieren, aber nicht ganz in der Hand haben konnte.

## XXI

Die Hypnose funktionierte, Frau Zegna stellte die richtigen Fragen, und Holtrop redete über Assperg, die Weltfirma, den Vorstand, die Kollegen und die Besitzerfamilie, mit genau der Begeisterung, die er für sein größtes Talent hielt. So war er, so wollte er sein und gesehen werden, hingerissen vom Beruf. Holtrop erzählte von den Jahren des Booms und vom Fingerspitzengefühl für die Zeit. Wie die Zeit damals plötzlich so rasend beschleunigt dahingejagt sei. Diesen Puls habe er gespürt und aufgenommen und in Geschäfte transformieren können, weltweit, mit der dazu nötigen Portion Glück natürlich. Er zählte die gekauften Firmen auf, die großen Übernahmen, die Deals, Fusionen und Verkäufe, »wird Ihnen schon schwindlig?« sagte er und bleckte die Zähne, »nein, nein«, sagte die vom Zuhören aber doch schon leicht erhitzte Frau Zegna. Für all diese Dinge hätten die Besonderen, die Nervöseren unter den Firmenchefs einen siebten Sinn entwickelt. Das habe er sich bei seinem genialen Vorgänger Brosse abgeschaut, Entscheidungsfreude im richtigen Moment. Aber man müsse natürlich auch zaudern können, hart verhandeln. Niemand habe gerade dafür ein so scharfes Gespür wie der immer noch einzigartig weitsichtige Firmenpatriarch Assperg selbst. Überhaupt sei die Familie Assperg ein Glücksfall für das Unternehmen. »Sie kennen doch die berühmte Geschichte von Friedrich II.?« Der habe nur deshalb so wagemutig und erfolgreich Krieg führen können, weil er selbst König und Heerführer zugleich gewesen sei. In Holtrops Generalstab, im Vorstand, aber auch im Aufsichtsrat, sei das Niveau der Debatten über strategische Fragen der Firmenpolitik einzigartig, »auf Universitätsniveau!« rief Holtrop, als wäre das real das Höchste. Unverzichtbar sei für ihn als CEO die Expertise eines jeden seiner Kollegen im Vorstand, Holtrop nannte speziell Ahlers und Wenningrode, aber auch Uhl, Teerhagen und Schuster und sprach voll Bewunderung über deren besondere Talente.

Das Loblied war gelogen, es klang auch sehr grell. Aber Holtrop dachte in diesem Moment genau so, wie er sprach, er war mit der Lüge selbst komplett identisch. Die Leute wollten gelobt werden, diesen Gefallen konnte Holtrop ihnen tun. Es kam als Nutzen zu ihm zurück, das war Holtrops Erfahrung, also lobte er die öffentlich, die er für sein Fortkommen brauchen konnte, dafür musste er sich innerlich nicht verbiegen. Vor Publikum, also auch im Gespräch oder in der Situation des Interviews, dachte er automatisch, was er denken wollte. Das war nicht davon diktiert, was er wirklich dachte, sondern davon, was ihm nützte. Darin hatte die Effizienz des Holtropschen Gehirns ihre Ursache, dass es abgewendet war vom Zweifel in einem Ausmaß, wie es selbst bei Menschen der Tat selten anzutreffen ist. In der Bewegung war Holtrop bei sich, auf der Flucht vor Wahrheit, immer fort von dort, wo er selbst gerade, wo der Zweifel war: weg von Schönhausen, weg von den Anfeindungen dort und hin nach Krölpa, schnellstens wieder weg von Krölpa, aus der Depression der Ostprovinz nach Berlin, von dort und der dortigen Leere wieder zurück nach Schönhausen und möglichst sofort via Frankfurt nach New York, Shanghai oder Hongkong, »broaden your horizon, man!«, und Holtrop zeigte nach draußen, wo die Autolichter rot und weiß durch die Dunkelheit dahinzogen, im breiten Fluss, auf der sechsspurigen Autobahn kurz vor Berlin, ein phantastisches Bild geschäftiger Bewegung an diesem Freitagabend. In der Ferne sah man schon den Glanz am Himmel über der Stadt hellweißlich schimmern.

Und Fehler? »Sind denn keine Fehler passiert?« fragte Frau Zegna. Denn Holtrop hatte von seiner Zeit als Asspergchef als einem einzigen Triumphzug gesprochen, als habe er selbst dabei überhaupt keine Fehler gemacht. »Wir machen alle Fehler«, sagte Holtrop, »wo Menschen arbeiten, werden Fehler gemacht. Das geht gar nicht anders.« Von sich selbst und von eigenen Fehlern aber sagte er nichts. So sei er wohl noch nie, hatte sie ihn deshalb gefragt, an irgendwelche Grenzen gestoßen. »Oh!, an viele«, war Holtrops Antwort, »an nichts als Grenzen, Vorschriften, kleingeistige Hindernisse und Grenzen«, als Unternehmer in Deutschland, das sei ja die Krux, bestehe das Leben zu 98 Prozent aus völlig schwachsinnigen, für den Wirtschaftsstandort Deutschland obendrein unbeschreiblich schädlichen Grenzen. Aber die Politik wolle davon bekanntlich nichts wissen und nichts hören, die Politik sei da lachhaft beratungsresistent. »Ich meinte innere Grenzen.« »Innere!« Holtrop lächelte. Irgendetwas, was in ihm vorging, gefiel ihm wieder einmal besonders gut an sich selbst. Sie präzisierte: »Grenzen der eigenen Begabung etwa.« »Der Begabung, ja«, sagte Holtrop, und sein Lächeln wurde schief und grimmig, »so arrogant das klingt, aber die Wahrheit ist tatsächlich, ich würde Ihnen gerne etwas anderes sagen, aber: an solche inneren Grenzen meiner Begabung bin ich, bisher jedenfalls, noch nicht gekommen.« Und Frau Zegna hatte in dem Moment in einer für sie selbst erstaunlichen Klarheit die Worte gedacht: »Wie kann ein Mensch so DUMM sein?« Ein offensichtlich kluger Mensch, so eindeutig und überdeutlich dumm?

Thewe stand im Wohnzimmer seines Hauses neben einem schweren, weinrot bis zum Boden hängenden Vorhang an der Fensterfront und schaute nach draußen, über den Garten hinaus auf den See, als der Anruf von Leffers endlich kam. Es war halb zehn Uhr abends, Freitag, Leffers hatte sein Kommen für acht, halb neun angekündigt, obwohl er für den Abend mit Holtrop verabredet war. »Kein Problem«, hatte Thewe gesagt, er sei ja sowieso zuhause. Und dann gewartet. Halb neun, viertel vor neun, neun, alle fünf Minuten schaute Thewe auf die Uhr, alle drei Minuten, er wurde immer verrückter, immer unruhiger. Thewe hatte gehadert mit seiner Einladung, es wäre besser gewesen, wenn sie sich in der Stadt verabredet hätten, anstatt bei ihm zuhause, »das war falsch!« dachte Thewe, und dann hatte er weiter gewartet, sinnlos aufgeräumt im Haus, die Zeitungen durchgeblättert, aber er konnte nicht lesen, er war nervös, er wartete auf Leffers, Leffers war, je länger Thewe auf ihn warten musste, umso mehr, zu Thewes letzter

Hoffnung geworden, obwohl auch dieser Gedanke Unsinn war, das Treffen überhaupt eine falsche Idee. »Bei dir«, rief Leffers ins Telefon, »alles okay?« Mit gepresster Stimme versicherte Thewe, dass bei ihm alles bestens sei. »Wann kommst du?« fragte Thewe. »Ja, schwierig«, antwortete Leffers, »wir haben hier Notfall, ginge bei dir auch morgen?« Morgen sei schlecht, meinte Thewe, er habe ihm doch schon gesagt, dass er morgen nach Schönhausen fahre. »Richtig, richtig!« sagte Leffers, »dann komm ich heute noch, klar! Wie lange bist du wach?« Thewe zögerte. Die Aussicht, hier weiter auf Leffers zu warten, war fürchterlich. Er wollte die Verabredung absagen, aber die richtigen Worte kamen ihm nicht, es fehlte die Kraft. »Bist du noch dran?« fragte Leffers. »Ja.« »Gut, hör zu, bis halb elf, elf Uhr spätestens bin ich da, wenn sich nochmal was ändern sollte, sag ich rechtzeitig bescheid, okay?« Dieses »okay« sendete Zeitdruck mit, Thewe nickte, sagte: »Sehr gut, ja.« »Wunderbar, bis später also!« rief Leffers, und Thewe wusste, dass es mit dieser Verabredung heute nichts mehr werden würde. Er stand da und schaute nach draußen.

Irgendeine fundamental falsche Bewegung hatte ihn hierher gebracht. Er überlegte, wie es dazu gekommen war, dass kein einziger anderer Mensch mehr für ihn erreichbar war in diesem Moment. Er hatte zu viele Gesetze des Überlebens in Gesellschaft zu oft missachtet. Er hatte sich als Einzelkämpfer in der Firma gesehen, weil er frei sein wollte von den üblichen taktischen Bindungen, den Lügen und Seilschaften. Das hatte ihm keinen Erfolg gebracht. Er war auf den Chefposten in Krölpa berufen, dorthin abgeschoben worden, eine Stelle ohne Mandat und ohne Zukunft. Trotzdem hatte er dort seine Arbeit ordentlich gemacht und sich nebenher mit anderen Dingen beschäftigt, dieses Haus hier bei Berlin gekauft, Reisen gemacht. Kochen, Essen gehen, Wein, Kultur. Durch den Alltag der Arbeit, sein inneres Stillstehen darin und die Dauer der Jahre hatte er das eigene Altern nicht bemerkt, aber plötzlich war es so: er war alt. Er war inzwischen älter als alle seine Chefs, älter auch als die Kollegen, die ihm gleichgestellt waren. Thewe war machtlos, unwichtig, alt und ohne Rückhalt von weiter oben. Er hatte gern für Assperg gearbeitet, es aber abgelehnt, beim alten Assperg oder dessen Frau um Anerkennung dafür nachzusuchen. Es war ihm gegen die Ehre gegangen, sich an den erniedrigenden Untertanenritualen, die am Hof Assperg üblich waren, zu beteiligen. »Es muss doch auch ohne diese Schleimereien gehen«, hatte Thewe gedacht, sich damit aber geirrt. Sein Hochmut war falsch gewesen. Überflüssig war Thewe schon lange, dann wurde er auch noch lästig, weil er Holtrop bei der neuesten Compliancereorganisation im Weg war. Daraus folgte, dass man ihn als jemanden, der lästig war, beseitigte. Da gab es, aus Sicht der Firma, keine Sentimentalitäten. Auch hatte niemand Angst, Thewe zu entfernen, im Knopfdruckmodus: Freund entfernen, denn er hatte keine Drohmittel aufgebaut, mit denen er sich wehren konnte. Man hatte ihn abgeschafft, so einfach war das, und der Irrsinn war, er war selber auch noch schuld daran. Er fühlte all das unklar, ganz richtig denken konnte er es nicht, dazu war er geistig zu lasch. Die Bilanz war klar erkennbar: Er war allein. Thewe wollte vom Fenster weggehen, wusste aber nicht, wohin.

Auf der anderen Seite des Sees, wo auf einer schmalen Landzunge eine Kleingartenkolonie angelegt war, die noch aus Vorwendezeiten stammte, waren zwischen Büschen und Bäumen vereinzelt Lichter in den Hütten zu sehen, obwohl es eigentlich verboten war, dort zu übernachten.

## XXII

Leffers ging sofort zum Kicker zurück. Von der Glaskabine, aus der heraus er mit Thewe telefoniert hatte, ging Leffers quer durch das offene Großraumbüro an den Arbeitsplätzen seiner Leute, den Computern und Schreibtischen, Gerätekartons, Rennrädern und einem Sperrmüllsofa vorbei richtung Hintereingang und Nebenraum mit Kicker. Die Hälfte der Schreibtische war noch besetzt, obwohl es bald zehn Uhr abends war, eine gedämpft konzentrierte, inhaltistische Arbeitsstimmung ging von den bewegungslos vor ihren leuchtenden Computerbildschirmen sitzenden Leuten aus, Leffers wurde als Chef heute nicht mehr gebraucht, blieb aber noch da, weil er abends in der Firma vieles erledigen konnte, was tagsüber liegengeblieben war.

Assperg hatte die unabhängige PR-Agentur PUBLIC SWORD vor vier Jahren gekauft, an die Börse gebracht und zum erfolgreichsten Berliner Anbieter für alle internetbezogenen Dienstleistungen gemacht, Kommunikation, E-Marketing, Webseiten, Programme. Der Börsenkurs hatte sich Anfang März 2000 um das über Dreißigfache gesteigert, von 12 auf 380 Mark, alle waren reich geworden, die Firma kaufte international ähnliche, andere, größere Firmen dazu, die Wachstums- und Erfolgsgeschichte von Public Sword war der Inbegriff von New Economy, und an manchen Tagen hatten die Gründer mehr mit Reportern, Porträtisten, Lifestyle-Experten und Interviewern zu tun als mit Kunden oder Mitarbeitern. Niemandem kam das verrückt vor, denn es war normal, so schnell konnte man mit den Fingern nicht schnippen, wie alle sich daran gewöhnt hatten, dass es für alles und alle nur noch eine Bewegungsrichtung gab: mehr, höher, größer, geiler, schneller. Holtrop liebte die Firma wie keine andere Asspergunternehmung in Deutschland. Er liebte den Craze, das Provisorische, das Flirren in den Augen der Spinner, die ihm ihre Geschäftsvisionen, Träume und Phantasien als morgen schon herbeigewirtschaftete Realität verkauften, alles Lügen, aber herrlich und von allen geglaubt. Wirtschaft war endlich Kunst geworden, der schönste und größte Weltfreiraum für alle wirklich abenteuerlich gesinnten Menschen, der Kapitalismus leuchtete, hell und wild wie noch nie.

Der Absturz war bitter. Noch steiler, als es je hochgegangen war, ging es jetzt senkrecht und in rasendem Tempo nach unten. Beim Aufschlagen auf dem Boden der Wirklichkeit, der Finanzrealität der Wirtschaft, zerfetzte es die Firma Public Sword. Die Gründer kamen damit nicht zurecht. Mehrmals stand die Firma unrettbar vor der Pleite. Die Schönhausener Controller wurden böse. Wachstum gab es auch noch, aber nur noch negativ: monatlich explodierten die Verluste, die Public Sword machte, ins immer Phantastischere. Kurz vor der Abwicklung der Firma war Holtrop von Thewe auf Leffers aufmerksam gemacht worden. Leffers, 37, suchte einen neuen Job, *Cash Money*, von ihm erfunden, gegründet und geführt, noch so eine Erfolgsstory mit leider nur kurzer Brenndauer, hatte eingestellt werden müssen. Leffers war ein alter Boulevardhaudegen, der bei Gosch von unten bis oben in fünfzehn Jahren alles gemacht und nichts ausgelassen hatte, zuletzt waren auch noch ein paar fragwürdige Insidergeschäfte an der Börse dazugekommen, aber bitte, Entschuldigung, wer hatte in diesen damaligen Jahren um die Jahrtausendwende an solchen Börsengeschäften nicht auch ein bisschen mitzuverdienen versucht? Gosch war da jetzt plötzlich ganz etepetete, zum Insiderhandel hieß es in der Krise ultrasauber: »bäh!, buh!, raus!« So stand Leffers in Berlin herum, schüttelte seinen Habichtskopf und die langen, schwarzen, stark geölten Haare und strahlte einen düsteren Tatendurst aus: »Suche Job.« Holtrop mochte Leffers sofort. Leffers passte in die neue Zeit, ein dunkler Don, der anpacken kann. Am ersten Tag bei Public Sword ließ er gleich einmal jeden zweiten bei sich im Glaskabuff anrücken und sagte, selber die Füße am Schreibtisch, breit grinsend zu den Leuten: »Teile ich dir, du weißt es ja eh, die Entlassung mit, ha ha.« Der Witz kam beim Betriebsrat nicht so gut an, humorlose Leute, aber den Krieg, den Leffers gegen den Betriebsrat sofort führte, hatte er mit radikalem Vormobbing und höhnisch gutgelauntem Nachtreten bald gewonnen. Nach zwei weiteren erfolgreichen Entlassungsrunden, »betriebsbedingte Kündigung«, rechtlich alles einwandfrei und unangreifbar, war Public Sword Berlin von 576 auf 80 Leute runtergeschrumpft, und Leffers konnte am überfüllten Markt der arbeitslosen Internetfachkräfte neue Leute einkaufen, billig, jung, loyal, ohne Flöhe und Läuse auf dem Kopf und störende, den Betriebsfrieden belästigende Betriebsratsflausen im Kopf.

»Da bist du ja endlich!« sagte einer im Kickerzimmer, als Leffers hereinkam. Leffers: »Bin ich schon dran?« »Ja.« Sie spielten ein offenes Turnier auf Einzelsieg. Leffers ging zum Kühlschrank. Er nahm sich ein Bier heraus. Dabei schüttelte er lächelnd seine kranke, von ihm selber auch genauso krank gemeinte Mähne, warf sie zurück, fuhr sich mit den krallenförmig eingekrampften Fingern der rechten Hand über die Stirn und durch die Haare, trat an den Kicker und ließ es krachen.

Holtrop war allein im Aufzug des Hilton am Gendarmenmarkt, der Aufzug fuhr nach oben, und Holtrop hatte beim Griff ins Jackett erschreckt festgestellt, dass die Tabletten nicht an dem für sie vorgesehenen Platz waren. »Ist ja komisch«, dachte Holtrop, stieg im sechsten Stock aus und ging in das Zimmer, das er hier immer hatte, Executive

Suite 618, mit Blick nach vorne hinaus auf den Deutschen Dom. Der Fernseher begrüßte Holtrop namentlich und in vielen bunten Farben und verkündete ihm schriftlich, von Gutelaunemusik umspült, die Anzahl der für ihn hier schon wartenden Nachrichten: vier. Holtrop durchsuchte mit ungeduldigen Griffen sein Jackett, den Mantel und die Tasche, zuletzt hatte er in Krölpa während des idiotischen Telefonats mit Ahlers von den Tabletten genommen, dann aber die Kapsel dort offenbar liegengelassen. Irgendwo zwischen den Papieren oder beim Waschzeug hatte Holtrop immer etwas dabei, das ergab sich durch den nicht so genau kontrollierten Gebrauch automatisch, aber nirgendwo konnte er heute eine Packung, eine Dose, einen Streifen, eine Kapsel finden: TRADON, die kleinen weißen Pillen, nichts dabei, »schlecht«, dachte Holtrop und merkte, wie die Laune, die durch das Interview, den vergangenen Tag, die Herfahrt nach Berlin und die Vorfreude auf das Treffen mit Leffers eigentlich besonders angenehm gehoben gewesen war, schlechter wurde, und zwar rasend schnell. Holtrop zog die Schuhe aus und legte sich aufs Bett. Er war müde, erschossen, erschöpft, abends um zehn, das war ja wohl ein Witz. Nach einer Zeit des toten Daliegens nahm Holtrop das Telefon und bestellte beim Concierge eine Packung der Tabletten, dann in der Küche eine Kleinigkeit zu essen. »Geht doch«, dachte Holtrop, stand am Fenster und schaute auf den Platz hinaus, wo die Buden für den Weihnachtsmarkt schon aufgebaut, aber noch nicht in Benützung waren.

Das Essen kam. Im Fernsehen wurde eine Talkshow gezeigt, Verona Feldbusch amtierte als Queen des von ihr gelebten neuen Feminismus, der den von Alice Schwarzer, wie Verona Feldbusch das nannte, alt aussehen lassen würde, dazu wurden alte Fotographien einer sackhaft bekleideten Alice Schwarzer gezeigt und die lebenden Bewegtbilder des aktuell sehr stark ausgeformten, wenig bekleideten und situativ bedingt üppig bewegten Busens von Verona Feldbusch, die durch die Gestikulation der Arme das von ihr Gesagte groß aufwogen ließ. Die Talkshow hieß RIVERBOAT, ein Ostprodukt, Holtrop telefonierte mit Dirlmeier, dann mit seiner Frau. Da kam von unten der Anruf des Concierge, Holtrop sagte in das Handy zu seiner Frau, »wart mal kurz, Schatz!«, und der Concierge erklärte, leider könne er die angegebenen Tabletten nicht besorgen, da diese rezeptpflichtig seien. »Ja natürlich!« schrie Holtrop den Concierge an, »was soll denn das heißen: nicht besorgen!« Von dieser sehr unfreundlichen Reaktion Holtrops unberührt und mit einer Höflichkeit, die umso ausgesuchter, höflicher und beleidigender wurde, je lauter und absurder Holtrop sich erregte, erklärte der Concierge immer wieder das gleiche: tut mir leid, geht leider nicht. Holtrop, furious, steaming, unberuhigbar, schrie nur noch einzelne Worte wie »Geschäftsführer! Folgen haben! Nie erlebt!« und knallte zuletzt den Hörer auf das Telefon, dazu musste man inzwischen in einem Luxushotel einchecken, um am Ende eines Wuttelefons den Hörer wirklich noch auf die Gabel des Telefons, oder wenigstens die Hörerliegestelle, wenn schon nicht die Gabel, *knallen* zu können. »Bist du noch dran?« schrie Holtrop ins Handy und beendete das Gespräch mit seiner Frau. Eben noch bewitzelt von der Sexphilosophie des Regisseurs der irren Riverboat-Talkshow und davon locker amüsiert, war Holtrop jetzt wirklich am unteren Ende der Launeskala angekommen. Holtrop rief bei Leffers an, »wann können Sie im Dobrindt sein?«, zog sich die Kleider aus und ging beschmutzt, bespuckt und ausgebuht ins Bad und legte sich dort, in Barschelstimmung angekommen, in das heiße Badewannenwasser.

## XXIII

Die Stadtmitte von Krölpa war um halb zehn Uhr abends ausgestorben. Zwei dürre Einbahnstraßen, in denen das Licht elektrischer Laternen gelb, schwach und uralt auf die schwarzen Pflastersteine am Boden heruntersinterte, jede Viertelstunde raste hochtourig röhrend ein Kfz-Mechanikerauto die leere Straße hinauf und die andere hinunter, dann war es wieder still, und nur die Fensterflächen in den Häusern flackerten matt im hektischen Rhythmus der Bilder des Fernsehens. Zum Fernsehen hatten sich die Leute in die Sicherheit ihrer Wohnungen zurückgezogen. Draußen ging manchmal eine einzelne verlorene Gestalt durch diese Kleinstadtdüsternis, Allerweltshausen anno 1897, am Gehweg auf der linken Straßenseite die Häuserzeile entlang auf die Ecke Hanekampreihe und Gentzstraße zu, wo in einem noch nicht renovierten Gebäude im zweiten Stock der Boriéclub seine Zusammenkünfte abhielt, Freitagabend, ab einundzwanzig Uhr.

Sprißler kam gegen zehn Uhr vor das Haus, läutete bei BC, der Summer brummte, Sprißler drückte die Türe auf und ging durch das früher einmal hochherrschaftliche Entree des inzwischen kaum noch bewohnten, auch kaum mehr beleuchteten Hauses die breit ausgetretene Haupttreppe nach oben, ganz hinauf in den zweiten Stock. Unten wirkte das Haus wie ein opulentes Metropolengebäude mit sechs Stockwerken, hörte dann aber oben schon nach der zweiten Etage urplötzlich auf. Die Wohnungstüre war angelehnt. »Eigentlich hasse ich sie alle«, dachte Sprißler, »aber es ist egal«, stieß auch diese Türe auf, ging hinein und wurde von dem dort wartenden Aktuar mit seiner Namensziffer begrüßt. »Legen Sie auch ab?« »Natürlich«, sagte Sprißler und gab seinen Mantel und den Schal an den Gefreiten weiter, der aus der Garderobe heraus auf ihn zukam. Sprißler schaute in die daneben auf einem Pult ausliegende Liste, um zu sehen, wer schon in den Club gekommen war. Aus den inneren Zimmern, die vom Flurbereich abgingen, hörte man das Klirren der Getränkegläser und das Reden der Mitverschwörer. Gegenstand der Verschwörung war ganz formal, sinnlos, strikt und unkonkret: Klandestinität. Wissen, Spott, Hohn, Drohung. Die Leute sollten mit gesenkten Köpfen durch ihr Krölpa schleichen, aus Angst, wie früher. Sprißler zeigte sich in der Türe des einen Seitenzimmers, wo um Edschmid, Hatzfeld und Frobenius die Umfaller der ersten Stunde versammelt waren, grüßte, ging weiter zum anderen Zimmer, wo die Geächteten um Jaschel, Raabe und Bohrberg leise miteinander redeten und dabei ihre Oberkörper unnatürlich nahe aneinanderhielten, grüßte auch dort hinein und ging dann in den mittleren Salon, wo in den Sesseln beim Kamin die wichtigen Leute um Schomburgk herum saßen, Zigarren rauchten und sich unterhielten. »Ich bin ein Mensch, der die Welt bereist hat«, sagte der alte Plessen und drehte seinen Kopf in richtung von Sprißler, dann wieder zurück in die Runde, »um das Heimweh kennenzulernen.« »Und?« »Nichts, das Fernweh war Jugend, das hatte Sinn, dann ging man auf Reisen, natürlich war das richtig, aber die Fremde macht den Reisenden hart, es war interessant, das zu erleben, wie man auskühlt, flach wird, zynisch und banal. Und mit der Heimkehr, die es nicht gibt, es gibt keine Heimkehr, setzt schon Altersdummheit ein, die gibt es, die ist weit verbreitet.« Plessen redete leise und freute sich an seinem Grimm. Nach einem Moment der Stille sagte Ritter: »Auch die Aufrichtigkeit verliert mit der Zeit ihr Geheimnis.« Damit war nicht Plessens offiziershafter Desillusionismus, sondern der Furor der Frühe gemeint. Aber wo soll die Sehnsucht, Wahrheit zu suchen, herkommen, wenn die Jugend weg ist? Ritter brachte als Beispiel eine Geschichte von Stendhal, der im Museum die jungen Männer mit dem furios verstörten Blick beim Urteilen beobachtet, das war also auch möglich, Bewunderung für diese Art juveniler Skepsis, antidesillusionistisch im Resultat. Mahnteufel wollte allem zustimmen: »Wir sind von Kindheit an, was wir sind, so schon Marx, Frühschriften, glaube ich.« Schomburgk lachte auf, und die restliche Runde lachte daraufhin mit ihm mit. Der Kellner brachte Sprißler, der immer noch in der Türe stand, mit einem »bittesehr!« den bestellten ultraalt gemälzten Rohfasswhiskey der Marke Perrestgore Dew, Sprißler nahm einen Schluck, nickte dem Kellner anerkennend zu, grüßte nun auch die Leute am Kamin und setzte sich in einen Sessel etwas abseits, von wo aus er ins brennende Feuer schaute.

»Angenehm«, dachte Sprißler und schmeckte dem Whiskey hinterher. Er war da. Er war sichtbar, er hörte zu und schaute zu. Er sagte wenig, aber nicht nichts, war ansprechbar und zugänglich, auch wenn sein Gesicht immer etwas missmutig Hocherhobenes, Zurückweisendes spüren ließ. Sprißler war hager und fahl, aber kein Asket, das Fahle der Haut kam vom Rauchen, vom Nikotin, von den schwarzen, scharf gescheitelten Rudidutschkehaaren über den scharf zustechenden Augen. Sprißler war ein Unsympath und kultivierte den Habitus des Unsympathen, intellektuell, obsessiv, asozial, das hielt den kumpelig zudringlichen Typ Normalo normalerweise auf Distanz. Bessemerchef Duhm, 40, noch so eine Ratte, stand von seinem Platz neben Schomburgk auf, kam zu Sprißler hergeschlendert und stellte sich neben dessen Sessel. Sprißler schaute hoch und sagte: »Guten Abend. Was kann ich für Sie tun?« Duhm bemühte sich um einen lockeren Einleitungssatz: »Ich fürchte mich fast zu fragen.« Sprißler, spöttisch: »Die Lokomotive schrie heiser auf, aber das macht ja nichts.« »Bitte?« Sprißler: »Worum geht es denn konkret?« Duhm erkundigte sich nach der Dauer des Theweauftrags. »Da müssen Sie Meyerhill fragen«, sagte Sprißler, um Duhm zu weiteren Erklärungen zu veranlassen. Aus dem daraufhin von Duhm Gesagten ging schnell und deutlich hervor, dass der größte Sicherheitsanbieter von Krölpa, die Bessemer Consult, aktuell in Geldnot war, durch nicht bezahlte Außenstände, auch durch hohe Summen an der Börse in den Jahren des Booms spekulativ eingesetzter, jetzt verlorener Gelder genau genommen kurz vor der Pleite stand, noch genauer gesagt, heute, jetzt, an diesem Freitagabend um halb elf Uhr abends, realerweise bankrott war. Duhm nahm sich einen Stuhl und rückte nahe an Sprißler heran, um invasiver auf ihn einreden zu können. Sprißler schaute sein Whiskeyglas an, dann darüber hinweg ins prasselnde Feuer. »Haben Sie mal eine Zigarre für mich!« sagte Sprißler im Befehlston zu Duhm. Duhm holte eine Zigarre für Sprißler, gab sie ihm, jetzt war Sprißler mit der Anzündeliturgie zu Ehren der Zigarre beschäftigt, und Duhm redete dauernd weiter. Duhm machte Sprißler Komplimente. Duhm argumentierte, als ginge es um Argumente. Dabei wollte er einfach nur Geld von Sprißler, am liebsten in bar. Es war im Verkehr zwischen der Assperg AG und der Bessemer Consult nicht völlig unüblich, dass größere Summen im Kuvert bar übergeben wurden, »fünfzig bis hundert«, sagte Duhm und meinte damit Tausender, »wären eine große Hilfe im Moment«. Dann stellte er die Aussichten auf zukünftige Aufträge und Geschäfte seiner Firma dar, angeberhaft und großsprecherisch, gab sich selbst als harten Hund, der sich von ganz unten zum Bessemerchef hochgearbeitet habe. Ein Satz war schnoddrig, der nächste verkitscht, der nächste feige um Frechheit bemüht. Sprißler wich zurück, Duhm legte nach, jetzt unterwürfig. Da wurde es Sprißler zu viel, er stieß Duhm angewidert, offensiv kalt von sich weg, indem er im Aufstehen halblaut Unsinn sagte: »Zuhause wirft er alles Nasse auf den Müll!« Duhm, der sich auf die Vernünftigkeit seiner Argumentketten, die Stringenz und den phantastischen Materialismus seiner Analysen einiges einbildete, schaute ziemlich dumm zu Sprißler hoch. Das erfreute Sprißler. Er ließ Duhm neben dem leeren Sessel auf dem idiotisch nahe herangerückten Stuhl sitzen und ging weg, in das andere Zimmer hinüber. Auf seinem Blackberry sah Sprißler die neuesten Nachrichten aus Bad Hönow. Thewe war noch wach und in seinem Haus allein aktiv.

Als Sprißler um halb zwölf den Boriéclub angenehm angetrunken und vom Rauch der Zigarre höchst effektiv spiritualisiert verließ und aus dem Haus heraus und auf die Straße trat, war die Schneefront auch in Krölpa eingetroffen. Es schneite schwere dicke weiße Flocken, hellweiß senkten sie sich festlich nieder und tauten unten auf den glänzend schwarzen Straßensteinen aufgekommen sofort weg. Sprißler zog die Schultern hoch, raffte seinen dunklen Ledermantel vor der Brust zusammen und ging mit ausgreifenden Schritten quer durch die vom Neuschnee turbulent erneuerte Welt nach Hause.

## XXIV

*für ihn war ja keine Ruhe*
*und Hoffnung im Tode*

Weil die Kaltfront von Nordosten her kam, hatte in Berlin und um Berlin herum der Schneefall früher eingesetzt. Die Bäume in den Wäldern bei Bad Hönow tropften, auch die Tannenzweige, zuerst vom Regen, dann vom Schnee. Seit neun Uhr abends saßen die beiden Außendienstmitarbeiter

Jimenez und Bieganowski in der Kleingartenanlage Meedehornsonne im Gebüsch unter einer schützenden Plane am Ufer und observierten als selbstständiges Einzelteam die Thewesche Villa auf der gegenüberliegenden Uferseite. Bieganowski steuerte das von ihm mitgeführte Tonaufzeichnungsgerät, achtete auf die akustische Verstehbarkeit des Gesagten, die Korrektheit der automatischen Aussteuerung der Aufnahme, die inhaltliche Auswertung der Aufzeichnungen war natürlich nicht Gegenstand des Auftrags vor Ort, den Bieganowski mit seinem freien Mitarbeiter Jimenez für den Berliner Direktdienstleister CORREAL erledigte, sondern wurde zentral im Büro der Thüringer Detektei Bessemer in Krölpa vorgenommen, wohin die Correal stündlich durchgab, was zuvor von Bieganowski an die Correal gemeldet worden war, die Aufklärung des Aufenthaltsorts von Thewe und der mit ihm in Kontakt tretenden Kontaktpersonen. Jimenez saß auf einem Klappstuhl neben Bieganowski, auch die Plane über ihnen tropfte am Rand, Jimenez rauchte und schaute manchmal durch seine stativgestützte Nachtsichtapparatur hinüber zur Villa. Die Villa war ein moderner, zweistöckig an den Hang hingekauerter Bungalowbau, hell, flach, breit. Auf der Seeseite, von gegenüber sichtbar, hatte das Haus im unteren Stockwerk durchgehend gläserne Wände, alle Vorhänge offen, bei den Einzelfenstern oben waren die Vorhänge zugezogen. Der Fernseher im Wohnzimmer unten war eingeschaltet, aber auf stumm gestellt, Thewe telefonierte einmal kurz, saß dann in einem Sessel und trank Wein, stand auf, ging hinaus, kam zurück und setzte sich, stand wieder auf, ging hoch und kam wieder zurück. Das Verhalten wirkte unruhig, von schnellen Einfällen fahrig gesteuert, aber auch wie das normal wirre Agieren des allein lebenden Menschen, der sich keiner Beobachtungsinstanz ausgesetzt fühlte und dadurch von nichts diszipliniert. Dann war Thewe hochgegangen und nicht mehr zurückgekommen, null Uhr fünfzehn, die Lichter im Parterre waren angeschaltet geblieben. Im Wohnzimmer leuchtete neben dem flimmernden Fernseher eine Stehlampe. Von seinem Handy aus hatte Thewe eine Sms, die von Bieganowskis Empfangsgeräten registriert und aufgenommen worden war, abgeschickt, dann das Handy ausgeschaltet. Geräusche im Bad waren zu hören, Geräusche im Schlafzimmer, dann wieder im Bad, dann war es ruhig geworden. Punkt ein Uhr gingen, offenbar zentral gesteuert, im ganzen Haus alle Lichter und elektrischen Geräte aus. Im Büro der Correal, einer Eineinhalbzimmerwohnung in Steglitz, wurde von der dort heute Nacht diensthabenden Frau Speitkamp auf den jeweils zur vollen Stunde eintreffenden Anruf von Bieganowski hin ein entsprechender Eintrag in der für Thewe angelegten Protokolltabelle an der entsprechenden Stundenstelle gemacht, wodurch dokumentiert und zur Weitergabe an die Bessemer in Krölpa festgehalten war, was passiert war und dass sich insofern nichts geändert hatte, als Thewe weiterhin allein in seiner Villa in Bad Hönow anwesend war.

## XXV

Holtrop hatte sich die von ihm benötigten Tabletten innerhalb von zwanzig Minuten bei einer Apotheke am Bahnhof Zoologischer Garten problemlos selbst besorgen können, war nocheinmal ins Hotel gefahren und hatte jetzt beim Anziehen konkret diese Vorstellung: Wenn es sich wirklich herausstellen sollte, dass der Mensch sein Schicksal nur in Bezug auf die Menschheit als ganze erkennen und verwirklichen könne, könnte die gesellschaftliche Polymorphie ihre konkrete Peripetie ja auch selbst herbeiführen, »individuell!« dachte Holtrop, er war mit diesem Gedanken aber vom eigentlichen Hauptgedanken abgeschweift. Er stand in seinem Hotelzimmer mit weit geöffneten Augen vor dem Spiegel, dann auf dem Bett, stand da kurz und fasste sich wieder bei dem anschließenden, konsequent finanzlogisch strukturierten Wenndannkalkül: Wenn es morgen in New York um drei Uhr nach der Besprechung Rossfield fünf Uhr wird, dann nach dem Termin Pereire, Leiters, Brasch, also etwa gegen sechs, das wäre zwölf in London, das Ergebnis vorläge, dass man die durch Zeitverschiebung und den Vorsprung dort gegenüber hier um einen halben Tag beschleunigte Besitzerstattung dem Gegenkonto Perim International noch gutzuschreiben hätte, wären wir mit dem Bilanzgewinn konkret, nehme Verlust mal zwei Punkt Komma, Faktor zwölf: bei an die 2,6 Milliarden! Anruf bei Ahlers, »ich hoffe ich störe nicht«, habe er denn den Zeitgewinn aus Rückverrechnung gegenüber erstgestellten Fälligkeiten wie besprochen einbezogen? »Was?! Natürlich, danke, gut, bis morgen.« Und dann sofort, Holtrop sprang vom Bett auf den Boden, das Abschlusskalkül: Wenn ersteinmal auch noch die Flaschen, von denen wir noch umstellt sind, entsorgt sein werden, Finanzflasche Ahlers, Schleimflasche Wenningrode, Angstflasche Assperg, Egoflasche Leffers und Flascheleerflasche Thewe usw, dann wird auch der Mensch als Individuum wieder seiner moralischen Bestimmung sinnvoll, das heißt jenseits von Streben nach Ehre, Gewalt und Geld, nachkommen und gerecht werden können und die Leidenschaften von Tugenden bestimmt sein, die Uhrzeit vom Moment. Holtrop war spät dran, es eilte, er eilte, das rechte Maß aber von temperantia, fortitudo und prudentia stets im Blick, was halten Sie übrigens, hatte Holtrop zuvor seine Mitfahrerin Frau Zegna unvermittelt gefragt, weil es ihm ebenso unvermittelt in den Sinn gekommen war beim Thema Ruhm, vom Konzept der TODSÜNDE? Holtrop nahm noch eine dritte Tradon, schlüpfte in seine Schuhe und lief zum Aufzug.

In der Halle wartete Terek, sie fuhren los, draußen hatte es inzwischen zu schneien angefangen. Im Licht der Scheinwerfer tanzten die Flocken. Die Fahrt ging quer durch die nächtlich leuchtende, weiß sich einhüllende Stadt, Holtrop schaute aus dem Fenster, dann waren sie da. Beim Betreten des Dobrindt wurde Holtrop von einem ihm nicht bekannten Chef mit Handschlag begrüßt und zum Tisch von Leffers geführt, »bittesehr«, »dankeschön«. »Ich hoffe«, sagte Holtrop und streckte Leffers seine Hand heftig hin, »ich habe Sie nicht zu lange warten lassen.« Leffers: »Eine Stunde, kein Problem.« »Sehr gut«, Holtrop setzte sich, bestellte Wein und sagte dann nach ein paar einleitenden Sätzen: »Es geht um Thewe, die Stelle von Thewe wird frei. Wollen Sie zu mir nach Krölpa kommen?« »Zu Ihnen?« fragte Leffers. »Und nächstes Jahr«, fügte Holtrop hinzu, »wenn Wenningrode geht, nach Schönhausen!« »Nach Schönhausen«, sagte Leffers und nickte und schüttelte den Kopf, und sein Entsetzen war ihm deutlich anzusehen. Deswegen hatte Thewe ihn heute Abend also unbedingt sprechen wollen. Wie man in der Strafkolonie Krölpa kaputtgeht, hatte Leffers an Thewe sehen können, auch wenn man nur drei Tage die Woche zum Arbeiten dort war. Um anschließend nach Schönhausen zu wechseln, von wo aus jede Flucht definitiv unmöglich war, Schönhausen war so sehr mitten in Deutschland, in der innersten Mitte der deutschen Provinz gelegen, dass man sich auch in die sibirische Verbannung schicken lassen könnte, wenn man per Dienstverpflichtung gezwungen war, dort zu arbeiten und zu leben. Leffers schaute sich im Dobrindt um, eine nicht sehr spektakulär luxuriöse Edelbar im besten alten

Westberliner Charlottenburg, nicht einen einzigen derartigen Laden gab es in Schönhausen, davon gab es hier zwei, drei, vier Exemplare, zusätzlich zu den neu im Osten der Stadt eröffneten Lokalen. Krölpa war schlimm, aber der von Tradition und Enge zubetonierte und ganz und gar der Monomanie des Weltfirma gewordenen Privatirrsinns des alten Assperg unterworfene Provinzhorror von Schönhausen war wirklich die Hölle, unentrinnbar, wenn man erst einmal dort war. Immer noch nickte Leffers. Holtrop schaute ihn an, er kannte die Unlust, nach Schönhausen zu gehen, von sich selbst und freute sich umso mehr, heute hier in Berlin zu sein. Es war auch klar, dass Leffers ein derartiges Angebot gar nicht wirklich ablehnen konnte, dass Holtrop zwar die Form der Frage gewählt hatte, es sich in der Sache aber natürlich um eine Anordnung, eine Abordnung zu den Orten hin handelte, an denen Holtrop seinen leitenden Asspergangestellten Leffers gerade am besten brauchen konnte. »Klar«, sagte Leffers, dem das auch bewusst war, das könne er sich schon vorstellen, nach Krölpa zu gehen und dann nach Schönhausen, obwohl das jetzt für ihn sehr plötzlich komme. »Was heißt da plötzlich«, rief Holtrop aus, »wir reden hier von Anfang Januar 2002, das sind noch mindestens vier, nein: fünf Wochen!« Da sei er selbst früher, als er in Leffers' Alter gewesen sei, in ganz anderem Tempo von der Firma von hier nach überallhin und zurück verschickt worden. Man werde bei Assperg ja auch weit über das durchschnittliche Maß hinaus dafür bezahlt. Leffers widersprach nicht. Holtrop erzählte von seiner Zeit hier in Berlin direkt nach der Wende, bei Dablonskidruck, das sei ein reines Himmelfahrtskommando gewesen, für beide, für Dablonski und für ihn, und wie stünden sie beide heute da usw. Leffers merkte, dass Holtrop ziemlich aufgedreht war, in großen Schlucken trank er den Rotwein, warf sich händevoll die Nüsse in den

Mund, kaute, trank, redete. Dann wollte Holtrop nocheinmal das Lokal wechseln. Unterwegs telefonierte er mit der Journalistin, die er am Nachmittag im Auto mit nach Berlin genommen hatte, Leffers rief bei Barbarella Escort an, bestellte eine Lady, und so saßen die beiden Männer kurz darauf mit zwei Frauen bei Rotwein und Zigarre auf den besten Seitenplätzen in der PARIS BAR und unterhielten sich, zunehmend animiert, von irgendeiner Kleinigkeit wie der Marke der Bluse von Frau Barbarella etwa, über alles mögliche, das zunehmend und immer allgemeinere Allgemeine, die große Linie, die grundsätzlichen Fragen, Politik, Ästhetik, Geschäft, Kir Royal. Leffers übernahm es, außerdem auch das von ihm so genannte Fräulein Zegna höflich ein bisschen zu befragen und ihr so Gelegenheit zu geben, beim Antworten für alle am Tisch zu leuchten, aber meistens redete natürlich Holtrop, so war das vom Machtgefälle her in dieser Viererrunde vorgegeben, über sich und andere, über seine Ideen, sein Denken, seine Erfahrungen und die Visionen natürlich vorallem der von ihm herbeierdachten kommenden besseren Welt. Ein irres Geplapper, das sich so wirr dahergeplappert anhörte, als habe Holtrop Angst, von den von ihm so Zugequatschten wirklich verstanden zu werden.

## XXVI

»Wissen Sie«, sagte Holtrop, »ich denke immer in Möglichkeiten, was ist, ist«, rief er aus, »das langweilt mich!« Der Realismus sei ja keine Form der Welterfassung, gerade für die Wirtschaft nicht. »Wir werden alle Utopiker sein oder gar nicht«, es gehe um Phantasie und Emotionen, das treibe die Wirtschaft voran, dem gelte sein Denken als Unternehmer: Wie sollte die Welt ausschauen? In welcher Welt will man leben? Fräulein Zegna schaute sich in der Paris Bar um, sie war hier noch nie gewesen, sie war erstaunt von Holtrop, so wie er das erklärte, hatte sie die Wirtschaft noch nie gesehen. Es gehe um Weltentwürfe, sagte Holtrop, nicht um Geld oder Bilanzen, nicht um Fachidiotie, so sei der Kapitalismus früher einmal gemeint gewesen, zu dieser Radikalität müsse die Wirtschaft zurückfinden, gerade jetzt in der Krise. Fräulein Zegna merkte, dass Holtrop in Angeberstimmung war, und fragte, mit leicht bösartigem Hintergedanken, genauer nach, wie er seine vielen Arbeitsaufgaben alle bewältige, und Holtrop antwortete wirklich genauso angeberhaft wie erwartet. Er schlafe wenig und arbeite eigentlich immer, wenn er wach sei, auch schreibe er sofort alles auf, was wichtig sei. »Jeden Tag?« »Natürlich, immer.« Auch heute Morgen sei er schon ganz früh, um fünf Uhr, aufgestanden und habe zwischen sechs und acht, im Auto unterwegs, »ganz gut was weggemacht«. Fräulein Zegna nickte, aber Holtrop war zu sehr in Fahrt, um die Reserve zu bemerken, instinktiv lehnte er sich nach vorn, weil sie sich zurückgelehnt hatte, legte noch einmal nach, um ihre Zustimmung wiederzugewinnen. Zwischen Unternehmern und Künstlern gebe es eine Verwandtschaft des Geistes, das Experimentelle des Weltzugangs, die schöpferische Zerstörung, Schumpeter etc. Dieses Element des Künstlerischen habe ihn immer schon angezogen, obwohl er später durch seine Beschäftigung mit der Kunst bemerkt habe, dass es mit der Radikalität der Kunst auch gar nicht so weit her sei, wie er sich das in seiner Jugend vorgestellt hatte. Dann habe er die Radikalität in der Welt der Wirtschaft gesucht und gefunden, habe alle Energien darauf geworfen, sich diese Welt zu erobern, aber im Inneren seiner Träume sei er immer auch Schriftsteller geblieben, Fontane und Thomas Mann, die heute als Realisten unterschätzt seien, seien seine Lieblingsautoren, von daher komme auch die erwähnte Gewohnheit, Gedanken schriftlich festzuhalten, nur für sich, wobei er diese Notate ganz altmodisch mit Füller auf Papier aufgeschrieben verfasse, was niemand von ihm denken würde, aber so widersprüchlich sei er eben, »so ist der Mensch!« rief Holtrop aus, einerseits die Umarmung der neuesten Technologie und deren maximale Monetarisierung, andererseits die Freude an den Dingen der Kontemplation, am Buch, am Lesen, am Nachdenken und Schreiben, das seien die verschiedenen, widersprüchlichen, vielgestaltigen Pole seiner Persönlichkeit, und, fügte er im Gestus der Empörung hinzu, er sei auch nicht dazu bereit, auf irgendetwas davon zu verzichten. »Wieso auch!?« rief er aus, freute sich und hob sein Glas. Der Wein war aus. Holtrop ließ noch eine Flasche kommen, »das ist übrigens der Brenzinger Lafitte Spider«, sagte Holtrop, »mein absoluter Lieblingswein, auch noch Jahrgang 98, können Sie das schmecken, Fräulein Zegna, die Tiefe dieses Weins, dieses, dieses«, er zögerte, suchte, schaute sie an, »diesen Ernst?«

Sie nickte. Es war ihm völlig egal, wer sie war. Sie war für ihn nicht irgendjemand Konkretes persönlich, sondern nur der ihm zufällig hier gegenübersitzende Mensch, komplett austauschbar. Und obwohl sie den Widerspruch spürte zwischen Holtrops eigener extrem individualisiert aufgeführter Intensität und der Gleichgültigkeit, wem sie galt, fühlte sie sich in ihrer Position nicht unwohl. Sie sammelte Gedanken und Beobachtungen, sie wollte nichts anderes, und er gab ihr auf offene Art Gelegenheit, das zu machen, was sie am besten konnte: zuschauen. Sie mochte ihren Beruf mindestens so sehr wie er seinen und freute sich darauf, die Geschichte später aufzuschreiben und dabei diesen Holtrop so darzustellen, wie er war, nach ihrer Ansicht, wie sie ihn sah. Das würde sie machen in den freien Tagen über Weihnachten. Sie nippte am Wein, das war also der sogenannte Lieblingswein des Unternehmers Holtrop, der Wein schmeckte okay. Sie war kein bisschen betrunken, auch sonst war niemand am Tisch richtig betrunken. Alles verlief ganz kultiviert. Die Rede war auf Helden gekommen.

»Die Leute lieben den Sieger«, sagte Holtrop, der natürlich auch hier wieder vorallem von sich selbst sprach, »aber noch lieber sehen sie den Sieger stürzen.« Das klingt fast so, fragte sie, als hätte er Angst vor so etwas. Angst würde er das nicht nennen, aber er glaube an die Strafe der Götter. Er sei Glückskind, habe sein Leben lang viel Glück gehabt, sagte Holtrop, vielleicht sogar unverdient viel Glück. Es gebe da besondere Fügungen, glückliche Zufälle, aus denen Biographie entstehe, die Aufgabe etwa, die er jetzt bei Assperg habe, die Möglichkeit, weltweit zu gestalten, so viel Schicksalsgunst, man könne sich kaum jemanden vorstellen, der nicht darauf warten würde, dass ihm irgendwann für all das die Rechnung präsentiert werden würde. »Die Glückskindrechnung?« fragte sie. Dass man für so viel Glück jedenfalls irgendwann einmal bezahlen müsse. Das glaube er fest, sagte Holtrop, dann machte er eine Pause und schaute düster vor sich hin. Da war die Aufmerksamkeit am Tisch durch das Aufstehen von Frau Barbarella auf deren Körper gezogen worden, vor allem auf die Beine, die in einen sehr engen Rock hineinführten, der den Bau des Körpers dort stark betonte. Der Rock war hellrot, die Beine schimmerten silbrig, und weiß wogte von oben in den roten Rock eine leuchtend weiße, eng taillierte Bluse. Die Frau drängte sich zwischen zwei Tischen hindurch, dabei trat ihr Schamhügel unter dem Rock für Leffers, dessen Gesicht auf Höhe der Tischplatte, so tief in die Sitzbank gehängt saß er da, hinuntergesunken war, einen kurzen Moment lang grell sichtbar hervor, die ineinander- und auseinanderlaufenden Wellen des Körpers in der Schamhügelgegend, sogar die Intimrasur, ein feiner schwarzer Strich, der nach unten hin kräftiger und dunkler wurde, war zu erkennen, von den langsamen Bewegungen der Körperwellen um ihn herum langsam bewegt, gepresst, gedehnt, und der verrückte Punkt unter diesem final realen Ausrufezeichen, extrem herausvergrößert jetzt, war eine haarsträubend prominent erigierte Klitoris. Ein schönes Bild, ein Augenblick. Leffers schaute weg, dann nocheinmal hin und freute sich an seinem Dasein als Mann und Gegenüber einer solchen Frau. Sie hatte sich zuletzt doch mit ihren crazy Oberschenkeln knallrot zwischen den Tischen hindurchdrängen können, feuerte aus ihren der Rasse der Frauen maximal zugehörigen Feueraugen einen triumphierenden Blick auf Leffers' Gesicht, nur auf dessen untere Hälfte, nicht auf die Augen hin ab, drehte sich um und stakste, offensichtlich von sich selbst belustigt, auf hohen Schuhen tänzelnd richtung Klo.

Leffers amüsierte sich, mit welcher Effektivität Holtrop der jungen Journalistin genau das Bild von sich verkaufte, das sie am liebsten von ihm haben wollte. Das waren ja alles die allerabgedroschensten Platitüden, die Holtrop hier erzählt hatte, überall zusammengelesenes, letztlich nur nachgeplappertes Zeug. Holtrop selbst merkte nicht, wem er was nachplapperte, wo er sich bediente und von wem er was übernommen oder gestohlen hatte. Er hatte Sehnsucht nach Tiefgang, genau weil er selbst keinen Zugang dazu hatte, und sehnte sich nach großen Fragen, die sich ihm nicht stellten. Aber durch diese Defizite entstand die besondere mimetische Energie, die Holtrop das von außen anverwandelte, was ihm fehlte. Und die Art, wie er das Ergebnis dieser dauernd laufenden Anverwandlungsvorgänge präsentierte, wie er redete, was er sagte und wie er sein Gerede brachte, war absolut meisterlich, genau darauf berechnet, das den Leuten darzubieten, was sie haben wollten. So implantierte er ihnen seine Ideen, indem er sie kopierte und zugleich so manipulierte, dass sie seine Ideen für ihre eigenen hielten, wie es laufen sollte, vor allem die Geschäfte, die er mit ihnen machen wollte, wie sie die Welt und ihn sehen sollten, so dass es für ihn am günstigsten wäre. Das war das Menschenfängertum des geborenen Verkäufers Johann Holtrop. Constanze Zegna irrte darin, dass sie sich von ihm nicht wahrgenommen glaubte. Holtrop strahlte die Leute an, die angestrahlt werden wollten, und für den etwas besinnlicheren Moment und Typus Gegenüber hatte Holtrop auch die entsprechenden Boulevardweisheiten der düstereren Sorte im Arsenal. Es gab wenige Leute, die diesem hochverfeinerten, durch und durch automatisierten Werben widerstehen konnten, wenige, die Holtrop, waren sie ihm erst einmal persönlich begegnet, nicht sympathisch fanden.

## XXVII

Holtrop war nach New York gereist, und die Eröffnung in Schönhausen fand ohne ihn statt. Dafür war wenigstens der Künstler erschienen. Musikalisch mit beiden Armen gestikulierend stand Prütt inmitten der Schönhausener Honoratioren und erklärte die Ideenwelt seiner Bilder, die hier in der großen Aula der Asspergstiftung von Kate Assperg selbst zu der programmatisch angelegten Ausstellung »Die Rückkehr der Landschaft« zusammenkomponiert worden waren. Prütt hatte kein Problem damit, das hier in der Provinz von ihm erwartete Klischeebild vom genialisch behauchten Malerfürsten vollumfänglich darzustellen und im Auftritt und im Gesagten den Erwartungen auf genau dem Niveau zu entsprechen, auf dem sie an ihn herangetragen wurden. »Verweigerung wäre mir peinlich«, hatte Prütt dem Lokalchef des Schönhausener Tagblatts im Interview gesagt, diesen Spruch hatten die Zeitungsleute zur Überschrift des heute als Kulturaufmacher abgedruckten Interviews genommen, er passte perfekt in die eng überwachte, beinahe terroristisch organisierte Mitmachwelt des kleinstädtischen sozialen Lebens hier.

Prütt, 42, fast zwei Meter groß, kam direkt von einer Urlaubsreise, braungebrannt, die dunklen Wuschelhaare wild zerwirbelt und der lodernde Blick feurig beim Reden in visionäre Weiten hinausgerichtet, er hatte, als Künstler darf und soll man das, eine verrückte Freizeitklamotte zur Feier des Tages der heutigen Eröffnung anbehalten oder extra angezogen, eine dreiviertellange Bermudahose aus dem Armyshop, in beigeweißem Camouflagemuster bedruckt, die Füße steckten weißbesockt in offenen Sandalen, über der Brust schlackerte ein buntfarbenes Hawaiihemd, und weil es fast Winter war, auch in Schönhausen war nachts der erste Schnee gefallen, hatte Prütt einen weiten dunklen Militärmantel über die Schultern geworfen, der innen und am Kragen mit einem sandgelb leuchtenden Löwenfell besetzt war. Prütt redete von Pettibone, Schnabel und Kippenberger, die zu überwinden er mit seinen kleinen Landschaften hier angetreten sei, das Risiko, sich nicht nur der Landschaft, sondern dem von der Landschaft aufgerufenen romantischen Programm gerade heute zu stellen, sei immens gewesen, dieses Risiko vorallem habe ihn beim Malen der neuen Bilder gereizt und geleitet, ob er in den Bildern die selbstgestellte Aufgabe bewältigt habe, sei auch für ihn selbst eine noch offene Frage, denn natürlich sei gegen diese Bilder das Naheliegende gesagt worden, vielleicht nicht zu Unrecht, sagte Prütt, diese Bilder seien Kitsch, aber das genau sei ja das Kalkül gewesen, all das eben haarscharf nahe an den Kitsch heranzukalkulieren, genau diese Nähe zum Kitsch, und das Kalkül im Umgang mit dem Kitsch sei ja nun das Thema hier! Prütts Hände packten die Luft vor seiner Stirn und rüttelten energisch am imaginären Kitsch in seiner gigantischen Ausweglosigkeit dort, um so auch gestikulatorisch das ungeheuerliche Ausrufezeichen hinter das von ihm Gesagte unübersehbar zu setzen.

Gigantisch, ungeheuerlich und unübersehbar, grandios, die Zuhörer, die von Kunst absolut überhaupt keine Ahnung hatten, nickten beeindruckt, denn nichts von alledem, wovon Prütt da redete, hatten sie auf den sehr kleinen Bildern selbst erkennen können. Sie hatten die Bilder ganz direkt verstanden, ohne den von Prütt verbal dazugeredeten Abgrund an Schöpfungstiefe mitsehen zu können, hatten auf den Landschaften, die in gefällig ausgeblichenen Farben angenehm locker hingeworfen wirkten, Hügel, Berge, Waldränder und verlorene Einzelfiguren gesehen, dabei innerlich das Gesehene sofort zustimmend abnicken können und gedacht, »schön, irgendwie traurig, angenehm«. Das gab es also offenbar auch noch, erstaunlicherweise, eine zeitgenössische Kunst, von der man sich direkt angesprochen fühlen durfte, gerade vom Gefühl her, was sofort zum nächsten Gedanken oder auch ausgesprochenen Satz führte: »Was kostet so was eigentlich?« Denn davon hatte jeder schon etwas gehört, dass kleine Bilder billiger waren als große. Zum Format befragt, erklärte Prütt, er habe immer groß gemalt, meistens riesige Bilder, sowohl in seiner abstrakten Zeit wie auch später, das kleine Format sei für ihn im Moment das vielleicht größte Experiment, das kleine Format sei in sich schon Provokation, sagte Prütt, vielleicht die denkbar radikalste Provokation, auf jeden Fall für ihn, im Rahmen seines eigenen Œuvre. Wie viele andere Maler seiner Generation hatte Prütt als abstrakter Maler angefangen, dann den, nach Selbstauskunft, hochriskanten Weg zur Gegenständlichkeit gefunden und genommen und zu Zeiten des Kunstmarktbooms Ende der 90er Jahre mit riesigen, gegenständlich gemalten Revolutionsschinken aus der Welt des linken Underground den Nerv der Zeit getroffen und großen Erfolg bei der Kritik und beim Publikum gehabt. Jetzt war der Kunstmarkt, gemeinsam mit der Börse, komplett zusammengebrochen. Überall, wo drei, vier Jahre der Champagner regiert hatte, hieß es plötzlich ganz ernsthaft: »Irony is over.« Auch Prütts Berliner Galerist Rommel hatte für seine Künstler die neue Programmdevise vom »Ende der Frivolitäten« ausgegeben und Prütt die Idee mit den Kleinformaten gesteckt, Begründung: Man kann den Markt nur nehmen, wie er ist, nicht ändern. Prütt hatte die Anregung sofort aufgenommen und sich 400 Leinwände im Format 40 auf 60 Zentimeter liefern lassen, die Dinger quer gelegt und einen Querstrich gemacht, fertig ist die Landschaft, der Querstrich wirkt als Horizont, es lässt sich kaum verhindern. Hat der Querstrich Zacken, ist er Berg, ist er ganz gerade, Wüste oder Meer. Aus einem Querformat mit Querstrich eine Nichtlandschaft zu machen: das hätte eine Herausforderung im bildfinderischen Sinn sein können, aber Prütt musste für zwei große und mehrere kleine Ausstellungen in großen Massen Kleinformate sehr schnell produzieren, da musste er voll ins von ihm so genannte Risiko der massenhaften Kitschproduktion einsteigen und darauf hoffen, dass er den Leuten, so wie hier kurz vor der feierlichen Eröffnung in den Kitschhallen der Asspergstiftung in Kitschenhausen, den Kitsch als Risiko, das Risiko als Kunst würde verkaufen können, und so redete er und gestikulierte groß und musizierte sich selbst mit den groß rudernden Armen den Leuten vor, denn das konnte er wirklich: reden. Die Show war von der Angst zusätzlich vitalisiert, dass der ganze Schwindel doch auffliegen könnte, Prütt führte sich deshalb besonders genialisch auf, selbstkritisch und zweiflerisch, großsprecherisch, hochintellektuell und naiv und frech, alles Elemente, die wirklich in ihm waren, nur zu dieser Verkaufsshow funktionalisiert so billig wirkten, und einer von Prütts Studenten von der Kunsthochschule Kassel, an der Prütt seit einigen Jahren Malerei lehrte, nahm die Szene mit einer Videokamera auf, ging um die Prütt umstehende Gruppe von Zuhörern herum, filmte dabei auch die Zuhörer, dann wieder Prütt, was Prütt, der die auf ihn gerichtete Kamera als wohligen Kitzel spürte und übersah und überspielte, zusätzlich zur Auftrittshöchstleistung animierte.

Bei besonders ausgreifenden Bewegungen waren in der Nähe des Körpers von Prütt seltsame Gerüche zu bemerken, »er stinkt wie ein Penner«, hätte der die wahrnehmbaren Daten zusammenfassende Satz lauten müssen, aber weder die direkt vor Prütt stehende Kate Assperg noch die daneben stehenden Asspergvorstände Wenningrode, Schuster oder die dort auch stehenden Mitglieder des Rats der Stadt, die diesen impertinenten, von Prütt ausgehenden Gestanks wahrnehmen mussten, konnten es in sich zu dieser Verbalzuspitzung und Präzisierung kommen lassen, denn dann hätte der nächste Gedanke sein müssen, und zwar im wortwörtlichen Sinn: »Der verarscht uns doch alle.« Von der finalen Unerwünschtheit dieses Konsequenzgedankens her blieb auch der, Prütt den von ihm ausgehenden Gestank zuweisende Gedankensatz blockiert, jeder glaubte sich zu irren und hoffte allenfalls, nicht selbst am Weg hierher in einen dünn beschneiten Haufen Hundekot getreten zu sein. Prütt selbst, der in alter Kippenbergertradition zum Frühstück eine Kanne Knoblauchgarspagio getrunken hatte, war geruchlich gegenwärtig sowieso komplett narkotisiert und hatte auch nichts dagegen, dass späterhin seiner Künstlervita eine entsprechende Gerüchtgeschichte würde angefügt werden müssen: zu der Eröffnung bei den Asspergspießern in Schönhausen sei Prütt direkt vom Flughafen gekommen, er sei noch in Ferienklamotten gewesen und nicht dazu gekommen, sich zu duschen, und habe deshalb stark gestunken, »ha ha ha!«. Aber natürlich habe niemand sich diesbezüglich etwas zu sagen getraut. Prütt sei dort in der Vorhalle am Rand der Flachtreppe von der Aula hoch zur Rotunde wie ein nachgemachter Lüpertz aufgetreten, habe Hof gehalten und sei deshalb auch wie erwünscht genau so behandelt worden, der Künstlerfürst als irre Type.

Ein Gong ertönte. Prütt hielt inne. Und Kate Assperg sagte: »Kommen Sie, mein Lieber, gehen wir hinein!« Dabei schob sie Prütt etwas an und ging dann neben ihm die vier Stufen hoch zu der schon feierlich besetzten Rotunde. In der ersten Reihe saß der alte Assperg einsam und allein in der Mitte. Die Frau des Bürgermeisters und der Bürgermeister, die Landesministerin für Kultur und Wissenschaften, der Präsident des Schönhausener Kulturvereins Turingia, Kate Assperg, Prütt und zwei seiner Studenten, die Prütt anstelle seiner von ihm hier angekündigten Ehefrau und seiner ebenfalls kurzfristig verhinderten Schwiegermutter mitgebracht hatte, nahmen in der ersten Reihe um den alten Assperg herum Platz, einige Fotographen legten sich quer vor die Versammlung und blitzten von unten immer wieder den Ehrengästen und dem Jubilar brutal in die Augen, und dann konnte die Feier beginnen.

# XXVIII

Holtrops Platz, der bis zuletzt freigehalten worden war, weil immer wieder irgendwer sagte: »nein, er kommt noch!«, war schließlich doch leer geblieben, und nachdem alle sich gesetzt hatten und das Gemurmel im Saal leiser geworden war, trat als Zeremonienmeister Asspergs Dienstevorstand Wenningrode an ein seitlich vorne aufgestelltes Mikrophon, um die Leute zu begrüßen und den Ablauf der feierlichen Matinee zu erklären. Die meisten Gäste nahmen die ihnen beim Hereinkommen übergebene Schmuckkarte, die unter dem Titel »Die Rückkehr der Landschaft« ein besonders gefälliges Kleinbild von Prütt zeigte und innen das Programm auflistete, zur Hand und überprüften beim Mitlesen, ob Wenningrode das Programm auch korrekt, nämlich so ankündigte, wie es auf der Karte stand. Da dies der Fall war und das von Wenningrode Gesagte mit dem auf der Karte Abgedruckten exakt übereinstimmte, senkte sich innerhalb von Sekunden eine unendliche Mattigkeit, Schläfrigkeit und Langeweile auf das Publikum nieder, weil die Aussicht, in den kommenden eineinhalb Stunden hier jetzt vier Reden und drei Musikstücke vorgesetzt und um die Ohren gehaut zu kriegen, für beinahe jeden im Saal das Elend pur und in Höchstdosis war. Nicht natürlich für Kate Assperg, die von Wenningrode als erste ans Rednerpult gebeten wurde. Klein und streng ging sie in ihrer feierlichen ROBE, der Name der Farbe der Robe klang sicher sehr exquisit, die Farbe selbst, verwaschen grünlich lila, schaute aus wie ausgekotzt, energisch ans Pult und lächelte ihr berühmtes Betonlächeln in den Saal hinein, viel zu lange und schweigend. Dann hob sie an: »Sehr geehrte Frau Minister, sehr geehrter Herr Bürgermeister, sehr geehrter Herr Präsident, verehrte Eminenzen, Prominenzen, liebe Asspergianer, mein lieber Berthold!« Das letzte Wort, den Namen ihres Mannes, bellte sie mit einer solch grausamen Heftigkeit in den Saal, dass nicht nur der so angesprochene alte Assperg, obwohl er den schneidenden Ton seiner Frau gewohnt war, erschreckt zusammenzuckte, sondern fast jeder um ihn herum auch, und mancher verwundert dachte: »Warum nur hasst sie ihn so sehr?« Und die einfache Antwort, die jeder ältere Mensch wusste, war die ganz normal kaputte: weil er sie früher, als sie schwächer war, genauso gehasst und angebellt hatte wie sie ihn jetzt, wo er der Schwächere war. Oder es war genau umgekehrt, nicht Hass, sondern Liebe entzweite die beiden, seine war alt und kaputt wie er selbst, und die ihre war, wie sie, noch lebendig.

Aber jede derartige Antwort, egal wie wahr, war auch genau der Kitsch, den die von Kate Assperg kuratierte und jetzt von ihr in ihren einfachen Herzenssätzen erklärte Prüttausstellung feierte, seltsamerweise zu genau dem Zweck auch, um sich im eigenen Leben den Kitsch der Klarheit, mit dem das Leben sich äußerlich umgab, innerlich selbst vorenthalten zu können. Um also dumm und klar daherreden und gleichzeitig wirr und wahr denken und fühlen zu können. Und wäre dann etwa der Erfolg von Boulevard final doch auch aufklärerisch zu verstehen, weil das Publikum die dort gefeierte Ordinärheit eben nicht nur dauernd inhalierte, sondern dauernd auch wieder ins Draußen, von wo sie veröffentlicht herkam, zurückdrängte, draußen im Nichtich war der Dreck, von dem die Seele des Einzelnen im Inneren sich genau dadurch freihalten konnte, weil er draußen so megapenetrant da war und von da her auf sie eindrängte, dass sie, die innere Seele, ihn genauso heftig und andauernd abwehren musste usw. Und dieser permanent aktive Externalisierungsvorgang der Dreckverschiebung aus dem Ich zurück ins Nichtich wurde dann als das angenehme Gefühl erlebt, von dem die

Leute redeten, wenn sie, was oft zu hören war, über den Dreck der Bildzeitung sagten: »Ich fühle mich davon aber gut unterhalten.«

Der junge Mann, in dessen Kopf diese Gedanken gerade zum ersten Mal aufgetaucht waren, war der angehende Journalist Dietmar Schmidt, 24, Volontär im Gesellschaftsressort des Spiegel. Er war beauftragt, über die Veranstaltungen zum achtzigsten Geburtstag des alten Assperg einen kleinen Bericht zu machen, war am Donnerstagabend bei der großen Gala in der Stadthalle gewesen, hatte sich in Schönhausen umgesehen und umgehört, hatte um ein Interview mit einem Mitglied der Familie Assperg, am liebsten natürlich mit dem Alten selbst oder mit dessen Frau, angesucht, was ihm zwar nicht zugesagt worden war, aber der nicht unfreundliche Asspergpressechef Schmäling hatte Schmidt zu dieser Feier in angeblich besonders kleinem Rahmen eingeladen, und so hatte Schmidt den Auftritt von Prütt und dessen studentischer Entourage beobachten können, das war recht interessant gewesen und hatte Spaß gemacht, und jetzt beim Hereinkommen in die sogenannte Rotunde war er durch Zufall auch noch auf eine ehemalige Mitstudentin an der Münchner Journalistenschule getroffen, Constanze Zegna, die ihm von ihrem Holtropporträt und dem gestrigen Abend mit Holtrop und Leffers in der Berliner Paris Bar erzählte. Die Geschichte klang gut, als Mann hatte man es im Peopleporträtbusiness nicht ganz so einfach wie jede mittlere junge Frau, erst recht wenn sie so gut ausschaute wie Constanze Zegna, das war »halt Faktum«, dachte Schmidt und hörte als Echo mit Hall das nicht ganz unpassende Fremdwort »Manufactum«. Der handgeschnitzte Journalismus, den sie als Realreporter hier machten, um ihn zu lernen, war irgendwie auch lächerlich dated, altmodisch und sinnlos. Redend waren Schmidt und Constanze Zegna dann zusammen in den Saal gegangen und hatten sich nebeneinander hingesetzt, hintere Mitte außen, und der durch den Kitschtext von Kate Asspergs Rede in Schmidt ausgelöste Gedanke über den davon ermöglichten inneren Nichtkitsch animierte Schmidt dazu, Constanze Zegna am Arm anzutippen und zu sagen: »Ganz interessant, oder!« Sie schaute ihn erstaunt an, weil sie nicht sicher wusste, ob und inwiefern das ironisch gemeint war, und sagte deshalb: »was?«, und er sagte: »na sie, die Rede, die Alte!« und registrierte ein ratloses Abwehrnicken bei ihr. »Also keine Verbindung gedanklich«, dachte Schmidt, »auch okay«, und kritzelte auf seinen Reporterspiralblock die Worte: »Nichtkitschmöglichkeit geistig durch Kitschrealität.«

## XXIX

Dann redete der Bürgermeister. Diese Rede war wirklich schlimm. Dagegen war die von Kate Assperg zuvor gehaltene Rede tiefsinnige Poesie gewesen. Der Bürgermeister hatte einen sehr stumpfsinnigen Redenschreiber offenbar, anders war das Niveauchen der Rede nicht zu erklären, oder wer war das eigentlich, der in so einer mittleren Mittelstadt wie Schönhausen mit vielleicht hundertachtzigtausend Seelen für den Text solcher Reden zuständig war? Schmidt merkte, dass er für seinen Bericht noch nicht genug wusste, auch dieser Gedanke belustigte ihn, denn er würde am Montag die Pressestelle des Schönhausener Rathauses aufsuchen und dort die entsprechenden Zuständigkeiten, Dienstwege und Referentengestalten knallhart, wie es sein journalistischer Auftrag war, recherchieren. Die Rede war schlimm, aber noch schlimmer war die Optik und das Auftreten von, Blick ins Programm, »Bürgermeister

Otto Keller«, der exakt so ausschaute wie der später bundesweit bekanntgewordene Duisburger Oberbürgermeister »Adolf« Sauerland, vorallem der Bart um den Mund, die hohe, leere, breite Stirn und die fieseligen braunen Haare, das Fettige und Speckige und dümmlich Schnaubende beim Reden wirkten auf den von außen kommenden Beobachter ziemlich irritierend. Für die Schönhausener selbst und so auch für die hier versammelt vor sich hin dösenden Asspergianer war jeder Spruch des Bürgermeisters so sehr bekannt und so oft schon gehört, dass nichts störte, die Rede gar nicht auf Sinn hin wahrgenommen wurde, dass alles einfach nur sagte: wir hier in Schönhausen wissen, dass es gut ist, dass es Schönhausen gibt. Und dieses Wissen soll der Welt bekanntgemacht werden. Das war der Inhalt von Kellers Rede, Werbung für Schönhausen. Prütt und seine Landschaften waren Werbung für die hiesige, Schönhausen umgebende wunderschöne Natur, die Ausstellung hier in den Räumen der Stiftung war Werbung für die Kulturfreundlichkeit der Stadt, und der achtzigste Geburtstag des alten Assperg war Werbung für den Industriestandort Schönhausen, der die Assperg AG mit groß gemacht hatte, so wie Assperg die Stadt. Dass es unschön sein könnte, die ganze Zeit sich selbst zu loben, dass ein so aufdringlich für sich selbst werbendes Selbstlob auch abstoßend wirken könnte, dafür war beim mittleren Trottel, der öffentlich auftrat, generell jedes Gefühl längst und endgültig abgetötet. Keller war auch darin, wie in allem, nur Normalität. Er sagte seinen letzten Satz, grinste, lachte und ging unter tosendem Applaus ab, es folgte die zuvor von Wenningrode angekündigte erste Musik.

Ein Pianist kam auf die Bühne, verbeugte sich, setzte sich an den Flügel und spielte eine sehr bekannte Bachtoccata. Das donnerte und jubilierte, das ging in die Beine, es fehlte nicht viel, und Schnur, der sich als der eigentliche für die gute Laune verantwortliche Animateur der Matinee verstand und schon mit dem Oberkörper leicht mitwippte, verkrampft natürlich, weil Schnur ein anstrengend gehemmter, verkrampfter Mensch war, würde aus dem Mitwippen in ein Mitklatschen mit beiden Händen übergehen, aber Schnur beherrschte sich und den rhythmischen Impuls in seiner rechten Hand, die im Takt immerhin leise auf seinen rechten Oberschenkel klopfte, ganz der Debilität des starken Rhythmus fröhlich ausgeliefert. Noch während die Musik spielte, wurde Schnur von einem bösartigen Giftblick von Kate Assperg getroffen und daran erinnert, dass in ihren Augen alles wieder falsch lief. Was Kate Assperg verärgert hatte, wurde Schnur klar, als er den für Holtrop leer gehaltenen Platz zwei Stühle neben Kate Assperg sah. Ganz zuletzt hatte sie ihn eigens noch angewiesen, in der ersten Reihe auf jeden Fall alle Plätze zu besetzen, weil es ganz schrecklich ausschauen würde, wenn die erste Reihe nicht durchgehend besetzt sei. Auf dem Platz neben dem leer gebliebenen Holtropstuhl saß Wenningrode. Er saß jetzt starr und unbewegt da, völlig eins mit sich selbst und der inneren Leere, die in ihm war und sein Selbstbild prägte: von Firlefanz nicht erreichbar. Das war es, was Wenningrode an sich selbst am meisten mochte, dass ihn eigentlich nichts störte, weil von außen nichts durchkam, was stören hätte können, und innen sowieso nur das Erwünschte vorging, meistens nichts. »In der Ruhe liegt die Kraft«, sagte Wenningrode seit etwa fünfzig Jahren täglich mindestens zweimal, den Spruch hatte er als Kind von einem Bruder des Vaters gehört, auch der Vater Wenningrode hatte seinen Kindern den Sinn der Ruhe machtvoll, schweigsam und dumpf vorgelebt, alle Wenningrodes hatten immer schon »beim Assperg«, wie das in Schönhausen hieß, gearbeitet, lebenslang in irgendeiner Halle mit Maschinen, zufrieden und unaufgeregt, ganz ruhig, und wie der Sohn hatte auch schon der Vater Wenningrode jede Bewegung immer schön langsam gemacht und am allerliebsten: gar keine Bewegung.

Rumps, ein letzter Akkord, da war die Musik aus. Alle klatschten, so auch Wenningrode, dann kam die nächste Rede, jetzt war Wenningrode selbst dran. Er ging wieder vor ans Pult und sagte das, was sein Büro ihm für diesen Samstag vorbereitet hatte. Zeit verging dabei. Fertig. Nocheinmal Musik, wie zuvor, Wenningrode saß wieder auf seinem Platz, es war ihm egal, ob er hier saß oder zuhause, und dann war der Festakt vorbei, und alle gingen von der Rotunde wieder nach draußen in die Aula. Wenningrodes Körper stand sackhaft bei irgendwelchen anderen Körpern, zu einer Gruppe von vier oder fünf Leuten versammelt, der normale Nulltext, der automatisch geredet wurde, kam aus den anderen und aus Wenningrode heraus, ganz von selber und ohne jede Anstrengung. Es gab etwas zu essen und zu trinken, das merkte Wenningrode daran, dass er mit seinem Mund das Essen kaute, es schmeckte nach Essen, das Getränk war flüssig und konnte zum Nachspülen verwendet werden. Dass Thewe nicht erschien, wunderte Wenningrode nicht, denn er hatte vergessen, dass er Thewe hierherbestellt hatte. Es wäre ihm auch egal gewesen, wenn es ihm eingefallen wäre oder wenn Thewe erschienen wäre, so war es ihm natürlich lieber, »kein Thema«, wie das auf Wenningroderisch hieß, den Spruch sagte Wenningrode stündlich etwa zwanzig Mal: »kein Thema«. Thewe: »Kein Thema.« »Noch einen Schluck?«: »Kein Thema.« Krölpa und der Ärger in Krölpa: »Kein Thema.« Die Steigerung von »kein Thema« war »kein Problem«. Irgendein Unter kam, um sich zu verabschieden. »Auf Wiedersehen, Herr Wenningrode!« Wenningrode: »Kein Problem, Wiedersehen.« Der praktisch realisierte IQ, auf dem Wenningrode sein Leben als Dienstevorstand der Assperg AG lebte, lag bei knapp über neunzig Punkten, wenn mehr gefordert war, konnte man immer noch, so Wenningrodes Vorstellung von seinen Geistesaktivitäten, bisschen zulegen. Auch das war für ihn natürlich »kein Thema« und schon gar »kein Problem«. Als sich die Räume der Stiftung langsam leerten und immer öfter irgendjemand zum Verabschieden kam, die Heimgehdrift deutlich spürbar wurde, ließ Wenningrode sich davon aufnehmen, sagte den zufällig bei ihm Stehenden aufwiedersehen, ließ sich nach draußen treiben und von seinem Fahrer, der vor der Türe auf ihn wartete, dorthin bringen, wo die Nichtigkeit seiner Existenz ihr unüberbietbares Nulligkeitsmaximum erreichte: nach Hause. Der Fahrer: »Nach Hause?« Wenningrode: »Ja.«

+ a + e n

2002

# ZWEITER TEIL

## I

Unruhig wirft sich Johann Holtrop hin und her. Hat er von der Lethe denn noch nicht genug getrunken?

In den folgenden Wochen war Assperg-Chef Holtrop einem Bombardement von widrigen, gegen ihn gerichteten Ereignissen ausgesetzt, die, obwohl nicht miteinander koordiniert, insgesamt auf eines hinzielten: ihn zu vernichten. Über Weihnachten, zwischen den Jahren, waren in überlangen Nächten die Gespenster der am Elften September in Ground Zero zu Nichts verdampften Existenzen ans Licht gestiegen, weltweit, in die Köpfe, die Hirne der Menschen hinein. Der Gedanke RACHE hatte plötzlich unabweisbar Plausibilität. Das Zeitalter der Finsternis war angebrochen.

Januar brachte halkyonische Klarheit, eisige Luft, Frankfurt: die Zwillingstürme der Deutschen Bank glitzerten in der tiefstehenden Vormittagssonne. Hoch oben, im 34. Stock des Westturms, wurde hinter den silberverspiegelten Scheiben der Fassade die auf elf Uhr angesetzte Vorstandssitzung vorbereitet. Es war kurz vor elf, Mittwoch, 9. Januar 2002. Vom Zeitdruck beflügelt eilten die Aktivisten durch die Gänge richtung Lobby. Vor der Türe zum Konferenzsaal KS2 kamen die Sekretärinnen, Caterer, Vorstandsassistenten und Praktikanten in kleinen Gruppen Gleicher zusammen, standen auf ein paar Worte beieinander und zerstreuten sich dann wieder. Ein großes buntes Bild hing an der Wand, ein modernes Ölgemälde, das einige jakobinisch kostümierte Revolutionäre am hölzernen Schaugestell einer Guillotine bei der mit offensichtlicher Freude verrichteten Arbeit zeigte, auf dem Schild daneben stand: »Neo Rauch, An der Zeitmauer, 2000«. Im Büro des für die Kunstzukäufe der Bank mitverantwortlichen Vorstands Jesper de Berpenbrook, eine Etage tiefer, sammelte sich das Lager der Königsmörder. Zwei Zimmer weiter, beim Sprecher des Vorstands Bauer, kamen die ebenso revolutionär gestimmten Kräfte des Fortschritts um den jungen Wilden Peter Hombach zusammen.

Hombach, 53, stand neben Bauers Schreibtisch, und während Bauer über den Niedergang und bald endgültigen Fall des Hauses Binz redete, war zu beobachten, wie sich die Signale der Zustimmung vermehrt auf Hombach fokussierten, obwohl der gar nichts sagte, wie Kedke, Benzinger, Lebers und die jüngeren Adjutanten, die weiter hinten standen, aus diesen Signalen schon Angebote zu einer vorauseilenden Unterwerfung unter das von Hombach demnächst eventuell Beabsichtigte werden ließen, und Bauer, 64, der schräg hinter Hombach saß und seinen Text, den alle kannten, von sich gab, war an diesem Spektakel der Dynamik der Macht, das er bestens kannte, selbst auch noch einmal am Rand, als Nebenfigur und Zuschauer, beteiligt. Bauer kannte Hombach in der Rolle des aufmüpfigen Juniors, der sich im Rudel der Meute, die den Führenden jagte, sofort hervortat und an die Spitze biss. Aber jetzt war zum ersten Mal zu beobachten, wie Hombach, selbst als Führender eingerückt in die Isolation des Ersten, darauf reagieren würde, und zwar instinktiv physisch. Lässig lehnte Hombach an Bauers Schreibtisch. Freunde in London hätten ihm, sagte er, ohne sich zu Bauer nocheinmal umzudrehen, für die Zeit nach Binz schon lukrative Beratungsmandate in Aussicht gestellt, alle stünden bereit und warteten nur darauf, dass einer mit einem offenen

Wort Binz' Kreditfiktionen in sich zusammenfallen lassen würde. Hombachs massige Gestalt blieb auch beim Reden bewegungslos ruhig, wie zuvor beim Zuhören, er war in seine Reaktionslosigkeit sicher eingepanzert, das Gesicht präsentierte ein Lächeln, dessen Stetigkeit und Starrheit etwas demonstrativ Fratzenhaftes hatte. Nur die Augen huschten, wobei sie hellwach die Situation durchsuchten, von Sprecher zu Sprecher, zwischen den Zuhörern herum und zum eben gerade Sprechenden, zu Lebers, zurück, um Reaktionen einzusammeln, anstatt selbst zu zeigen. Und Bauer, der Hombach nicht so sehr verachtete, als dass er ihn mit aller Gewalt als seinen Nachfolger verhindert hätte, was sicher möglich gewesen wäre, sah, wie Hombach das machte, und musste für diesen Augenblick des Übergangs zugeben: das macht er richtig so. Lebers hatte einen Witz gemacht auf Kosten von Zischler, dem Anführer der im drüberen Zimmer versammelten gegnerischen Fraktion, der Zischlers Intellektualität verhöhnte, war mit diesem Witz aber, weil er vom Kollektiv der Kollegen hier als zu billig bewertet und deshalb zur Lachreaktion nicht angenommen worden war, durchgefallen und legte jetzt sich selbst mit einem Blick, der Hilfe erbat, Hombach zu Füßen, wo der ihn aber gelangweilt liegenließ. Bauer sah, dass der Richtige ihm nachfolgen würde. Denn die Drohung, die Hombach in diesem Moment der Grausamkeit gegen Lebers aufblitzen ließ, hatten im nächsten Moment der Stille die Hombach eben noch gleichgestellten Vorstandskollegen mit Unterwürfigkeit und Angst, der Angst, wie Lebers blitzartig zur Null gemacht zu werden, beantwortet, darin aber auch als Führungsmethode widerspruchslos akzeptiert, was Bauer, von Hombachs Effektivität erheitert, abwarten ließ, weil dieser Machtmoment in seiner Klarheit ihm gefiel, bis er sich schließlich langsam bewegte, aus seinem Sitz heraus aufstand und sagte: »Gehen wir hoch, es ist schon fast elf.« Die Herren ließen Bauer vorgehen, nickten einander zu und gingen dann hinter Bauer her nach draußen. Und Hombach, der mit ausgebreiteten Armen allen bedeutet hatte, vor ihm zu gehen, verließ als letzter den Raum. Im Halbkreis versammelte sich die Gruppe vor der Türe und wartete, dass Hombach in ihre Mitte trat, seinen Leuten jetzt seinerseits zunickte und losging und dann nichts anderes tat als dies: den Gang entlangzugehen. Er ging ganz ruhig, voll Kraft, die Brust erhoben, sie war mit Energie geladen, vom Willen derer, die hinter ihm gingen, mit nach vorn und vorwärtsgetragen, seinem ersten großen Sieg entgegen, der bald vielleicht mächtigste Banker der Welt. Zumindest in Frankfurt.

Bauer war noch eine Sekunde stehen geblieben. Er sah eine junge Frau, die zwei Türen weiter auf der anderen Seite des Gangs wartete, zu ihm herschaute und sehr attraktiv in diesem Augenblick auf ihn wirkte. Als er seinen Blick, den er langsam an ihr heruntergleiten hatte lassen, gerade voll Anerkennung abwenden wollte, um den Kollegen hinterherzugehen, hatte sie ihn aber spöttisch, mit einer offen höhnischen Blickzurückweisung, als alten Depp entlassen. Und das Tier Bauer spürte und wusste: ja, es ist aus, vielleicht alles, sicher das meiste. Zuletzt ging auch er den anderen hinterher auf die Aufzüge zu.

## II

Oben wartete niemand auf Bauer, niemand kam zu ihm her, deshalb trat er selbst an die Gruppe um Hombach heran und stellte sich dort dazu. Hombach redete mit Risiko-Vorstand Kedke, es ging nocheinmal um Binz. Die Deutsche Bank hatte von Binz den Auftrag übernommen, Binz'

Fernsehgesellschaft Prim-TV zu bewerten. Binz erhoffte sich durch diesen Auftrag neue Kredite von der Deutschen Bank, und die Deutsche Bank bekam so Einblick in die Bilanzen der Prim-TV von Binz. Kedke sagte: »Der Fernsehsender macht zur Zeit jedenfalls noch Gewinn.« Hombach fragte nach der Bezahlung für das Beratungsmandat, und Kedke sagte etwas zu den Vertragsverhandlungen, die noch nicht fertig ausverhandelt seien. Während des Redens bewegte sich die Gruppe an dem Revolutionsgemälde von Neo Rauch vorbei und auf die Türe des Konferenzsaals zu. Plötzlich machte Hombach einen Schritt auf Bauer zu, neigte seinen Kopf nahe vor das Gesicht von Bauer und sagte leise zu ihm: »Gehen wir hinein!« »Ja«, antwortete Bauer. Dann gingen alle in den Konferenzsaal.

Der Saal war hell, aber niedrig, an der inneren Längswand hing eine Urwaldlandschaft aus dem Paradieszyklus von Thomas Struth, »Paradies IV, 1999«. Das Glas vor der Fotographie war extrem entspiegelt, die verschlungenen Pflanzen des Urwalds beherrschten schockierend echt den Raum. Nach draußen hin ging der gigantische Himmelsblick über die Stadt und auf die fernen Hügel des Taunus hinaus, im Inneren leuchteten Brutalität und Verlockung einer fast abstrakten, hyperrealen, in ihrer Perfektheit auch abstoßenden Natur. Die Männer mit der dicken Haut und den ultraleichten Anzügen darüber bemerkten davon nichts, sie sahen nur hell und dunkel, während sie zu ihren Plätzen gingen, sich setzten, dunkel auf der einen Seite, hell und licht und weit auf der anderen, nach draußen, weltwärts gerichteten Fensterseite. Jeder von ihnen wollte dorthin: hinaus, weg von da, wo er war. Sie waren oben angekommen, Bankvorstand, sogar im Vorstand der legendären Deutschen Bank, aber sie waren traurige, vom Apparat und der schon so lange laufenden Karriere im Apparat traurig zusammengefaltete Existenzen. Bauer war die

Inbegriffsgestalt dieser Topfigurentraurigkeit. Auch er war, was er immer hatte werden wollen: Bankchef, Topmanager. Aber wo bleibt das Glück? Wo bleiben die Millionen? Das dachte er nicht, aber er fühlte so. Und nicht einmal das Geld stellte sich in der Weise ein, übersprudelnd, wie sich das jeder von ihnen in seinen Träumen vorstellte, sondern viel zu langsam, hier einmal eine Million im Jahr, und wann die nächste? Und wann drei, wann fünf? Und dann ging jährlich auch noch mehr als die Hälfte von diesem Geld wieder weg für Steuern, zahlbar direkt an den Staat. Wofür eigentlich? Das war so etwa die Stimmung: absurd protestatorisch, organisierte und institutionalisierte Absurdität, von keinem Coaching erreichbar, die geistige Obdachlosigkeit ganz oben.

Bauer wollte die Sitzung gerade eröffnen, da kam als letzter Zischler herein, Bob C. Zischler, 54. Bei jedem Schritt schleuderte er seine Cowboystiefel vor sich her, er grinste, er ging langsam, er schaute auf die Uhr und grinste noch mehr. Er warf seinen Kopf zurück und schlenkerte mit den Armen und ging so zu seinem Platz, um allen zu bedeuten: »Ihr könnt mich alle mal, ihr Deppen.« Verrückterweise wusste Zischler nicht, dass er nicht der einzige war, der seine Kollegen für Deppen hielt, dass jeder jeden so sah, Zischler hielt sich in seinem Hochmut für einzigartig, er war hier sozusagen der absolute Superdepp. Die Tagesordnung wurde abgearbeitet. Einer nach dem anderen redete, jetzt regierte die Vernunft der Zahlen. Alle entspannten sich. Jedes Ressort steuerte sich selbst in eigener Verantwortung. Das übergeordnete Kollegialprinzip bedeutete außerdem, dass alle für alles verantwortlich waren, zuletzt aber auch jeder für nichts konkret. Unter Bauer war der Vorstand immer weiter ausgeweitet worden, denn es gab viele Leute, denen Bauer am Ende seiner lebenslangen Karriere bei der Deutschen Bank einen Gefallen schuldete und gerne tun wollte, die er irgendwo weit oben unterzubringen hatte, weil auch sie ihm in seinem endlos langen Leben bei der Deutschen Bank irgendwann einmal mit irgendetwas geholfen und ihm irgendeinen Gefallen getan hatten. Es war deshalb Hombachs Plan, den Vorstand wieder auf eine vernünftige Größe zu verkleinern, um ein arbeitsfähiges Organ zu bekommen. Und es war Zischlers Absicht, diesen Plan zu verhindern. Zischler war Hombach in der Nachfolgefrage unterlegen, zu Unrecht, wie er natürlich fand, denn er glaubte sich Hombach in jeder Hinsicht überlegen. Wenn Herrhausen noch leben und den Aufsichtsrat beherrschen würde, statt Zapf, der ein Apparatschikexzess wie Bauer war, würde Zischler Bauer nachfolgen, nicht Hombach, neben dem er jetzt Chief Operating Officer werden sollte, das Angebot war eine Unverschämtheit. Zischler hielt einen sehr allgemeinen Vortrag über die Bank als Ganzes, es kam darin die Großwildjagd, Kanada und die Hochseefischerei in internationalen Gewässern vor, die von früheren Generationen der Familie Zischler betrieben worden sei, der Vortrag war eher wirr, Zischler redete zu lange, Hombach zeigte Zeichen von Ungeduld.

Da bedankte Bauer sich bei Zischler, aber der hatte nur einen Moment pausiert, um sich von hinten ein Papier zureichen zu lassen, er drehte sich zu seinem Assistenten um. Der machte eine Geste der Hilflosigkeit und zeigte auf Zischlers eigene Papiere am Tisch, wo die angeforderte Aufstellung tatsächlich zuoberst lag. Zischler nahm das Papier und las zum Schluss neueste Zahlen, die irgendetwas belegen sollten, vor. Dann lehnte er sich zurück und schaute mit dem Ausdruck allergrößten, von sich selbst berauschten Wohlbehagens triumphierend in die Runde der Kollegen.

III

Besser hätte Zischler nicht vorlegen können, blöder hat selten jemand im Vorstand der Deutschen Bank geredet. Hombach musste nur noch vollstrecken, aber schon während der einleitenden Sätze, die er sagte, war Bauers Blick skeptisch geworden, weil Hombach so übertrieben selbstsicher auftrat. Nicht falsche Ideen sind das Problem im Management, sondern richtige, die denen, die sie denken, überzogene Selbstgewissheitsgefühle eingeben. Hombach war sich seiner Sache so sicher, dass er seinen Vorschlag ganz unverklausuliert vorbrachte: Der Vorstand möge beschließen, dass der Vorstand entmachtet, verkleinert, nach London verlegt und faktisch abgeschafft werde. Alle bisherige Macht des Vorstands gehe auf den künftigen Vorsitzenden des Vorstands, auf ihn, Hombach, über, Punkt. Derart offen mit der Aufforderung zur Selbstabschaffung konfrontiert, kamen sogar den unbedingtesten Anhängern Hombachs, die sich bei Hombach im Lager des Fortschritts auf der richtigen Seite sahen, doch noch einmal die berühmten zweiten Gedanken. Was, wenn der hier per Ermächtigungsbeschluss zur Rettung der Bank berufene Diktator Hombach eventuell durchdreht? Hombachs Begründung für seinen Vorschlag wirkte beunruhigend, weil sie inexistent war, es wurde nichts begründet, nur das Selbstverständlichste gesagt. Einsparungen, Verkäufe, Kerngeschäft. Konzentration, Ausbau, Erträge. Die virtuelle Kasse klingelte. Auf den Stühlen an der Wand, bei den Assistenten der Vorstände, kamen die Ankündigungen Hombachs, die so leer waren wie jedes beliebige Politparteienprogramm, besonders wenig gut an. Alles wird verbessert, für alle, und zwar sofort, wenn er, Hombach, erst einmal herrschen würde. Das war die Kernaussage von Hombachs Rede. Das war bisschen wenig. Das hatte

Hombach in verschiedenen Interviews der Öffentlichkeit auch schon angekündigt. Da hatte man hier jetzt mehr erwartet. War Hombach schlecht vorbereitet? Oder war er jetzt schon größenwahnsinnig geworden? Inzwischen redete Hombach über Formalien des Aktiengesetzes und Feinheiten der gegenseitigen Beschränkung der ineinander verschränkten Verantwortlichkeiten von Vorstand und Aufsichtsrat. Es ging dabei implizit darum, dass der hier zur Selbstabschaffung aufgeforderte Vorstand sowieso nur ein Vorschlagsrecht dem in solchen Satzungsfragen final entscheidungsverantwortlichen Aufsichtsrat gegenüber habe, gerade deshalb aber der angeregte Beschluss alternativlos sei, wieso deshalb?, dachte da jeder, und jetzt gefasst werden müsse. Sofort. Da bat Hombach plötzlich, unter Nennung verschiedener Ziffern und Verweis auf die Unterlagen, ganz unvermittelt um das Handzeichen der Zustimmung. Dabei hob er selber seine rechte Hand und schaute die Kollegen an. Ein Zaudern war spürbar. Die Leute schauten weg von Hombach und schauten sich auch gegenseitig möglichst wenig an. Das ging allen jetzt zu schnell. Und das Warten, Atmen, Wegschauen der Aufgerufenen wirkte bald schon mehr als nur zögerlich. Fast im selben Moment war das Ergebnis auch schon da, Hombachs Vorschlag war abgelehnt. Hombachs Kollegen waren kollektiv nicht überzeugt, der Siegertyp Hombach hatte seine Leuchtkraft in dieser Situation überschätzt, sichtlich zur Freude von Bauer.

Bauer saß zurückgelehnt da und machte nichts und strahlte Heiterkeit aus. Es war eine Heiterkeit aus Schadenfreude. Die Art, wie Hombach, seit er zu Bauers Nachfolger nominiert worden war, immer wieder deutlich gemacht hatte, wie extrem wenig er von Bauers Führungsstil, von Bauers Strategie zur Ausrichtung der Bank und am Ende zuletzt ja einfach von Bauer insgesamt als Typ und

Mensch hielt, war im Kern genauso stillos und scheußlich wie Zischlers nur noch etwas penetrantere Cowboystiefelallüren. Aber so war die neue Zeit. Die alte BRD und ihre alten Herren mit den halb korrupten Netzwerken der alten Deutschland AG waren in den letzten Jahren des alten Jahrhunderts, auch mit Kohls Spendenaffäre, wirklich endgültig untergegangen. Jetzt kamen die Neuen, auch eine neue Art Chef. Der Jung-68er Hombach, Jahrgang 48, war genau so ein Typ, der exzessiv von sich selbst eingenommene, innerlich enthemmte Ichidiot, egoman verkrüppelt. Aber: allen gefiel das, überall kam der neue Egostil gut an, bei der Bild-Zeitung genauso wie bei der Taz. Die Phantasie an die Macht, hatte es eben erst geheißen, jetzt waren die Protagonisten dieser einstigen Aufstandsparolenjugend real an die Macht gekommen, noch in Bonn waren Schröder und Fischer, der Turnschuh-Fischer, der blitzschnell zum Dreireiher- und Siegelring-Fischer mutierte Suppenkasper-Fischer, als neue Chefs der rotgrünen Regierung vereidigt worden, und wie war der Stil ihres Auftretens von Anfang an gewesen: unsympathisch, angeberhaft, grobianisch. Und vor allem: mega-autoritär. Die generationengegebene Ablehnung von Autorität hatte zu einer in der Praxis grotesken, an Blindheit grenzenden Unfähigkeit zur Einsicht in alle komplizierter austarierten Selbsteinschränkungsmechanismen realer Macht- und Herrschaftsausübung geführt, der Basta-Kanzler-Stil regierte, selbstgefällig dröhnend, die Politik, die Wirtschaft, die Chefs.

Aber noch regierte Hombach in der Deutschen Bank ja eben gerade nicht. Noch war er wacher Geist, dem das Zaudern der Kollegen, das Hämische von Bauers Abwarten nicht entgangen war. Er wollte die Stille nicht überlang werden lassen, den Moment nicht so überdehnen, dass eine Abstimmungsniederlage unvermeidlich zu konstatieren gewesen wäre. »Ja«, sagte er und lachte, »die Begeisterung ist allseits groß. Ich sehe und verstehe, wir sind noch nicht so weit, diese Fragen, die ja sowieso eher technischer Natur sind, jetzt schon final zu entscheiden. Das muss auch gar nicht sein. Vertagen wir.« Und mit Blick zu Bauer: »Sonst noch was?«

## IV

Noch während der Sitzung hatte die Nachricht von Hombachs Niederlage ihren Weg aus dem Konferenzsaal hoch oben im linken Silberturm der Deutschen Bank in die Welt hinaus und auch bis nach Schönhausen genommen, wo in der Assperghauptverwaltung Finanzvorstand Ahlers einen Anruf von seinem Frankfurter Kontaktmann Loon bekommen hatte: Hombach durchgefallen.

Ahlers schickte Holtrop, der in einem Linienflugzeug nach München unterwegs war, eine Mail. Holtrop saß vorne links allein in der ersten Reihe, gegen die Sonne hatte er den Blendschutz heruntergezogen, die Akten in der Tasche gelassen und zuerst die Faz durchgeblättert, dann den Spiegel. Amerika hat Gefangene nach Kuba verschleppt, dort gibt es einen Militärstützpunkt, der außerhalb der amerikanischen Rechtsordnung steht. Den Gefangenen, die im Afghanistankrieg festgenommen wurden, wird der Status von Kriegsgefangenen, damit der Schutz durch die Genfer Konvention vorenthalten. Sie sind tagsüber bei großer Hitze im Freien in offene Stahlkäfige eingesperrt. Nachts werden sie von amerikanischen Spezialkräften beim Verhör gefoltert. Im Spiegel hatte Augstein einen Kommentar dazu geschrieben, den Holtrop teilweise gelesen hatte. »Warum macht ihr nichts dagegen?« hatte

Holtrops Tochter Holtrop neulich gefragt, als in der Tagesschau die Gefangenen, die in orangen Overalls in diese Käfige eingesperrt waren, gezeigt wurden. »Weil wir nichts dagegen machen können«, hatte Holtrop geantwortet und diese Antwort, obwohl sie stimmte, unbefriedigend gefunden.

Das Flugzeug sank tiefer. Die nördliche Umgebung von München war weiß beschneit, das Flugzeug schwenkte in eine Kurve ein, von unten her krachte beim Ausfahren das Fahrgestell der Räder, Holtrop legte die Zeitschrift weg und schaute hinaus. Nach der Landung blieb er sitzen und telefonierte mit Ahlers. Sie redeten über Holtrops für zwei Uhr geplantes Gespräch mit Binz. Assperg hatte bei der Hannoveraner Veerendonckbank einen für Binz bestimmten Kredit aufgenommen, der mit einem Asspergpaket von Derivaten besichert war, das bei der Deutschen Bank lag, im Moment allerdings deutlich weniger wert war als der damit besicherte Kredit von 400 Millionen Euro. Die diesbezüglichen Absprachen mit der Deutschen Bank waren auf den künftigen Chef Hombach, nicht mehr auf Bauer ausgerichtet gewesen. Für das geplante Gespräch mit Binz ergebe sich daraus aber, so Ahlers, zunächst keine konkrete Konsequenz. Immerhin sei die Aktie der Deutschen Bank, nachdem sie kurz hochgestiegen war, jetzt stark unter Druck, mit ihr der Dax. Zuletzt sei der Dax sogar unter die Marke von 5000 Punkten gefallen. Nachdem das Flugzeug beim Gate angekommen war und die Triebwerke ausgestellt waren, wurde Holtrop von einer Stewardess abgeholt und vor den anderen Passagieren über die Außentreppe zu der neben dem Flugzeug wartenden Limousine gebracht. Holtrop bedankte sich, setzte sich ins Auto, dann fuhren sie am Terminal entlang und unter dem Terminal in das Untergeschoss hinein, durch die Ausfahrtsstelle für PKW nach draußen, zunächst auf die Autobahn und dann auf einer Landstraße nach Unterhaching in die Binz-Zentrale.

Binz hatte Assperg bei Abschluss des Geschäfts vor einem halben Jahr vertraglich zugesagt, seine Multimedia-Aktivitäten im Internet und im Pay-TV in einer eigenen Gesellschaft zu bündeln, diese Gesellschaft sollte Assperg gegenüber den Leihkredit besichern, war aber bisher nicht gegründet worden. Im Büro von Binz standen Binz' Adjutanten Scheer und Aiderbichl vor dem Fernseher, der auf einen Stuhl neben Binz' Schreibtisch gestellt war, und schauten sich mit wachsender Zuversicht den Absturz der Börsenkurse an diesem verrückten Mittag an. Das Binz-imperium wurde aus einem abstellkammerartigen Bürozimmer in Unterhaching bei München befehligt, Binz sah sowieso fast nichts mehr, aber das Gehör war intakt, was er nicht sehen konnte, konnte er sich sagen lassen, und sein unternehmerischer Geist war umso vitaler aktiv, je unübersichtlicher die Lage war. Binz hatte gute Laune. Der Kanzler hatte angerufen, Goschchef Messmer und Deutsche-Bank-Chef Bauer hatten angerufen, Hombach, Maschinger, Holtrop, Malone, sie alle sorgten sich um verschiedene Binzsche Firmen und Firmenbeteiligungen, vorallem aber um die Kredite, um die Binz selbst sich noch nie gesorgt hatte. Für Binz lag die Sorge um das Geld bei den Banken, nicht bei ihm, denn die Banken hatten ihm ihr Geld ja schon gegeben. Sein Spiel war das des Unternehmers: kaufe und verkaufe, wachse mit Gewinn. Das hatte er etwa sechzig Jahre so gemacht, sehr erfolgreich. Bisher war es immer gutgegangen. »Gott sei mit denen, die ihn brauchen«, sagte Binz, »und so auch mit mir.« Das war Binz' Schnellnovene an den Gott der Frankfurter Börse. Ohne göttliche Hilfe könnte es diesmal eng werden. Aber vielleicht hatte Gott angesichts von Binz' Notlage und der bei Gott deponierten Erinnerung daran, dass gerade die Notleidenden einen Anspruch auf Gottes Hilfe hätten, ein Einsehen, dem eigentlich die Bereitschaft Gottes folgen könnte, Binz zu helfen. Vor dem Hintergrund seines Gottvertrauens, das alles, insbesondere seine Geschäfte umfasste und nicht so völlig anders als andere geschäftliche Kalküle angelegt war, hatte Binz eigentlich nichts zu befürchten und alles zu hoffen. Binz schaute zu Scheer, dann zu Aiderbichl, das heißt er drehte sein Gesicht mit den extrem zusammengezwickten Augen in deren Richtung und sagte: »Ehe der Hahn dreimal kräht, werdet ihr zwei mich viermal verraten.« Dann schickte Binz die beiden weg.

Aiderbichl ging in seine eigene Abstellkammer hinüber, wo er den gerade startenden Feldzug zur Rettung des Fernsehsenders FANTASTIC WORLD vorbereitete. Aiderbichl telefonierte mit dem Büro Maschinger in Stuttgart. Maschinger machte für Fantastic die gesamte PR-Arbeit zum Amtsantritt von Aiderbichl als neuem Fantastic-Chef. Mit Maschingers Hilfe würde Aiderbichl den Sender völlig neu positionieren. Neuer Name, neues Logo, neue Jubelartikel überall und vorallem neues Geld, von woher genau, würde noch auszuhandeln sein. Aiderbichl hatte sich außerdem von der Deutschen Bank neue Bezahlmodelle entwickeln lassen, die gezielt auf neue Programme, neue Decoder, neue Kunden, zumindest Namen von neuen Interessenten, die später als Kunden gezählt werden könnten, wenn sie einmal bezahlten, wenn nicht, dann nicht oder später, extrem flexibel ausgelegt waren, sehr vielversprechende Modelle, für die Fantastic-Finanzvorstand Dohse, der als Spezialist für »Optimierungen in Organisationen«, so der Titel seiner mathematisch-betriebswirtschaftlichen Doktorarbeit, die Implementierung am Markt und die für den Cash Flow verantwortlichen Dynamikprogramme mit seiner Abteilung in Hauptverantwortung übernommen hatte. »Herr Doktor Maschinger«, sagte die Sekretärin, »ist gerade in einem Gespräch, sollen wir Sie zurückrufen lassen?« Und Aiderbichls Sekretärin, die den Rückruf von Herrn Dr. Maschingers Sekretärin entgegengenommen hatte, schaute Aiderbichl, dem sie am Schreibtisch gegenübersaß, fragend an und fragte in den Hörer: »Ja sicher, aber wieso denn: lassen?« »Moment«, antwortete die Maschingersekretärin, »da muss ich eben fragen lassen.« Und Aiderbichls Sekretärin sagte zu Aiderbichl: »Aber da sind Sie sich ganz sicher, dass das Büro Maschinger die Topadresse ist für den Neustart von Fantastic?« »Naja gut«, sagte Aiderbichl auf Bayerisch, »was ist schon wirklich top, heutzutage, in dieser unserer sündigen Welt? Das frage ich Sie.«

Holtrop kam in Unterhaching an und wurde vom Pförtner zu Binz gebracht. Für die Besprechung mit Holtrop ließ Binz seine Adjutanten Scheer und Aiderbichl wieder in sein Zimmer rufen. Holtrop war auf das Gespräch gut vorbereitet, hatte verschiedene Zielvorgaben für unterschiedliche Gesprächsverlaufsmöglichkeiten definiert, Minimalzielvarianten, Verhandlungsmasse, Optimum etc. Aber Binz verhandelte gar nicht. Das war Holtrop neu. Binz bat Holtrop in sein Zimmer und ließ ihn dann an der gemeinsamen Betrachtung der laufenden Fernsehsendung über die Börse und an seinem Gespräch mit Aiderbichl und Scheer als Zuschauer teilhaben. Jeden Satz, den Holtrop sagte, bestätigte Binz freundlich, »völlig richtig«, sagte er immer wieder und zeigte auf den Fernseher, ohne den Inhalt des von Holtrop Gesagten aufzunehmen und selbst etwas dazu zu sagen. Dabei wirkte er nicht abweisend oder verschlossen, sondern sympathisch. Binz gewährte Holtrop eine Audienz. Natürlich würde man die vereinbarte Firma zur Sicherstellung der von Assperg vermittelten Kredite wie zugesagt gründen, »völlig richtig«. Aiderbichl und Scheer bestätigten das so Zugesagte. Und auf jede konkrete Frage antwortete Binz mit weitschweifig ausschwingenden Erzählungen über Geschichte und Struktur seines täglich weiter wachsenden Medienreichs. »Haben Sie Harald Schmidt gestern Abend gesehen?« fragte Binz, um einen eigenen Witz anzubahnen, der vom Totenglöckchen handelte. Nach einer Stunde war Holtrop in der Sache nicht vorangekommen, für Binz das Gespräch aber genau so verlaufen, wie von ihm gesteuert, ergebnislos. Herzlich grinsend ging er auf Holtrop zu, gab ihm die Hand und schickte ihn hinaus mit der Ankündigung: »Aiderbichl zeigt Ihnen noch unser neues Logo für Fantastic-World-TV!« »Kommen Sie!« sagte Aiderbichl und führte Holtrop durch die offene Türe hindurch mit nach draußen. Scheer ging hinter Holtrop und Aiderbichl her auch hinaus und machte die Türe zu. Binz hatte sich wieder hingesetzt und hielt seinen Kopf in richtung des laut plärrenden Fernsehgeräts.

## V

Vor dem Operncafé zu Füßen der Deutschen Bank wütete ein Presslufthammer. Der Boden wurde aufgerissen. Dabei wurde der Boden vor dem Frankfurter Operncafé mit einem offensichtlich ungeeigneten, veralteten Riesenpresslufthammergerät traktiert, und am Presslufthammerende hing zitternd und zappelnd ein kleines, viel zu leichtes Männchen. Die Bauleitung hatte den falschen Mann geschickt. Der Stein war hart, Funken sprühten, steinerne Fragmente sprangen hoch, der Lärm war groß. Der Mann am Gerät hatte gelbfarbene Schallblocker über die Ohren gezogen und seine Augen mit einer Brille aus Plastik geschützt. Die Mittagspassanten umkurvten die von rotweiß-rot gestreiften Brettern abgesperrte Baustelle. Es war wieder Mittwoch, eine Woche weiter.

Im Café saß Sicherheitschef Sprißler, aus Krölpa angereist, allein an einem Fenstertisch und wartete auf eine Nachricht von Beragchef Salger. Salger stand oben in der Lobby der Deutschen Bank vor dem Konferenzsaal KS2, in dem die für Hombach so blamabel verlaufene Sitzung der vergangenen Woche heute in die zweite Runde geschickt und vorher in alle Richtungen hin besser vorbereitet worden war. Salger hatte sich an einen Platz zwischen Türe und Buffetwagen gestellt, trank Kaffee und checkte alle dreißig Sekunden seine Mails. Ein früherer Studienkollege, der im Handelsraum der Bank arbeitete, hatte ihn mit einem Gästepass für die Vorstandsetagen hierhergebracht und war dann selbst wieder an die Arbeit gegangen. Andere Menschen ohne klar erkennbare Funktion, eventuell journalistenartiger Herkunft, versuchten wie Salger, körperlich so wenig vorhanden zu sein wie möglich oder zumindest personal so inexistent wie ein Stück Mobiliar. In Wirklichkeit war jeder Spion gegen jeden. Salger wartete auf Hombachs Erscheinen.

»Ich bin es nicht gewohnt zu warten!« schrie Zischler, der die Türe aufgerissen hatte und in die Lobby der Vorhalle hinausgestürmt war. Mehrere Mitarbeiter bewegten sich schnell auf Zischler zu und schauten ihn an. Da zeigte Zischler mit dem Finger auf den kleinsten Menschen, der neben ihm stand, es war, vielleicht nicht nur zufällig, eine Frau, und mit scharfer Stimme, die immer lauter wurde, beschimpfte Zischler diese Mitarbeiterin vor allen anderen so bösartig wegen irgendeines angeblich völlig unverzeihlichen Organisationsfehlers so lange, bis diese Frau, die ihr Gesicht der komplett sinnlosen Beschimpfungstirade ihres Chefs offen entgegengehalten und dabei immer nach oben zu ihm hinauf genickt hatte, mit einem letzten Nicken ihren Kopf sinken und fallen ließ und dann lautlos in sich zusammengesunken war. Noch dreimal stieß Zischler mit seinem Zeigefinger auf die Wehrlose ein, drehte sich um und ging hoch erhobenen Hauptes weg, der letzte Auftritt dieses grandiosen Supertrottels in den Räumen der Deutschen Bank.

Nicht lange danach kam Hombach mit ruhigen Schritten, von der Entourage seines zukünftigen Group Executive Committee begleitet, in die Vorhalle, die Sitzung war beendet, Hombach war gut gelaunt und wirkte zugänglich. In einem günstigen Moment stellte Salger sich dazu. Als Hombach ihn sah, sagte er: »Was machen Sie denn hier, Salger!« »Ich wollte Ihnen gratulieren.« »Brauchen Sie etwa einen neuen Job?« »Im Gegenteil, ich bin seit Anfang des Jahres jetzt fest bei Assperg.« »Ach?« Hombach schaute Salger an und sagte: »Und Ihre eigene Firma? Ihre Selbständigkeit? Zu uns wollten Sie ja nicht kommen. Leipzig war das, oder Dresden?« Hombach freute sich daran, alle damit zu erstaunen, dass er sich an Salger erinnerte. Nein, das sei schon Leipzig, sagte Salger, die Firma laufe außerdem weiter, jetzt unter dem Dach der Arrow PC in Krölpa, die Aufgabe bei Assperg, die Holtrop ihm geboten habe, sei so attraktiv gewesen, dass er – er hielt inne. Beim Namen Holtrop hatte Hombach eine Reaktion gezeigt, und Salger hatte außerdem bemerkt, dass er von Hombach dazu benutzt wurde, das Schauspiel: In freundlicher Willkür wendet der Chef sich einem beliebig herausgegriffenen Niemand zu vor Zuschauern aufzuführen, um diese Zuschauer, seine Kollegen, nicht nur kollektiv ignorieren, sondern auch noch in die Rolle der Passivität des Zuschauens zwingen zu können. Der Zwang dieser Gewaltausübung steigerte sichtlich Hombachs Wohlbehagen, zusätzlich erfreute ihn die Wehrlosigkeit, mit der seine Kollegen diese ihnen aufgezwungene Theatralizität hinnehmen mussten. Solange er, Hombach, eben wollte. Ruhig. Langsam. Lächelnd. Maskenhaft lächelnd agierte Hombach das Gespräch mit Salger demonstrativ überzogen aus, ging dann noch einen Schritt weiter, indem er schließlich direkt auf Salger zutrat, ihm eine Hand auf die Schulter legte und ihn mit sanfter Drehung aus der Gruppe heraus und mit sich fortführte. Die Übriggebliebenen ließ er als die von dieser Zuwendungsgeste zusätzlich Verhöhnten stehen. Sie standen noch einen Moment wortlos zusammen. Keiner wollte dem Faktum, dass sie mit Hombach ihr Zentrum verloren hatten, durch eine künstlich bemühte Wortmeldung, einen höflichen Gesprächsanfang entgegentreten, sie waren hier nicht zum Vergnügen zusammen, sondern auf Arbeit und ließen es deshalb geschehen, jeder der gleiche Snob jedem anderen, wie Hombach ihnen allen gegenüber, keiner zum Nichtsnobismus einer Freundlichkeit, der alltäglichen Leichtigkeit von ein paar öffnenden Floskeln bereit, dass nichts geschah, und so zerfiel die Gruppe der Vorständler, die eben noch Hombach umstanden hatten, etwa eineinhalb Sekunden nachdem Hombach, Salger mit sich fortführend, selbst aus ihr heraus und von ihr weggegangen war.

Hombach ließ seinen Arm von Salgers Rücken sinken, drehte ihm sein Gesicht mechanisch zu, anstatt ihm einen Gedanken zuzuwenden, und führte die Konversation einfach weiter. In der Halle blieben die anderen zurück, die sich Hombach eben in der Vorstandssitzung schon unterworfen hatten, da gab es für Hombach nichts mehr zu bereden. Den Gang entlang ging Hombach voraus. »Seele, Diele, Kehle«, sagte er und drehte sich dabei zu Salger nach hinten um. »Wie bitte?« fragte Salger, der Hombach offenbar missverstanden hatte, zurück. Salger hatte nichts dagegen, von Hombach hier als Statist und Null benützt zu werden, er kannte auch das. Chef requiriert sich irgendwen, um den volltexten zu können. Aber als Null kann man dabei viel lernen. Salger folgte Hombach, der ihm die Türe zu seinem Büro aufhielt und dabei sagte: »Wissen Sie schon, was Macht ist?« »Nein«, antwortete Salger höflich und trat ein. »Die Leute kommen lassen.« »Aha.« »Sie müssen aber nicht alles glauben, was ich Ihnen erzähle.« »Ich weiß, Herr Hombach.« »Also, sprechen Sie, was kann ich für Sie tun?«

Salger hatte von Holtrop den Auftrag, den Binzkredit bei der Deutschen Bank neu zu verhandeln, bei Hombach diesbezüglich vorzufühlen. Die Verträge mit Binz waren nach Aussage von Justitiar Blaschke in Ordnung. Aber Binz hielt sich nicht an die vertraglich vereinbarten Absprachen. Im Moment machte Binz nichts, was ihm nicht direkt nützte, egal wozu er sich vertraglich verpflichtet hatte. »Sie können mich natürlich verklagen«, hatte Binz in einem Telefonat am Tag nach dem Gespräch in Oberhaching zu Holtrop gesagt und gelacht, »aber schneller geht es dadurch für Sie auch nicht.« Für Holtrop war das Binzproblem inzwischen eine Frage der Grundlagen seiner Position bei der Assperg AG. Das Vertrauen des alten Assperg in Holtrops Zauberkünste war gestört. Holtrop hatte dem alten Assperg das Risiko des Binzgeschäfts, gegen den damaligen Rat von Finanzvorstand Ahlers, nicht vollumfänglich offengelegt. Es war Holtrop nicht so bedeutend vorgekommen, im Vergleich zu anderen Projekten in Asien, dem TV-Projekt in China, es war auch von der eingesetzten Finanzsumme her kein Megageschäft. Die Binzgeschichte bekam allerdings dauernd starke mediale Aufmerksamkeit, den Effekt davon hatte Holtrop nicht genügend einkalkuliert. Alle zwei Wochen wurden die Verbindlichkeiten der Binzgruppe im Focus und im Spiegel in großen Schautafeln dargestellt, auch die Pseudobeteiligung der Assperg AG an dem inexistenten Multimediaverbund von Binz. Die große Schlacht lieferte sich Binz mit Gosch. Holtrop hatte die Befürchtung, dass Assperg als vergleichsweise kleiner Player seine Interessen nicht genügend druckvoll durchsetzen könnte. Vielleicht könnte die Deutsche Bank, die über den Schwiegervater von Goschchef Messmer gute Kontakte zu Gosch hatte, der Assperg AG bei der Kontaktanbahnung helfen? Vielleicht wäre für die Assperg AG sogar eine strategische Allianz mit dem Konkurrenten Gosch denkbar. In diese Richtung gingen Holtrops Ideen. Vielleicht könnte Gosch oder die Deutsche Bank Assperg den Binzkredit abkaufen, dafür einen Teil des Derivatepakets von Assperg übernehmen? Salger führte mit Hombach zunächst ein allgemeines Gespräch über die Derivateproblematik. Einen kleinen Teil der Milliardengewinne, die Holtrop beim Nobisverkauf Anfang 2000 für die Assperg AG erlöst hatte, hatte Assperg in spekulativen Papieren auch bei der Deutschen Bank angelegt. Aber nur wenn das Binzimperium erhalten bliebe, wäre eine Übernahme des Binzkredits für Gosch oder die Deutsche Bank überhaupt interessant. »Diese Voraussetzung sehe ich im Moment nicht als gegeben an«, sagte Hombach. Für die Zukunft würde es ihn aber freuen, wenn es zwischen Assperg und der Deutschen Bank zu neuen Geschäften kommen würde. Zum Abschied machte Hombach Salger ein Kompliment, das den Unterschied zwischen Salger und Ahlers betraf, dann brachte er Salger zur Türe.

Draußen auf dem Gang sagte Salger im Gehen vor sich hin: »Ich komme jetzt runter.« Der Satz war an Sprißler gerichtet, der Salgers Gespräch mit Hombach vom Operncafé aus mitverfolgt und aufgezeichnet hatte. Sprißler bezahlte seine Rechnung und ging nach draußen, an der Terrorbaustelle vorbei und über die Taunusanlage hinüber zum Eingang der Bank, wo er von Salger die kleine Stiftmikrophonanlage übernahm. Anschließend fuhr Sprißler nach Köln.

## VI

Im Kölner Wallraf-Richartz-Museum trat ein kleiner dicker Mann, Finanzimpresario Mack, näher an das goldprangende Altarbild vor seinen Augen, nickte anerkennend vor sich hin und sagte, da er noch allein war, nicht sehr laut in richtung Bild: »Ganz gut gemacht.« Dann ging Mack zum Erklärungsschild daneben und wurde durch die dortigen Worte, Meister der Kreuzigung, erneut zu einem Nicken veranlasst: »Stimmt.« Mack war aus Hannover, wo er einen Nebenarbeitsplatz bei der Privatbank Veerendonck hatte, nach Köln gefahren, er kannte das Museum und seine Bilder als gebürtiger Kölner recht gut, an diesem Mittwochnachmittag war das Museum fast leer, zumindest hier in den Mittelaltersälen. Um fünf Uhr war Mack vor dem GRÜNBÄRTIGEN CHRISTUS mit einem Mitarbeiter der Assperger Beratungsfirma Bessemer Risk Solutions verabredet. Mack ging in den Saal mit dem Christus und setzte sich auf die dortige Bank. Er lehnte den Oberkörper zurück, streckte den Bauch heraus und schaute erwartungsfroh im leeren Saal herum.

Statt des Jugoslawen im Ledermantel, den Sittl angekündigt hatte, trat Sprißler klein, elegant und giftig auf Mack zu, stellte sich mit zackigem Nicken des Kopfes als »Dr. Sprißler« vor, begrüßte Mack mit dessen Namen und setzte sich neben Mack auf die Bank. Das Wort »Sprißler« hatte Sprißler mit besonders betonter Schärfe und Klarheit ausgesprochen, als müsse es möglichst deutlich vom deutschen Nah- und Hauptwort »Hitler« abgesetzt werden. Mack, der zur Begrüßung eigentlich gerne aufgestanden wäre, schaltete aber sofort um, breitete im Sitzen die Arme aus und sagte: »Freut mich sehr, Herr Sprißler, begrüße Sie in Köln!« Dabei wippte er mit seinem Oberkörper auf der Bank auf und ab, und seine blond gefärbten krauslockigen Haare wippten dabei mit. »Gehen wir doch gleich ins Café!« rief Mack und sprang hoch.

Auf der Theke des Cafés stand eine Vase mit Rundsockel, aus der ein Strauß gefüllter Frühschnittblumen hellgelb und billig herausragte, daneben waren zwei eingetrocknete Käsekuchen abgestellt. »Was trinken Sie?«, sagte Mack zu Sprißler und zeigte mit großer Geste auf die Theke, »Stück Kuchen?«. Sprißler bestellte Tee, Mack eine Cola, dann gingen sie durch das menschenleere Kleincafé zu einem Ecktisch und setzten sich. Mack erkundigte sich, wie Sprißlers Anreise nach Köln gewesen war, berichtete von seiner eigenen Fahrt, und wie er eben auf den Anlass des Treffens mit dem sofort sehr konkreten Satz »und jetzt braucht Ihr Klient in bar bis wann also wieviel?« zu sprechen kam, läutete Sprißlers Handy. »Den Anruf muss ich leider nehmen«, sagte Sprißler, als er auf dem Display Holtrops Bürochef Riethuys sah, entschuldigte sich, stand auf und ging zum Telefonieren in die Vorhalle des Museums hinaus. Die schlechte Nachricht aus Schönhausen hatten einen Namen: Thewe.

## VII

Jetzt also war die Leiche von Thewe, von Tierfraß stark verstümmelt, in einer Waldung zwischen Bad Hönow und Gut Heiligensee von Spaziergängern aufgefunden worden. Als Todesursache wurde, wie es überall erwartet worden war, Selbstmord festgestellt. Offenbar hatte Thewe versucht, sich zu erhängen, es waren noch Spuren von Würgemalen am Hals, durch einen STRICK verursacht, festzustellen, der Tod war aber nicht durch Genickbruch oder Ersticken eingetreten, sondern durch ein generalisiertes Herzkreislaufversagen infolge einer Unterkühlung, im Blut waren hohe Dosen von Barbituraten und Alkohol gefunden worden.

Auf den Bürofluren von Krölpa und Schönhausen war nach Bekanntwerden dieser Todesumstände sofort viel darüber geredet und spekuliert worden, ob es ein letztlich ganz angenehmer Tod für Thewe gewesen war, offenbar schwerstens betrunken eingeschlafen und bewusstlos in den Tod hinübergedämmert zuletzt, oder ob er vom Versuch der Selbststrangulation mit dem bei der Leiche gefundenen Strick noch so viel mitgekriegt hatte, dass ihm das Scheitern dieses Versuchs noch bewusst geworden war, im Sinn eines letzten Bilanzgedankens etwa: und noch nicht einmal dazu bin ich in der Lage, mich selbst erfolgreich aufzuhängen. Je weiter weg von Thewe die Menschen waren innerlich, die sich in derartigen Spekulationen über Strick und Ast und Sturz vom Baum, noch lebendig Aufschlagen am Boden anstatt tot, zu Tode noch nicht stranguliert, am Hals im Baum baumelnd hängen usw, ergingen, umso lustvoller wurden alle Details und Geschehensmöglichkeiten ausphantasiert und diskutiert und in möglichst anschauliche Bilder schrecklicher letzter Lebensmomente übersetzt, aus Interesse am Spektakel und der Lust der Teilhabe an grausiger Realität, ausnahmsweise einmal ganz in der Nähe des eigenen Lebens.

Die schönen Tage auf Reisen waren für Holtrop fürs erste vorbei.

## VIII

Holtrop saß in einem Besprechungszimmer des Grand Hyatt Hongkong, als er auf seinem Blackberry den Anfang des Porträts zu lesen bekam, das heute in Deutschland in der Wochenzeitung Die Woche über ihn erschienen war. Unter der Überschrift DER ZUKUNFTSFREAK hieß es da: »Die Hälfte seiner Arbeitszeit verbringt der rastlose Firmenchef in den USA.« Die andere Hälfte, hätte es heißen müssen, in Fernost, dort war Holtrop inzwischen sogar noch öfter als in New York. Hier hatte man schon den ganzen Tag gearbeitet, wenn in Deutschland die Leute gerade erst ihre Computer anmachten, das war ein täglicher Vorsprung, näher an der Zukunft ging hier die Sonne abends unter, hinter den neuesten Hochhäusern auf der anderen Seite des Hafens im Dunst. Vor dem Fenster standen zwei von Holtrops Gesprächspartnern, die eine Verhandlungspause erbeten hatten, und beredeten sich halblaut auf Chinesisch. Die Übersetzerin rauchte eine Zigarette. Und der den hiesigen Asspergstützpunkt befehligende junge Mann, Christopher Magnussen, Mitte dreißig, graziler Typ mit fülligem Gesicht, extrascharf gescheitelten blonden Haaren darüber und einer sehr glatten blassen Haut, stand am anderen Ende des Zimmers in der Ecke, rauchte ebenfalls und telefonierte mit leiser Stimme.

Holtrop überflog den Text des Porträts. Die Tendenz war positiv, das war sofort zu sehen, das war das einzige, was ihn interessierte. Die Journalistin berichtete von der Autofahrt nach Berlin, dann vom Ende des Abends mit Leffers in der Paris Bar. Wie immer wunderte sich Holtrop, wie gut das klang, was er in Interviews und Porträts schriftlich zu sagen bekam, was er angeblich gesagt hatte. Der Text seiner Rede klang fertiger und besser, als das Gesagte sich beim Reden für ihn selbst angefühlt hatte. Dieser Verwandlungseffekt gefiel Holtrop. »Was ist, ist, das langweilt mich!«, stand da, das hörte sich gut an in Holtrops Ohren, das schaute gut aus, besser als der Gedanke, von dem er gar nicht mehr wusste, dass er ihn so klar ausgesprochen hatte, sich in seinem Kopf dargestellt hatte, härter, zugespitzter und radikaler, so wie die ganze Passage mit der Vision einer zukünftigen Wirtschaft, den Weltentwürfen, dem von Holtrop gegen die Fachidioten in den Finanzabteilungen favorisierten visionären Kapitalismus usw, Holtrop bekam beim Lesen Lust, ein ganzes Buch in dieser Art zu machen, und sein Blick ging von dem kleinen textgefüllten Bildschirm seines Mobile hoch und durch das Fenster des Hotelzimmers nach draußen, wo er dieses Buch in der Ferne schon vor sich sah, sein Leben, seine Ideen, seine Philosophie: Johann Holtrop, Die Freiheit der Wirtschaft, eine Streitschrift, oder so ähnlich. »Auch ein Roman wäre denkbar«, dachte Holtrop, man hatte ihm eine Professur angeboten, in Wiefelspütz oder Wermelskirchen, egal, es gab Möglichkeiten jenseits der Maloche, daran fühlte sich Holtrop durch diese Gedanken beim Blick aus dem Fenster erinnert: Assperg war nicht alles. Asien brachte Holtrop jedesmal auf gute Ideen, das war die Ferne und der Osten vielleicht, die andere Luft hier, die Kälte, die Wärme.

»Sagen Sie mal«, sagte Holtrop in Richtung von Magnussen, »für wann haben Sie denn den Tisch bestellt?« und wendete sich zugleich, während Magnussen sein eigenes Telefongespräch unterbrach und näher kam, wieder seinem Blackberry zu, um per Mail bei Dirlmeier zehn Exemplare der heutigen Woche zu bestellen. Holtrop hatte natürlich kein Gespür dafür, dass das Porträt, das ihn so übertrieben positiv zeigte, auf andere Leute verlogen, penetrant oder gar richtig abstoßend wirken, ihm dadurch insgesamt sogar schaden könnte. Mitleidig und leicht blasiert schaute Magnussen auf den da sitzenden Holtrop herunter, wie der konzentriert seine Tastatur beim Schreiben der Mail bediente, Magnussen wartete und sagte nichts. Erst als er sich wieder abdrehte, um weiterzutelefonieren, reagierte Holtrop, hob den Kopf und schaute Magnussen ungeduldig an: »Und?« »Wie besprochen, acht. Wollen Sie verschieben?« »Wieso denn?!« rief Holtrop mit lauter Stimme, weil die von ihm selbst initiierte Interaktion mit Magnussen ihn in diesem Moment mehr beanspruchte, als er erwartet hatte und als es ihm angenehm war. Holtrop startete zwar immer bis zu fünf Aktionen gleichzeitig, das entsprach seinem Selbstbild vom hyperaktiven Mensch und Macher, der immer maximal unter Strom steht und den Reichtum seiner inneren Vieldimensionalität kaum bändigen kann, aber in Wirklichkeit war er gar kein echter Multitasker, im Gegenteil. Holtrop war Hektiker, permanent von der Vielzahl und Gleichzeitigkeit seiner Aktivitäten überfordert, überlastet, fahrig stolperte er der jeweils neuesten, letztgestarteten Aktivität, den Blick schon auf die übernächste gerichtet, hinterher, und die meisten angefangenen Dinge blieben einfach nicht zuende gebracht irgendwo um ihn herum liegen. Diese strukturelle Schlampigkeit von Holtrops Arbeitsweise hatte sich mit den Jahren, und speziell mit dem fulminanten Aufstieg die Karriereleiter hoch nach oben, immer mehr verstärkt, verschlechtert und verschlimmert, zuletzt hatte Holtrop als CEO einen Stab von fünfzehn Leuten unter sich, die alle nichts anderes machten, als hinter ihm her aufzuräumen, die von ihm ungehemmt wirr angestoßenen Initiativen zu verfolgen, zu sortieren, abzuschließen oder abzubrechen, und anstatt an sich selbst zu arbeiten und seine Geistesverschlampung zu bekämpfen, hatte Holtrop sich, natürlich wieder auf die selbstverständlichste Art, ganz das von seiner Hektik hervorgerufene Außenbild zu eigen gemacht, und so sah er sich selbst als Anreger, Kreativkraftwerk, Genie der unkonventionellen Impulse, nicht als den verkommenen Schlamper, der er in Wirklichkeit eben auch war.

Zwischen Magnussen und seiner noch nicht zuende geschriebenen Mail blickte Holtrop verärgert hin und her, suchte dabei vergeblich nach dem Gedanken, der ihn eben zuvor, keine zwanzig Sekunden war das her, so euphorisiert hatte: weg. Irritation, ein Störgeräusch kam von den am Fenster stehenden Chinesen, die sich voneinander wegdrehten und sich auf Holtrop und Magnussen hin orientierten, zum Tisch zurückkamen, um die Verhandlungen fortzusetzen, Holtrop grinste forciert den Chinesen entgegen, um sich bereit zu zeigen weiterzuverhandeln, gerade weil er es überhaupt nicht war, und tatsächlich war ihm in diesem Moment gar nicht gegenwärtig, worüber er mit den beiden Chinesen am Verhandeln war. Holtrop sprang hoch, gab einen als Erklärung gedachten unverständlichen Ton von sich und verließ das Zimmer. Draußen schaute er, der Kopf drehte sich dabei ruckhaft nach rechts und links, den Gang in beide Richtungen, ohne ein Zeichen für die von ihm gesuchte Toilette zu finden. »Komisch«, dachte Holtrop, drehte sich wieder um, machte die Türe zum Verhandlungszimmer auf und schaute nach Magnussen, der in der Ecke von eben zuvor stand und weiter am Telefonieren war. Von den Chinesen unbeachtet, von der Übersetzerin nicht einmal ignoriert, machte Holtrop vier heftige, zornerfüllte Schritte auf Magnussen zu. Der hörte ihn, reagierte, drehte sich langsam um zu Holtrop und lächelte dabei, ohne sein Telefonat zu beenden. Diese selbstbewusst vorgetragene Unverschämtheit löste in Holtrops überspanntem Hirn eine anfallsartige Verkrampfung aus, Atemnot, Schnappen nach Luft, Starre, »im nächsten Moment«, dachte Magnussen, »läuft ihm der blutige Schaum aus dem Mund«. Holtrop atmete ein, atmete nocheinmal ein, um gleich etwas zu sagen, es kam aber kein Laut aus ihm heraus, während quäkend der Redeschwall aus Magnussens Handy unverständliche, aber hörbar gutgelaunte, eventuell nichtdeutsche Worte herausquäkte. »Was, äh, wo?«, sagte Holtrop. »Bitte?« Magnussen zeigte auf sein Telefon. Holtrop: »Suche Klo!« Magnussen nickte und ging vor, draußen wies er nach links oben, wo am Ende des Gangs ein Klopiktogramm zu sehen war, »dort links die erste Türe«, sagte Magnussen, und Holtrop ging los. Schon nach wenigen Schritten war alles wieder ganz normal, Kreislauf, Wetter, Blutdruck, Luftdruck, »Asien ist die Hölle«, dachte Holtrop in der Toilette, wo die Musik leise dudelte und die Luft nach einer Mischung aus Lilienblüte und Durchfall roch, und nahm zwei frische Tabletten Tradon, ohne das Wasser, das aus dem Hahn vor ihm tröpfelte, hinterherzutrinken. »Ich kaufe den ganzen scheiß Laden«, dachte Holtrop von Ekel erfüllt, »dann eben für ein halbe Milliarde.«

Von dieser neuen Verhandlungsstrategie wieder in den Status quo ante zurückeuphorisiert, betrat Holtrop, als bekennender und alle Inkohärenzen sinnlos bejahender Imbeziler sozusagen, den muffigen Verhandlungsraum und klopfte auf den Tisch. »Kommen Sie, kommen Sie«, rief er, dabei grinste er die Übersetzerin und die Chinesen an, »wir machen Geschäft!«, sagte er auf Englisch, »übersetzen Sie, los!« Es ging um eine 51-Prozent-Beteiligung der Assperg AG an Chinas erstem privaten Fernsehsender Star TV, Holtrop sah sich in seinem Interesse an diesem Geschäft dadurch bestätigt, dass auch Murdochs News Corporation in den letzten Monaten Interesse an Star-TV gezeigt hatte. Vom Aufsichtsrat war Holtrop ein Verhandlungsrahmen von bis zu 350, höchstens 400 Millionen Dollar zugesagt, da würde er eben jetzt nocheinmal 150 Millionen auf eigene Kappe drauflegen müssen. In den Nebenzimmern saßen die Anwälte, die die Feinheiten ausverhandeln würden.

Aber zuerst und am Ende ging es um den Preis. Von der neuen Offerte waren die Chinesen beeindruckt, beinahe geschockt. Sie stimmten sofort zu. Holtrop war sich plötzlich unsicher, ob er jetzt auf einen Schlag zu viel geboten hatte. Er stand nocheinmal auf, ging ans Fenster, sprach ein kurzes Kleingebet: »lieber Gott, bitte hilf mir!, danke!«. Dann kam er zurück zum Tisch. »Wir machen das so!« sagte er, zeigte seine weißen Zähne und streckte den Partnern die Hand entgegen. Die Chinesen lachten und schlugen ein. Die Anwälte wurden hereingerufen und beauftragt, auf Basis des neuen Angebots noch heute Abend einen Vorvertrag auszuverhandeln. »Ich unterschreibe nichts«, sagte Holtrop zu dem jungen Partner der englischen Law Firm Freshfields, der das von Assperg gemietete Team hier in Hongkong führte, »was länger als zwei Seiten ist, bei einem Vorvertrag!« Der Anwalt sprach so, als wäre er der gleichen Ansicht, aber vielleicht redete er auch nur dem Klienten Holtrop, der ein bisschen hysterisch auf ihn wirkte, das ins Gesicht zurück, was der hören wollte. Holtrop packte seine Mappe, »los, Magnussen!« rief er, »gehen wir endlich essen! Und was ist jetzt mit den Herren?« Damit waren die Chinesen und die Dolmetscherin gemeint.

Das Restaurant Grissini im Grand Hyatt, wo der Tisch reserviert war, war, so Magnussen, eines der besten der Stadt. Ohne derartige Superlative ließ Holtrop sich ungern abspeisen, der beste Champagner, der beste Wein, der allerbeste Laden, Holtrop ging es dabei nur um den Kennerschaft und Wertungskraft aussagenden Verbalindex, dem gar keine Erfahrung entsprach. Holtrop wusste überhaupt nicht, wie sein angeblicher Lieblingswein schmeckte, er wusste nur den Namen. Bei Tisch dann wiedereinmal die unvermeidliche, weil von allen so geliebte, ganz große Operette: die Kellner, die Kerzen, das Kommen und Gehen der Gänge, Gläser und Bestecke, das Essen darauf, die

Früchte des Meeres, der Berge, der Wüste und der Stadt. Dann und wann lehnte Holtrop sich angetrunken zurück, breitete die Arme aus und rief: »Sand, mehr Sand!« Damit waren zuerst die Muscheln gemeint, dann das Licht, Goethe, dessen Namen die Chinesen höflich nannten. Auch an diesem Abend drang nichts Persönliches von irgendjemandem am Tisch, weder von den Chinesen noch von Magnussen, zu Holtrop hin durch. So fühlte er sich gut.

Gegen elf Uhr abends kam er in sein Zimmer zurück, schaute das von den Anwälten für ihn bereitgelegte Memo des Vorvertrags an und legte sich mit der Aussicht schlafen, morgen am Vormittag diese rechtlich ja sowieso unerhebliche Absprache, die Transaktion zu den vereinbarten Bedingungen abzuwickeln, gemeinsam mit den Chinesen zu unterzeichnen. Aber am nächsten Morgen erreichte Holtrop die in diesem Augenblick für ihn relativ unpassende Nachricht von Thewes Suizid.

## IX

Seit Thewes Verschwinden im vergangenen November war die Frage nur noch gewesen: wo und wie wird er gefunden? Thewe habe versucht, sich zu erhängen, erklärte Dirlmeier am Telefon, es seien bei der Obduktion der Leiche entsprechende Spuren festgestellt worden, der Tod sei letztlich aber durch Unterkühlung eingetreten. Wodurch die Leiche identifiziert werden konnte, wusste Dirlmeier nicht. »Dann rufen Sie doch dort an!« schrie Holtrop, »das wird man doch wohl noch erfahren dürfen. Ist ja nicht zu glauben!« Dabei haute Holtrop, der noch in seinem blaurot gestreiften Schlafanzug war und seine Suite empört ablief, die Zimmer durchtigerte, das Papier der Anwälte, das gleich unterzeichnet werden sollte, gegen die an ihm vorbeirasenden Möbelstücke, den Schreibtisch, das Sofa, den Stuhl, die Lampe, das Bett, zuletzt gegen die Fensterscheibe, vor der er stand. Unten sah man die aufgeblasene Schwellkörperskulptur des Convention Center riesig und hell im Morgenlicht daliegen, dahinter den Binnenhafen, von Schiffen durchpflügt. Holtrop drehte sich um. Sanfte Farben, hellbeiges Holz, hellbraunes Leder, indirektes mildes Licht und sandfarben heller Boden: »ja«, dachte Holtrop, »gut!«, sagte dann, »wann ist denn die idiotische Beerdigung?« »Laut Testament«, sagte Dirlmeier, »aha!, ein Testament!« rief Holtrop mit einem hysterischen Lacher dazwischen, »wollte Thewe sich verbrennen lassen.« »Ist doch völlig egal, ob er in der Urne oder im Sarg beerdigt wird.«

Der Freveltext vergnügte Holtrop. Dass Thewe zum Abschied noch eine solche Soap aufführen würde, war für Holtrop der größte Witz, seine eigenen leichenblasphemischen Abwehrwitze kamen ihm demgegenüber nur zu berechtigt vor. Ein Mensch, der sein Leben den anderen absichtlich tot vor die Füße schmeißt, braucht sich nicht zu wundern, wenn die mit ihren Fußtritten dagegentreten. »WAS?« schrie Holtrop, der Dirlmeiers Erklärungen zum Pressetext, den Assperg morgen herausgeben würde, nicht ganz verstanden hatte. »Hat Flath den Text schon fertiggemacht?« fragte Holtrop und ging ins Bad, um sich die Zähne zu putzen. Dann redete Dirlmeier, Holtrop stocherte mit der Zahnbürste in seinem Mund herum, wodurch er Dirlmeier kaum verstehen konnte. »Kann Sie kaum verstehen, Dirlmeier!« rief Holtrop kaum verständlich, »schicken Sie den Text, ich melde mich!« Dabei unterbrach er die Verbindung und warf das Handy, das sofort wieder läutete, durch die Badezimmertüre nach draußen auf den Boden des sogenannten Living Room. Holtrop zog den

Bademantel über, schlüpfte in die primitiv bedruckten weißen Frotteeschlapfen des Hotels und schlurfte zum Aufzug, fuhr hinunter in den 11. Stock, von einer Aufwallung guter Laune erfasst in dem Moment, als er die herrlich luxuriöse Badewelt des Spa betrat. Es roch nach Hölzern, Sauna, Aufguss, edlen Kräutern, Wald.

Holtrop ging gleich durch zum Fitness Center, ließ sich Badesachen und einen Trainingsanzug geben und setzte sich auf einen Hometrainer mit Blick nach draußen auf den Wasserfall und die Pflanzen der Oase. »Ja, ja, ja«, dachte Holtrop bei jedem Fußtritt in die künstlichen Pedale, weil sein Körper dabei eine solche Wohltat von der Anstrengung der Bewegung empfing. So radelte er fünfzehn Minuten und bedachte Leben und Tod, sein Leben, den Tod von Thewe, die Reise, die vor ihm lag, Shanghai, Peking, und die, die Thewe angetreten hatte, sinnloserweise vor der Zeit und freiwillig. »Wozu?« dachte Holtrop. Was denkt sich so ein Selbstmörder eigentlich, wenn er die Schlinge zuknöpft, die ihn befreien soll von der Qual des Lebens? Wahrscheinlich denkt er wenig. Oder irre viel? »Man weiß es nicht«, dachte Holtrop, und der Unwille dagegen, wie Thewe ihn mit seiner letzten Tat anhaltend und penetrant belästigte, schoss erneut hoch in Holtrop, wurde Zorn. »Diese Null«, dachte Holtrop und stieg vom Rad. Er ging nach draußen, sprang in den Pool und fing zu kraulen an. »Ja, ja, ja«, Thewe war tot, aber er, das merkte er beim Kraulen, »ich, ich, ich«, dachte Holtrop, lebte.

Zur Unterzeichnung des Vorvertrags hatte Magnussen die für solche Zwecke im Hotel vorgesehene Bibliothek auf dem Mezzanine Floor um halb elf Uhr für eine Stunde gemietet. Holtrop saß in seiner Suite und arbeitete, er hatte sich nach dem Schwimmen massieren lassen, gefrühstückt und nutzte jetzt die Stunde der Stille, während es in Deutschland noch Nacht war, ruhig, und weniger als untertags geredet und gesendet, kommuniziert und intrigiert wurde, der Beginn des kommenden Morgens schon fertig angelegt, jedoch noch nicht wirklich eingetroffen war, über nächtliche Autobahnen die neuesten Tageszeitungen ausgeliefert wurden, in Krölpa das Arrowhochhaus von dem Cleanimpact-Team unter Leitung von KGB-General Dobrudsch konspirativ wieder frisch bearbeitet wurde usw, um in aller Ruhe den gestern gefassten Plan seines Buches SOFORT, »wann, wenn nicht jetzt!«, hatte sich Holtrop etwa zweieinhalb Minuten nach Einnahme der ersten Tablette Tradon um 9:47 Uhr gesagt, in die Tat umzusetzen, hatte sich dazu an den Schreibtisch gesetzt und mit fliegenden Fingern auf dem dicken Hotelpapier, das in der Schublade bereitlag, die Gliederung, die Inhaltsangabe, die Einleitung, das Exposé und das erste, sehr private Kapitel über seine geliebte Großmutter, die ihm deutsche Balladen vorgelesen hatte und so seine Liebe zur Freiheit in Deutschland und zur deutschen Literatur natürlich überhaupt erst geweckt und begründet hatte, nieder, nieder, niedergeschrieben.

Es klopfte, es klopfte an der Türe. »Herein!« schrie Holtrop manisch. Die Türklinke wurde betätigt, aber die Türe ging nicht auf. »Was ist?« schrie Holtrop und sprang hoch, stürzte quer durch seine Suite und riss die Türe auf. »Ich sollte Sie abholen«, sagte mit kaum hörbar leiser Stimme und ohne die Lippen zu bewegen das dicklich aufgedunsene Gesicht von Magnussen, das eine halbe Etage unter Holtrop schwebte, und nur die rechte Augenbraue von Magnussen zuckte zweimal skeptisch in die Höhe, eventuell zuckte sie auch nur aus Nervosität. Die Eleganz von Magnussens Anzug und ingesamtigem Aufzug deklassierte Holtrop, der von zuhause Ideale und Ideen, aber in Dingen des Auftretens nur den normalen deutschen Trampelstil mitbekommen hatte. Magnussen kultivierte altenglischen Snobismus, äußerlich, geistig, er war auch sehr reich, das machte ihn unabhängig von Holtrops Allüre: den kaufe ich mir mit Haut und Haaren. Den Job als Asspergrepräsentant Fernost hatte Magnussen nur angenommen, um sich auf seinen Reisen quer durch Asien, die er sowieso machte, etwas weniger zu langweilen. »Es ist zehn vor halb, soll ich in fünf Minuten nocheinmal kommen?« fragte das blonde Monster höflich. »Wieso denn?« sagte Holtrop, der plötzlich und ohne zu wissen wieso, in unerlaubt mimetischer Weise genauso leise sprach wie Magnussen.

»Kommen Sie rein, ich bin gleich fertig.« Holtrop trat zurück, machte mit der rechten Hand eine in den Raum weisende Geste, der Magnussen folgte. Es war nicht so, dass Holtrop nicht wusste, wie das geht, aber es fehlte jeder Bewegung und seinem Stil als ganzem die in die Zeiten hinunterreichende Tiefenselbstverständlichkeit, ohne die Stil sinnlos war, weil er, egal wie perfekt vorgetragen, stillos blieb. Das Wichtigste kann man nicht lernen, nicht kaufen: Geld, Denken, Scham. Magnussen ging quer durch die Suite zur Sitzgruppe, setzte sich auf das Sofa dort und zündete sich eine Zigarette an. Holtrop nahm den Packen Papiere, der auf dem Schreibtisch lag, und warf ihn vor Magnussen auf den Couchtisch. »Mein neues Buch«, sagte Holtrop, als hätte er schon vier geschrieben, »können Sie lesen. Ich bin gleich bei Ihnen.« Im Bad schluckte Holtrop noch eine Tablette Tradon und schüttete zwei Gläser Leitungswasser hinterher. »Ist dieses Wasser hier eigentlich trinkbar?« fragte Holtrop nach draußen. »Selbstverständlich«, antwortete Magnussen, der zurückgelehnt dasaß, rauchte und die Papiere, die vor ihm lagen, nicht angerührt hatte. Holtrop kam zurück. »Und?« sagte er und deutete auf das Manuskript. »Großartig«, antwortete Magnussen. Dann gingen sie nach unten zum Signing.

# X

Die kleinen Gesellschaften, die Kate Assperg auf Schloss Redecke am Bokersee, dem Landsitz der Asspergs etwas außerhalb von Schönhausen, einmal im Monat gab, Samstagmittag, als sogenanntes kleines Frühstück, waren für die Schönhausener Gesellschaft der wichtigste monatliche Termin, das einzige regelmäßige Sozialevent von Interesse für alle. Niemand sonst in der Stadt hatte eine so starke Ausstrahlung auf die verschiedenen gesellschaftlichen Gruppen von Politik, Kultur und Wirtschaft zugleich wie die Asspergs. Und Kate Assperg beherrschte zwar nicht wirklich die höhere Kunst der Geselligkeit, aber die Fähigkeit, ihre Einladungen mit einer diffus generalisierten Leuchtkraft aufzuladen, hatte sie sich beigebracht. Sie wusste genau, wen sie wann einladen musste, wer zu wem passen könnte, wer mit wem in Verbindung gebracht werden wollte oder sollte, und natürlich auch, wen sie, zumindest temporär, von ihren Einladungen ausschließen musste, um die Attraktivität ihres Frühstücks zu steigern. Manchmal gab es ein kurzes Konzert als Beigabe, manchmal ein Kurzreferat zu theologischen oder philosophischen Themen, und immer gab es Frühstück, Sekt, Kaffee und Gespräche im Stehen und Herumgehen, Informationen und Begegnungen, ein höchstkonzentriertes Schönhausen der Arrivierten und Kommenden, auf zwei, drei Stunden zusammengedrängt. Aus der Firma wurden als Sondergäste jedesmal auch Hilfsarbeiter, Packerinnen und LKW-Fahrer dazugebeten, das gefühllos Volkserzieherische daran hatte einen Hau ins Plumpe, Asoziale, wie Kate Assperg auch. Für die regelmäßig eingeladenen Manager aus dem Führungskreis der Firma bestand selbstverständlich Anwesenheitspflicht, das Frühstück war für sie ein nicht unbeliebter, aber auch gefürchteter Termin, weil dort der aktuelle Kurswert eines jeden an der Gunstkursbörse von Kate Assperg öffentlich und überdeutlich vorgeführt wurde.

Die Ankunft der Gäste war offiziell für ab elf Uhr vorgesehen. Aber weil der betont informelle Charakter des Frühstücks der Gastgeberin umso wichtiger geworden war, je offiziöser er sich in Wirklichkeit entwickelt hatte, wurde erwartet, dass die Eingeladenen mit dem Zeitpunkt ihres Eintreffens ein ausreichendes Maß an Lockerheit demonstrieren würden. Es galt als unüblich, vor zehn nach elf zum Frühstück bei Kate Assperg zu erscheinen. Wer pünktlich um elf Uhr kam, stand, vom Personal kühl hereingebeten, unbegrüßt und einsam mit dem Drink in der Hand da, und die kitschtosenden Wände um ihn herum sagten: »Stell dich in die Mitte dieses Saals und warte hier.« Ab fünf, sechs, sieben Minuten nach elf Uhr kamen die Autos dann vorgefahren. Das asspergsche Anwesen lag in den Hügeln über dem Bokersee am Rand von Redecke. Die kleinen Straßen, die vom See nach Redecke hochführten, waren eng gewunden und an diesem Samstag von schmutzigem Schneematsch bedeckt. Nachts hatte es geschneit, jetzt regnete es.

Zwischen Bokel und Redecke war eine Senke, deren Rand Holtrops Ehefrau Pia Holtrop in dem Moment erreichte, als Salger, der heute zum ersten Mal eingeladen war, mit seinem Auto dort gerade stecken geblieben war. Sie hielt an, ließ die Fensterscheibe nach unten fahren und setzte ihre Sonnenbrille auf. Salger stand am Heck seines Autos im Matsch. Die Reifen hatten hochtourig durchgedreht und dabei tief in den Boden eingeschnitten, so dass es Salger kaum mehr möglich war, den Wagen aus eigener Kraft dort wieder herauszufahren. »Kann ich Ihnen helfen?« sagte Pia Holtrop. »Vielleicht. Haben Sie ein Seil da?« antwortete Salger. »Eventuell im Kofferraum.« Salger nickte. Hinter Salgers silbernem Audi TT turbo und dem hochhackigen schwarzen BMW X5, in dem Pia Holtrop saß, hatten sich schon einige andere Wagen gestaut, alles Gäste, die zum Frühstück bei Kate Assperg fuhren. Die Wagenkolonne setzte zurück. Pia Holtrop erklärte Salger, wo in ihrem Wagen das Seil sein müsste, Salger ging zur hinteren Klappe, öffnete sie, nahm das dort liegende Seil heraus und hängte es zuerst an seinem, dann an ihrem Wagen an. Er setzte sich in sein Auto und schaute nach hinten. Mit Gefühl und Kraft schleppte der Wagen von Pia Holtrop den kleinen von Salger nach hinten heraus frei. Salger ließ den Motor laufen, stieg aus, hängte das Seil aus und gab es Pia Holtrop durchs Fenster zurück. Dann setzte er sich wieder in seinen Sport-Audi und fuhr mit Schwung durch die zermatschte Senke vor Redecke, dahinter waren die Wege geräumt.

Beim Eintreffen der Wagenkolonne vor der Auffahrt zum Schloss war es schon fast halb zwölf. Kate Assperg stand im Turmzimmer hinter einem Vorhang am Fenster und beobachtete von dort oben die Ankunft ihrer Gäste. In gelben Gummistiefeln ging Richter vorneweg, blond gelockt, breit grinsend, die riesige Gestalt federte bei jedem Schritt energisch hoch und vorwärts, und an der Hand zog er ein kleines Mädchen hinter sich her, seine demnächst dritte oder vierte Frau. Kate Assperg machte eine vernichtende Bemerkung über das Paar, gerichtet an den zwei Schritte hinter ihr stehenden Schnur, ohne ihren Blick von der Auffahrt zu wenden. Schnur nickte wortlos. Ein Kommentar von ihm zu der Bemerkung seiner Chefin war in dieser Situation, wie auch sonst meistens, nicht vorgesehen. Der Regen hatte aufgehört. Richters Gummistiefel stapften grellgelb über die hellgrau glitzernden, noch nassen Steine des Gehwegs hoch zum Schloss. Hinter Richter ging der etwas schlankere, aber ähnlich hochgewachsene und von sich selbst mindestens genauso eingenommene

Dornach, neben Dornach Zehrer, dahinter im Pulk noch einige andere Asspergianer, Oehnke, Köhler, Mikolaiczyk. Alles Männer in ihren mittleren und späten Vierzigern, Brecher, Macher, schwach talentierte Manager der oberen Ebene im Zenit ihrer Karriere, die sich schon vor Jahren von äußersten, illusorischen Ambitionen verabschieden hatten müssen, einen Sitz im Vorstand etwa zu erreichen, und sich statt dessen den angeblich schöneren Dingen des Lebens zugewendet hatten, dem Essen, dem Reisen, dem Sport, natürlich auch der Sexualität, dem Körper also und der dabei insgesamt lustvoll und planmäßig betriebenen Vergröberung ihrer Existenz. Mit abgestumpftem Geist wanderten sie bestens gelaunt dem Frühstück im Haus Assperg entgegen, den dort sie erwartenden Herausforderungen geselliger Art, für sie: Dröhnen, Witzeln, dumme Sprüche Reißen, bellend Lachen usw. Zuletzt gingen Pia Holtrop und Salger, miteinander im Gespräch, den Gehweg hoch. Zum Fernbleiben von Holtrop äußerte sich Kate Assperg verärgert mit der Bemerkung: »Er hat es ja wohl nicht mehr nötig.« Schnur nickte wieder zustimmend, weil er wusste, dass es sinnlos war, sie auf Holtrops aktuelle Asienreise hinzuweisen. Und sie sagte, wobei sie sich vom Fenster ab- und in den Raum hineinwendete: »Meint er.« Dann ging sie noch für einige Minuten ins Bad, um die Gäste keinesfalls zu kurz warten zu lassen. »Geh du schon mal runter!«, sagte sie im Hinausgehen zu Schnur, »ich komme gleich.«

Kate Assperg war als junge Frau sehr gutaussehend gewesen. Das Theater der Männer um sie herum hatte sie mit scharfem Intellekt beobachtet. Aber weil an der Seelenstelle bei ihr Leere war, hatte die Erfahrung der Macht, die durch jede ihrer Willkürbewegungen gegenüber einem Mann, jedes Verstoßen oder Erhören, in ihr vermehrt worden war, sie nicht erstaunt, verwirrt, vertieft und ernst gemacht, sondern im Gegenteil hart und stolz und dabei unschön triumphalisiert. Schon mit achtzehn bediente sie die Mechanik der von ihr gesteuerten Sozialspiele perfekt, zog einen vergifteten Genuss aus dieser Mechanizität und Perfektion, und es amüsierte sie, wie leicht sie selbst dabei war und sich fühlte, wie hell und herrscherlich, wie böse und freiwillig dumm. All das wusste sie. Und genau so wollte sie sein, und so sollte es sein: Leben ohne Liebe, Glück. Nur eines wusste sie noch nicht, wie weit sie es damit bringen konnte. Das war das Projekt ihres Aufstiegs: Wie weit würde sie es bringen, wie hoch hinaus könnte sie auf diese Art kommen? Dem Experiment, dies zu ermitteln, hatte sie ihr Leben gewidmet. Als Herrin von Redecke bei Schönhausen hielt sie jetzt Hof, vorerst, die Ehefrau des Besitzers der Assperg AG. Aber das Ende war das nach ihrer Überzeugung noch nicht. Sie war sechzig, sie war jung, sie fühlte sich gut. Offen lag die Zukunft vor ihr.

Die meisten Gäste waren dann angekommen, und Kate Assperg ging hinaus. Sie stand kurz an der Balustrade des Innenbalkons und schaute nach unten, etwa vierzig, fünfzig Leute hatten sich versammelt. Mit langsamen Schritten kam sie die Freitreppe, die in die Mitte des Saals führte, nach unten geschwebt. Als sie auf halber Höhe stehengeblieben war, war es unter den Gästen schon leiser geworden, und Schnur klopfte an sein Glas, dann wurde applaudiert. Kate Assperg lächelte spöttisch, sie hatte ein fuchsrotes Kleid an. »Bitte!« sagte sie und wehrte den Applaus ab. Dann begrüßte sie die Gäste und wünschte unterhaltsame Stunden, »ganz besonders freue ich mich«, sagte sie zum Schluss, »dass wir einen jungen Mann heute zum ersten Mal unter uns haben, das Finanzgenie Mathias Salger, der mit seiner Firma im Januar zu uns gekommen ist und jetzt in unserer großen Asspergfamilie mit dabei ist und hier mitmacht, herzlich willkommen, Herr Salger!«

Salger hatte sich gestrafft und nahm die unerwartet herausgehobene Exposition, auf die ihn niemand vorbereitet hatte, mit Missbehagen hin, aber natürlich gefasst. Die älteren Asspergianer kannten das Spiel. Vom Fuß der Freitreppe aus befahl Kate Assperg mit der lockenden Bewegung des Zeigefingers der rechten Hand, die sie vor ihr Gesicht in seine Richtung gehaltenen hatte, Salger zu sich her wie einen kleinen Jungen. Diese Geste war natürlich ironisch gemeint, das machte sie, als er auf sie zuging, mit einem aufflammenden Blick, der »brav so!« sagte, deutlich. Das starre Lächeln ihres Mundes zeigte dabei kein mitbeteiligtes Gefühl.

Dann stellte sie Salger, den zwar Holtrop, nicht sie, eingestellt hatte, im Kreis der sie umstehenden mittleren Asspergchefs trotzdem und noch einmal als ihre eigene neueste Trophäe vor. Wie klug, wie jung, wie abenteuerlich erfolgreich er schon gewesen sei, immer wieder forderte sie ihn auf, den Älteren von den bisherigen Stationen seiner beruflichen Laufbahn zu erzählen, und nachdem sie diese viel weniger erfolgreicheren Älteren auf die Art genügend erniedrigt hatte, warf sie ihnen Salger zum Fraß vor. Ging einfach weg, lächelnd wie immer. Aber Salger war noch zu wenig Apparatschik, um den Spott der Älteren, mit dem er nun gepiesackt und aufgespießt wurde, wirklich ernst zu nehmen. Er sah diese Älteren, die ihn lärmend mit ihren Witzen in die Luft zu schießen und zu zerreißen versuchten, kaum, alte Säcke waren das für ihn, arme Deppen, Zurückgebliebene, Verlorene, die in ihrer auftrumpfend vorgeführten Überzeugung, die Größten zu sein, für Salger auch völlig ununterscheidbar waren, lauter gleiche, sinnlos laute Männer, im Volltrottelmodus ihrer Großmännlichkeit. Von diesen Menschen war er sehr weit weg. Und anstatt eingeschüchtert zu sein, hatte Salger sich in dem Moment auf seine Arbeit bei Assperg gefreut, weil er nicht für diese Trottel, sondern für Holtrop arbeiten würde. Ein junger Mann, der sich mit dem Namen Schmidt vorstellte, holte Salger mit der Frage aus der Gruppe der Asspergmanager heraus, ob er für das Schönhausener Tagblatt, für das er, Schmidt, einen kleinen Bericht über das heutige Frühstück zu schreiben habe, ihm eventuell ein Interview geben würde. »Ein Interview?« fragte Salger erstaunt. »Ja.« »Wieso denn das? Worüber? Wozu?« Auf diese Frage hin schaute Schmidt Salger mit einer so freundlichen Offenheit an, sagte dazu, »geht auch ganz schnell«, dass Salger selbst innerlich aufging und dem Kurzinterview zustimmte. »Kommen Sie mit«, sagte Schmidt, »gehen wir eben dort in diese Ecke, da ist es etwas ruhiger.«

## XI

Die Chinesen saßen klein in riesenhaften, wuchtigen Sesseln, als die deutsche Delegation die Bibliothek betrat. Die Chinesen blieben sitzen, sie wurden immer kleiner, die Sessel um sie herum immer klobiger und größer, je länger dieser Moment dauerte, der Holtrop die ganze Sinnlosigkeit seines chinesischen Abenteuers, die Riesenhaftigkeit und bäurische Zurückgebliebenheit von China, die Primitivität und Langsamkeit dieses allergröbsten aller Völker oder Reiche Asiens so deutlich vor Augen führte, dass es ihm weh tat im Kopf. Nichts geschah, noch nicht einmal Blicke wurden getauscht, und Holtrop schaute auf seine Uhr am Handgelenk, dann zu Magnussen, der Holtrop zwar sein Gesicht entgegendrehte, aber genauso ausdruckslos vor sich hin schaute wie die Chinesen, ins Nichts etwa zwanzig Zentimeter vor Holtrops Gesicht. Der mittlere Chinese stand auf. Er war der Chef, der bei den bisherigen Verhandlungen nicht dabeigewesen war, »Minister Manolo«, sagte Magnussen leise zu Holtrop, und die Verhandlungsführer von gestern, die sich bei dem Essen abends im Grissini als normale Aktivisten der Geschäftswelt präsentiert hatten, folgten dem vorgegebenen Zeremoniell und standen kurz nach ihrem Chef auch auf.

Der Minister machte einen kleinen Schritt nach vorn, verneigte sich, dann redete er seine chinesischen Worte, rein akustisch keine sehr schöne Sprache, den Deutschen entgegen, die darum bemüht waren, das situativ Angelieferte korrekt aufzunehmen und richtig zu beantworten. Holtrop wartete auf die Worte der Übersetzung, drehte sich nach der Übersetzerin um, deren Kopf er schräg hinter seinem suchte, aber da standen nur die Anwälte, daneben Magnussen. Da kam von hinten die Übersetzerin endlich dazu. Nach der Begrüßung hielt der Minister seine Rede. Sie handelte von der Eigenständigkeit und Besonderheit der chinesischen Kultur, deren Unabhängigkeit vom Westen, auf deren Basis die jetzt für den Fernsehsender Star TV vereinbarte Zusammenarbeit von Chinesen und Deutschen vom ganzen chinesischen Volke begrüßt werde. Star TV sei für China der Stern am Himmel einer neuen Kultur der Freiheit für alle, die in Verantwortung für die traditionellen chinesischen Werte der Kollektivität von allen Chinesen gelebt werde. Und während die Rede des Ministers, ohne Emotion vorgetragen, durch die bücherlose Bibliothek des Grand Hyatt Hongkong ging, nur an einer Wand war ein Regal mit Buchattrappen, dachte Holtrop an die Fakten, geschäftlich, juristisch, immerhin war Star TV das derzeit am schnellsten wachsende Kommunikationsunternehmen der Welt, die Erlöse aus Werbung legten jährlich um bis zu vierzig Prozent zu, China war der Markt der Zukunft, demgegenüber war die eventuell überhöhte Kaufsumme, die Holtrop zugesagt hatte, kaum mehr der Rede wert. Außerdem war der Vorvertrag wegen bestimmter Sonderklauseln, in denen das Spezialrecht der britischen Kronkolonie noch nachwirkte, was die chinesischen Anwälte offenbar gar nicht interessierte, nach internationalem Recht sowieso nichtig. Kurze Stille, der Minister hatte aufgehört zu reden, Holtrop war dran. Fünf Sätze genügten: freue mich, gute Zusammenarbeit, Zukunft, los gehts. Die Kürze der Rede war für die Chinesen eine Unhöflichkeit, das wusste Holtrop nicht, es wäre ihm auch egal gewesen. Endlich wurden die Mappen mit den Vorverträgen gebracht. Die Delegationen gingen zum Schreibtisch, Holtrop und der Minister setzten sich hin, dann wurden die Urkunden abgezeichnet und ausgetauscht. Eine Fotographin der staatlichen Presseagentur machte einige Fotos. Die Kellner kamen herein und servierten den Champagner auf ihren lackierten Tabletts. Holtrop nippte, »sehr schön, danke!« sagte er zum Chinesenchef, der lächelte und sagte auch etwas. »Auf gute Zusammenarbeit!« übersetzte die Dolmetscherin von hinten.

»Verstehen heißt Erschrecken«, erklärte Magnussen beim Rausgehen und zeigte auf die bunt bemalte Gottheit, die in der Lobby des Hotels von einem Podest aus das internationale Kommen und Gehen der Hotelgäste überwachte. »Wieso?« sagte Holtrop und ging am grob grimassierenden Gott des Verstehens vorbei zum Empfangstresen, um sich die Schlüssel zu seinen Zimmern geben zu lassen. Magnussen redete weiter, jetzt über Details des chinesischen Aberglaubens, den Holtrop überhaupt nicht interessant fand. »Wissen ist Blödheit«, sagte Holtrop zu Magnussen, der kaum reagierte und weiterredete, während die Schlüsselübergabeprozedur durch die Hotelangestellten abgewickelt wurde. Schließlich nahm Holtrop seinen Schlüssel entgegen, winkte Magnussen damit zu und sagte: »Ich bin etwas müde.« »Natürlich«, antwortete Magnussen, und wie sich ihre Blicke trafen, dachte Holtrop: »Die Dinge werden klarer, aber selten schöner und fast nie wahrer.«

## XII

Thewes Beerdigung war für Dienstag, den 19. Februar, angesetzt, ein wenig angenehmer Pflichttermin für Holtrop. Seit seiner Rückkehr aus Asien vor einer Woche hatte er permanent neue schlechte Nachrichten aus allen Regionen und Filiationen seines Asspergschen Firmenreichs entgegennehmen und abarbeiten müssen, abends war er an keinem Tag vor elf Uhr aus dem Büro gekommen. Dramatisch hatte sich die Finanzlage Asspergs zugespitzt, die Erlöse waren in den ersten Wochen des neuen Jahres eingebrochen, das Geld wurde knapp. Das war kein Wahn von Ahlers mehr, plötzlich war das Finanzloch für Holtrop ganz direktes Faktum: die den Chinesen im Vorvertrag zugesagte Zahlung einer ersten Rate von fünfzig Millionen Dollar konnte Assperg termingerecht nicht leisten. Das kreative Kreditgeschäft mit Binz, das Ahlers auf Anregung der Herstattbank ursprünglich so konzeptioniert hatte, dass es im Effekt fünfhundert Millionen Euro schnelles Chipgeld zur Vermehrung an der Börse ergeben würde, war zu bejahen gewesen damals, im vorletzten Sommer, aber die extrem riskant eingesetzten Gelder waren durch die Auswirkungen des Elften September auf die Konjunktur, die niemand vorhersehen hatte können, zusätzlich auch durch technische Effekte an der Börse, deren Logik Ahlers besonders gern darlegte, immer weiter abgeschmolzen, die über Consors frei angelegten Gelder waren in verschiedene, auf jeden Fall falsche Richtungen hin abgeflossen, der Rest drohte endgültig irgendwo zu versickern, schlecht. Jetzt war der Streit mit Binz auch noch eskaliert, die Deutsche Bank war nicht bereit, Assperg in der Sache zu helfen, und Gosch verfolgte im Krieg gegen Binz eigene Interessen. All das war so weit noch normal. Nur die Ballung war schlecht. Und die Stimmung im Vorstand und beim alten Assperg war noch schlechter.

Der Befreiungsschlag, den Holtrop plante, würde in den USA zu führen sein. Für Mittwoch und Donnerstag hatte Holtrop eine Serie von Gesprächen mit seinen New Yorker Statthaltern angesetzt, vorallem die Venturecapitalgruppe sollte sofort Gelder liefern, von AVC-Chef Schindt hatte Holtrop in einer Telefonkonferenz am Sonntag nocheinmal gefordert: »Sie müssen jetzt liefern!«, und daran, dass ebendies geschehen würde, dass Schindt, weil Schindt andernfalls Geschichte wäre, jetzt liefern würde, genügend Projekte hatte er angeblich in der sogenannten Pipeline, hatte Holtrop keinen Zweifel. Aber auch diese Zweifellosigkeit war Illusion. Niemand wollte im Moment kaufen, schon gar nicht Anteile an Risikofirmen. Schindt war außerdem gar kein Verkäufer, Schindt war Großmaul, Terrier, bissiger Hund, der mit dem Neuen Markt hochgeschossen war wie so viele, von denen inzwischen schon kein Mensch mehr sprach oder auch nur wusste, dass es sie je gegeben hatte. »Aber gut«, dachte Holtrop und schaute aus dem Fenster und wartete auf das Glück, das ihm nach eigenem Verständnis als Glückskind quasi zustand, zumindest phasenweise oder in besonders kritischen Situationen.

Der Hubschrauber kam herangeknattert, pünktlich um zehn Uhr dreißig. Holtrop ging nach draußen und stieg mit den anderen Asspergvorständen zusammen ein, wobei er sich bemühte, die Leute vor und neben sich so gut es ging zu ignorieren. Der halbe Vorstand machte sich auf die Reise nach Berlin zu der Beerdigung von Thewe. Auf dem Flug nach Hamm schaute Holtrop zuerst wütend auf den

Boden, das Teppichimitat des Miethubschraubers widerte ihn an, er saß rechts hinten, schaute dann nach draußen, wenige Minuten später waren sie schon da, Schönhausen Hamm: fünfzehn Minuten. In Hamm stand der Firmenjet, eine Challenger 605, bereit, hier war wenigstens genügend Platz, das Flugzeug startete, und die Asspergvorstände hatten ihre Geschäftsunterlagen in der Hand, jeder studierte seine Papiere. Jetzt war es die Emsigkeit der Kollegen, die Holtrop störte, und er hatte, anstatt selber auch Akten durchzuarbeiten, provokativ und riesengroß die Deutsche Allgemeine aufgefaltet und die Zeitung dann knallend Seite für Seite durchgeblättert, als wäre alles, die Meldungen, die Zeitung, die Weltlage, Seite für Seite eine einzige Frechheit. Worin genau diese Frechheit bestand, war der Provokationsdemonstration Holtrops nicht zu entnehmen. Die Hauptfrechheit bestand für ihn letztlich im unbeschreiblichen Stumpfsinn seiner Kollegen, in der todtraurigen Biederkeit dieser Volltrottel, mit denen er, ER!, er selbst, hier auf engstem Raum im Asspergjet, überstark den Sinnen fühlbar: zusammengepfercht war, wie in der Wirklichkeit der Organisation im Vorstand. »Es war ein Fehler«, dachte Holtrop, »nicht gleich frühmorgens in aller Ruhe alleine vorzufliegen.«

In Berlin ließ sich Holtrop zuerst ins Adlon fahren, dort war er mit Leffers verabredet. Die Anfahrt war schwierig, weil in der Mitte der Stadt die Straße Unter den Linden wegen einer Demonstration gesperrt war, die Demonstration war dann der Bonner Karnevalszug, dessen Berliner Abordnung hier mit Tröten und Musik um die Kurve beim Starbuckscafé zog, als Holtrop dort ankam, es war absurderweise Faschingsdienstag. Vor dem Adlon kam ein uniformierter Portier auf Holtrop zu und machte ihm die Türe auf. »Die Narren sind los«, sagte Holtrop zu Leffers und setzte sich zu ihm an den Tisch. »Warten Sie schon lange?« »Nein«, antwortete Leffers, von Holtrops immer gleichem Witz nur schwach amüsiert. Holtrop bestellte eine heiße Schokolade und ein Stück Zitronensahnetorte, Leffers rauchte, trank Kaffee. Sie redeten über Krölpa, die Stimmung war schlecht, nichts Neues also von dort, Holtrop wollte es gar nicht hören, Leffers kaum noch erzählen.

Kurz vor zwei Uhr versammelte sich die Trauergesellschaft vor der Abfertigungshalle des riesigen Krematoriums Nord. Das Krematorium Nord war genau genommen im Nordosten, im früheren Osten der Stadt gelegen. Der Taxifahrer wiederholte die ihm genannte Adresse und war dann kommentarlos eine Holtrop unbekannte, endlos lange, leere weite Ausfallstraße aus Berlin hinausgefahren, und hinter Baumärkten, Schrotthandel, Gartencenter und Lagerhallen sah man endlich die hochmoderne Betonruine, die ein angesehener Sakralarchitekt, dessen Name, den Leffers erwähnte, Holtrop sofort wieder vergessen hatte, weil er sich für Sakralarchitektur und letzte Entwicklungen im Krematoriumsneubau im Moment gerade nicht so brennend, »ha ha ha!«, interessierte, im Auftrag der Stadt entworfen und im Jahr 2001 neu erbaut hatte, spitz, schroff, kalt und abweisend, »willkommen, Toter, auf der letzten Reise«, höhnte der scheußliche Bau. »Schön geworden«, sagte Holtrop genauso höhnisch, bezahlte das Taxi, war ausgestiegen und schaute sich um zu Leffers, der in seinem Mantel dastand.

Sie gingen über die betonierte, endlos riesenhafte Fläche auf den sich Schritt um Schritt immer noch weiter entfernenden Bau der Hauptverbrennungshalle und auf die davor am Boden als kleine schwarze Figuren, Punkte, beweglich positionierten, offensichtlich noch lebenden Mitmenschen zu. »Ein gutes Gefühl«, dachte Holtrop. Er hatte nichts dagegen, auf Beerdigungen zu gehen, man stellt sich hin, bewegt sich wenig, schaut ernst und schaut dabei gut aus. Der Staatsschauspieler Holtrop, der nach Holtrops Ansicht sowieso zu selten im Einsatz war, war gefordert, kein Problem. Langsam wurden die vor der nackten, grau verschlierten Betonwand der Halle stehenden Asspergianer als Einzelgestalten erkennbar.

Im Näherkommen spürte Holtrop etwas, was ihm nicht angenehm war. Es war nicht die übliche Anspannung, die er sonst bei den Leuten, die wussten, wer er war, als Chef hervorrief, es war etwas anderes, Unangenehmes. Keiner der Leute dort, die in kleinen isolierten Gruppen dastanden, schaute zu Holtrop und Leffers, die auf sie zugingen, hin. Irgendwann war klar, dass die Leute, die Holtrop und Leffers gesehen haben mussten, die beiden aktiv ignorierten, mehr noch, einander zu zeigen versuchten, dass sie Asspergchef Holtrop und seinen Protegé Leffers zu ignorieren sich trauten. Holtrop war plötzlich klar, was er da spürte: Feindseligkeit, völlig offen vorgetragen. »Interessant«, dachte Holtrop. Was war das genau, was ihm da von seinen eigenen Asspergianern her entgegenkam? Ärger, Zorn, Wut, so etwas hatte Holtrop noch nicht erlebt. Er wechselte einen Blick mit Leffers und ging grußlos ganz nach vorn, wo die Gruppe der Schönhausener Hauptverwaltungsleute zusammenstand, auch die Vorstände, die Holtrop eben noch im Flugzeug so aggressiv ignoriert hatte. Jetzt haute Holtrop dem großen Sandsack Uhl auf den dicken Rücken und sagte gutgelaunt, als sähe er ihn am heutigen Tag gerade eben zum ersten Mal: »Ab heute wieder Saftkur, Uhl, Obst und stilles Wasser, was!?« Uhl drehte sich langsam zu Holtrop um und schaute ihn an, ohne etwas zu sagen.

In dem Moment kam der Mensch mit der Urne aus dem Türschlund in der Betonwand heraus. Die Trauergesellschaft formierte sich und ging stumm hinter dem in der

Urne befindlichen, verstorbenen und verbrannten Rest Thewes her. Die Gruppe Hauptverwaltung ging als zweite Gruppe, davor gingen die näheren Freunde, von Familie war nichts zu sehen, dahinter ging die Gruppe Krölpa. Die Vorwürfe, die Holtrop auf sich zog, kamen jetzt von allen Seiten. Holtrop ging hier als der am Tod Thewes Hauptschuldige hinter dem Toten her, das war die ihm überdeutlich mitgeteilte Überzeugung der versammelten Trauergesellschaft. Mit ausdruckslosem Gesicht nahm Holtrop den Schuldspruch hin. Ruhig setzte er Schritt vor Schritt. Dabei dachte er: »Die Welt ist wohl komplett verrückt geworden.« Im Hintergrund seines Denkens lief schon ein Konsequenzendetektorprogramm, das Konsequenzalternativen, die sich für ihn aus der neuen Lage ergaben, errechnete.

## XIII

»Wir müssen das Tempo drosseln«, dachte Holtrop, das war das Ergebnis seiner Überlegungen, während er in quälender Langsamkeit als Teil der Trauergesellschaft, in der er gefangen war und von der er beschuldigt wurde, für den Tod von Thewe verantwortlich zu sein, Schritt für Schritt hinter der grau gemaserten Thewe-Urne hinterher den nicht so sehr langen, aber sehr viel Zeit verbrauchenden Weg zur Totenmauer hin mitgegangen war. Der tote Thewe war für die Leute plötzlich Ikone und Inbild des Guten, ganz anders als der lebende, jetzt im Nachhinein stand er für das gute alte Assperg, das von den Asspergianern früher jahrelang verachtet und gehasst worden war. Die Leute hatten das Tempo geliebt, heute hassten sie es. Das Tempo, das Holtrop der ganzen Firma vorgegeben hatte, wofür er gefeiert worden war, war jahrelang der Aufbruch gewesen für alle, heute bedeutete Tempo für alle nur noch: Überforderung, Abmahnung, Entlassung.

Der Schwarzuniformierte war mit der Urne an der für Thewe vorgesehenen Stelle in der Totenwand angekommen. Ein dunkelgrüner Tannenzweigekranz lag davor am Boden, in Hüfthöhe war das für Thewe vorgesehene Loch offen. Schweigend rückten die Leute in eine Halbkreisformation um das Urnengrab herum ein. Kein Lied, kein Gebet, keine Rede. Durch die große Zahl der Menschen, die alle nicht wussten, was als nächstes passieren würde, hatte das Schweigen etwas Wartendes, Hoffendes, bald aber wurde es immer bedrückter. Und in dieses Schweigen hinein verneigte sich der Urnenmann auf steife, sinnlose Art vor dem Loch in der Betonmauer, dann vor der von ihm selbst gehaltenen Urne, einige Trauergäste verneigten sich auch, und dann wurde die Urne mit Thewes Asche in das erstaunlich kleine, tiefliegende, kaum schließfachgroße Loch in der Betonwand gestellt. Nicht einmal zu einem Schließfach auf Kopfhöhe hatte es gereicht für Thewe. Mit einer vom Boden aufgehobenen Steinplatte, einer Art mattgrau betonierten Küchenfliese, die der Uniformierte leicht andrückte, wodurch ein Mechanismus einrastete, verschloss er das Grab, fertig. Dann ging der Mann gesenkten Blickes von der Totenmauer weg, alle warteten, was jetzt passieren würde, aber der Mann ging einfach weg, zurück in Richtung Krematoriumshauptgebäude.

Und Holtrop konnte nicht anders, als auf der Grabplatte die bekannten Worte »wieder einer weniger« zu lesen und fröhlich ergrimmt zu denken: »der ist also aufgeräumt«. Der Gedanke »sehr gut!« erfüllte ihn dabei so sehr, dass er sofort weggehen wollte. Er wollte die hier in verlogener oder auch völlig wahrhaftiger Ergriffenheit und Trauer dastehenden Asspergianer nicht noch mehr provozieren. Er tat ein paar Schritte zur Seite, sein Telefon in der Hand, telefonierte mit seinem Büro, und als er sich weit genug von allen entfernt hatte, nahm er entschlossen den polnischen Abgang hintenherum, abschiedslos. Von hinten aus schaute der Krematoriumskomplex mit seinen verzinkten Rohren und Ökoschloten endgültig wie eine nicht ganz normale, bemüht ansakralisierte und darüber verrückt gewordene Müllverbrennungsanlage aus. Dann saß Holtrop im Taxi nach Tegel, nahm die nächste Maschine nach Dortmund und von Dortmund wieder den Miethubschrauber zurück nach Schönhausen.

Um kurz vor vier stürmte er, während halb Assperg in Berlin noch beim Totenschmaus zu Ehren von Thewe saß, in der Schönhausener Hauptverwaltung zum allgemeinen Erstaunen der dortigen Mitarbeiter durch die Räume seines CEO-Headquarters, auf der Suche nach Seiters: »Seiters!« rief Holtrop, »wo sind Sie denn?« Als Seiters halb verschlafen aus seinem Büroschlafloch hervorgekrochen kam, wo er die Angestelltenstunden nachmittags normalerweise, hauptsächlich diffus beleidigt darüber, dass ihm hier sein Leben gestohlen wurde, abtrödelte, Unfreude im Blick und die angestelltennotorische Mischung aus Indolenz und Angst, Vorgesetztenangst und Untertanenindolenz, meinte Holtrop zu ihm: »Geht es Ihnen zu schnell, Herr Seiters?« »Überhaupt nicht. Warum?« »Lassen Sie sich ruhig Zeit, Seiters.« Durch Weglassen des »Herr« vor Seiters' Namen signalisierte Holtrop Wohlwollen. Seiters war erleichtert, Holtrop hatte gute Laune. »Ich bin bereit«, sagte Seiters, »was befehlen Sie?« Dabei hängte Seiters sein fülliges Walrossgesicht mit dem ergrauten Aktivistenschnauzer, zu einem freundlichen Lächeln verzogen, etwas zu devot vor Holtrop hin. »Wir müssen das Tempo drosseln«, sagte Holtrop, und Seiters nickte zustimmend, ohne zu wissen, wovon Holtrop redete.

Seiters war früher Holtrop-Fan gewesen, in den ersten Holtropjahren hatte er, wie die meisten Asspergianer, Holtrop als Tempomacher und Lichtgestalt verehrt, Holtrop war speziell beliebt gewesen beim Typus Seiters, bei den kleineren und mittleren Angestellten des unteren und mittleren Mittelbaus, die für Holtrops maßlose Zukunftsparolen am empfänglichsten gewesen waren, nicht aus einer besonders ausgeprägten eigenen Neigung zu Mobilität und Risiko, im Gegenteil, aus vorsichtiger Orientierung am Nebenmann und der unterwürfig entschiedenen Bereitschaft, die kollektiven Haltungen, die sich aus diesen gegenseitigen Nebenmannorientierungen zwingend ergeben hatten, mitzutragen, den so entstandenen Weg mitgehen zu wollen, aus eigener freier Entscheidung, das Mitgehen, Mitlaufen, das Mitläufertum aus der das ganze Leben beherrschenden Grundangst, irgendetwas zu verpassen, woran alle anderen beteiligt sind, und Holtrops Zukunftsirrsinn war nichts anderes gewesen als eben dies, der Zug der Zeit, getragen von genau diesen vom Kollektiv geknechteten Kollektivmitläufertypen. Das riesige Heer der von Bodenhausen mit besonderer Begeisterung beschimpften Telekomaktienkäufer, dieser Typus Mensch, man kann auch sagen: der konstitutionelle Herdenmensch, war Kernmitglied von Holtrops treuester Fanbasis innerhalb der Firma Assperg gewesen. Nun aber war der Zug der Zeit weiter und woandershin gezogen, die unschöne Gier der Telekomaktienkäufer war in ein noch unschöneres Beleidigtsein übergegangen, für eigene Blödheit vom Leben auch noch bestraft zu werden, das fanden diese Leute jetzt plötzlich allesamt empörend, eine Ungerechtigkeit der Welt, gegen die sie am liebsten geklagt hätten und bis nach Karlsruhe gegangen wären, um sich Schadensersatz dafür zu erstreiten, dass ihre Weltsicht der Geldgier, obwohl kollektiv so angstvoll abgesichert, falsch war im Effekt,

Dummheit aller, allgemein gelebte Idiotie. Und plötzlich waren es jetzt auch wieder die vermuteten und sogenannten Machenschaften derer da oben, die sich an ihnen, den sprichwörtlichen kleinen Leuten, bereicherten, sich die berühmten, von Wonka sogenannten Taschen vollmachten usw, ein Exzess traurigster Unsinnseinstellungen im Denken der Gesellschaft war die Folge der ursprünglich so hysterisch auf die Jahrtausendwende hinstürzenden Kollektiveuphorie. So schön, wenn auch falsch, diese Euphorie gewesen war, so scheußlich war der aggressiv muffig vorgeführte Kater der Beleidigten und angeblich Entrechteten danach, der jetzt die Stimmung regierte.

Holtrop analysierte die Lage, die ihn direkt betraf, weil er von diesen Leuten, die ihn anfangs so mitläuferisch bewundert hatten, heute genauso mitläuferisch abgeurteilt wurde, ähnlich skeptisch wie Bodenhausen, nur weniger gehässig, kälter. Der Menschenfänger in ihm nahm die Leute, wie sie waren: auf jeden Fall verblendet, meist verblödet, immer aber irgendwie zu packen. Eben dies war Idee und Plan der *Schönhausenoffensive*, die Holtrop sich beim Rückflug ausgedacht hatte. Seine Ideen legte Holtrop Seiters jetzt in wenigen wirren Sätzen dar. Seiters sollte daraus ein Papier erstellen, das den Offensiveplan zusammenfasste. »Um acht erwarte ich Ihren Vortrag«, sagte Holtrop. »Um acht«, wiederholte Seiters und beugte seinen Oberkörper nach vorn. Dann ging er weg. Holtrop bestellte Riethuys zu sich, dann Salger, aber beide waren noch in Berlin, er rief sie an: »Wo sind Sie? Ich brauche Sie!« Danach telefonierte er mit Schindt in New York. Schindt war schon informiert, dass nicht Holtrop am Mittwoch nach New York kommen würde, sondern er selbst, Schindt, nach Schönhausen zu kommen hatte. Im Gespräch mit Schindt machte Holtrop weiter Druck, keine Rede hier von gedrosseltem Tempo. »Wo stehen wir?« rief Holtrop.

»Es schaut gut aus«, antwortete Schindt. »Das klingt nicht gut.« »Wir tun unser Bestes.« »Wie Sie es machen, ist mir egal.« »Natürlich«, sagte Schindt. »Optimismus war gestern«, rief Holtrop, »was ich erwarte, sind Ergebnisse. Grandiose Aussichten interessieren mich nicht, Herr Schindt, die Zeit der leeren Versprechungen ist vorbei.« »Natürlich«, sagte Schindt. Holtrop legte auf und fasste sich mit der Hand an den Hals, holte tief Luft, die Luft im Zimmer war schlecht. Holtrop ging ans Fenster, machte es auf und schaute wütend in den Nachmittag hinaus.

## XIV

Es war Ende Februar, der Frühling kam, Holtrop rannte im Trainingsanzug frühmorgens durch die Wälder am südlichen Rand von Schönhausen und über freie Felder auf die Konzernzentrale von Assperg zu. Holtrop hatte sich Anwesenheitspflicht in Schönhausen verordnet und die Mitarbeiter seines Stabs auf den allerneuesten neuen Kurs eingeschworen: »Wir müssen die Schlagzahl verdoppeln!«, Tempo drosseln war gestern gewesen. Jeden Morgen war er zwischen halb sieben und sieben Uhr am Laufen, die Gedanken ordneten sich, der Tag ging vor ihm auf, in der Senke lag dichter Dunst über dem Tümpel, um den herum die Gebäude der Hauptverwaltung aufgestellt waren, zwei- und dreistöckige Flachbauten im Stahlrohrstil der späten siebziger Jahre. Holtrop rannte in den Nebel hinein, in die Senke hinunter und umkurvte, pumpend, schnaubend, von Energie durchpulst, noch einige Male den Tümpel, bevor er den Weg hoch zum Zentralbau nahm, ein Licht brannte dort schon, in seinem Büro, er lief in das Gebäude hinein, sprang drei Treppenstufen auf einmal hoch und rannte im zweiten Stock durch seinen Bürotrakt ganz nach hinten durch, wo er in der Waschkabine der Toilette, Kleider runter, Türe zu, für Momente des totalen Glücks unter der heißen Dusche stand. Das heiße Wasser prasselte auf seinen vom Laufen erhitzten Körper nieder, dann drehte Holtrop das Wasser auf kalt. »Ah, herrlich!« dachte er. Raus aus der Dusche, rein in den Anzug. Kurz darauf saß Holtrop an seinem Schreibtisch und donnerte die ersten offiziellen Mails dieses Bürotags in die Welt hinaus.

Ein angenehmer Chef war Holtrop nicht, das wussten alle. Es war ihm eine Freude, die Mitarbeiter seiner nahesten Umgebung, die in den Zimmern um ihn herum saßen, dauernd mit irgendwelchen hyperpräzisistischen Anfragen, Nachfragen, Aufforderungen oder Zurückstoßungen wie »Unsinn!« schriftlich zu belästigen, so wollte er Sachkunde demonstrieren, Interesse am Detail, hohe Geschwindigkeit des Reagierens auf jede Mitteilung, und er bremste sich dabei auch nicht, wenn der Ton seiner Mails barsch oder giftig wurde, weil er darin einen zulässigen Ausdruck seiner eigenen Geistesschärfe und Ungeduld sah, die er den Untergebenen außerdem als vorbildliche Einstellungen zur Arbeit vorhalten wollte. Nach nur einer Woche des neuen Regimes, der sogenannten Schönhausenoffensive Holtrops, sehnten sich die Mitarbeiter in Holtrops Office of the Chairman nach dem alten Überfliegerholtrop, der nie da war, dafür medial in hysterischer Weise permanent über- und omnipräsent. Das hatte genervt, aber konkret wenig gestört. Der neue Holtrop, der ernsthafte, in Schönhausen täglich sechzehn Stunden für Assperg vor sich hin schuftende Arbeitsholtrop war ein echtes Problem. Die eigentliche Arbeit wurde durch sinnlose Anfragen und Nachkorrekturen aufgehalten, und der ständige Nahkontakt mit Holtrop führte gerade bei den fachlich hochqualifizierten Leuten zu Skepsis, schnell zu einer Haltung der Verachtung Holtrop gegenüber. Bei jeder zweiten Nachfrage Holtrops wurde deutlich: Er weiß ja gar nichts, im Konkreten wusste er nichts und bluffte dabei zugleich so schamlos, dass es lächerlich offensichtlich war. Eben damit hatte Holtrop aber jahrelang den größten Erfolg gehabt, mangelnde Autorität hatte er mit seinem alles überstrahlenden Charisma ausgleichen können. Charisma ist aber auf Seltenheit und Plötzlichkeit der Charismatikererscheinung angewiesen. Jetzt war Holtrop dauernd da, zeigte Inkompetenz, Hysterie, Fahrigkeit und seinen in nichts fundierten Hochmut als tägliche, den Arbeitsprozess bestimmende Qualitäten vor, das zerstörte jede Autorität. Noch wurde über all das nicht viel geredet. Die Betroffenen tauschten manchmal einen Blick aus, in dem sie sich darüber verständigten, dass sie Holtrops defekten Charakter erkannten.

Um halb acht kam Frau Rösler ins Zimmer, brachte einen Teller Obst, frischen Kaffee und die Unterschriftenmappe herein. Die Mappe legte sie auf den Schreibtisch rechts, links stellte sie das Tablett hin. Holtrop nickte zum Dank in seinen Computerbildschirm hinein. Frau Rösler blieb stehen. Holtrop schaute sie an und bekam sofort schlechte Laune, die ihm von ihr präsentierte Freundlichkeit kotzte ihn unglaublich an. Er sagte: »War sonst noch was?« »Nein«, antwortete Frau Rösler und ging weg. Holtrop hatte den *einen* Gedanken und das eine Ziel im Moment: Assperg zu restabilisieren, und zwar in rasendem Tempo. Aber das war den Leuten nicht klarzumachen, dass Assperg am Rand des Abgrunds stand. Die Leute wollten ihren alten Gute-Laune-Holtrop zurück, der zu allem immer nur »ja, ja!« gesagt hatte. Diese Forderung war absurd. Holtrop musste derzeit zugleich als Vorstandschef, Technikvorstand, Finanzvorstand und Chief Operating Officer in einer Person tätig sein, denn nur aus dieser umfassenden Generalverantwortung heraus konnte er das notwendige Sanierungskonzept erarbeiten. Entscheidend würden die Termine im Frühjahr sein. Zur Bilanzpressekonferenz im April und zur Hauptversammlung der Aktionäre Anfang Mai musste erkennbar geworden sein, ob Holtrops Rettungskonzept greifen würde. Der Irrsinn war aber: Holtrop hatte kein Konzept. Er hatte nicht eines, sondern viele, jeden Tag ein neues, alle zehn Minuten vier einander widersprechende Konzeptideen. Holtrop starrte in die Mitte seines Bildschirms und zerfetzte die Mails seiner Mitarbeiter in der Luft des konzerninternen Intranets, obwohl er wusste, dass ihn das nicht retten würde, weil es Assperg nicht retten würde. Auf jede Mail reagierte er, zu allem merkte er irgendetwas an, Sinnloses fast immer, sinnloserweise, wie er wusste. Und trotzdem beantwortete er weiter diese Mails, anstatt nachzudenken. Aus dem Umfeld seiner Leute kam natürlich nichts. »Flaschen«, dachte Holtrop. Jedesmal wenn ihm all das bewusst wurde, durchfuhr ihn der Schreck, dass er sich vielleicht verzockt haben könnte. Dabei bemerkte er plötzlich den unangenehmen Gedanken: »Die Panik wächst.« Erschreckt lehnte sich Holtrop zurück. »Was war das?« dachte er. Aber da war nichts, nur das Mantra: »ja ja, ja ja«.

## XV

Management by Charisma war gestern. Auch gesteigerten Inhaltismus hatte sich Holtrop verordnet, nicht nur permanente Anwesenheit in seinem Schönhausener Büro. Fahrig stürzte er sich auf die neuesten Papiere, jeden Morgen neu. Die Vorarbeiten zur Bilanzpressekonferenz, die Holtrop in früheren Jahren gar nicht weit genug von sich wegdelegieren hatte können, kamen jetzt täglich stapelweise auf seinem Schreibtisch an. Die Berechnungen, Zahlenkolonnen, Analysen, Erwägungen und Tricks waren als Exempla eines durchgeknallten Detaillismus am Objekt Zahl zwar unterhaltsam, auch irgendwie interessant, letztlich aber doch unbeschreiblich öde und langweilig, sinnlos und unwichtig, so dass es Holtrop einfach nicht gelingen wollte, seinen Geist in ganzer Schärfe darauf einzufokussieren. Die Frage der Bilanz war doch immer schon die allereinfachste: Machen wir Gewinn? Oder Verlust? Er sah die Stapel der Papiere mit dem Stempel BPK, Bilanzpressekonferenz, blätterte hinein und drehte den Kopf genervt zur Seite. Diese Papiere, die er sich in diesem Frühjahr endlich einmal alle vorlegen ließ, weil er das so wollte, weil er gehofft hatte, dadurch tiefer einzusteigen in die Sache, die Misere, die Materie, ins Problem, um so endlich besser erkennen zu können, woran konkret es fehlte usw, kotzten ihn, wenn er sie jetzt so direkt und konkret vor sich sah, noch mehr an als das Erscheinen von Frau Rösler, die ihn mit ihrer gutgelaunten Zugewendetheit folterte. Das Leben fühlte sich plötzlich insgesamt falsch an, ungewohnt unschön, »Hölle«, dachte er heftig, um die Wut wegzustoßen. Verärgert stand er auf und ging in seinem Zimmer hin und her. Draußen war es hell geworden.

Dann stand Dirlmeier da und redete, kleine Morgenlage zu sechst, neun Uhr, Dirlmeier hatte als erster das Wort. Als der unbrauchbarste seiner Mitarbeiter hatte sich in diesen ersten Wochen in der Schönhausener Hauptverwaltung Holtrops persönlicher Referent Dirlmeier herausgestellt. Dirlmeier hatte einen Sprechzettel in der Hand, den er lange anschaute, dann referierte er die Termine der Woche und des heutigen Tages. Beim Referieren redete er sich langsam Boden unter die Füße, dann wieder Blick auf den Sprechzettel. Wieder dehnte sich die Zeit. Und eine sinnlose Stille, die einfach nur das Referat des Pressespiegels, den sowieso alle schon kannten, vorbereitende Stille breitete sich zwischen den Beteiligten der Morgenlage aus. Holtrop bekam fast keine Luft mehr vor Ungeduld. Dirlmeier schaute ihn an. Noch mehr Zeit verging, in der Dirlmeier so tat, als müsse er jetzt zu erschließen versuchen, ob Holtrop ihm eventuell etwas Tadelndes signalisiert habe, und wenn ja, was genau. Es war die reale Folter des ganz normalen Bürolebens, das Holtrop immer schon gehasst, verachtet und tatsächlich lebenslang gemieden hatte. Er hatte sich diesen tödlichen Zeitvergeudungen, die alle so liebten, weil dann überhaupt nichts anderes mehr geschehen musste und außerbüroliche Wirklichkeiten in das Büroleben kaum noch eindringen konnten, immer entzogen, nur so hatte er seine allen verdächtige Blitzkarriere genau so, wie er sie gemacht hatte, machen können. Dirlmeier drehte sich zu den Kollegen, und Riethuys, Salger, Flath und Frau Rösler schauten wartend vor sich hin.

Dirlmeier hatte ein rundes, leeres, freundliches Gesicht. Er war 38, er war entspannt und kannte seine Rechte, Bürokrat, leicht vorgealtert, ovale randlose Standardbrille. Die totale Standardisiertheit des Büromenschen Dirlmeier kam Holtrop in dem Augenblick zum ersten Mal komplett idiotisch vor. Dirlmeier hatte die Stelle als persönlicher Referent schon seit Mitte der 90er Jahre, als Holtrop zum Vorstand Utopia, konkret für Multimedia und die Entwicklung neuer Geschäftsfelder, in die Hauptverwaltung nach Schönhausen berufen worden war, und er hatte den Job damals bekommen, weil er nicht so penetrant karrieristisch gewirkt hatte wie andere Aspiranten, aber gut sortiert und kompetent. Betriebswirtschaftler, ordentliche Noten, Zeugnisse, Holtrop außerdem empfohlen von einem seiner ehemaligen Professoren in Speyer. An freundlichen Bemerkungen über Holtrops Pläne im Multimediabereich hatte es Dirlmeier anfangs nicht fehlen lassen, man hätte das als Schmeicheleien abtun können, aber Holtrop störte sich nicht daran. Trotzkopf und Heißsporn war er selbst. Er suchte nicht nach jemandem, der ihn aggressiv forderte, so wie er selbst andere. Zu Beginn seiner eigenen Laufbahn war er als Vorstandsassistent natürlich eine brillante Nervensäge gewesen, hatte dann aber, selbst in Verantwortung gekommen, nach jemandem gesucht, der genau anders war als er selbst, damit er möglichst unmerklich von dem entlastet werden würde. Und Dirlmeier funktionierte genau so, Holtrop war erstaunt, wie gut das funktionierte. Dirlmeier organisierte die Schnittstelle von privatem, betrieblichem und öffentlichem Holtrop, das hatte viel mit Holtrops Familie zu tun, den Freunden und Bekannten, mit Veranstaltungen und Aktivitäten, für die es Zutritt, Backstagebändchen oder Karten zu beschaffen galt, ein Fußballspiel hier, ein Galaauftritt da, als Preisträger eines Bambi, einer goldenen Feder, Münze oder Mütze, dort ein Vortrag vor hochkarätigen Senioren in Gstaad, den die Redneragentur Publique, die als eine von mehreren Agenturen Holtrop ungebeten, dafür sehr gut bezahlte Termine für Auftritte als Redner beschaffte, via Dirlmeier an Holtrop herangetragen hatte, Interviews, Aktien, Börse privat, und bei alledem war Dirlmeier außerdem auch noch als eine offene, Holtrop bestätigende und überall, in allem und zu allem ermutigende Resonanzinstanz aktiv, der Holtrop in einer typisch chefhaften Borniertheit, als habe er ausgerechnet in dem von ihm abhängigen Dirlmeier einen quasi objektiv neutralen Spiegel vor sich, entnehmen zu können glaubte, wie er in der Firma, beim sogenannten einfachen Arbeiter, den sogenannten Mitarbeitern, gesehen wurde, wie die Stimmung ihm gegenüber im oberen und mittleren Management war und wie er in der Öffentlichkeit generell als Typ ankam, als Mensch, Figur, als Visionär und Denker, als Chef natürlich, als Chef von Chefs, und wie das alles auf die Öffentlichkeit wirkte insgesamt. All das glaubte Holtrop Dirlmeiers leerem Niemandsgesicht ablesen zu können. Und zwar einfach deshalb, weil er so jemanden brauchte, in dem er sein öffentliches Bild erkennen konnte. Dirlmeier seinerseits war natürlich dazu bereit, Holtrop in dieser Illusion zu bestätigen. Und weil Holtrop Positivist in dem Sinn war, alles positiv sehen zu wollen, ein radikaler Fundamentalist der positiven Sicht auf alles, wählte Dirlmeier danach aus, welche Informationen, Nachrichten und Ansichten er an Holtrop weitergab, vorallem das Positive, Negatives so selten wie möglich. Die Auswahl war so simpel, dass andere Mitarbeiter Holtrops, vorallem der direkt neben Dirlmeier arbeitende, Dirlmeier im Rang gleichgestellte, funktional aber übergeordnete Bürochef Riethuys, gar nicht glauben konnten, dass Holtrop diese programmatische Unterdrückung von allem Negativen nicht selbst bemerkte, es war aber so. Dass Negatives fehlte, fand Holtrop selbstverständlich, gewundert hätte er sich, wenn es schlechte Nachrichten gegeben hätte, Negativität weckte in ihm den Verdacht, dass der ihn damit Konfrontierende aus irgendeinem scheußlichen Grund gegen ihn eingestellt sei und ihm das Negative, von dem er ihm berichtete, in Wahrheit wünschte.

Für Riethuys, der als Holtrops Hirn und Rechenzentrum das gesamte Büro Holtrop koordinierte, war Dirlmeier nicht mehr als ein besserer Butler, mit dem Irrsinn, dass dieser Butler für Holtrop die Generalinstanz war, an der er jahrelang seine Außenwirkung abgemessen, orientiert und kontrolliert hatte. Im Stil gab Dirlmeier sich umso unabhängiger von Holtrop. Langsam, ruhig, langsamer als Scharping zu seinen besten Funktionärsbartzeiten, erklärte Dirlmeier die Schönhausenoffensive Holtrops zum Blitzerfolg der vergangenen Woche, weil er dachte, dass das Büro insgesamt, vorallem Holtrop selbst dies hier so hören wollte. Es gab zwar keine Belege dafür, aber Stimmungen, Eindrücke, Stimmen, Geschwafel, und Holtrop war während dieser Reden mit der Abwehr der Wahrnehmung beschäftigt, wie sehr Dirlmeier ihm heute auf die Nerven ging. Holtrop konnte damit nichts anfangen, konnte nicht darüber nachdenken, spürte nur, dass von Dirlmeier her die ganze Zeit starke Störempfindungen kamen, Abzuwehrendes, Negativität, Hindernis, Nichtpositivität, dass das anhaltend war und sehr unangenehm, und plötzlich hatte er in völliger Klarheit die Konsequenz erkannt: »Dieser Mensch muss weg.« Wahrscheinlich muss Dirlmeier entfernt werden. Aber auch durch diesen Gedanken entstand kein Aufschwung in Holtrops Geist. Im Stern, dem Hitlerperiodikum von Gruber und Lang, hatte es doch seinerzeit diesen legendären Hitlerchefredakteur gegeben, Gruber oder Kuhn, wie hieß der noch, Funzel oder Brand, der als besonders aggressiver Chefcholeriker die Untergebenen mit besonders bösartiger Freude und Gemeinheit entlassen, zu sich zitiert und ohne Warnung von jetzt auf gleich entlassen, fristlos rausgeschmissen und sich einen zusätzlichen Sonderspaß dabei gemacht hatte, die Rausgeschmissenen durch die verbale Bekundung seiner Freude beim Rausschmeißen auch noch zusätzlich zu demütigen. Später wurde er selber rausgeschmissen, so geht es den meisten dieser angestellten Chefs, irgendwann werden sie selber in Unwürden entlassen, so auch Funzel, seither Buchautor, Berater, Null. An diesen fürchterlichen Funzel musste Holtrop jetzt dauernd denken.

Mitten im Satz unterbrach Holtrop Dirlmeiers Vortrag. »Wunderbar«, sagte Holtrop, »vielen Dank, Herr Dirlmeier. Wir treffen uns in großer Runde nachher um halb elf. Sie!«, dabei zeigte er auf Dirlmeier, »kommen bitte um fünf vor halb zu mir. Danke.« Damit war die kleine Lage beendet, der Stab entlassen. Das Zimmer vergrößerte sich durch das Hinausgehen der Menschen, ein angenehmer Effekt. Holtrop stand auf, ging ein paar Schritte und setzte sich wieder. Dann ließ er seine Personalerin Frau von Schroer und Jungjustitiar Nolte kommen. Holtrop erklärte, er brauche Antwort auf die Frage, wie bei der von ihm geplanten Entfernung des Dirlmeier organisatorisch zu verfahren sei, arbeitsrechtlich einwandfrei, selbstverständlich menschlich fair, wenn auch im Ergebnis möglichst fristlos. Er sagte, er erwarte kurze Einschätzungen beider bis um zehn. »Dankeschön.«

## XVI

Das Gefühl, mit großen Schritten voranzuschreiten, erfüllte Holtrop in der nächsten halben Stunde. Um viertel nach zehn kamen die Dirlmeier betreffenden Papiere bei Frau Rösler an. Sie ging sofort zu Holtrop ins Zimmer und übergab ihm die Papiere. Holtrop schaute auf die Papiere, dann hoch zu Frau Rösler und sagte mit überlauter Stimme: »Riethuys bitte!« »Selbstverständlich«, antwortete Frau Rösler und ging hinaus, um Riethuys zu holen. Holtrop lehnte sich zurück, wartete und schaute auf die Türe. Das Warten dauerte ihm wieder zu lange. Plötzlich wurde sein Hirn aber von Wohlbehagen und Zuversicht durchweht. Der morgendliche Gedanke, den er beim Laufen gehabt hatte, kam ihm wieder in den Sinn: »Es ist egal.« Es ist egal, wie es ausgeht. Es war dies keine zenartige Gelassenheit, sondern ein kühler, realistischer Bilanzgedanke. Wenn es so sein sollte, dass sie ihn alle hier weghaben wollten, gut: dann geht er eben. »Umso besser!« dachte Holtrop. Holtrop hatte eine sehr gute Zeit gehabt bei Assperg, aber sie musste auch nicht unbedingt endlos lange weitergehen. Es gab auch andere Aufgaben für ihn, an anderen Orten der Welt als Schönhausen. »Weg von hier!« dachte er euphorisch. Dirlmeier kann bleiben. »Ohne mich!« Der Gedanke bekam rauschhafte Qualität. Dirlmeier muss *nicht* entlassen werden. »Nein!« dachte Holtrop. Wenningrode, Schnur, Kate Assperg und die ganze Schönhausener Gesellschaft würde bleiben, was sie ist, die Hölle, und nur er wäre weg. »Genau!« Der klaustrophobisch übersichtlich geordnete Höllenkosmos Schönhausen, der für Holtrop nach nur einer Woche in Schönhausen schon kaum mehr zu ertragen war, würde an seiner eigenen Enge in aller Ruhe ersticken und endgültig verrotten können, aber ihm wäre das egal, er hätte damit nichts mehr zu tun, er wäre fort von hier für immer.

Holtrop sah ein Zittern, das vom Türstock auf die Wände überging, auch diese Wände wären weg für immer. Das wäre herrlich. Er wäre frei. Da öffnete sich die Türe, Riethuys trat ein. Seine Stirn leuchtete. »Da bin ich«, sagte er. Die Aversion, die Riethuys in Holtrop erweckte, war Holtrop vertraut. Riethuys war der perfekte Angestellte, die Effektivität des Angestellten im Extrem. Er war realerweise das, was Holtrop im Blendermodus zu sein vorgab: informiert, schnell, klar entschieden. So kam er jetzt auch ins Zimmer herein, gutgelaunt, sein Auftritt bewirkte einen Aktivitätsschub in Holtrop. Holtrop stand auf. Riethuys trat näher. Er war agil, schmal, 40 Jahre alt, er hatte eine professionalisiert gemäßigte Mimik im Gesicht, die nie zu viel, nie zu wenig Ausdruck zeigte, und darüber einen ungewöhnlich früh erkahlten Kopf. Riethuys lächelte. Der Sieger fühlt sich gedrängt, den ihm Vorgesetzten um Nachsicht dafür zu bitten, dass er so viel wohltemperierten Siegercharme ausstrahlt, sagte dieses Lächeln und umfasste dabei alles, das Sieghafte, den Charme, die sich höflich unterwerfende Bitte um Nachsicht, Holtrops Ehre und Riethuys' Triumph darüber. Es war das Lächeln des Angestellten, des Unter, der sich den Zugang zum Ober, obwohl er sich ihm überlegen fühlt, von unten her erhalten muss, denn so ist der Weg faktisch vorgegeben von der Hierarchie. Holtrop hasste dieses Lächeln, das ihm täglich von so vielen Menschen entgegenkam, das Untertanengift, das den Geist im Chef abtötete. Lächelnd machte Riethuys, bevor er zu reden anfing, eine bahnende, sich erklärende Bewegung der Hand, und seine exquisite Uhr blitzte grell hervor.

Riethuys sprach sich gegen die geplante Entlassung Dirlmeiers aus. Er wusste nicht, dass Holtrop selbst den Plan von sich aus schon aufgegeben hatte, reagierte aber sofort auf den heftig nickenden Kopf Holtrops, der mit Ungeduld zum nächsten Thema weiterdrängte. »Die Telefonkonferenz mit Branzger habe ich hier vorbereitet«, sagte Riethuys. Branzger war in der Münchner Privatbank C. H. Donner der Ansprechpartner, der das ursprünglich von Herstatt initiierte Geschäft mit dem Binzkredit heute für Assperg koordinierte. Holtrop ging um den Schreibtisch herum und setzte sich wieder. Riethuys legte das einseitige Memorandum zur Branzgertelko vor Holtrop auf den Tisch. Holtrop nahm es hoch und legte es rechts neben sich auf den Stapel der abzuarbeitenden Papiere, während Riethuys das in dem Memo Festgehaltene referierte. Assperg werde den an Binz weitergereichten Kredit durch die Binzpleite, die in wenigen Tagen oder spätestens Wochen zu erwarten sei, ersatzlos verlieren. Über das Ausmaß der Katastrophe für den Fall, dass dieses Szenario tatsächlich wirklich werden würde, sagte Riethuys nichts. Er enthielt sich bei seinem Vortrag prinzipiell eigener Ansichten, referierte immer nur ganz streng den Stand der Sache. Das wirkte kühl und vernünftig, aber in der Kombination aus

Milde und Eisigkeit, die Riethuys dabei kultivierte, auch irgendwie gestört maschinenhaft. Das Gespräch war beendet. Holtrop fragte: »Sind Sie am Abend bei dem Essen auch dabei?« In Karlsruhe gab der Präsident des Bundessportehrengerichts, Prof. Dr. K. G. Ghirri, ein Essen zu Ehren von Lord Weyenfeldt, der neunzig Jahre alt wurde. »Nein«, sagte Riethuys, »aber Dirlmeier wird Sie begleiten.« »Sehr gut«, antwortete Holtrop und nickte abschließend, Riethuys war damit verabschiedet. Er lächelte sein Giftlächeln, drehte sich um und ging hinaus.

»Jetzt Ahlers bitte!« schrie Holtrop durch die sich schließende Türe in richtung Frau Rösler. Ahlers präsentierte seinen Plan, wie der Binzkredit auch für den Fall einer Pleite von Binz doch noch zu retten sein könnte, Gerling, Mack und Hörre, die über Veerendonck in Hannover Verbindungen zu Siemers & Sethe hätten, könnten die notwendigen Schnellumschuldungszertifikate rechtzeitig bereitstellen, durch die Assperg Schuldnertransfer zugesichert bekäme, was alles in allem im übrigen auch ganz legal wäre. Die Kreativität von Ahlers, der bei Abschluss des Kredits noch der größte Gegner dieses Geschäfts gewesen war und in dessen Interesse es durchaus sein könnte, dass Holtrop über diesen Gierkredit, wie Ahlers das Geschäft damals genannt hatte, aus dem Vorstandsvorsitz hinauskatapultiert würde, faszinierte Holtrop. Riethuys war der perfekte Angestellte, aber nutzlos. Ahlers hingegen war der klassische Finanzpedant, scheußlich anzuschauen in der unfassbaren Nichtigkeit seiner Klamotte, aber möglicherweise ja genau deshalb, weil ihm alles Nichtfachliche derartig komplett egal war, der genau richtige Vorstand für Finanzen. Staunend schaute Holtrop auf Ahlers' Schuhe, während Ahlers seinen Rettungsplan darlegte, weich gerundete Gesundheitsschuhe, die als Beleidigung von Holtrops Teppich am unteren Ende von Ahlers vor Holtrop auf dem Boden standen, ein Laschheitsexzess von abstoßender Scheußlichkeit. Zuletzt war Ahlers aber der vielleicht letzte und einzige Mitarbeiter, der Holtrop überhaupt noch unterstützend zuarbeitete. Nachdem Ahlers gegangen war, war es Zeit für einen Obstimbiss. Holtrop stand am Fenster und aß einen Apfel und schaute nach draußen auf den Tümpel in der Senke. Plötzlich sah er dort Riethuys gehen. Holtrop schaute auf die Uhr. Riethuys ging eiligen Schritts auf die der Hauptverwaltung gegenüberliegende Stiftungszentrale zu. Holtrop wartete, bis Riethuys im Eingang verschwunden war, drehte sich vom Fenster ab und sagte leise das kleine Wort: »Ratte«.

## XVII

Das private Abendessen in Karlsruhe war hochkarätig besetzt. Noch aus alten Bonner Zeiten gab es zwischen Ghirri und Goschurgestein Lord Weyenfeldt Verbindungen, die aus einem parteiübergreifenden Bossekonkubinat zwischen Hamburg und Hannover hervorgegangen waren, zu dem auch der jetzige Bundeskanzler Schröder, damals noch als Junganwalt, gehörte, Geschichte der mittleren Bundesrepublik, Modul frühe 70er Jahre, und weil der alte Assperg natürlich Teil dieser Gesellschaft gewesen war, war es der junge Holtrop als Vorstandsvorsitzender der Assperg AG heute im Fall dieses Abendessens auch.

Im Schlosshotel brannte Festbeleuchtung. Der Wiener Lichtkünstler André Heller hatte im Auftrag der Trude-Gosch-Kulturfonds-Stiftung die künstlerische Gesamtverantwortung für den glanzvollen Rahmen des Abends übernommen. Ein sehr roter Teppich führte von der Auffahrt zu den Stufen des Tempels, der für den soeben in neoklassizistischem Stil neu errichteten Hotelanbau als Eingangshalle fungierte. Livrierte Diener empfingen die Gäste. An riesigen Vasen mit weißen und gelben Lilien vorbei wogte in rotweißer Robe die Schauspielerin Siri Reza am Arm ihres stumpenhaft kleingewachsenen Mannes, des Oldenburger Boulevardverlegers Schwaake, mit erhobener Brust und schwingenden Schritten durch die Vorhalle. Heller hatte ZWERGE engagiert, die in der Vorhalle den Gästen mit Federfächern den Duft der Lilien zuwedelten und dabei im Takt der jubilierenden Barockmusik, die aus dem Inneren des Festsaals herausklang, um die Gäste herumsprangen. Es gab keine Presse an diesem Abend, nur ein Hausfotograph, der Smoking trug wie alle, machte aufs dezenteste seine Bilder von den Leuten. Die Schauspielerin in Siri Reza reagierte sofort auf die Linse, die sie im Augenwinkel sah, entwand sich dem Arm ihres Mannes und stellte sich für die Sekunde der Aufnahme in Positur.

Schwaake stand stehengelassen daneben und nickte vor sich hin. Von hinten trat der etwa doppelt so hoch gewachsene neue Goschchef Messmer an Schwaake heran, neigte sich tief zu Schwaake hinunter und tippte ihm auf die Schulter, während er gleichzeitig sagte: »Freue mich sehr, gerade Sie als erstes hier zu sehen.« »Freude ist ganz auf meiner Seite«, sagte Schwaake grimmig und streckte seine Hand nach oben aus, um die ihm von Messmer entgegengehaltene Hand zur Begrüßung zu ergreifen. Eigentlich hatte Schwaake bei solchen Boulevardveranstaltungen automatisch Hausrecht, aber dieser Abend heute gehörte ganz den Herrschaften von Gosch. Schwaake nickte in den Boden hinein und brummte ein unhörbares, aber an Messmer gerichtetes Kompliment vor sich hin, dem man nur das Wort *Blumen* in anerkennendem Ton entnehmen konnte. Es fiel Schwaake schwer, direkt körperlich vorgeführt zu bekommen, dass er nicht mehr der kleine, freche Gustl

Schwaake, der jüngste und frechste in jeder Gesellschaft war, sondern der alte dicke Stumpenschwaake, dessen Verlag als Fachverlag für Frauen, Schund und Klatsch mit den entsprechenden Zeitschriften zwar ganz ordentlich stabil dastand und sogar in der jetzigen Krise noch Geld verdiente, aber die höheren Weihen der Seriosität, von denen Schwaake einst als junger wilder Kunststudent geträumt hatte, in seiner Lebenszeit sicher nicht mehr verliehen bekommen würde. Auch die simple körperliche Größe dieses unerfahrenen, bisher durch nichts als verlegerische Pleiten ausgewiesenen, umso unwiderstehlicheren Schnösels, als der dieser Messmer vor Schwaake verboten jovial dastand und freundlich zu ihm hinunterschaute, würde der egal wie reiche Stumpenschwaake in diesem Leben nicht mehr erreichen. So schaute es aus, objektiv. Und nicht einmal mit dem Imperium, über das Messmer als Chef des Hauses Gosch jetzt zu gebieten hatte, würde Schwaake mit seinem viel kleineren Reich je konkurrieren können. Die Schauspielerin, wenigstens sie etwa doppelt so jung wie Schwaake selbst alt, redete während des nickenden Nichtgesprächs zwischen Schwaake und Messmer freundlich und fröhlich mit der jungen schönen, im Jargon der Schwaakeblätter so genannten *Gattin* von Groß-, Neu- und Charmechef Messmer. Dass der Typ auch noch so unfassbar charmant war, war der Gipfel. Brüsk drehte sich Schwaake zu seiner Frau hin, packte sie am Arm und schleppte sie mit sich fort, nach drinnen in den Saal.

Der Saal war von den überall aufgestellten Kerzen in ein zeitentrücktes, zauberisches Festlichkeitslicht gesetzt. Die Schauspielerin hatte ihren Platz am Ehrentisch der Verlegerin Trude Gosch, gegenüber von Lord Weyenfeldt, auf dem Platz neben ihr saß der alte Assperg. Assperg stand auf und ging auf die Schauspielerin zu, ergriff ihre Hand und deutete, indem er sich ihr entgegenneigte, einen Handkuss an, den sie mit einem Lächeln akzeptierte. »Eine großartige Kulisse!« sagte die Schauspielerin geübt sprühend und zeigte auf die Kerzen. »Es sind wohl echte Kerzen, habe ich gehört«, antwortete der alte Assperg. Zu den beiden kam der alte Augstein dazu, gebückt, zittrig, Spott im Blick. Er sagte: »In Versailles würde man uns für einen solchen Retrokitsch verlachen. Aber hier im Süden Deutschlands geht so etwas, finden Sie nicht?« Dabei sprach er gleichzeitig den alten Assperg, aber vorallem auch die junge Schauspielerin an.

Da verstummte die Musik. In der Ecke neben der Bühne stand das Ensemble der Musiker bewegungslos da. Die Gespräche im Saal wurden leiser, André Heller betrat in der Paradeuniform eines echten oder ausgedachten Rokoko die Bühne und sagte, nachdem es im Saal zuletzt ganz ruhig geworden war, einige begrüßende und organisatorische Worte zum Ablauf des Abends. »Nie war es herrlicher zu leben!« rief Heller dann aus, »rufen wir unserem verehrten Lord Weyenfeldt zu, auf einen herrlichen Abend Ihnen und uns allen!« Das Licht um Heller erlosch, Heller trat einen Schritt zurück, der Vorhang fiel, und die Musik fing wieder an zu spielen. Die älteren Herrschaften gingen zu ihren Plätzen und setzten sich. Augstein und Old Assperg übergaben die Schauspielerin an Holtrop, der dazugekommen war, und sie wendete sich Holtrop zu, um ihn zu begrüßen.

Noch während der Begrüßung jedoch fühlte Siri Reza hinter sich eine Bewegung im Saal, unhöflicherweise drehte sie sich tatsächlich um und sah eine Welle der Aufmerksamkeit hochspringen und durch die Leute im Saal hindurch richtung Eingangstüre eilen, von dort zurückgeworfen werden und wieder dorthin zurückschwingen, und inmitten dieser sich jetzt langsam in den Saal hineinschiebenden Bewegung erkannte Siri Reza den Bundeskanzler

Schröder. »Schröder!« rief sie wie gepiekst zu Holtrop hin. Und der sagte nur: »Das stimmt.«

## XVIII

Holtrop machte eine Drehung zur Seite. Er ging dabei auch etwas zurück, um es der Schauspielerin so zu ermöglichen, dem sie von der Mitte ihres Körpers her jetzt imperativ dominierenden Drang stattzugeben, sich minimal und kaum, aber eben doch ein bisschen in richtung dieses Schrödertsunamis um Schröder herum, damit also auch in richtung von Schröder selbst bewegen zu können. Da fiel Holtrops Blick auf den schräg vor ihm sitzenden alten Assperg, den er vorhin nur begrüßt hatte. Er wollte gerade hingehen, sah aber, wie der alte Assperg selbst gebannt seine eigene Frau dabei beobachtete, wie sie neben Trude Gosch stand und von Schröder in diesem Augenblick begrüßt wurde. »Kate!« rief Schröder, »Trude!« Dabei breitete er beide Arme weit aus und ging jungshaft grinsend auf die klapprig dürren Ladies zu. Schröder war auch nicht größer als der stumpenhafte Gustl Schwaake, aber durch das Amt des Bundeskanzlers wirkte er viermal so voluminös rein körperlich und von der Ausstrahlung her etwa vierzigmal attraktiver. Kate und Trude, die beiden 60-, 70-jährigen kleinen Mädchen, erglühten innerlich vor Freude. Sie bewegten sich nicht. Schröder ging auf sie zu. Es war ein äußerlich kaum sichtbares Beben, von der gewaltigen Masse Mann als extrem starkem Magnet ausgelöst, das in den starr da festgenagelten Frauen, während Schröder auf sie zuging, zitterte. Weil der alte Assperg aus eigener Erfahrung diese Wirkung des mächtigen Mannes auf die Frauen kannte, sah er auch, wie stark gebannt von

Schröders schwungvoll ausgelebtem Charme seine eigene Frau, Kate Assperg, reagierte, dass sie tatsächlich davon im Innersten geschockt war auf das Genüsslichste. Ohne seinen Blick von der Szene abzuwenden, neigte er seinen Kopf etwas nach hinten, in richtung des seitlich hinter ihm stehenden Riethuys, und machte über die von ihm hier zwischen Schröder und seiner Frau beobachtete Szene eine offenbar stark boshafte Bemerkung von männerkumpanenhafter Niedrigkeit, dann drehte er sich zu Riethuys um, um festzustellen, wie Riethuys die eindeutig unzulässig distanzlose Anzüglichkeit der Bemerkung aufgenommen hatte, neigte sich dabei von ihm weg und registrierte voll Verachtung, dass Riethuys, so erpresst, unfroh meckernd auf theaterhafte Weise lachte.

Holtrop ging hin, verbeugte sich vor dem alten Assperg und begrüßte seinen eigenen Bürochef Riethuys. »Schön, dass Sie doch auch mitgekommen sind«, sagte Holtrop fast wahrheitsgemäß zu Riethuys, weil er das schlechter aussprechliche Gegenteil dachte. Riethuys wies auf den alten Assperg und sagte: »Auf ausdrücklichen Wunsch des Chefs.« Assperg bestätigte die Aussage. »Wo sitzen Sie?« fragte Assperg in Holtrops Richtung, dabei schaute er aber an Holtrop vorbei wieder auf die Schröderszene, wo Schröder von den beiden Ladies gerade weg- und weiterwalzte. Holtrop wartete, bis der alte Assperg, erstaunt davon, dass ihm nicht sofort geantwortet wurde, zu Holtrop hinschaute. Um Holtrop direkt ins Gesicht zu schauen, war der alte Assperg zu gestört. Unsicherheit, schlechtes Benehmen, das nie von irgendjemandem korrigiert wurde, die Egomanie des lebenslangen Chefseins und die Knorrigkeit des hohen Alters waren mit der Macht des extrem Mächtigen im achtzigjährigen Assperg, der sich außerdem auch noch für den Philosophenkönig unter den großen Wirtschaftsführern der Nachkriegsbundesrepublik hielt, weil er ein paar Banalitäten der Menschenführung schriftlich zu einer völlig unphilosophischen Firmenphilosophie zusammengenagelt hatte, eine scheußliche Mischung eingegangen. Holtrop wusste das schon lange, aber er hatte es noch nie so unbeschönigt und so explizit gedanklich vor sich gehabt wie in diesem Augenblick in Karlsruhe. »Dort drüben«, antwortete Holtrop auf Asspergs Frage. »So, so«, sagte Assperg und fing unvermittelt zu schimpfen an. Er hatte schlechte Laune. Er machte sich nicht die Mühe, sein Geschimpfe situativ oder gesprächsweise mit der vorherigen Situation und dem zuvor Gesprochenen zu verbinden. Er schimpfte einfach los, weil ihm gerade so war, und hatte nichts dagegen, im Gegenteil, die von ihm bezahlten Asspergknechte Holtrop und Riethuys mit der Willkür seines Geschimpfes zu erniedrigen. Er schimpfte auf die von ihm so genannten BLENDER und Visionäre, die heute den großen Erfolg überall hätten, in den Firmen und Banken, genauso wie in der Politik. In Architektur und Kunst, sogar in der Philosophie, im Journalismus sowieso, verheerenderweise aber neuerdings eben auch in der Wirtschaft hätten die Blender überall die größte Wirkung und den größten Erfolg. Dieser Erfolg sei unverdient und werde in sich zusammenbrechen, wenn die wirtschaftlich anderen Zeiten, wie das jetzt schon sichtbar werde, und die große Krise erst einmal wirklich ganz angekommen sein würden usw. Die Beschimpfung der immer wieder so genannten Blender und VISIONÄRE kulminierte in dem altmodischen Wort Schönwetterkapitän, ebenfalls mehrfach von Assperg wiederholt. Eindeutig zielte die Beschimpfung, die vom Wirkungstsunami Schröder ihren Ausgangspunkt genommen hatte, vorallem auf Holtrop, der seit Jahren überall als Visionär gefeiert worden war.

Kate Assperg kam dazu. Sofort hörte ihr Mann zu schimpfen auf. Trotzdem tadelte sie ihn, dass er sich zu sehr aufgeregt habe, das dürfe er nicht, denn das sei schlecht für seine Gesundheit. In hartem Ton und kalt sprach sie mit ihrem Mann, denn es musste schon lange vor niemandem mehr verheimlicht werden, wie sehr sie ihn verachtete. Er wendete sich ab, duckte sich weg, und Kate Assperg schickte dem da unten erbärmlich Weggeduckten einen abschließenden Abscheugiftpfeil hinterher, dann schaute sie hoch und ließ ihren Blick triumphierend über die Runde der Umstehenden gehen. Freundlich säuselnd begrüßte sie Riethuys, verlogen säuselnd Holtrop. Und auch hier wurde die Botschaft von ihr überklar mitgeteilt, die sagte: Holtrop, das wird nichts mehr. Kate Assperg ging zur anderen Seite des Tischs, wo Messmer aufstand, um sie zu begrüßen und ihr den Stuhl, auf den sie sich setzen wollte, in der Manier des geübten Kavaliers etwas vom Tisch abzurücken und bereitzustellen. Dann wartete er, bis sie sich gesetzt hatte, setzte sich selbst auch hin und neigte ihr seinen Kopf, sie ihm den ihren zu, um der Unterhaltung durch diese professionelle gestische Bekundung höflichen gegenseitigen Interesses sofort den erwünschten Aufschwung zu geben.

## XIX

Acht Tage später stand Holtrop endlich, »Schönhausenoffensive Eins, die Erste!«, in der Haupthalle der großen Druckerei, von Arbeitern umringt, und Technikchef Katte erklärte die schallgedämpfe Riesendruckmaschine, an deren Kopfende die Delegation des Vorstandsvorsitzenden Holtrop sich versammelt hatte. An der Konstruktion der neuen Maschine hatten auch Ingenieure aus Asspergs Entwicklungsabteilung mitgearbeitet. Sie standen seitlich hinter Katte und schauten ihm beim Reden zu. Die Leistung der Druckmaschine bezeichnete Katte als sensationell, er nannte die entsprechenden Kennziffern für Geschwindigkeit des Drucks, das Papierformat, die Druckqualität und den Schallschutz, und Holtrop nickte und hatte keine Mühe, sich der Begeisterung seiner Leute zugeschaltet zu wissen.

Genau so hatte er sich seine Offensive in die Firma hinein vorgestellt. Nur wusste er seit dem Abend in Karlsruhe auch, dass diese Offensive nicht reichen würde. Sie war notwendig, aber noch wichtiger wäre es, den alten Assperg wieder für sich zu gewinnen. Es war für Holtrop nicht zu rekonstruieren, wann genau und wodurch die persönliche Beziehung zum alten Assperg, die anfangs fast überschwänglich herzlich gewesen war und sich dann ganz natürlich im Lauf der Jahre etwas abgekühlt hatte, so sehr in die Brüche gegangen war, wie es der alte Assperg an dem Abend für Lord Weyenfeldt in Karlsruhe vorgeführt hatte. Noch vergangenen Sommer hatte Holtrop mit seiner ganzen Familie gemeinsam mit Assperg und dessen Familie in den asspergschen Latifundien auf Mallorca zwei Wochen Sommerurlaub gemacht, wie in anderen Jahre zuvor auch. Im Herbst war eine Veränderung beim alten Assperg festzustellen gewesen, der Holtrop zunächst keine besondere Aufmerksamkeit zugewendet hatte, aber der Widerstand beim alten Assperg wurde immer größer, »er zieht nicht mehr richtig mit, was ist los?«, hatte Holtrop öfters gedacht und wiederholt zu Dirlmeier und Riethuys gesagt. Genauere Analysen dieser Problematik hatte Holtrop auf die Zeit verschieben wollen, wenn das Danahergeschäft in den USA abgeschlossen wäre. Aber gerade dort hatten sich durch die Eintrübung der Konjunktur, von KRISE wollte Holtrop nicht sprechen, weil er das Wort selber nicht hören wollte, die Schwierigkeiten derart summiert, dass der geplante Abschluss des Geschäfts, eine Übernahme von Danaher zu Asspergs Konditionen, sich immer wieder verzögerte, zuletzt tatsächlich sogar unwahrscheinlich geworden war. Außerdem hatte der Aufsichtsrat, aus einer unbegründeten Übellaunigkeit von Aufsichtsratschef Brosse heraus, auch noch eine eigenständige Überprüfung des beinahe fertigen Jahresabschlusses durch die KPMG veranlasst, eine firmenintern öffentliche Ohrfeige für Holtrop. Holtrop hatte von dieser Überprüfung nichts zu befürchten, umso mehr ärgerte er sich darüber, weil Energien, die der Vorstand dringend an so vielen anderen Stellen bräuchte, sinnlos dort, im Konflikt mit dem Aufsichtsrat, gebunden wurden.

Diese Gedanken hinderten Holtrop nicht daran, leer und zu oft in Kattes Gesicht und die von dorther kommende Erklärungsrede hineinzunicken. Dann redete er selbst. Er machte große Armbewegungen und große Worte. Er hatte einen gelbschwarz gestreiften Warnschutzhelm auf dem Kopf, das freute die begleitenden Fotographen, die ihre bösartig gedachten Aufnahmen von Holtrops Auftritt an der Basis machten. Mitten aus der Rede heraus war Holtrop in die Frage an die Belegschaft übergegangen, ob er mit dem, was er hier sage, ihre Fragen beantworte. Neugierig schaute Holtrop einen Augenblick lang, ohne etwas zu sagen, in die Gesichter der nicht so sehr zahlreich vor ihm angetretenen Mitarbeiter, vielleicht fünfzehn Leute waren da, die ihm und der Vorstandsdelegation gegenüberstanden. Sie trugen taubenblaue Arbeitsoveralls und weiße Schutzhelme und waren in dem Moment von dieser unerwarteten Frage sichtlich überfordert, dann sofort genervt. Holtrop redete auch schon selber weiter, beantwortete die von ihm selbst gestellte Frage in Vertretung der Befragten selbst, redete übertrieben auf die entspannt und locker vor ihm stehenden Druckfachkräfte ein. Die Leute waren zu höflich, um sich dagegen zu wehren oder auch nur ihre

Verwunderung, vielleicht auch schon Verachtung spürbar werden zu lassen, und Holtrop war viel zu sehr mit sich selbst beschäftigt, mit seinem Wunsch, von diesen Arbeitern gemocht zu werden, als dass er die Reserve der Arbeiter, die ursprünglich gar nicht unfreundlich gewesen war, eher ein sehr realistisches Wahrnehmen der Distanz, des Abgrundes vorallem an ZEIT zwischen Holtrop und ihnen, seinerseits auch nur hätte wahrnehmen können. Holtrop begeisterte sich an seiner eigenen Rede, die sich um die Begeisterung für Assperg drehte, die sie alle, die hier für Assperg arbeiteten, vereinen würde, umso mehr, je länger und sinnloser er die inexistente Gemeinsamkeit dieser Begeisterung feierte, von der auf den Gesichtern der so aggressiv Zugetexteten wenig, zuletzt gar nichts mehr zu sehen war. Statt dessen erschien über den Köpfen der Arbeiter groß und stumm das von ihnen gedachte, Holtrop zugedachte, zu ihm hinwandernde und jetzt über seinem Kopf schwebende Wort *Reichensteuer*. Denn nicht nur durch eine Distanz von Zeit, von Hektik und von dem Luxus, mit der eigenen Arbeit begeistert eins sein zu können, waren die Arbeiter vom Chef getrennt, sondern vorallem durch eine noch viel größere von GELD. Weil Holtrop diesen Unterschied zwischen sich und den Arbeitern absichtlich zu verwischen versuchte, trat er umso deutlicher hervor, noch mehr, als er ihn jetzt direkt ansprach. Ja, es sei richtig, auch Assperg habe im vergangenen Jahr Anpassungen vornehmen müssen, die genaueren Details der mit dem Betriebsrat und den Gewerkschaften ausgehandelten Vereinbarungen habe er jetzt natürlich nicht bis auf den letzten Pfennig und Cent im Kopf präsent, aber sollte das etwa gleich heißen müssen, dass man sich auch in einer Werkshalle von Assperg neuerdings nur noch unter den Vorzeichen von Klassenkampf und Vulgärökonomie begegnen könne? »Das kann es ja wohl nicht sein!« rief Holtrop zum

Schluss, oder besser umgekehrt, das werde doch dem Für und Wider eines Miteinander, dem sich alle hier mit aller Kraft, und er selber ganz besonders, »dessen seien Sie versichert!«, mit seinem ganzen HERZ verschrieben habe, keinen Abbruch tun, im Gegenteil, rief Holtrop aus, »im Gegenteil!«

Die Arbeiter applaudierten, Holtrop strahlte, die Kameras klickten. Holtrop drehte sich um zu Katte, auch die Delegation von Führungskräften hinter Holtrop applaudierte, und Holtrop sagte in diese Chefrunde hinein und lachte: »Mehr Kapitalismus wagen! Was?« Da lachten alle und freuten sich. Dann zog die Delegation weiter in die Lagerhalle für Papier. Die Arbeiter blieben stehen und schauten den Managern und Nichtstuern mit Spott und Verachtung hinterher, was die Scham, die sie sofort über ihren eigenen Reflexapplaus auf Holtrops Schwachsinnsrede hin empfanden, ganz gut ausgleichen, abdämpfen und herunterdrücken konnte, bis, Verachtung gegen Scham im Nullausgleich verglichen, der Spott übrigblieb als relativ angenehmes Normalgefühl. Die Gruppe zerstreute sich. Jeder ging an seinen Arbeitsplatz zurück. Und jeder hatte eine zum Weitererzählen ganz gut geeignete Geschichte von ganz normalem Chefschwachsinn im Kopf und konnte deshalb, so bereichert, sagen: »Danke, Chef!«

## XX

Um zehn Uhr abends war Holtrop mit Mack verabredet. Mack sollte zu Holtrop nach Hause kommen. Als Holtrop um kurz vor zehn mit schnellen Schritten aus der Hauptverwaltung auf sein Auto zulief, sah er, dass Ersatzfahrer Zuber ihm entgegenkam, Terek hatte an diesem Abend frei. »Gar nichts dabei heute?« fragte Zuber, »nein«, sagte Holtrop, »aber es eilt.« »Natürlich«, antwortete Zuber und setzte seinen schweren Körper konzentriert und langsam auf den Fahrersitz, dann drehte er sich um und schaute Holtrop freundlich an. »Nach Hause?« fragte er, »na klar!« rief Holtrop, »fahren Sie schon los!« Zuber drehte den Kopf nach vorn, nickte, startete den Motor und fuhr los. Holtrop rief zuhause an und annoncierte eine kleine Verspätung. Der Weg war ja nicht weit, aber in der pervers korrekten Fahrweise von Zuber dauerte er doppelt so lange wie sonst. Stadtautobahn Schönhausen Süd, Taubacher Kreuz, Ortsteil Prieche, »dort am Bahnübergang«, sagte Holtrop nach vorn, »können Sie links die Abkürzung nehmen!« »Ist leider verboten«, sagte Zuber und fuhr einfach weiter. Langsam rollte der Wagen mit Tempo dreißig, wie hier vorgeschrieben, die Priecher Hauptdorfstraße entlang. Das Beste an Prieche und ganz Schönhausen war der kleine Flughafen von Taubach, der es einem möglich machte, in wenigen Minuten per Hubschrauber von hier fortzukommen und via Düsseldorf, Paderborn oder Hannover überall auf der Welt hin, raus aus dem Loch Schönhausen, das den Stumpfsinn des Hochsauerlands mit der Sturheit von Flachmünsterland selbstbewusst zu der üblichen Bodenständigkeitsverblödetheit kreuzte, wie sie sonst in Deutschland West nur noch in der sogenannten Wetterau Faktum war und gepflegt wurde, bloß dass man aus den Löchern der Wetterau trotz der Nähe zu Frankfurt und Hanau noch schlechter wegkam als von hier usw. »Da!« rief Holtrop, »hier!« Zuber hielt den Wagen an der bezeichneten Stelle an, Holtrop bedankte sich, verabschiedete sich und wollte gerade im Schwung aussteigen, rammte aber statt dessen nur mit seiner Schulter die Türe, die irrerweise, obwohl Holtrop den Öffnungshebel ergriffen und zu sich hergezogen hatte, nicht aufgegangen, sondern verschlossen geblieben war. »Was!« rief Holtrop und lachte auf. Zuber drehte sich um und entschuldigte sich, er könne nichts dafür, es sei Vorschrift, er müsse ganz vor und durch das Haupttor fahren. »Unsinn!« sagte Holtrop, »ich steige jeden Tag hier aus, weil es für mich kürzer ist.« Dabei dachte er an den cholerischen Politbeamten Steiner, der sich in einem Bundeswehrflugzeug seine ganze Karriere aus einer Champagnerlaune heraus mit den Worten »Kaviar« und »Arschloch« kaputtgebrüllt hatte, und beherrschte sich. »Fahren Sie vor, los«, befahl Holtrop. »Danke«, sagte Zuber und fuhr Holtrop die restlichen dreihundert Meter zur stahltorgesicherten Haupteinfahrt von dessen Anwesen. Der vor dem Tor parkende Wagen gehörte dem Freund von Holtrops ältester Tochter, Tochter und Freund saßen im Auto und redeten miteinander, Holtrop winkte, die beiden winkten zurück, dann war das Tor zur Seite gerollt, und auf der leicht geschwungenen Privatstraße steuerte Zuber Holtrops schweren Wagen im Schrittempo der hinteren Hauptvilla entgegen. Zwischen hohen alten Bäumen ging es hindurch, an Büschen und Sträuchern vorbei, düster umlagerte der noch nicht hergerichtete wilde Park den Weiher in der Bachsenke rechts und die locker um das Haupthaus herum gruppierten kleineren Bauten. Holtrop wusste, dass das Anwesen Geschichte hatte, Beitz, Krull, Beck, eine der Ruhrbaronfamilien hatte sich um das einstige Rittergut Prieche herum hier einen Landsitz errichtet, alles war immer schon alt gewesen und immerzu irgendwie erneuert und erweitert worden, »Genaueres demnächst«, hatte Holtrop all die Jahre gedacht, seit er, kurz nach dem Jobangebot bei der Assperg AG, vom alten Assperg vermittelt, die Immobilie günstig angeboten bekommen und in einem Anfall von Übermut, »ihr mögt mich alle für verrückt erklären!«, nicht nur das eine Haupthaus mit Vorgarten, sondern die gesamte, viel zu große Liegenschaft zu dem objektiv zumindest realistischen, insofern das Investment rechtfertigenden Preis von 8,5 Millionen Mark gekauft hatte, Mitte der 80er Jahre, er selbst war damals gerade erst Anfang dreißig, auch als demonstratives Commitment gedacht an Assperg und Schönhausen, wo er die nächsten dreißig Jahre seines Berufslebens zu verbringen plante. Aber dann war er erst nach Berlin geschickt worden, später als Strategievorstand mehr in den USA unterwegs als in Schönhausen gewesen und die letzten vier Jahre sowieso fast nie daheim. Die Familie hatte hier gelebt. Ohne dass Holtrop selbst viel davon mitbekommen hatte, waren die Kinder herangewachsen, und seine Frau war dabei, wie nennt man das?, immer schöner geworden, die Ordnung hatte Risse und Kratzer, natürlich, aber nichts was irreversibel desaströs oder außerhalb aller Denkbarkeiten gewesen wäre. Der Wagen rollte um die letzte Kurve aus dem Park heraus, hier vor dem Haus war der Rasen gepflegt, der Gartenarchitekt Heidler hatte die etwa achttausend Quadratmeter in direkter Umgebung des Hauses in jede Richtung hin anders, aber als insgesamt großartig offenes Bühnenbild gestaltet, es gab Weite und Strenge, verspielte Stellen und Ecken, Orte der Ruhe und hysterisch aufsprudelnder Lebensfreude.

»Schön haben Sie es hier!«, sagte der Mann mit den geschneckelten Haaren, »Mack mein Name, freue mich, dass wir uns endlich treffen!« Dabei ging er mit energischen Schritten aus der Mitte von Holtrops Wohnzimmer auf den zur Türe hereintretenden Holtrop zu, als wäre er, Mack, hier der Hausherr, nicht Holtrop selbst. Das war zum ersten Einstand schon nicht unverrückt. Die Anmaßung gefiel Holtrop. Man hatte ihn vor Mack gewarnt. Die unterschiedlichsten Leute hatten ihm Mack empfohlen als genau den Richtigen für Holtrops ambitionierte Pläne, sein sprunghaft angewachsenes Privatvermögen ähnlich erfolgreich zu vermehren wie den Wert der von ihm geführten Assperg AG, aber zugleich hatte jeder die Empfehlung mit dem Hinweis auf die hemdsärmelig grobe Art von Mack verbunden, der nicht so ganz das Bild des normalen Hochfinanzspezialisten verkörpere. »Gut«, dachte Holtrop, »stimmt vielleicht, gefällt mir aber gut«, und ging seinerseits freudig auf den ihm entgegenkommenden Mack zu und ergriff dessen vorgestreckte Hand. Ein Handschlag unter Männern, es zuckte, brizzelte, die Kraft von Kräftigen schoss aufeinander zu und vereinte sich kurz im Zugriff der sich gegenseitig heftig schüttelnden Hände. »Bin leider etwas zu spät«, sagte Holtrop, dann erzählte er die Geschichte vom Ersatzfahrer Zuber, der ihn nicht nur in Zeitlupe hergefahren, sondern dann auch noch direkt vor dem Haus nicht aus dem Auto herausgelassen hätte, völlig irrerweise. »Ja, die Fahrer!« rief Mack aus, »da brauchen Sie natürlich jemanden Vernünftigen!« Einen wirklich guten Fahrer könne die Firma ihm, Holtrop, gar nicht stellen, schon aus versicherungstechnischen Rechtsgründen nicht, das werde immer privat über das Family Office der Bank organisiert, allein auch aus steuerlichen Gründen sei das im Übrigen geboten, anders habe das ja gar keinen Sinn! Mit hochgestrecktem rechten Arm gestikulierend, redete Mack sofort höchst aufgedreht daher und wies dann auf die beiden ihn begleitenden Partner der wunderbaren Veerendonckbank hin, die er mitgebracht habe, und stellte die beiden vor. »Da passt kein Blatt Papier zwischen!« sagte Mack und meinte sich und die Bank, die die beiden verträten, von der er zwar unabhängig sei, in Abstimmung mit der er aber alle Geschäfte seit vielen Jahren erfolgreich abwickle. »Aber setzen wir uns doch!« sagte Mack und ging zum Sofa zurück, von dem er eben zuvor aufgestanden war. Holtrop schaute mit amüsiertem Blick seine Frau an. »Was willst du trinken?« fragte sie ihn und erwiderte dabei seine Heiterkeit nicht. Holtrop zeigte auf die Rotweinflasche, setzte sich und wollte eben seinen einzigartig angenehmen Fahrer Terek zu preisen anfangen, der ganz besonders und ganz anders als der fürchterliche Ersatzfahrer Zuber sei usw, da wedelte Mack mit der Hand und unterbrach Holtrop, »aber das sind ja alles Kinkerlitzchen, kommen wir doch gleich zur Sache! Wie wollen Sie es machen? Wieviel haben Sie? Was brauchen Sie? Was haben Sie sich vorgestellt genauer?« Holtrop hatte sich eigentlich gar nichts vorgestellt, jedenfalls nichts Konkretes, er hatte vor eineinhalb Jahren 40 Millionen gehabt, die so angelegt waren, dass allein im vergangenen Jahr fast die Hälfte davon verloren gegangen war, das hatte er sich etwas anders vorgestellt, er hatte dieses Geld lieber vermehren als verlieren wollen, sonst eigentlich hatte er sich nichts vorgestellt, er hatte diesen Finanzimpresario Mack endlich einmal kennenlernen wollen, von dem sie alle so begeistert redeten, und die Art, wie der die situationsbesitzergreifende Anmaßung mit jedem Satz noch ausbaute, verwirrte Holtrop nun doch ein wenig. Mack redete mit ihm, als hätte Holtrop momentan unfreundlicherweise vergessen, dass sie seit ewigen Zeiten eng befreundet seien, Mack zeigte sich enttäuscht, wie wenig deutlich Holtrop ihre langjährige Freundschaft spüren ließ. »Nein, nein, nein!« sagte Mack, »nicht zurücklehnen!«, als Holtrop sich mit dem Rotweinglas in der Hand in seinen Sessel etwas zurücklehnen wollte, »wir wollen doch eine ordentliche, vernünftige Sache hier machen!« Ordentlich, vernünftig, aber welche Sache? Holtrop nickte. »Siehste!« sagte Mack, »wusst ich doch, dass wir uns verstehen!« Dann erklärte Mack Holtrop die Grundzüge seiner hochverfeinerten und in der Praxis ausgefeilten Menschenkenntnis: »Es gibt solche und solche!«, das stelle er immer wieder fest und bei Holtrop, den er inzwischen dauernd implizit duzte, habe er sofort gewusst, dass es passen würde, das habe er sofort gesehen, wie Holtrop hier eben zur Türe hereingekommen sei, da habe er, Mack, sofort gewusst, dass das etwas werden würde.

Holtrop nickte, obwohl ihm unbehaglich war, aber es war ihm auch behaglich, weil er selber die Leute genauso in die Enge trieb, nur nicht ganz so grob, nicht so superdirekt, wie Mack das tat. Mack behandelte die Situation so, als säße Holtrop vor ihm als Prüfling, als müsse Holtrop sich vor ihm, Mack, bewähren, nicht umgekehrt, obwohl es in der Realität doch genau umgekehrt war. Mit jeder Minute baute sich mehr Druck auf, Macks bisherige Situationsinterpretation zu reaffirmieren, wobei Mack in jedem Moment Holtrop quasi damit drohte, von Holtrop gleich ganz extrem enttäuscht zu sein, und nach dem langen Arbeitstag und den anstrengenden zurückliegenden Wochen war Holtrop in dieser konkreten Situation zu schwach, die ihm von Mack aufgedrängte Situationsinterpretation zurückzuweisen. Das hätte er machen müssen. Das wäre auch nach zwanzig Minuten noch gegangen. Aber nach einer Stunde waren beide schon einvernehmlich und explizit beim »du« angekommen und eigentlich auch geschäftlich einig: Holtrop würde an seinen neuen Freund Mack, »von neu möchte ich aber nichts mehr hören!« rief Mack dazwischen, die Generalverwaltung seiner gesamten persönlichen Habschaften und Besitztümer übergeben, auf immer, zumindest für die nächsten fünf, zehn, fünfzehn Jahre. Die Stimmung in dem Moment war: »was sind das noch für Fragen! Ist Zeit nicht sowieso komplett relativ?« Mack hatte die Papiere, die er für Holtrop vorbereitet hatte, schon dabei, er legte sie jetzt vor Zeugen zur Unterschrift auf den Couchtisch neben die Weingläser. Dabei sagte er zu Holtrop: »Wenn du das jetzt sofort unterschreibst, habe ich keine Achtung mehr vor dir!« Und Holtrop lachte hell auf und wollte schon unterschreiben, da merkte er, wie seine Frau aufstand, um nach draußen zu gehen, weil sie von diesem Männerhahnenkampf um Ehre, Achtung und Angeberei physisch abgestoßen, angewidert war. Holtrop hielt inne, drehte sich zu ihr um, sah ihr hinterher und sagte zu Mack: »Völlig richtig, kriegste morgen schriftlich, jetzt den Handschlag auf die Sache!« Dabei ging er auf Mack zu und gab ihm die Hand. Mack lachte und sagte: »Vertrag ist Vertrag!« »Eben!« sagte Holtrop, und dann stießen sie mit ihren Rotweingläsern auf den sehr erfreulichen Ausgang der kleinen Besprechung an diesem folgenreichen Abend im Hause Holtrop an. »Prost, Prost, Prost.«

## XXI

»Dieses Dokument kenne ich nicht«, sagte Holtrop zu Ahlers, der neben ihm saß und ihm ein Papier hinhielt, das mit Kolonnen von Ziffern bedruckt war. Hinter einigen Ziffern war in Klammern das Zeichen für den Euro zu sehen, hinter anderen stand dick das Alarmzeichen DM. Es ging um Zahlungen. Oben stand: KS 1999/2001, unten: BLASCHKE. Zahlungen im Bereich Konzernsicherheit für die letzten drei Jahre, von Krölpajustitiar Blaschke veranlasst. »Warum, was ist damit?« fragte Holtrop, dabei blätterte er weiter in seinen Unterlagen für die gleich beginnende Vorstandssitzung. Schräg gegenüber saß Technikvorstand Uhl, und auch er blätterte unmotiviert in seinen Papieren. Halb rechts neben Holtrop stand Riethuys und reichte Holtrop eine weitere Mappe zu. Holtrop nahm die Mappe entgegen. Dann schaute er wieder zu Ahlers hin.

Da kam Wenningrode herein und ging auf Holtrop zu, um ihn zu begrüßen. Holtrop stand auf, und gemeinsam gingen sie, nachdem Holtrop noch zu Ahlers gesagt hatte:

»gleich!«, um den Tisch herum zum Fenster, wo Wortvorstand Schuster und Medienvorstand Teerhagen standen und über die Neuigkeiten in der Scharpingsaga redeten. Teerhagen wusste nur Gutes über die Scharping beratende PR-Agentur Maschinger zu sagen. Ähnliches hatte Holtrop schon von Dirlmeier gehört. Dirlmeier wollte Holtrop dazu überreden, eine professionelle PR-Agentur zu beauftragen. Holtrop müsse sein Image reparieren lassen. Allein wäre das nicht mehr zu schaffen. Weder Dirlmeier selbst noch CEO-Sprecher Flath hätten die notwendigen Kontakte zur Presse, speziell außerhalb der für Wirtschaft zuständigen Redaktionen. Auch von Schmäling, der die Abteilung Konzernkommunikation für Gesamtassperg leitete, hielt Dirlmeier wenig. Von anderen, so von Frau Rösler, von Salger, auch von Frau von Schroer, hörte Holtrop das Gegenteil. Nie seien Assperg und die Arbeit des Vorstandsvorsitzenden so gut nach außen kommuniziert worden wie seit der Einstellung von Schmäling vor einem Jahr. »Besser als Trienekens stehen wir immer noch da«, sagte Schuster. Die verschiedenen Skandale um Parteispenden bei der CDU, der FDP und der SPD hatten ein öffentliches Klima der Jagd auf überall vermutete geheime Zahlungen, auf graue und schwarze Kassen und Konten entstehen lassen, der Korruptionsermittler Schauppensteiner hatte gestern im Fernsehen wieder einen entsprechenden Auftritt zum Kölner Müllskandal gehabt. Diese Leute werden vom Staat dafür bezahlt, den normalen Geschäftsbetrieb in den Firmen, die mit ihrer Arbeit das Geld erwirtschaften, das den immer noch wachsenden gesellschaftlichen Wohlstand ermöglicht, von dem der Staat sich aber auch immer weiter und maßloser aufbläht, final unmöglich zu machen, so Schuster. »Wer riskiert dann überhaupt noch irgendetwas!«, sagte Schuster, und seine Kollegen stimmten alledem völlig zu, Schuster: »Wer will denn die Geschäfte machen? Der Staat jetzt etwa selber? Die Staatsanwaltschaften? Das ist doch alles Humbug!« Holtrop zeigte nach draußen und sagte: »Was kostet uns dieser endlose Winter, dieses fürchterliche Frühjahr?« Schmutzige Reste von Schnee, vor ein paar Tagen gefallen, lagen auf der Wiese um den Weiher herum. Es war Mitte April 2002, in den Städten des Nordens waren die Straßen und Gehwege immer noch dick vereist, und ein Kommen des Frühlings war nach Angaben der Wettervorhersage für die nächsten Tage nicht zu erwarten. Der Krankenstand sei nicht höher als sonst, erklärte Schuster, das sei durch die Krise bedingt, »die Leute haben Angst, sie feiern nicht so häufig krank«. Auch Technikvorstand Uhl, der zur Gruppe der Kollegen dazugetreten war, erklärte in ähnlichen Worten, dass in seinen Asspergsparten Bau, Transport, Maschinen zwar hohe Kosten durch das schlechte Wetter angefallen seien, diese jedoch durch verschiedene öffentliche Programme, den jüngsten Beschäftigungspakt von Rotgrün, auch durch steueraktiv positive Rückausschüttungen für die das entsprechende Wetter abdeckenden Versicherungsaufwendungen und Vorauszahlungen so auszugleichen gewesen seien, dass insgesamt im Resultat Gewinn erwirtschaftet worden wäre. »Wie es sich ja wohl gehört«, fügte er lachend an. Und so schaute die Bilanz aus, die übernächste Woche der Presse und danach der Hauptversammlung zu präsentieren sein würde: Zwei Sparten machten Gewinn, und zwar die von Uhl und Wenningrode. Und alle anderen Asspergsparten machten Verlust, erheblichen Verlust. Das Gesamtergebnis 2001 hielt sich mit Mühe und unter Einsatz aller Bilanzmathematik gerade noch im Positiven, insgesamt das schlechteste Konzernergebnis seit der Ölkrisenzeit in den 70er Jahren. Aber noch schlimmer waren die Zahlen für das erste Quartal 2002, die Holtrop in der vergangenen Woche, mit einer Gewinnwarnung verbunden, durch

Schmäling der Öffentlichkeit mitzuteilen gehabt hatte. Er selbst war an diesem Tag für eine lange vorher geplante Rede in Washington gewesen. Seither prasselten die Beschimpfungsberichte auf Holtrop ein, im Tenor in bösartiger Weise gegen Holtrop persönlich gerichtet, in der Sache aber, was die Probleme bei Assperg betraf, erstaunlich nahe an der Realität. Tatsächlich musste man sich fragen, ob es für diese Berichte Informanten, undichte Stellen gab, durch die vertrauliche Informationen, die nur dem Vorstand und dem Aufsichtsrat bekannt waren, gezielt an die Öffentlichkeit gegeben wurden, und die Antwort auf diese Frage war eindeutig: ja. »Die Verräter sitzen also unter uns?« hatte Holtrop zu Schmäling gesagt, den er als Mann seines Vertrauens betrachtete, weil er ihn zu Assperg geholt hatte, »was kann man da machen?« »Schwierig«, hatte Schmäling geantwortet, aber immerhin eine vorsichtige Recherche gestartet.

Daran dachte Holtrop, als er wieder neben Ahlers saß. Das ihm von Ahlers vorgelegte Papier, das vor Holtrop auf dem Tisch lag, war für ihn eventuell gefährlich. »Will Ahlers mich etwa bedrohen?« dachte Holtrop. »Hat Blaschke absprachewidrig problematische Gelder freigegeben?« Von der Seite schaute Ahlers traurig und überheblich auf Holtrop. Es war ihm unbegreiflich, dass Holtrop auch nach Jahren an der Asspergspitze für den betriebswirtschaftlichen Kernbereich FINANZEN einfach kein Interesse in sich entdecken konnte, dass er die intellektuelle Herausforderung dieses Bereichs überhaupt nicht erkannte. Für diese Dummheit verachtete Ahlers Holtrop, und Holtrop verachtete Ahlers für die Überheblichkeit, mit der er, real aus untergeordneter Position, auf Grund seines hochspezialisierten Fachwissens auf Holtrop herabsah. Außerdem war es die im Gesamtmenschen Ahlers konzentrierte und von ihm zur Schau getragene Vernünftigkeit, die

Holtrop fundamental *ankotzte*. Bezogen auf den vor ihm liegenden Zettel sagte Holtrop: »Wie verfahren wir?« »Das frage ich Sie!« antwortete Ahlers. »Ich weiß es nicht, was schlagen Sie vor?« Jetzt war es die von Ahlers' Gesicht routiniert vorgezeigte Besorgnis, die es Holtrop unmöglich machte, dieses Gespräch weiterzuführen. »Ahlers abschaffen!« dachte Holtrop grell ergrimmt und eröffnete mit einem launigen Spruch, der das schlimme Aprilwetter mit den aktuellen Presseberichten über Asspergs desaströse Lage in Verbindung brachte, die Vorstandssitzung.

## XXII

Nach der Sitzung ging Holtrop sofort nach draußen, wo der Imbiss aufgebaut war. Neben dem Servierwagen stand eine junge Frau in weißer Bluse und langer schwarzer Schürze, sie schaute Holtrop freundlich an und gab ihm ein Glas Wasser. Dazu nahm er sich ein Brot, bunt geschmückt mit kleinen Würfeln von Tomate, Gurke, Käse, und biss hinein. Das Brot schmeckte abgestanden, nach faulem Wasser, das Wasser tot, es war auch nur lauwarm und sprudelte nicht. Es war ein sogenanntes stilles Wasser, frisch aus der Kloake Schönhausen geschöpft. Holtrop ging zur Seite, um den Platz beim Servierwagen für die Kollegen freizumachen. Die Kollegen kamen und schauten erfreut die Platte mit den vielen unterschiedlich belegten Broten an, nickten dabei sich selbst und einander zu, studierten eingehend die Auswahl, überlegten sehr gut und ganz genau, worauf sie gerade im Moment am meisten Lust hatten, und nahmen dann zwei oder drei der jeweils sehr verlockenden, aber auch viel zu klein dimensionierten Happen in die eine Hand, in die andere ein Glas Wein und gingen, wobei sie zugleich immer weiter nickten und aßen und tranken, vom Servierwagen wieder weg, ohne bei alledem das miteinander Reden auch nur für einen Augenblick unterbrochen zu haben. Holtrop wusste, dass diese Art Freude am informellen Imbiss danach gesund war und normal, auch wenn er selbst zu dieser Freude heute keinen Zugang hatte. Es war den Leuten offenbar komplett egal, wie das schmeckte, was sie da aßen und tranken, sie hatten den Mund dauernd voll, kauten und redeten dabei, immer beides gleichzeitig, und alle redeten zugleich, jeder redete auf den zufällig in seiner Nähe stehenden Anderen ein, ohne diesem Anderen, der selbst ja auch völlig selbstverständlich die ganze Zeit redete, weil er es angenehmer und ganz natürlich und normal für sich selbst fand, lieber zu reden als zuzuhören, selber auch zuzuhören, und die Größten und Gröbsten, Uhl und Schuster, redeten am lautesten und hatten am Essen und Reden und da Stehen und die anderen um sie herum brutal Niederquatschen sichtlich die fröhlich ausgelebte größte Freude. All das war Arbeit am Hass, Vergesellschaftung der Niedertracht, Entsorgung der gegenseitigen Verachtung, die jeder für jeden in sich hatte, direkt in den anderen hinein, Verkippung, Verklappung und zwischendurch Ausatmen: foetor ex ore, stinkender Mundgeruch weitergegeben im Reden, von Chef zu Chef.

Wenningrode hielt sein schlaffes, breiig aufgedunsenes Teiggesicht unzulässig nahe und sehr unangenehm riechend, nach Schweiß und Kopfhaut stinkend tatsächlich, vor Frau von Schroers Gesicht und in die Mitte zwischen ihrem und dem von Holtrop, so lange und penetrant, bis die beiden ihr Gespräch, das über die Brosseproblematik ging, kurz unterbrachen und Wenningrode zur Kenntnis nahmen, der dann sofort loslegte und irgendeinen Spezialistenschwachsinn über das Spießerthema Uhren abzusondern anfing, Breitling, Rolex, Zenith, Porsche, wovon er offenbar nicht die geringste Ahnung hatte, aber vier von irgendwelchen anderen Schwätzern zusammengeschnorrte Banalsätze in sein Sechzigsätzerepertoire, mit dem er jeden vor ihm Stehenden standardmäßig niederquatschen konnte, hatte er übernommen, ohne diese Sätze zu variieren, er wiederholte sie einfach, steckte das nächste Brot als Ganzes in den Mund, nahm sofort einen Schluck Wein dazu, kaute diesen Brei in seinem Mund zu Matsch und redete dabei dauernd weiter vor sich hin und schmatzte dabei, wie es eben so aus ihm herauskam. An dieser gleichgültig, aber vor der Zeugin von Schroer auch demonstrativ vorgeführten Unverschämtheit Wenningrodes, der sich eigentlich von dem ihm übergeordneten Holtrop zu- und niederquatschen hätte lassen müssen, merkte Holtrop, dass seine Zeit bei Assperg nach Ansicht Wenningrodes, die standardmäßig die Ansicht aller anderen in sich enthielt, offenbar als abgelaufen galt. Die Klarheit dieses Gedankens widerte Holtrop an. Er stellte sein Wasserglas weg und ging nach draußen. Wieder neigten sich ihm sofort und von allen Seiten die Gesichter der Leute zu, um den aus ihnen herauskommenden Text über ihm auszuleeren, und nickend und kopfschüttelnd und noch mehr nickend ging er zwischen all diesen Leuten und Gesichtern hindurch und an ihnen vorbei, bis er endlich allein im Gang stand.

Zum ersten Mal sah er die Szenerie hier mit Bewusstsein, die abgewetzte Sauberkeit, die billigen Türen, es war wirklich ein sehr scheußlicher Arbeitsplatz, stellte Holtrop erneut fest, es war richtig, sich hier so selten wie möglich aufgehalten zu haben, und wahrscheinlich war die Vorstellung, in diese fundamental und durch und durch verspießte und aufs Spießigste verblödete Welt der Firma und Familie Assperg auch nur einen Funken von Neuheit, von neuem Denken und neuen Ideen hineintragen zu können, ein von

Anfang an falscher Gedanke gewesen. Noch bevor Holtrop das Ende des Gangs und die Feuerschutztüre aus drahtdurchzogenem Panzerglas erreicht und aufgestoßen hatte, hatte er mit seinem Arbeitsplatz bei Assperg erneut, diesmal aber vielleicht wirklich endgültig abgeschlossen.

Im engen Schacht des Treppenhauses beschleunigte sich Holtrops Schritt nach unten. »Und aber doch«, dachte er da, »so nicht!« Er würde nicht kampflos gehen, er würde seinen Platz verteidigen. Er hatte dieser Firma seine besten Jahre und alle Kraft gegeben, er hatte unbeschreibliche Summen von Geld durch seine Deals für Assperg verdient, es war absurd, mit einer wie aggressiv vorgetragenen Kleinlichkeit Brosse seit Wochen die vorgesehene Verlängerung von Holtrops Vertrag als CEO torpedierte. Es war noch nicht so lange her, dass diese Verlängerung auch vom Aufsichtsrat als reine Formalie angesehen worden war, von Holtrop natürlich sowieso. Geplant war damals, im vergangenen Herbst, ein Vertrag über nocheinmal fünf Jahre, dabei sollten die Bezüge und Boni um ein Drittel nach oben gehen, obergrenzenlos geregelt, denn Holtrop war vom hochbegabten Führungstalent in den vergangenen vier Jahren seiner Zeit an der Spitze der Assperg AG zum erfolgreichsten Manager von, kurz gesagt, ganz Jungdeutschland geworden. Phantasien richteten sich auf ihn von allen Seiten, Angebote kamen, jede Woche ein anderes, das war normal gewesen, bis Mitte letzten Jahres war Holtrops Marktwert, anders als der Wert der Asspergaktie, stetig, steil und immer noch weiter hochgegangen. Jetzt hatten sich die Bedingungen geändert, gesamtwirtschaftlich, persönlich, gut, aber die erbärmliche Hinhaltetaktik von Brosse war dadurch nicht gerechtfertigt, diese Ansicht hatte eben vorhin auch Holtrops Personalfachfrau Frau von Schroer geäußert. Real war es aber so, dass die mit der Vertragsausarbeitung beauftragten Anwaltskanzleien beider Seiten schon vor Monaten neue Verhandlungen aufgenommen hatten, alle drei Wochen ging ein neuer Schriftsatz, in Zeitlupe befördert, hin und her, zuletzt hatte auch noch der alte Assperg bei Holtrop direkt Gesprächsbedarf angemeldet und gesagt, wobei er Holtrop drohend die Hand auf die Schulter gelegt hatte: »Wir müssen den Vertrag besprechen!« Von seinen Anwälten hatte Holtrop erfahren, dass Brosse bei Gesamtbetriebsratschef Bartels gegen die Vertragsverlängerung Stimmung gemacht und im Aufsichtsrat überall schon Stimmen gesammelt habe, und der alte Assperg hatte Holtrop das Gespräch nur angekündigt, um es mehrfach kurz davor, Machtsadismus pur, immer wieder absagen zu können. Auch von dort her, wie von allen anderen Seiten, sollte Holtrop also offenbar kaputt gemacht, vielleicht auch schon endgültig abgeschossen werden.

Der Grundkonflikt mit Brosse und Bartels war zwar alt, er hatte aber, speziell im Fall von Brosse, mit Holtrop selbst gar nichts zu tun. Brosse hatte den Rollenwechsel vom Vorstandsvorsitzenden, der er vor Holtrop fünfzehn Jahre lang gewesen war, zum operativ selbst nicht mehr aktiv tätigen Aufsichtsratschef einfach nicht verkraftet. Dabei hatte Brosse Holtrop selbst zu Assperg geholt und als seinen Nachfolger aufgebaut. Aber im Alter von nur sechzig Jahren die Verantwortung plötzlich völlig abgeben zu müssen, nur weil es die vom alten Assperg verfügten Firmenstatuten genau so diktierten, war für einen noch so extrem vitalen Vollblutmanager der alten Schule, wie es Brosse war, eine letztlich unerträgliche und, wie sich herausgestellt hatte, mit der Zeit immer noch untragbarer gewordene Zumutung. Die ersten ein, zwei Jahre hatte Brosse seinen Nachfolger Holtrop von oben herab mit spöttisch aufmunternden Anfeuerungssprüchen begleitet, auf dem Hochpunkt von Holtrops Erfolgen den Kontakt zu Holtrop gemieden und in den letzten eineinhalb Jahren der sich immer weiter aufbauenden Krise hinter Holtrops Rücken überall, wo er konnte, gegen Holtrop Stimmung gemacht. Die wenigen persönlichen Begegnungen, zu denen es in letzter Zeit noch gekommen war, waren an Verlogenheit kaum zu überbieten, neulich hatte Holtrop Brosse in Karlsruhe getroffen, und der dabei zwischen beiden ausgetragene Wettbewerb ging nur noch darum, wer seine dröhnend verlogene Herzlichkeit lauter dröhnend und offener verlogen vorführen könnte. Diesen Verlogenheitswettbewerb hatte in Karlsruhe natürlich wieder einmal Brosse dröhnend klar für sich entscheiden können. Mit der wenig überraschenden Folge, dass in Holtrop der Schwur, sich an Brosse irgendwann bösartig zu rächen, weiter Nahrung bekommen hatte.

Im Hinuntergehen hatte sich Holtrop, ohne es selbst zu merken, zwei dieser kleinen weißen Tabletten aus der Tradondose herausoperiert und zwischen Daumen und Zeigefinger der linken Hand transportiert, und wie er jetzt die Türe des Assperghauses von innen aufstieß und ihm der nasskalte Schneewind ins Gesicht fuhr, »ein Wahnsinn«, dachte Holtrop, »mitten im April!«, die beiden Tabletten unterwegs hinüber zu seinem Büro in den Mund gelegt und mit etwas Speichel hinuntergeschluckt. Dirlmeier erwartete Holtrop mit der Nachricht, dass Ahlers sein Blaschkepapier offenbar schon an die Presse durchgereicht hatte. Die dpa und verschiedene andere Agenturen hätten gerne einen Holtrop-Originalton zu den fraglich illegalen Zahlungen der Assperg AG an verschiedene Sicherheitsfirmen in Krölpa und Umgebung.

## XXIII

Dann war Holtrop krank geworden. Eine Sommergrippe hatte ihn gepackt und ließ ihn nicht mehr los. Er nahm die üblichen Mittel, Paracetamolspeed, Aspirinextra und Wickephedrin, ließ sich außerdem, wie von allen Sekretärinnen befohlen, zur Stärkung der sogenannten Abwehrkräfte von Gesundheitsarzt Dr. Morell jeden zweiten Tag Eigenblut und Yogaserum spritzen, aber all das nützte nichts. Die Grippe wechselte nur das Leitsymptom. Holtrop hatte Fieber, Husten, Gliederschmerzen, Schnupfen, und seine herrlich durchtrainierten Oberschenkelmuskeln taten ihm morgens beim Aufstehen so weh, als würden sie jede Nacht aufs Neue von Schwerlasttransportern überrollt. Zuletzt war noch eine eitrige Konjunktivitis am linken Auge dazugekommen. So ging Holtrop in die entscheidende achtzehnte Kalenderwoche, die 18. KW. Am Dienstag, 30. April, war Vorstandssitzung. Am Mittwoch, 1. Mai, tagte der Aufsichtsrat. Und am Donnerstag war die Jahreshauptversammlung der Assperg AG. Holtrop ersehnte den Freitag, an dem er zuerst in Krölpa einen seiner Mitarbeiteroffensiveauftritte zu absolvieren hatte und dann abends, ebenfalls unproblematisch, im Hamburger Überseeklub seinen aktuellen Standardvortrag, »*Die Revolution der Wirtschaft*, Chancen im 21. Jahrhundert«, vor der gehobenen Zuhörerschaft des Clubs halten würde.

Hinter Panzerglas und Nebel taumelte Holtrop durch die erste Hälfte der Woche. Die üblichen Sitzungen verliefen wie sonst auch. Am Mittwoch hatte sich der Eiter aus dem linken Oberlid nach innen auf den Augapfel ergossen, die Schmerzen hatten nachgelassen, aber das Auge und der Gesichtsteil darunter waren dramatisch angeschwollen und feuerrot entflammt. So stand Holtrop am Donnerstagmorgen im Badezimmer vor dem Spiegel. So stand er ein paar Stunden später hinter dem Vortragspult im Berliner Kongresszentrum ICC, um den leider ja wieder sehr massenhaft erschienenen, aufs allerherzlichste begrüßten Klein- und Kleinstaktionären im Bilanzvortrag seine Sicht der katastrophalen Lage der Assperg AG zu erläutern: Die Lage sei unkatastrophal. Die ergriffenen Maßnahmen eins bis neun seien alternativlos. Ihre Wirkung beginne bereits zu greifen. Dies sei auch zu beweisen. Dann folgte das einschlägige Feuerwerk der Zahlen, das Holtrop abfackelte, ohne es selbst verstanden zu haben. Zum ersten Mal, seit er diesen Job als CEO bei Assperg machte, kam er sich dabei wie ein Hochstapler vor. Diese Empfindung war durch den von der Krankheit stark reduzierten Allgemeinzustand Holtrops verursacht, wie Holtrop dachte, mehr als zwanzig Prozent seiner normalen Leistungsfähigkeit konnte er momentan, in Fußballerdeutsch gesagt, nicht abrufen, zum Zeitpunkt seiner Rede waren es vielleicht sogar nur zehn Prozent. Das auf dem riesengroßen TV-Screen hinter ihm übertragene Bild seines schwerstlädierten, auch noch schlecht geschminkten Gesichts sprach all dem, was er inhaltlich sagte, äußerlich in einem Ausmaß *Hohn*, dass nicht nur die notorisch bösartigen Fotographen der Presse ihre Witze darüber machten, sondern sogar in Holtrops eigenem Lager der Auftritt mit Entsetzen beobachtet wurde und Dirlmeier zu Riethuys sagte: »Das ist ja furchtbar.« »Ja«, hatte Riethuys geantwortet, »das schaut nicht gut aus.« »Schrecklich«, sagte Dirlmeier immer wieder und schüttelte seinen Kopf.

Nach der Rede hatte sich Holtrop allen weiteren Terminen, den geplanten Gesprächen und zufälligen Begegnungen, entzogen, war sofort ins Hotel gefahren und dort schwer krank ins Bett gegangen. Das Auge behandelte Holtrop nach Verordnung von Dr. Morell mit einer antibiotischen Salbe, die Schwellung des Gesichts mit Eiskompressen, und für die jetzt doch auch ausnahmsweise stark angeschlagene Zuversicht hatte Holtrop sich selbst eine ums mehrfache des Normalen erhöhte Dosis des bei ihm sonst bekanntlich immer sehr gut wirksamen Brainenhancers Tradon verordnet. Diese Therapie wirkte zuletzt. Ein Moment Zuversicht kehrte zurück. Dass er krank war, war Holtrop jetzt fast egal. Er machte den Fernseher an und war an diesem Tag für niemanden mehr zu sprechen. Angeblich sahen sich über sechzig Prozent aller Männer auf Geschäftsreise im Hotel kostenpflichtige Pornofilme an, für die sie morgens beim Auschecken aber nicht bezahlten, auch auf Nachfrage der Rezeptionistin das Anschauen der Pornofilme abstritten. Zu diesen sechzig Prozent der Männerwelt gehörte Holtrop nicht. Er interessierte sich zwar auch für Sexualität, aber auch für die dem entgegenstehenden Empfindungen der Scham. Dadurch war bei Holtrop die Sexualität im Alltag weniger penetrant präsent als bei anderen Chefs, was Holtrop bemerkte, aber für sich nicht bewertete. Von den vielen verschiedenen Fernsehprogrammen, durch die Holtrop sich an diesem langen Abend zunehmend behaglich treiben ließ, kannte er kaum eine einzige Sendung. Auch vom Fernsehen hatte er keine Ahnung, obwohl die Assperg AG durch den Verkauf von Werbezeiten mit dem Fernsehen sehr viel Geld verdiente. Jede Woche bekam er mindestens eine Einladung zu irgendeiner Talkshow. Er wollte dort nicht hingehen. Vielleicht müsste er das ändern. Zu dem einfachen Gedanken, dass er durch sein Nichtfernsehen von einem Beobachtungstool der Weltverhältnisse, speziell der Stimmung im deutschsprachigen Raum, abgeschnitten sein könnte, dass das auch für seine Arbeit von Nachteil sein könnte, kam Holtrop an diesem Abend nicht. Bei laufendem Fernseher war er eingeschlafen. Irgendwann in der Nacht war er aufgewacht und hatte das Gerät abgestellt.

Das Presseecho am nächsten Morgen war sehr schlecht. Holtrop hatte gut geschlafen, vielleicht war die Grippe über Nacht verschwunden. Aber die Berichte über die Hauptversammlung waren eine Katastrophe, schlimmer als die schlimmsten Vorhersagen prognostiziert hatten. Die Assperg AG und ihr Chef Holtrop waren am Ende, das war der Tenor aller Berichte. Es war die Stunde der sogenannten Neider, wie es in Holtrops Umfeld hieß, und die Missgunst der sogenannten Neider triumphierte. Das fundamental Orkushafte der Welt, das Holtrop sonst nicht so sehr beschäftigte, weil er selten gezwungen war, es zu beobachten, trat ihm an diesem Morgen in der Luxussuite Nr. 1116 des Berliner Ritz Carlton Hotels doch erstaunlich stark vor Augen und in den Sinn. Holtrop nahm nocheinmal eine Handvoll Tabletten und fuhr zum Offensivetermin ins Asspergcallcenter nach Krölpa.

## XXIV

In Wirklichkeit waren es in Krölpa zwei Callcenter, die außerdem, obwohl sie auf dem Firmengelände von Assperg gelegen waren, gar keine richtigen Asspergbetriebe waren, sondern von einem Subunternehmer der Assperger Dienstesparte Advenio in eigener Verantwortung betrieben wurden. Den Weg vom Haupthaus ging die Delegation Holtrop zu Fuß, es war angeblich nicht weit. Auf halber Strecke setzte Nieselregen ein. Empört schaute Holtrop zu Thewenachfolger Leffers hin, der ihn begleitete und mit Informationen zum Termin zutextete. Auch die Straße, eigentlich nur ein schlecht geschotterter Forstweg, der immer löchriger und verschlammter wurde, je weiter an den Rand, je näher zu den Callcenterbauten man kam, bot Anlass für Blicke vorwurfsvoller Empörung. In gesundem Zustand wäre Holtrop von dieser Wanderung erheitert gewesen. Im Mischzustand aus grippaler Entkräftung und gesteigert übellauniger Aggressivität, die von den verschiedenen Tabletten, speziell auch durch die Tradonüberdosis hervorgerufen wurde, war Holtrop vom Dreck der sich hier präsentierenden Umstände dieses Offensivetermins wieder einmal sichtlich extrem, ja: angewidert.

Die Türe des Gebäudes, auf das die Delegation zugegangen war, war verschlossen. Holtrop trat aus der Gruppe heraus und ging einige Schritte zurück. Das Haus war ein provisorischer Neubau vom Anfang der 90er Jahre, fensterlos, flach, verwahrlost. Zur Türe führten metallene Stufen hoch. Holtrop ging dorthin und schaute sich, während die Organisatoren hinter ihm telefonierten, das an die Wand geschraubte Firmenschild an, nagelneu, glitzernd war da die Schrift des Namens zu lesen: CONTACT GmbH. Nach einer Zeit erschien ein dicker Mann mit grinsendem Gesicht in der Türe. Der Mann lachte die Delegation Holtrop aus der voluminösen Mitte seiner Wohlgenährtheit heraus an und stellte sich als Stellvertreter des leider verhinderten Chefs der vom Subunternehmer Contact mit der Personalbereitstellung beauftragten, hier in Bad Langensalza ansässigen Zeitarbeitsfirma TEMPESTA vor, »Lüthje!« sagte er, »wie die Kartoffel!«. Diesen Scherz verstand Holtrop nicht. Lüthje war ein neuer Dicker vom Typ Dobrindt, Mappus, Döring, Heil: jung, fett, bombig unterwegs. »Kommen Sie mit!« rief er und winkte alle herein, »ich gehe mal eben vor!« Im Treppenhaus war ein Geruch von Salamipizza und fauligem Fett zu riechen, eigentlich ein Gestank, es war Mittag halb zwölf, »eigene Kantine!« rief Lüthje und zeigte richtung Keller, während er schnaubend und stampfend die Treppen hochstapfte. Im ersten Stock führte ein enger Gang in die Tiefe des Gebäudes. Lüthje zeigte im Gehen zu schwach funzelnden Lampen an der Decke und sagte: »Sparlichtlampen! Energiebewusstsein! Arbeitnehmerfreundlich!«

Dann öffnete er die Türe eines der sogenannten Floors. Der Raum wirkte eng, die Decke dunkel. In einzelnen Kabinen saßen die Telefonistinnen. Die Delegation versammelte sich auf engem Raum in der Ecke bei der Türe. Es waren etwa acht Reihen mit etwa fünf oder sechs Arbeitsplätzen, die zur Hälfte frei, zur Hälfte besetzt waren. »Alles neue Ergonomik!« sagte Lüthje, »werkschutzsicher perfekt optimiert!«, und zeigte triumphal über die Reihen der Arbeitsplätze hin. Deshalb sei die Zusammenarbeit mit der hier verantwortlichen Contact ein Glücksfall für die Tempesta und ihre Arbeitskräfte. Einige der Telefonistinnen standen von ihren Plätzen auf und kamen zur Delegation in die Ecke. Holtrop begrüßte die Frauen. Sie grüßten auch. Zu einem sinnloseren Termin war Holtrop auf seiner Offensivetour noch nicht gewesen. Was hatten die hier vor ihm stehenden Frauen mit Assperg zu tun: nichts. Was hatte Holtrop als Asspergchef mit der Kaputtheit der Arbeitsbedingungen in diesem erstickend vermufften Telefonistinnen-KZ zu tun: nichts. Was sollte er diesen Leuten sagen? Holtrop breitete die Arme aus und redete los. Dass er nichts zu sagen hatte, hinderte ihn ja wohl nicht daran zu reden. Um den Begriff vom *transklassischen Wirtschaften*, den der PR-Berater Maschinger für Holtrops Visionen geprägt und Holtrop neulich bei einem Gespräch zur Verwendung vorgeschlagen hatte, ließ Holtrop seine Rede vor den Telefonistinnen des Callcenters in Krölpa jetzt locker herumassoziieren. Holtrops Rede vor den Mitarbeitern war im Lauf der Offensivereise mit der Zeit etwas professioneller geworden, aber nicht unbedingt substanziell gehaltvoller. Im Gegenzug war die Skepsis der Mitarbeiter nach Holtrops Eindruck immer weiter gestiegen. Denn egal ob Holtrop in München ein CD-Presswerk und eine Plattenfirma besucht hatte, in Köln den jüngst gekauften TV-Dienstleister PERFECT SCREEN oder in Hamburg die Zeitschriftenredaktion des Assperger Peopleflagschiffs TALK, überall interessierten sich die Leute, die dort arbeiteten, wenig für Holtrops Begeisterung, noch weniger für seine wirtschaftstheoretischen Allgemeintheoreme, sondern für die eine fundamentale Frage: Wann werden wir verkauft? Wie viele Stellen werden gestrichen? Oder wird gleich der ganze Laden zugesperrt? Der enge, niedrige Raum, in dem Holtrop mit den Telefonistinnen, dem stellvertretenden Tempestachef Lüthje und seiner gesamten Delegation zusammengedrängt in einer Ecke dastand, begünstigte allerdings den Austausch von Sympathie zwischen den Körpern der verfeindeten Lager. Holtrops schlimm angeschlagene Optik erweckte, aus der Nähe gesehen, bei den Frauen Mitleid. Die gestern noch feuerrot angeschwollene Gesichtshälfte war etwas abgeschwollen und eingedunkelt, der Schnupfen hatte die Nase verstopft, der vom quälenden Hustenreiz produzierte Husten schüttelte Holtrop, während er redete. Eine äußerlich erbärmliche Figur abzugeben, erweckte im Gegenüber manchmal Erbarmen. Dies war für den granithaft optimistischen Strahlemann Holtrop eine Neuigkeit. So wie die Frauen mit ihm Mitleid hatten, weil er körperlich erkrankt war, fühlte er im Gegenzug für sie, weil sie sozial Schwache waren, plötzlich eine Art von echtem Mitgefühl. »Sind Sie denn zufrieden hier?« fragte Holtrop die Frauen. »Was können wir aus Ihrer Sicht verbessern?« Zuletzt bekam sogar dieses Gespräch zum Schluss von Holtrops Rede ein minimales Element des Dialogischen. Der absurde, objektiv sinnloseste Offensivetermin bei den mit der Assperg AG kaum mehr als schwach assoziierten Telefonistinnen des Callcenters in Krölpa war zum Schluss dieser Woche der Kaputtheit, bilanzierte Holtrop jetzt, Freitagnachmittag, endlich im Auto unterwegs zurück nach Hause, denn den Termin in Hamburg hatte er kurzfristig abgesagt, ein etwa zehnminütiger Moment von Sinn gewesen.

## XXV

Ende Mai war es endlich soweit: Holtrop bekam die Vertragsverlängerung, letztlich zu genau den Konditionen, die er immer gefordert hatte. Holtrop hatte Aufsichtsratschef Brosse niedergerungen, indem er die Arbeitnehmervertreter im Aufsichtsrat auf seine Seite gebracht hatte. Seither drehte Holtrop in alter und neuer Weise zugleich auf und durch, dass es für ihn ein Freude war, für Beobachter mit Sympathie für ihn Anlass zur Sorge und für Brosse nicht auszuhalten. Brosse hatte einen mehrseitigen Brief an den alten Assperg geschrieben, in dem er seiner wachsenden sogenannten *Besorgnis* Ausdruck gegeben hatte, dass der Konzern in den schweren Wettern, die durch die beinahe täglich sich weiter verschärfende Krise der gesamtwirtschaftlichen Globalbedingungen verursacht seien, in eine zunehmend gefährliche, möglicherweise schon jetzt kaum mehr korrigierbare Schieflage geraten sei, was dem amtierenden Vorstandsvorsitzenden, den Namen Holtrops nannte Brosse an keiner Stelle seines Briefes, jedoch im ganzen Ausmaß der Bedrohlichkeit der Lage offenbar überhaupt nicht wirklich bewusst sei katastrophalerweise, anders könne er, Brosse, sich den Wirrwarr aus Agonie und hektischer Betriebsamkeit, der derzeit die Maßnahmen, die vom Vorstand zur Korrektur der Lage der Assperg AG ergriffen würden, kennzeichnete, nicht erklären. Dann kam Brosse auf das Gutachten der KPMG zu sprechen. In seinem Auftrag hatte die KPMG den Asspergjahresabschluss 2001 unabhängig überprüft. Dabei seien der KPMG besorgniserregende Unregelmäßigkeiten der Bilanzierung bestimmter Zahlungen zwischen den am Standort Krölpa ansässigen Firmen aufgefallen. Der Aufsichtsrat habe dem Vorstand zwei Wochen Zeit gegeben, die Hintergründe der beanstandeten Zahlungen aufzuklären. Außerdem sei vom Aufsichtsrat eine konzerninterne Untersuchung durch die Complianceabteilung von Prof. Drawaert veranlasst worden, wie es die vom Vereitelungsverbot durch das Aktiengesetz dem Aufsichtsrat in Fall der Aufdeckung einer solchen Rechtmäßigkeitslücke im Übrigen auch rein juristisch zwingend vorgeschriebene Pflicht auch des Aufsichtsratschefs sei, von der persönlichen Enttäuschung, die für ihn, Brosse, mit alledem verbunden sei, einmal ganz abgesehen und zu schweigen usw.

Brosse hatte mit diesem verrückten Wutbrief Holtrop endgültig den Krieg erklärt. Eine weitere Zusammenarbeit von Brosse und Holtrop war dadurch objektiv unmöglich gemacht worden. Brosse hatte dem alten Assperg gegenüber die Alternative so zugespitzt, dass Assperg sich zwischen Holtrop und ihm, Brosse, entscheiden müsse, was die Drohung beinhaltete, dass Brosse, der seit über dreißig Jahren in Asspergs Diensten stand, im Unfrieden das Haus verlassen und mit großem Krach hinschmeißen würde. Aber die fürchterliche Alternative, vor die Assperg durch diesen Brief gestellt werden sollte, beunruhigte den Alten überhaupt nicht. Die wichtigste Wirkung, die Brosse beabsichtigt hatte, war damit schon verfehlt. »Machen Sie mir gleich einmal eine Ablichtung von diesem lächerlichen Dokument«, sagte der Alte zu seiner Sekretärin so laut, dass der im Nebenzimmer sitzende Brosse es gehört haben könnte. Denn der Ehrenvorsitzende des Aufsichtsrats, der alte Assperg, und der real amtierende Vorsitzende des Aufsichtsrats, der unalte, noch sehr aktive Brosse, 64, hatten ihre Arbeitszimmer direkt nebeneinander im Zentralgebäude der Asspergstiftung. Zwei Zimmer weiter saß die ebenfalls noch nicht so sehr alte Frau des alten Assperg, Kate Assperg, die den Vorsitz der Stiftung innehatte, von wo aus sie vorallem ihren Mann überwachte. Außerdem kontrollierte sie den Aufsichtsrat und den Vorstand allgemein, speziell den Chef des Aufsichtsrats, Brosse, und den Vorstandsvorsitzenden Holtrop, die sie daraufhin beobachtete, ob sich der Konflikt zwischen beiden in den vergangenen Monaten des Frühjahrs wie gewünscht zugespitzt und zuletzt unkorrigierbar verhärtet hatte. Dieser Streit von Brosse und Holtrop war, weil er die Streitenden schwächte, im Interesse von Kate Assperg, da deren Schwäche ihren Einfluss mehrte. Der alte Assperg kam zu ihr ins Zimmer. Sie war gerade mit Wenningrode am Telefon, ließ ihre eben noch interessierte Miene zu einer Fratze von Abscheu zerfallen und bellte ihren Mann an: »Was willst du? Ich telefoniere!« Dabei machte sie mit der freien rechten Hand eine wegscheuchende, den alten Assperg wie ein lästiges Insekt von sich fortwedelnde Bewegung. »Brief von Brosse«, sagte der Alte, um Kürze bemüht, und kam vorsichtig, dadurch aber viel zu langsam dem Schreibtisch seiner Frau näher. »Gib schon her!« herrschte sie ihn an. Er hielt ihr die Kopie des Brossebriefes hin. Sie entriss ihm das Papier, schaute darauf, dann zu ihm hoch und sagte: »Danke!« Und ihr Blick sagte so gehässig wie möglich: »Nun hau schon endlich ab, du TROTTEL!«

Der alte Assperg hatte selbst, wie zuletzt wieder in Karlsruhe, die Menschen immer schlecht behandelt. Menschen, die ihm untergeben waren, Schwächere, Unterlegene, Ärmere und vielleicht auch nicht so ganz Gescheite, von denen er als Chef permanent mit Unterwürfigkeit behandelt wurde, hatte er generell mit einer verletzenden Gleichgültigkeit auf Distanz gehalten und dabei immer deutlich gemacht, dass er sich zu der Anstrengung nicht veranlasst sehe, sie individuell als Einzelperson wirklich zur Kenntnis zu nehmen. Im nächsten Moment wendete er sich dann ohne Grund aus einer Laune heraus irgendjemandem, den er bisher immer ignoriert hatte, ganz persönlich und mit Interesse zu. Es ging darum, Willkür auszuleben, demonstrativ, um Angst zu verbreiten. Auch seine später zweite Frau hatte er in den ersten Jahren programmatisch schlecht behandelt. Es war die einfachste Art, über Menschen zu herrschen, sie schlecht zu behandeln, am besten so schlecht wie nur möglich. Für etwas anderes hatte der alte Assperg auch gar keine Zeit gehabt.

Sein Interesse galt der Firma. Seine ganze Energie konzentrierte er auf den Wiederaufbau, Ausbau und die Weiterentwicklung des nach dem Krieg von seinem Schwiegervater übernommenen Schönhausener Fabrikenkonglomerats Assperg GmbH. Der Schwiegervater hatte auf eine Adoption gedrängt. Denn Assperg wurde seit fünf Generationen, ursprünglich in Kassel in den 1830er Jahren von Valentin Assperg als Eisengießerei und Maschinenbaufabrik gegründet, in ununterbrochener Folge von direkten Nachfahren des Firmengründers Valentin Assperg geführt. Zwei Söhne des Schwiegervaters waren im Krieg gefallen. Die Liebe der ältesten Tochter war in den Wirren des Frühjahrs 1945 auf den wundersam aus dem Nirgendwo hereingewehten Berthold Hofmann gefallen, 1946 war die Hochzeit, da hieß Hofmann schon Assperg, und es war ihm nur recht so, seinen alten Namen, an dem auch der sehr nationalsozialistische Dreck des gerade in Schutt und Schmach untergegangenen NS-Reiches hing, loszusein und einen neuen, frischen Namen zu tragen, den der Firma, die er zunächst mit dem Schwiegervater gemeinsam, nach dessen Tod Anfang 1947 in Alleinverantwortung leitete.

Schönhausen war noch im Februar 1945 wegen der militärisch relevanten Asspergindustriebetriebe das Ziel von alliierten Luftangriffen gewesen, mehrfach bombardiert und stark zerstört worden. Schon im Sommer aber hatte Hofmann angefangen, in den Trümmern der Druckerei die ersten Maschinen zu reparieren, und mit hundert Mitarbeitern den Betrieb provisorisch wiederaufgenommen. Im Entnazifizierungsverfahren war es dem Schwiegervater Heinrich Assperg zugute gekommen, dass er in den letzten Kriegswochen wegen angeblicher Vergehen gegen den allerletzten Führer- und Kriegszieleverherrlichungserlass des Schönhausener NS-Bürgermeisters Hädecke, nach ein paar Tagen Haft in den SS-Folterkatakomben des Rathauses von Schönhausen, noch vor ein dortiges Totenkopf-SS-Gericht gestellt und trotz seines Alters von sechsundfünfzig Jahren zum Fronteinsatz auf Bewährung verurteilt worden war. Vier Tage vor Einmarsch der Amerikaner in Schönhausen war Assperg zur berühmten Division Frundsberg der Waffen-SS an die Ostfront in die dortigen Endkämpfe gegen die XLVIII. Russische Armee geschickt worden. In Wirklichkeit aber war Heinrich Assperg als größter Arbeitgeber und Zwangsarbeiterverbraucher von Schönhausen zuvor ein ganz normales, ordentliches Standartenmitglied des nationalsozialistischen Honoratiorenkartells und natürlich auch Parteimitglied der NSDAP Schönhausens gewesen, seine Zweifel am Regime hatte er verstärkt gegen Schluss zu in sich entdeckt, als Hitler selber schon im Führerbunkerzimmer BERND EICHINGER mit seiner Munitionspistole vor seinen Generälen, seinem Goebbels und seiner Eva Braun herumfuchtelnd einsaß, und als die Front der Amerikaner nur noch zwanzig Kilometer vor Schönhausen stand, hatte Heinrich Assperg einmal im Kreis seiner Direktoren eine diesbezügliche, etwas unvorsichtige Bemerkung gemacht, die dann von einem

Spitzel an den lokalen SS-Staatsschutz von NS-Bürgermeister Hädecke weitergegeben worden war usw. Nach dem Zusammenbruch der Front bei Grassassens hatte Heinrich Assperg sich über Überlingen, Kleinwalsersdorf und Jensfurt nach Warstein, Wartenstein und zuletzt Schönhausen durchgeschlagen, seine Tochter verheiratet, seine Nachfolge an der Firmenspitze geregelt und war dann, erschöpft von so viel immer neuer Begeisterung für einen Neuanfang nach dem anderen – für den herrlich verrückten, tödlichen ersten deutschen Weltkrieg, für den Parlamentsaufbruch von Weimar und den endlich wirklich effektiven, ordinären, stumpfen Volksmassenaufbruch zehn Jahre danach, begeistert für Hitler und seine charismatisch herausgebrüllten Hetzreden gegen die Juden, und wieder und noch einmal begeistert für die herrlich tödlichen Blitzkriegssiege zu Beginn des zweiten deutschen Weltvernichtungsweltkriegs, in den seine vom NS-Regime natürlich begeisterten Söhne begeistert gezogen und in dem sie dann gefallen waren, schließlich noch ein letztes Mal mit Begeisterung dabei beim deutschen Nachkriegsneuanfang, den die britischen Besatzungsorgane mit einer Verlagslizenz für Assperg unterstützten – vor der Zeit physisch und psychisch so kaputt gewesen, dass eine kleine Grippe im Eiswinter 46/47 ihn so sehr geschwächt hatte, dass der überall in Deutschland in diesem Monaten noch sehr gierig durchreisende Tod auch Heinrich Assperg von Schönhausen im Vorbeigehen mitgenommen und für immer aus der Welt der Lebenden herausentfernt hatte.

Sein Nachfolger Berthold Hofmann Assperg saß an dessen Schreibtisch, ohne von dessen Leben zu wissen. Aber auch von seinem eigenen Leben vor 1945 wollte er nichts wissen und wusste er nichts mehr. Zerstört von Lebensfülle und Geschichtslosigkeitsleere saß der heute alte Assperg als gebrochenes Männchen da, von seiner zweiten Frau, der SS-Betonfrisur-Kate, dauernd erniedrigt, den Brossebrief in der Hand, die Biographie gewordene Inkarnation der Stunde NULL als alter Mann, Anfang Juni 2002. Um Punkt zwölf Uhr Mittag stand der Alte von seinem Schreibtisch auf und ging in die Kantine, um dort starr und allein an seinem Tisch sein Mittagessen zu essen, vor aller Augen.

## XXVI

In gehobener Stimmung kam Holtrop am frühen Abend des 14. Juni vor dem Hamburger Überseeclub an. Es war wieder ein Freitag, die wegen der Grippe verschobene Rede fand jetzt in einem besseren Umfeld als damals statt. Die Aufregung nach der Hauptversammlung hatte sich gelegt. Im Auto war Holtrop zum ersten Mal seit langem die Papiere seines Buchprojekts zur Freiheitsfrage, das er in Hongkong visionär entworfenen hatte, wieder durchgegangen und hatte mit dem für ihn typischen Selbstbewusstsein festgestellt, dass das dort Niedergelegte substantiell sehr wohl tragfähig sei. Das würde von ihm im Sommer ausgearbeitet werden, dachte Holtrop auf schröderianisch, »gar keine Frage«. Diese Ideen waren die Zukunft, der er sich jetzt zuwenden würde. Die Vergangenheit hatte sich auch nicht durchweg als Fehler herausgestellt, das Projekt Schönhausenoffensive war geglückt, es hatte ihm letztlich die Vertragsverlängerung gebracht. Das war überhaupt das Beste an der gegenwärtigen Lage, die Klarheit, mit der er sie illusionslos einschätzen konnte, dachte Holtrop, während der Wagen von Nordosten auf die Binnenalster zufuhr, Holtrop die Häuserfront, die Bäume, das Wasser vor den Bäumen und den Häusern sah und der Wagen vor dem Überseeclub anhielt. Holtrop schnellte aus dem Auto heraus und ging auf das Clubhaus zu. Die schwarze Tür öffnete sich, und von Bartning, 72, der Präsident des Clubs, stand in der Tür, begrüßte Holtrop im Foyer und nahm ihn mit in die Halle. »Man fährt auf die Binnenalster zu und freut sich«, sagte Holtrop zu seinem Hamburger Gastgeber, »das geht mir jedes Mal so.« »Das ist Hamburg«, bestätigte von Bartning, »das liegt am Wasser hier und am Wind.« Die Hamburger hätten sich schöne Häuser ans Wasser zum Wohnen gebaut, das liege am Geld, so von Bartning, »Handel und Glück sind möglich«, das sei die Hamburger Wahrheit, die Tüchtigkeit der Hamburger Kaufleute seit Generationen. »Reich, aber schön«, sagte Holtrop, und von Bartning, der selbst kein Kaufmann, sondern Anwalt war, lachte. Sie waren an einem Ecktisch bei den Fenstern angekommen und setzten sich. Ein Kellner trat zu ihnen. »Was trinken Sie«, fragte von Bartning. »Gerne ein Pils«, antwortete Holtrop. Von Bartning bestellte für sich einen Whiskey. Der Kellner nickte und ging weg. Von Bartning erkundigte sich nach dem Stand von Holtrops Gesundheit und den Geschäften der Assperg AG. Die neuesten Meldungen von Holtrops bevorstehendem Rücktritt als CEO, die quasi täglich irgendwo durch die Presse gingen, erwähnte von Bartning natürlich nicht. Aber in den Räumen des Clubs war ein Buzz zu spüren, während die Halle sich füllte, auch zwei Fernsehsender hatten angefragt, Holtrops Rede filmen zu dürfen, berichtete von Bartning. »Habe ich gehört«, sagte Holtrop, der alle Interviewanfragen, gegen den versammelten Rat seiner Schönhausener Mitarbeiter, ablehnen hatte lassen. Holtrop sah Talkchef Kiesewetter in der Menge, stand auf und begrüßte ihn.

Um viertel nach sieben war es soweit, und von Bartning ging an das Rednerpult, das vor einer der Säulen in der Mitte der Halle aufgestellt war. Die Gäste des Abends setzten sich, aber nicht alle fanden einen Sitzplatz. Es war ein kleiner Abend mit etwa sechzig Personen geplant gewesen, aber es waren mehr Leute gekommen, überall, wo man stehen konnte, vor den Wänden und in den Ecken und hinter den Sitzreihen und um die Sitzgruppen herum, standen die Mitglieder des Überseeclubs und freuten sich auf Holtrops Rede. Holtrop wurde mit freundlichen Worten eingeführt. Besonders bedankte sich von Bartning dafür, dass Holtrop trotz der vielen im Moment auf ihm lastenden Verpflichtungen die Zeit gefunden habe, für diesen Abend zu ihnen nach Hamburg zu kommen. Während von Bartning redete, baute sich in Holtrop die Energie auf, von unten her, physisch. Holtrop liebte dieses Spiel der Zuspitzung: alles oder nichts, Top oder Flop. Und anders als neulich im Berliner ICC vor den versammelten Aktionärsidioten spürte Holtrop hier den Kämpfer in sich wieder aufstehen, wie er es von sich kannte und automatisch erwartete, ein fundamental angenehmes Gefühl, gleich an dieses Pult gehen zu können und den Leuten die Weltlage im Großen und seine Sicht im Speziellen auseinanderzusetzen. Applaus, von Bartning ging ab, und Holtrop kam schwungvoll an das Rednerpult, bedankte sich seinerseits, entfaltete sein Redemanuskript und legte dann nach der Bemerkung, »wenn Sie erlauben, beginne ich mit einer privaten Anekdote«, in weitgehend freier Rede los. Die private Anekdote handelte von den Problemen, die er als Privatmann jedes Jahr mit seiner Steuererklärung durchzustehen habe, war also das Allerallgemeinste, zu dem jeder sich sofort in Einverständnis zuschalten konnte. Die Männer, die auf den Stühlen vor Holtrop saßen, nickten ihr leidvoll geprüftes Steuerzahlernicken Holtrops Privatanekdote entgegen und einander gegenseitig zu. Auch Holtrop nickte. Dann kam er zum ernsten Teil seiner Rede, dem Verhältnis von Staat und Wirtschaft, von Freiheit und Regulation. Das rheinische

Modell der einstmals so genannten Sozialen Marktwirtschaft sei am Ende. Das sei das Ergebnis der jüngsten Krise. Die hohe Abgabenlast, die der Wirtschaft von der Politik abverlangt werde, sei im Übrigen unsozial, denn sie vernichte Arbeitsplätze, die dringend gebraucht würden. Holtrop brachte Beispiele aus der eigenen Firma. Holtrop sprach sich gegen die Bürokratisierung der Arbeitnehmerinteressen durch die Gewerkschaften aus. Das System der Mitbestimmung habe sich als hochgradig korruptionsanfällig erwiesen. Die Mitarbeiter müssten positiv motiviert werden, nicht agonal aufgehetzt, wie es heute üblich sei, gegen die eigene Firma. Auch hierfür brachte Holtrop Beispiele, erzählte vom Ergebnis seiner Offensive an der Basis der Assperg AG. Und natürlich müssten auch die Mitarbeiter ganz oben, im oberen Management vernünftig bezahlt werden dürfen, sogar das sei ja inzwischen strittig. Eine Regulation oder Deckelung von Gehältern, die nach Bedingungen des öffentlichen Dienstes geordnet sei, sei wider den Geist der Wirtschaft selbst. Besonders viel Zustimmung bekam Holtrop für den abschließenden staatskritischen Teil seiner Rede. Der hier versammelte Überseeclub reagierte erheitert auf Holtrops Referat der politischen Entscheidungsprozesse. »Sie können es nicht!« rief Holtrop, »weil sie unfähig sind!« Damit waren die Politiker in den Parlamenten gemeint. Die Parlamente seien leer, der Bundestag sei bei den wichtigsten Debatten zur Wirtschaftspolitik mit nur zwanzig Abgeordneten besetzt. Die Faulheit der Politiker sei schlimmer als die viel debattierte Faulheit von Arbeitslosen und Arbeitsverweigerern. In den parlamentarischen Ausschußsitzungen, wo ja angeblich die gesetzgeberische Kompetenz der Spezialisten zu Wort kommen sollte, herrsche in Wahrheit das pure Diktat der Parteien, anstatt guter Argumente. So sei es auch erklärlich, dass ein grundfalsches Gesetz nach dem anderen beschlossen werde. Die Wirtschaft werde von der Politik, alle anwesenden Politiker selbstverständlich ausgenommen, programmatisch an der Arbeit, an der Erfüllung ihres gesellschaftlichen Auftrags gehindert. Das müsse geändert werden. Das Ende des letzten Satzes hatte Holtrop mit Ausrufezeichen gesprochen, von den Zuhörern mit Applaus beantwortet. Holtrop nickte, bedankte sich und ging vom Pult weg zur Seite.

Etwa zwanzig Minuten hatte er geredet. Von Bartning bat zum Essen in den Festsaal nach oben, und die Mitglieder des Clubs und die Gäste gingen hoch. Holtrop stand noch neben dem Pult, und verschiedene Leute kamen zu ihm, stellten sich vor und gratulierten ihm zu seinem Vortrag, es sei alles sehr zutreffend, was er gesagt habe, sie hätten noch schlimmere Beispiele nennen können. Dann nannten sie in ausführlichen Erzählungen diese noch schlimmeren Beispiele, und Holtrop hörte zu. Nach einer Zeit des Zuhörens bedankte er sich für die interessanten Berichte und ging hinter den anderen her auch nach oben. Die Räumlichkeiten des Clubs strahlten eine angenehm zurückhaltende Eleganz aus, hellbeige an den Wänden, hellgrau am Boden, weiß die Säulen, schwarze Möbel, dunkelbraune und rote Ledersessel, eine Objektivität der Gediegenheit guten Geschmacks, von nichts Eigenem und Übereigentlichem gestört. Das Essen schmeckte Holtrop gut. Nach dem dritten Wein stand er beschwingt auf und ging zwischen den Leuten herum. Er redete mit Talkchefredakteur Kiesewetter, bekam einen Anruf von Bodenhausen, telefonierte mit seiner Frau, redete mit der Fotographin Irina Kulikova, die ein Porträt von ihm machen wollte, wofür er ihr einen Termin in Aussicht stellte, und ging dann gegen zehn Uhr mit von Bartning und einigen anderen zu Fuß hinüber ins Hotel Atlantic, und Holtrop fühlte sich wie einer dieser legendären Könige von Hamburg aus den fünfziger Jahren. Es war ein warmer Sommerabend. Von Bartning zeigte auf die goldhell erleuchteten Häuser hinter den Bäumen, dahinter die Innenstadt und schnell ziehende helle Wolken am Himmel darüber und sagte: »das meinte ich vorhin«, und Holtrop antwortete, »ja, ich weiß, das ist dieses Hamburg«. Dann standen sie an der Bar des Hotels, nahmen einen Drink und redeten über Zukunft und Vergessen.

## XXVII

Der Fanatismus, mit dem Holtrop seine Optionen durchrechnete, kannte nur eine Maxime: die der Effizienz. Holtrop lag in seinem Hotelzimmer im Atlantic noch im Bett, es war schon halb zehn am nächsten Morgen, Holtrop erledigte verschiedene Telefonate, eben telefonierte er mit Salger. Das Frühstück hatte Holtrop sich aufs Zimmer bringen lassen, die Vormittagssonne scheinte herein, der Himmel strahlte blau, innen leuchtete das Zimmer weiß und gelb. Salger war gut gelaunt. Holtrop auch, denn er war froh, dass er über Nacht in Hamburg geblieben war, so musste er heute Vormittag nicht zu dem ungeliebten Empfang bei Kate Assperg gehen. Vorallem darüber freute er sich. Denn verletzend eindeutig musste Holtrop sich dort einmal im Monat vorführen lassen, dass sein Kurswert an der informellen Sympathiebörse, die von Kate Assperg dort veranstaltet wurde, stark gefallen war. Die Hausherrin bestellte ihn ein, um ihn dann vor allen demonstrativ schlecht zu behandeln. Sie redete mit Salger, sie redete mit Brosse, natürlich war sie intensivstens im Gespräch mit Uhl und Wenningrode, es gab eigentlich niemanden außer Holtrop, dem sie auf so konsistent durchgehaltene Weise ihre Missachtung, mehr noch den Entzug einer einstmaligen Wertschätzung spüren ließ. Sie schaute ihn an, um, wenn er darauf reagierte, durch ihn hindurchschauen zu können, um in der Art der Blickabwendung noch die absurde Aufforderung zu übermitteln, Holtrop solle sich endlich überlegen, wie er wiedergutmachen könne, was so zerrüttet sei im Verhältnis zwischen ihm und ihr. Aber Holtrop war das zu blöd geworden, er wollte über Kate Assperg nach all den Jahren einfach nicht mehr nachdenken müssen und machte jetzt am Telefon über den Empfang und die Gastgeberin, auch über Salgers Begeisterung für beide, eine spöttische Bemerkung.

Salger war nicht einverstanden. Überall werde schlecht über Kate Assperg geredet, er verstehe das gar nicht. »Wieso wird von allen so schlecht über sie geredet?« sagte Salger, offenbar hätten viele Leute große Angst vor ihr. Dabei habe er sie ganz anders kennengelernt und erlebt, freundlich, interessiert an Menschen, auch im Gespräch erstaunlich locker. Jedesmal sei es bei ihrer Einladung bisher so gewesen, dass er mit ihr zusammen sogar viel gelacht habe. Er habe dabei einen ziemlich guten Humor an ihr feststellen können. Von diesem Humor werde im Zusammenhang mit Kate Assperg nie geredet. Holtrop gab ihm recht. Natürlich war sie witzig. Der böse Mensch ist witzig. Seine Bosheit macht ihm Spaß, denn sie macht ihn stark, die Stärke macht ihn siegreich, das Siegen macht ihn witzig. Und die Unterlegenen kann der Böse dann zum Spaß mit seinen Witzen gut verhöhnen.

Holtrop erinnerte sich durch Salgers Erzählungen an seine eigenen Anfänge bei Kate Assperg. Auch ihn hatte Kate Assperg zuerst als ihren neuen Golden Boy adoptiert und sofort in den Kreis der Ihren aufgenommen, dort vorgezeigt und vorgeführt. Auch Holtrop hatte gar nicht bemerkt, dass andere, Ältere, ihm gegenüber zurückgesetzt wurden, im selben Moment, wie er diesen Älteren von ihr vorgezogen wurde. Und wie jetzt Salger hatte auch er diese Zuwendung als Ausdruck einer menschenfreundlichen Herzlichkeit von Kate Assperg empfunden, die es ihm leichtgemacht hatte, Sympathien für sie zu haben. All das lag schon so viele Jahre zurück, aber es war so gewesen, er hatte sie anfangs selber einfach gern gemocht. Und da fiel ihm auch ein, was sie ihm mit ihren Blicken, die sich zornig von ihm abwendeten, sagte: »Du magst mich nicht mehr. Das bestrafe ich.«

Plötzlich war Holtrop von Salgers guter Laune gestresst. »Was erlauben Salger!« dachte Holtrop. Salger machte Holtrops Gutgelauntheit einfach nach, auch Holtrop gegenüber, er wusste noch nicht, dass eine solche Entreißung und Übernahme von positiven Eigenschaften des Ober durch den Unter dem Unter im Umgang mit dem Ober normalerweise nicht gestattet war. Das Provinzielle von Salger, vielleicht auch sein Ostlertum wurden daran sichtbar, das mangelnde Gefühl für die ganz groben, tief liegenden Unterschiede von Rang. Rang, Gleichheit und Unterschied waren im Ordnungssystem von Salgers inhaltistischem Karrierismus ganz auf die Qualität der Arbeit ausgerichtet, Rang war für ihn von daher bestimmt. Wenn Salger fachlich gut war, fühlte er sich niemandem, der darin nicht besser war, nachgeordnet, auch seinem Chef Holtrop nicht. Und genau das war es, was Holtrop an Salger so erfrischend fand. Dass Salgers gute Laune ihn jetzt grantig machte, wollte Holtrop nicht akzeptieren. Grant war die Endstation der Mächtigen. An dieser Endstation wollte Holtrop noch nicht angekommen sein. Er unterbrach Salger und fragte ihn nach seiner Einschätzung der Brosseaffäre. »Oh!« sagte Salger, »ich soll doch nicht etwa ehrlich sein?« »Nein«, antwortete Holtrop, zu seinem eigenen Erstaunen erleichtert, »ehrlich gesagt, lieber nicht!«, keine schlechten Nachrichten mehr an diesem herrlichen Morgen in Hamburg, er werde Salger später nocheinmal, wenn er in Schönhausen sei, anrufen, »vielen Dank, bis dann!«. Der Grant war weg. Von der Aussicht auf das Negative, was Salger gleich zu sagen gehabt hätte, war der Grant, der von Glück und Überdruss an Glück bedingt war, beseitigt worden. Ungrantig nahm Holtrop einen letzten Schluck Kaffee. Er würde nach Schönhausen fahren und doch noch zu dem Frühstück zu Kate Assperg gehen. Denn er wusste durch das Gespräch mit Salger plötzlich wieder, wie er ihr begegnen wollte, offen werbend. Diese Idee elektrisierte Holtrop. Er schrieb eine Mail an Dirlmeier: »Brauche Terek sofort!« Dann ging er unter die Dusche, zog sich an und checkte zehn Minuten später in der Halle des Atlantic aus. Vor der Türe stand sein Wagen. Terek kam auf ihn zu und nahm ihm seine Tasche ab. Dann brausten sie los. Es war kurz nach zehn. Hamburg, Hannover, Warstein, Schönhausen, 267 km. In zwei Stunden wollte Holtrop in Redecke sein. Ob das denn zu schaffen sei, fragte er Terek. »Selbstverständlich!«, sagte der und freute sich, endlich einmal wieder als rasender Fahrer gefragt zu sein. Holtrops Optionen fächerten sich in verschiedene Richtungen hin auf. Nach dem Auftritt in Redecke war klar, was folgen musste: Brosse entfernen, dann den alten Assperg. Es gab dabei jeweils eine rechtliche und geschäftliche Seite zu bedenken, eine persönliche und eine firmenbezogene, eine informationelle, institutionelle, zuletzt natürlich auch eine finanzielle Seite. Sie erreichten die Autobahn, Terek beschleunigte den Wagen. Nach nur zehn Kilometern immer auf der linken Spur: links blinken und so scharf wie möglich auf den Vordermann auffahren, um den aufzuschrecken und nach rechts zu scheuchen, Durchschnittstempo trotz dichtem Verkehr bei 210 km/h, standen sie im Stau. Vorne blinkten bunt die Warnblinkanlagen, Holtrop sah

Scheinwerfer, Rücklichter, Bremsspuren, Rauch. Vor wenigen Minuten erst musste hier ein schwerer Unfall passiert sein, die Autos standen stehend fest, Terek machte den Motor aus.

## XXVIII

Holtrop sah den Unfall und erkannte sofort die Ursache: der menschliche Faktor. Wieder einmal war irgendjemandem ein Fehler passiert. Weniger Dummheit und weniger Faulheit würden zu mehr Gewinn und Glück für alle führen, nicht nur im Reich Assperg. Das war Holtrops Hauptidee: mehr Glück für alle. Mehr Arbeit, mehr Glück, mehr Geld. Durch weniger Frechheit und mehr Freiheit käme es zu weniger Unglück und zu mehr Freude an der Arbeit. Die Anstrengung dazu müsste aber durch mehr Freiheit bewirkt werden, eben nicht durch gesteigerte Strenge oder Überwachung. Holtrop hatte sich mit den Arbeiterbewegungen seit den 1830er Jahren dahingehend auseinandergesetzt, dass er für sich selbst zu dem Schluss gekommen war, einen idealen KOMMUNISMUS für das entscheidende tertium comparationis oder zumindest non datur oder debitur zu halten, jedenfalls für sich und seine Arbeit im Office of the Chairmann der Assperg AG.

Holtrop wollte diesen Gedanken mit Bodenhausen besprechen und versuchte sofort dort anzurufen, stellte aber fest: Funkloch. Holtrop schaute vom Telefon auf, der Wagen stand immer noch. »Was ist los?« dachte Holtrop, keinen einzigen Zentimeter hatten sie sich in den letzten vierzig Sekunden nach vorn bewegt. Vorne sah Holtrop Leute laufen, Feuer, eine Verpuffungsreaktion hatte zu Gasbrand an einem der Wracks geführt, der Lack schmorte schwach.

Von hinten wurden Sirenen der Rettungsfahrzeuge hörbar, die Autos im Stau bewegten sich langsam auseinander, in der Mitte entstand eine freie Spur, auf der zwei Polizeiwagen und ein roter Notarztwagen mit Lichtern und Sirenen nach vorne zur Unfallstelle rasten. Holtrop erkundigte sich bei Terek, ob es bei ihm auch Probleme mit der Funkverbindung gebe. Terek drehte sich langsam um und nahm, um Holtrop besser zu verstehen, den rechten Kopfhörer aus seinem Ohr. »Haben Sie den Flash korrekt aktiviert?« »Keine Ahnung.« »Was zeigt denn Ihre Dashkontrolle?« »Meine was?« Terek ließ sich das Handy von Holtrop geben und drückte verschiedene Knöpfe, sagte dann »geht doch« und gab das Handy über seine Schulter nach hinten zu Holtrop zurück. »Sehr gut«, sagte Holtrop, »danke.«

Draußen knatterte der Rettungshubschrauber unsichtbar von hinten heran, zerhackte die Luft über dem Wagen Holtrops mit rhythmischem Lärm, dann stürzte der Körper des kaum mehr als wespengroßen Hubschraubers grellfarben vor Holtrops Augen in die Tiefe, fing sich über dem Boden und setzte auf der Gegenfahrbahn der Autobahn auf, keine dreißig Meter von Holtrop entfernt. Die Rotorblätter verlangsamten ihre Drehung, drehten sich aber noch, als die ebenfalls grellbunt bekleideten Rettungssanitäter aus dem Hubschrauber gekrabbelt kamen und gebückt mit ihrer Bahre zur Unfallstelle liefen, um die Verletzten abzutransportieren. Währenddessen hatte das Handy die Verbindung zu Bodenhausen aufgebaut, Bodenhausen saß in einem Wiener Plüschhotel am Frühstückstisch.

»Was willst du?« rief Bodenhausen, »hast du kurz Zeit?« fragte Holtrop, und Bodenhausen sagte: »in zwei Minuten, kann ich dich zurückrufen?«, Holtrop: »klar!«. Holtrop wartete. Jetzt müsste man im Geist den berühmten Yogakopfstand machen, der in der höheren Kokoloreswelt der mittelalten Frauen, die die Yogabekehrung schon eingeatmet und Ungeduld als niederes Dhárma längst komplett aus sich herausgeatmet hatten, das weit offene Tor zur allerhöchsten Hánuma Sánana war. »Kannst du eigentlich Yoga?« fragte Holtrop Bodenhausen, als der anrief. »Nee, wieso?« »Ich bin immer so ungeduldig, vielleicht kann man das wegyogen.« »Nimm lieber Östrogene«, meinte Bodenhausen, »das wirkt schneller.« »Du bist ja auch so ungeduldig, nimmst du denn Östrogene?« »Nee, ich bin auch so schon dick genug.« Dann redeten sie über die von Holtrop heute Morgen durchkalkulierten beruflichen Optionen.

Holtrop war wirr, nur deshalb war seine Laune gut. Aus Sicht von Bodenhausen, 50, Wiener, Philosoph, sehr vermögend, hatte Holtrop keine beruflichen Probleme, sondern persönlichkeitsstrukturelle Defekte, die Bodenhausen für unkorrigierbar hielt. Das hinderte ihn nicht daran, alle zwei Wochen mit Holtrop zu telefonieren und Spaß daran zu haben, sich dessen neueste Sicht der Dinge anzuhören. Von den vielen Unternehmern und Managern, die Bodenhausen kannte, war Holtrop wahrscheinlich wirklich der durchgeknallteste, allein das war Bodenhausen natürlich sympathisch. Unsympathisch war, wie Holtrop selber diese Durchgeknalltheit kultivierte. Es kam Bodenhausen so primitiv vor, dass Holtrop alles, was gut ankam, verstärkte, anstatt es abzuschwächen, primitiv, naiv, falsch, in manchen Bereichen auch gefährlich. Was Holtrop von dem wenig gut beleumundeten Kölner Finanzimpresario Mack erzählte, dem er jetzt neulich die Verwaltung über sein gesamtes privates Vermögen übertragen hatte, klang in Bodenhausens Ohren nicht gut. Es war immer wieder faszinierend zu sehen, wie wenig gut die Leute das Glück, plötzlich viel Geld zu haben, verkrafteten, wobei das Viel von dem bestimmt war, was sie vorher hatten. Von zweihunderttausend Euro mehr oder weniger wäre ein Holtrop nicht überfordert gewesen, auch zwei Millionen hätte er gut brauchen und bestens in sein Leben, vorallem aber sein Denken und Fühlen, integrieren können. Die vierzig Millionen Euro aber, die jetzt für den Fall, dass Holtrop von der Asspergspitze abging, über ihn hereinzubrechen drohten, waren für Holtrop *zu viel* Geld. Die Dämonie des Geldes wirkte vermittelt über die Hoffnung, vorher nicht erreichbare Möglichkeiten der Lebensführung für sich Wirklichkeit werden lassen zu können. Der Vorgriff auf zukünftige Potentialität fesselte den Geist der Menschen auf stier monomane, selbstzerstörerische Weise. Von herrlichsten Möglichkeiten in der Zukunft war die Gegenwart düster verschattet. Denn jede geldgegebene Möglichkeit war jetzt von der Angst begleitet, dass sie im nächsten Moment genauso imaginär geworden und wieder verschwunden sein könnte, wie das plötzlich sie ermöglichende Geld imaginär und plötzlich, warum?, wodurch verdient?, im eigenen Besitzbereich erschienen war. Unruhe, Gier, Angst waren die Folge sofort, auf Dauer dauernde Schlechtgelauntheit und Verblödung. Vor allem die Verblödung der plötzlich reich gewordenen Menschen war für Bodenhausen, dessen Wälder, Güter, Grund- und Landbesitzungen schon seit Generationen in der Familie waren und von Wien aus weit nach Tschechien und Ungarn reichten, ein interessantes Kapitel. Nur die Liebe konnte eine vergleichbar totale Herrschaft über den Geist des Menschen errichten wie das Geld. Aber dem Geld fehlte das die Egomanie auch der Liebe konternde Element des duwärts gerichteten Wahns. Der Wahn des Geldes war weltlos und menschenleer. Diese Leere treibt die Geldverrückten in der traurig obsessiven Weise, die man aus der gelb- und rotbunten Gesellschaftspresse, leider aber auch aus der Wirklichkeit kennt, manisch zueinander. Hast du schon, warst du schon, gehst du auch? Dabei stolperten sie einem Nichts hinterher, Männer wie Frauen übrigens, auch der bösartigste

Sexist wird da keinen Unterschied zum Nachteil der Frauen feststellen können, gleichermaßen, das ihnen unverständlich und final unerreichbar blieb, ihnen bei jedem Kontakt aber ein Stück ihrer Seele entriss. Restseelenruinen blieben übrig, ohne Seele aber hat das Denken, egal wie scharfsinnig betrieben, keinen Kompass, kann die richtige Richtung nicht erkennen, bleibt es dumm. In dieser Gefahr der von privater Geldgier angetriebenen Verblödung sah Bodenhausen auch seinen Freund Holtrop, sagte ihm dies auch, was in Holtrop aber nur Abwehrheiterkeit und flapsige Sprüche hervorbrachte, keinen auf sich selbst und das Problem gerichteten Gedanken. »Du hast ja gut reden«, sagte Holtrop, »mit deinen Latifundien, Moment, ich höre jemand klopfen!« »Natürlich, gut, bis bald.« Sie verabredeten noch ein Anschlusstelefon eventuell morgen, dann nahm Holtrop den anklopfenden Anruf, der von Salger kam, entgegen und lehnte sich zurück.

## XXIX

Vier Stunden später machte Holtrop den nächsten Fehler. Zu dem Frühstück bei Kate Assperg, bei dem Holtrop zum ersten Mal seit vielen Monaten wirklich hatte dabei sein wollen, war er durch den Verkehrsunfall auf der Autobahn hinter Hamburg und den davon verursachten mehrstündigen Großstau in halb Zentralniedersachsen, der auch auf allen Landstraßen zwischen Lüneburger Heide, Teufelsmoor und Dümmer den Verkehr praktisch zum Erliegen gebracht hatte, so spät gekommen, dass überhaupt niemand mehr da war. Kein einziger Wagen parkte noch vor der Schlossauffahrt, als Terek nach einem wilden Ritt die kleinen Straßen vom Bokersee hoch um zwölf nach drei

Uhr in Redecke angekommen war und sich mit einer fassungslosen Enttäuschung im Gesicht zu Holtrop umgedreht hatte. »Zu spät«, sagte Holtrop, »verdammt nochmal.« »Es tut mir leid, schneller gings nicht.« »Ich weiß.« Holtrop hatte einen Moment überlegt, trotzdem hineinzugehen und Kate Assperg seine Herzlichkeitsoffensive wie geplant, nur eben jetzt privatim direkt ins Gesicht zu spucken. Aber ohne Zuschauer gab es keine Kate Assperg, ohne Zuschauer war sie nicht etwa ein etwas veränderter Mensch, ohne Zuschauer war Kate Assperg inexistent. Es war sinnlos, jetzt mit ihr zu reden, und Holtrop, der einem Impuls folgend ausgestiegen war, um dennoch hineinzugehen und per lebende Aktion sein Veto gegen diesen Schwachsinn im Reich Assperg ein für alle Mal einzulegen und so wenigstens zuletzt gegen all das nocheinmal aktiv, egal wie sinnlos, zu protestieren usw, hatte sich umgedreht und nur »nein!« gedacht und leise »nein!« gesagt, war wieder eingestiegen, und dann war Terek langsam wieder losgefahren.

Kurz hinter der verschlammten Senke vor Bokel gab es einen in den Wald abzweigenden Forstweg, dort sah Holtrop im Vorbeifahren den Wagen seiner Frau, dunkel vor dunklem Hintergrund, stehen, und seitlich in der Tiefe hatte man noch einen zweiten Wagen zwischen den Ästen hell hervorblitzen gesehen. Aber vielleicht war das auch eine Augentäuschung. »Moment mal«, sagte Holtrop, »war das nicht eben der Wagen meiner Frau?« »Wo meinten Sie?« »Da hinten, bei dem Weg!« »Habe ich selbst jetzt nichts gesehen«, sagte Terek und verlangsamte die Fahrt. »Soll ich zurücksetzen?«, fragte Terek, blieb stehen, und Holtrop drehte sich nach hinten um und schaute durch das Rückfenster. »Ich weiß nicht, nein. Das heißt, zur Sicherheit, fahren Sie die paar Meter doch zurück.« Tatsächlich war es dann eines dieser Brandbilder, die Holtrop zu sehen und, durch seine hochgespannte Erregung extrem herausvergrößert und zu Ultrazeitlupe verlangsamt, in sein Gedächtnis eingebrannt bekam: links stand Salgers Wagen, leer, rechts der Wagen von Pia Holtrop, und man sah, wie die Köpfe der zwei in diesem Auto sitzenden Menschen, die im ersten Augenblick in der Mitte sehr nahe beieinander gewesen waren, gerade wieder auseinandergingen.

»Alles okay«, sagte Holtrop zu Terek, »fahren Sie weiter.« Den restlichen Weg nach Schönhausen war Holtrop in Gedanken hochkonzentriert mit der für morgen von ihm geplanten Pressekonferenz zu den Konzernsicherheitsfragen befasst, während im Hintergrund das Heer aller Holtrops, die je Liebe empfunden hatten, mit den Beseitigungsarbeiten an den vom Brandbild verursachten Zerstörungen beschäftigt war. Im Büro kam Dirlmeier im Gestus der Dringlichkeit auf Holtrop zu. »Moment!« sagte Holtrop und hielt Dirlmeier seine Handflächen offen entgegen, um ihn zu stopen, »drei Minuten!«, und Dirlmeier ging hinaus. Ohne Holtrops willentliches Zutun wurde von Holtrop automatisch die Mobilfunknummer von Pia Holtrop angewählt, die Mailbox, die sich meldete, dann aber nicht besprochen. Dann kamen Riethuys und Flath zusammen mit Dirlmeier zu Holtrop ins Zimmer, und alle äußerten sich zu Holtrops Idee mit der Pressekonferenz am morgigen Sonntag sehr reserviert. Die meiste Zeit ging die Debatte, die von Riethuys und Flath fast beleidigend desinteressiert und schlaff geführt wurde, um die Frage, ob eine solche Pressekonferenz als befreiende Offensivaktion oder umgekehrt als Zeichen von Panik aufgefasst werden würde. »Wir sollten den Fall weniger hoch hängen«, meinte Flath, und Holtrop schrie jetzt fast: »Aber der Fall hängt da oben, hier!« und zeigte wütend zur allerdings auch hier nicht so sehr hoch hängenden Decke seines Büros hoch. Das kurze Schweigen, das jetzt folgte, die Stille, in der nichts gesagt wurde und nichts geschah, versetzte Holtrop, das wussten alle, und Dirlmeier, der sich als einziger wirklich dafür interessierte, konnte es Holtrops Gesicht in dem Moment ansehen, in eine wahnsinnige WUT. Ein Choleriker wie Schily oder Trüby hätte jetzt losgeschrien, hätte die berühmten Aschenbecher und Aktenordner von sich und irgendwohin in das Zimmer hineingeworfen, hoffentlich nicht in Richtung eines menschlichen Körpers, hätte dem Gegenüber durch die Teilhabe an dieser beherrschungslos ausgelebten Explosion, dem Ausbruch der Gefühle, aber doch immerhin die Herzlichkeit des Einblicks in das hocherregte Innere gegönnt, vielleicht eine menschlichere Reaktion als die bösartige, eisige Erstarrung und Bewegungslosigkeit, mit der Holtrop die wegen des etwas zu lange andauernden Schweigens seiner Mitarbeiter in ihm tobende Wut in sich verschlossen eingeschlossen hielt, absolut unerreichbar innerlich, und Dirlmeier wusste in dem Moment wieder einmal, wie kaputt und zuinnerst abgetötet Holtrop tatsächlich war, ein Freak, ein Irrer, ein Psychopath nur ohne Hitlerbart. Holtrop klopfte mit den Fingerkuppen beider Mittelfinger ganz leicht auf die Tischplatte vor sich und schaute durch Dirlmeiers Blick, der Holtrops Gegenblick suchte, hindurch ins Nichts.

Die Pressekonferenz ging aus der Vorstellung Holtrops in die Realität über und schaute dort extrem anders aus als erwünscht. Fahl und fahrig saß Holtrop zwischen Flath und Sennheiser, und die Meute der ihn jagenden Journalisten drängte lustvoll brutal als übermächtiges Kollektiv auf ihn ein, auf ihn allein. Die Pressekonferenz war ein Fehler, Flath hatte recht gehabt, und wieder waren die Resonanzen ein Desaster, noch schlimmer und greller als die desaströse Realität in echt schon gewesen war. Das also war der Juni gewesen, zuerst gut, Holtrop hatte sich von den Niederschlägen der achtzehnten Kalenderwoche erholt, war wieder gesund geworden, hatte dann aber Pech gehabt und neue Fehler gemacht, schlecht.

## XXX

In der Vorstellung, nicht mehr viel Zeit zu haben, erschien Holtrop jetzt jeden Morgen vor sieben Uhr in der Hauptverwaltung an seinem Schreibtisch und entwickelte hektisch Aktivitäten in alle Richtungen. »Den Fall neu denken«, dachte Holtrop dauernd, es war aber eine sinnlose Melodie in seinem Kopf, weil an Denken in strengem Sinn wegen der inneren Hektik nicht mehr zu denken war. Andererseits war es auch nicht so, dass sich das extrem unnormal angefühlt hätte für Holtrop, denn die tatistisch orientierte Wirrheit war der Normalzustand seines Geistes, an den er sich in den Jahren der Fraglosigkeit gewöhnt hatte. Für Bilanzen war es zu früh. Aber Flashs aus allen Asspergjahren flammten frei und von allen Seiten her in Holtrops Hirn auf, während seine Augen auf die Papiere, die er vor sich ausgebreitet hatte, schauten und die Willensstelle in seinem Vorderhirn über den Augen die Konzentration der Gesamtperson Holtrop auf die dort schriftlich verzeichneten Worte einzustellen sich bemühte, allerdings vergeblich. Gruppe Print. Jagd, Uhren, Sport. Frau TV, Tier TV, Haus TV. Gruppe Geld. Play, Now, Young. Gruppe Service, Gruppe Welt, Gruppe Mensch und Human Resources. Einstellung, Gehalt, Karriere, Mobbing, Entlassung. »Entlassung«, dachte Holtrop und sah wieder die Totenmauer, in die man Thewe hineingestellt hatte, vor hundert Monaten war das gewesen, auf diesem unbeschreiblich unmenschlichen Totenfriedhof in Berlin. Eignungstest, Bedarf. Gruppe Food. Gruppe Gerät. Verkauf, Recht, Stiftung, Bank. Gesetze. Callcenter, Adressen. Illegal war alles, da hatte Blaschke recht. Unterhaltung, Internet, Computer, Werbung. Geld, GELD, Geld. Lächerlich waren auch Bodenhausens reich begüterte Hetzreden gegen das Geld. Südamerika. Spiele, Satellit. Asien. Produktion Textil, Produktion Gerät. Erze, Rohstoff, Gas. Osteuropa. Abbau Holz, Papierfabrik. Gruppe ganz Frankreich. Westeuropa Rest. Transport, Maut, Stahl. Gruppe Nordeuropa. Und natürlich, ja, lest we forget: Konzernsicherheit. Compliance, Überwachung. Intrige. Dolch, Gewand etc. An jeder dieser Stellschrauben könnte und müsste man drehen, am besten in die richtige Richtung, das war klar, aber es war auch absolut klar, dass kein Mensch wusste, was genau daraus folgen würde und ob die gewählte Drehrichtung folglich die richtige oder nicht doch, wie so oft, wieder einmal die falsche war, schon gar nicht Holtrop.

Das Leben des Menschen in der Gegenwart dauert drei Tage, mehr Zeit kann er nicht inkorporieren und so verlebendigen. Und weil die Gegenwart des Geistes nur drei Sekunden dauert, ist der Geist vom Leben dauernd so sehr, fast unmenschlich, möchte man sagen, überfordert. Holtrop, bei dem diese Existenzfaktizitäten nur besonders deutlich ausgeprägt waren, war insofern auch in diesem Moment an seinem morgendlichen Schreibtisch nur ein kleines Beispiel allgemeiner Art für Grundbedingungen der Arbeitswelt Büro, egal ob oben oder unten. Frau Rösler erschien, brachte Kaffee und Unterschriftenmappe mit, wie immer, nur dass Holtrop heute endlich einmal die von Frau Rösler für ihn dabei auch mitgebrachte Freundlichkeit so auffassen konnte, wie sie von ihr gemeint war, hintergedankenlos freundlich. »Guten Morgen, Herr Dr. Holtrop!« »Guten Morgen, Frau Rösler.« Holtrop schaute auf, sie schaute zurück, nickte und ging hinaus.

Holtrop hatte sich den Brossebrief, mit dem Brosse Holtrop endgültig den Krieg erklärt hatte, herausgenommen und verfasste jetzt ein an den alten Assperg gerichtetes Schreiben, das in aufgeräumter Stimmung, aber auch holtropisch spirited, den Fall und die Lage, den Streit, mögliche Lösungswege, Alternativen, Perspektiven und Konsequenzen ganz ruhig darlegte, ein Testament, das sich sehen lassen konnte, wie Holtrop beim mehrmaligen Durchlesen der handgeschrieben neun Seiten dachte. Nachdem dieser Brief per Hausbote nach drüben in den Stiftungsvorstand gebracht und dem alten Assperg übergeben worden war, passierte lange nichts. Stündlich rechnete Holtrop mit einem Anruf von drüben. Es kam aber kein Anruf. Der alte Assperg rührte sich nicht, den ganzen Tag nicht. Auch am nächsten Tag und die ganze nächste Woche: dröhnendes Schweigen, über den Tümpel hin aus der Stiftung in das Office of the Chairman hinübergeschickt. Wie jeder Mächtige kannte der alte Assperg die Gewalt des Schweigens, und Holtrop wusste natürlich, was ihm da mitgeteilt wurde: du wirst zertreten. Holtrop war Ungeziefer geworden in der Welt des alten Assperg. Und der alte Assperg, dessen ganze Firmenphilosophie von nichts anderem als von Menschlichkeit handelte, war im Fall der von ihm gewählten Optionen, die Firma zu führen, so asozial und unmenschlich, wie es sein leicht schizoid abgetöntes Naturell hergab, ziemlich unmenschlich und *sehr* asozial. Holtrop wartete. Er machte seine Arbeit weiter, hatte sogar wieder Spaß daran wie lange nicht mehr, bis Ende Juni, Anfang Juli ging das gut, zwischendurch beförderte Holtrop den Plan Freiheit, wie Mack die Exitstrategie genannt hatte, traf Mack und unterschrieb viele Papiere, das private Vermögen betreffend, und der beste Arbeitsrechtler der Republik, den ausgerechnet Binz ihm empfohlen hatte, Prof. Gauweiler, von der Münchner Kanzlei Bub, Gauweiler & Partner, hatte sich Holtrops Falls angenommen, auch das war Teil der Exitstrategie, auf mögliche Eventualitäten ordentlich vorbereitet zu sein. Wie in den Monaten davor war Holtrop wenig auf Reisen, arbeitete lange und späte Stunden im Büro, und gar nicht so selten war es tatsächlich er selbst, der als allerletzter die Hauptverwaltung verließ und aus dem Haus nach draußen trat, die Luft der Sommernacht einatmete und sich von schwermütigen Gefühlen erfüllt nach Hause fahren ließ.

Der Sommer war heiß und die Nächte kurz. Holtrop hatte nichteinmal Akten mitgenommen, es war halb zwölf, am Wagen stand wieder der Ersatzfahrer Zuber und wollte ihm die Aktentasche abnehmen. »Gar nichts dabei heute?« sagte Zuber und machte die Türe auf. »Nein.« »Ist auch schon spät.« »Da haben Sie recht.« Holtrop warf sein Jackett ins Auto und setzte sich hinein. Er lehnte sich zurück. Glück und Wohlwollen war der Name der perfekt gemachten Sitze, der Polster, der gesamten Atmosphäre des Autoinnenraums, Mercedes Benz, gepriesen sei der Name dieser Firma. Zuber startete den Motor, das Licht ging aus, und dann schwebte das tiefblau umhüllte Innere der Fahrgastzelle durch die Nacht, vom Industrievorort Reudnitz im Osten über den hell erleuchteten Stadtzubringer, die Laternen waren eine Spende der Asspergstiftung an die Stadt, auf Großschönhausen zu. »Zu leben ist manchmal nichts als Tapferkeit«, stand auf einer Werbetafel, die ein Parfum annoncierte, mitten in den Vorstadtbrachen, daneben die riesige Rotsponraffinerie, hell angestrahlte Flachbauten, von einem hohen, ebenfalls grellweiß beleuchteten Zaun umgeben. Dann kamen McDonald's und Pizza Hut, Buden, Kneipen und die Diskothek CELEBRITY. Eine Gruppe von Jugendlichen ging auf die Türe zu, die sich in dem Moment öffnete, ein Mann trat heraus, machte in Richtung der Jugendlichen eine Armbewegung und spuckte vor sich auf den Boden aus. Holtrops Kopf drehte sich minimal nach hinten, um dem Bild folgen zu können, ohne aber wirklich teilzuhaben an der Poesie der Objektivität der Vorgänge in diesem Augenblick. Dann schwenkte der Wagen links auf den Stadtring nach Westen ein. Die Autobahn hier war dunkel und kaum befahren, Zuber schaltete das Fernlicht an und beschleunigte. Holtrop wunderte sich darüber, beugte sich vor, um die Tachometeranzeige ablesen zu können, 240 km/h, das war die Legitimität der Neuzeit. In den Häusern abseits der großen Verkehrsadern waren die Menschen sicher, in der Luft und auf den Straßen rasten auch nachts Irre in großem Tempo von einem Ort zum anderen, um dorthin zu kommen, wo sie gerade sein wollten, um dort irgendetwas zu erledigen, Leben ohne Aufschub: »gut«, dachte Holtrop, »sehr gut«. Der alte Assperg war zu alt, um davon noch etwas wissen zu wollen, das war die Tragödie des Gesamtkonzerns Assperg AG, die der CEO Holtrop gar nicht ändern konnte. Kurz vor Taubach ging Zuber vom Gas, die Fahrt verlangsamte sich, der Ausfahrtskreisel Taubach, der die südwestlichen Vororte Schönhausens bediente, war von gigantischen Neonlaternen so hell wie ein Stück belgische Autobahn erleuchtet, Holtrop sah, vom wandernden Lichtkegel erhellt, den angespeckten Kragenrand von Zubers Jackett, die Fettrolle des Nackenwulstes, die dünnen Haarreste am unteren Hinterkopf darüber, dann beugte sich Zuber etwas vor beim Bremsen, der Wagen neigte sich wieder in die Kurve, es ging hinunter, es ging hoch und auf die Ampel, die noch Rot zeigte, am Ende der Ausfahrt zu. Das rote Licht der Ampel wurde immer größer, heller, je näher der Wagen Holtrops kam, und sprang dann rechtzeitig, von einem in den Teer der Straße eingebauten Kontaktsensor informiert, um auf Grün, wie immer. Dann wieder in Zeitlupentempo durch Prieche hindurch, endlich der

Abschied von Zuber, »schlafen Sie gut«. Im Haus machte sich Holtrop ein Feierabendbier auf, stand an den Kühlschrank gelehnt da und nahm einen Schluck. An guten Momenten hatte es in seinem Leben, dachte Holtrop, jedenfalls nicht gefehlt. Und weil der Folgegedanke dieses Resümee als *Sterbebettgedanken* bezeichnete, lachte Holtrop grimmig auf.

## XXXI

Es war wirklich absurd, aber am Dienstag, den 23. Juli, mitten in den großen Sommerferien, bekam Holtrop zuletzt doch noch den Anruf des alten Assperg. »Wir sind auf Mallorca. Kommen Sie zu uns!« Es war eine sentimentale Reise für Holtrop, an deren Ende er sich ja doch nur die imaginären Entlassungspapiere abholen durfte. Aber kaum saß er im Hubschrauber, war die alte Söldnerlust da, der happy young man, der er im Kern war, wieder aufgewacht. Schmeiß mir deinen Fallschirm her und wirf mich raus, wo sie mich brauchen. Wer diese Lust nicht kannte, würde keinen erfolgreichen Manager aus sich machen können, egal welche Talente er sonst noch hatte. Die Redadairbrandeinsätze fürs Geschäft hatte Holtrop immer geliebt, die Panik, den Buzz, den Blindflug durch schwere Wetter und über die Wolken. An der Küste Spaniens entlang südwestwärts, das war doch keine schlechte Bewegung. »Erlauben Sie, dass ich meiner Freude Ausdruck gebe«, sagte Holtrop vorne im Cockpit des nur von ihm als Passagier benützten Firmenjets zu den Piloten, »und Sie auf ein Glas Champagner einlade!« »Ist leider verboten, Chef.« Die Besatzung liebte Holtrop, normalerweise durften sie im Sommer nur die von Kate Assperg überall in Europa zusammenbestellten Kurzpflanzen und Kriechbäume in der Gegend herumfliegen, dann und wann auch die speziell im Sommer besonders verbissen eingedörrte Kate Assperg selbst. Auch heute waren im hinteren Teil der Maschine diverse Gartengerätschaften und Pflanzen mit an Bord, »die Sachen kann Holtrop mitbringen«, hatte Kate Assperg ihrem Mann befohlen, der hatte die Anweisung an Holtrop weitergegeben. »Kann ich gerne machen«, hatte Holtrop geantwortet, ohne zu wissen, warum die Asspergs sich die Gartenutensilien nicht auf der Insel kauften, sondern von Firmenknechten im Firmenflugzeug anliefern ließen. »Aber gut«, dachte Holtrop, »bin ich Ahlers?« Und weil er Ahlers offensichtlich nicht war, war es ihm auch egal, wofür das Firmenkerosin, privatzwecklich entfremdet, sinnlos in die Luft geblasen wurde.

Schimmernder Dunst lag über der Insel beim Anflug. Klapprig, aber überall frisch abgespachtelt im Gesicht stand Kate Assperg in der Karstwüste ihres Gartens ein paar Meter vor dem Haus und krächzte Holtrop ihre Begrüßung entgegen. Zur menschlichen Kälte von Kate Assperg hatte Holtrop von Anfang an einen guten Rapport gehabt, aber die Verlogenheit war gewöhnungsbedürftig. Vor allem der Sound ihrer Stimme war schlimm: gequetscht, gepresst, gekünstelt. »Da kommt er also!« schrie sie viel zu hoch mit der vorgealterten Stimme des vierjährigen Mädchens, das in ihrem sadistischen Greisenkörper gefangen war. Hinter ihr trat der alte Assperg aus der Türe ins gleißende Licht des hohen Mittags. »Der verlorene Sohn«, sagte er zu Holtrop und streckte ihm seine Hand hin. »Ich wäre gern früher gekommen.« »Das sagen sie alle«, sagte der Alte, »nun kommen Sie schon herein.« Immer wenn Holtrop länger nicht mit dem alten Assperg zu tun gehabt hatte, war er erstaunt, wie wenig senil der Alte auf ihn wirkte, wie absolut erfreulich vital. Auch das diffuse Regime der Angst, das im Reich Assperg herrschte, war im Moment der direkten Begegnung mit dem Alten, obwohl der Terror doch von ihm ausging, von der Wirklichkeit des Fleisches quasi suspendiert. Da wusste Holtrop, dass er selbst an seinem Untergang schuld war. Er selbst hatte den Moment verpasst, wo er den Kontakt, der ganz normalen Abnutzungseffekten durch die langen Jahre des Zusammenarbeitens ausgesetzt gewesen war, von seiner Seite aus aktiv suchen hätte müssen. Dies hatte Holtrop versäumt, aus eigener Eitelkeit vorallem. Der Vorwurf von Kate Assperg, so scheußlich sie ihn auch vorbrachte, war im Kern völlig richtig: du magst mich nicht mehr. Das geht nicht, das ist erbärmlich. Und besonders dann, wenn es nur den einen dummen Grund hat, weil die Neuigkeit sich abgenutzt hat. Der Zukunftsfreak und Neuigkeitsapostel Holtrop, dem es auch aus dauernder Hektik heraus an der tieferen Herzensbildung fehlte, hatte keine zur Verhaltensführung ausgebildeten korrigierenden Intuitionen, die ihn vor dieser besonders wenig anziehenden Banalität, den Nahen nur deshalb zu verraten, weil er nahe und schon so lange da ist, bewahren hätten können. Und sein sowieso fahrig zerrütteter Intellekt hatte auf die Dinge des Zwischenmenschlichen überhaupt keinen Zugriff. Die Schizoidität des alten Assperg, der Sadismus von Kate Assperg und der überdrehte Infantilismus von Holtrop: das war die nicht unbedingt unweigerlich untergangwärts bestimmte, aber doch dorthin von Anfang an tendierende folie à trois an der Spitze der Assperg AG gewesen in den vergangenen vier Jahren. Die Zeit war um, der Tag war da, es ist vorbei.

Hinter dem alten Assperg her ging Holtrop ins Haus. Hier war es dunkel und kühl. Holtrop fühlte sich erleichtert, alles war plötzlich so klar, so einfach, wie er immer wollte, dass alles sei. Aber so war es nie, nie war irgendetwas einfach, nichts war einfach. »Was ist das?« fragte

Holtrop und zeigte auf das Buch, das auf dem Couchtisch lag. »Hegel.« »Sie lesen Hegel?« fragte Holtrop freudig, weil er damit an frühere Gespräche mit dem Alten über Bücher anknüpfen konnte. »Lesen wäre zu viel gesagt, ich schaue manchmal rein.« »Interessant!« »Ja.« In dem *Punkt* hinter dem vom alten Assperg gesagten »Ja« und der darauf folgenden aggressiv defensiven, bewusst überdehnten Stille lag das ganze Elend des Alten. Er wusste nicht, was ein Gespräch ist, wann man wieviel gibt und nimmt, wann eine Pause, wann eine Suada dran ist. Holtrops Interesse erreichte ihn gar nicht. Er hatte irgendeinen Plan für diese Begegnung, den spulte der gestörte Kontaktautomat Old Assperg jetzt wie geplant ab. Ein Gespräch über Hegel war an dieser Stelle im Plan nicht vorgesehen und konnte deshalb auch nicht stattfinden. Bei Holtrop, der mit seinem herzlich offenen, interessierten Gesicht an der Mauer der Stille von Asspergs Schweigen brutal aufgeschlagen war, hatte sich im Aufschlagschmerz das Antwortwort gebildet: »Todessehnsucht.« Es war situationsbedingt unaussprechbar und wurde deshalb von Holtrop auch nicht ausgesprochen. »Nichts, Hegel, Tod«, dachte Holtrop, »kommen Sie mit«, sagte der alte Assperg, »wir gehen ein paar Schritte«.

Draußen waren Wolken aufgezogen. Das Grundstück der Asspergs lag in einer allseits uneinsehbaren Senke, nach Nordosten gegen das Meer hin geöffnet. Assperg und Holtrop gingen den Weg dort hinunter, Kate Assperg blieb oben am Haus stehen und schaute zu, wie die Rücken der beiden Männer im Gehen kleiner wurden, zuletzt verschwunden waren.

+ ə ɘ e

2010

# DRITTER TEIL

## I

Dann war es dunkel geworden, es war nichts zu erkennen, es war Nacht, im Keller kam Gas aus der Wand. Wer da? Alles ist erleuchtet, hieß es wahrheitswidrig untertags. Stimmt ja gar nicht, Lüge, falsch. Die Lüge aber steigerte noch mehr die Finsternis der Welt.

Den Menschen war das Ausmaß der Kaputtheit der Gesellschaft, die sie sich in den ersten zwei Jahrtausenden ihrer heutigen Zeit blind und willentlich, vernünftig, böse und kaputt erschaffen hatten, noch nicht vollumfänglich und in seinem ganzen Übermaß bekannt. Hier ein Tod und da, dachte jeder, der noch lebte, dort ein Unfall, da die Katastrophe mittlerer, hier eine von riesenhafter, bald auch schon planetarischer Dimension. Die Meere erhoben sich gegen den Menschen, und die Erde tat sich auf und riss jeden, der nicht im eigenen Hubschrauber auf der Flucht war oder in einer interplanetarischen Rakete unterwegs richtung Mars, Geschichte, Südseeinsel Hoffnung und wie die Märchen sich alle nannten, die die Leute sich zum Trost gegenseitig erzählten, via Höllenschlund in ihre glutrot brodelnde Tiefe. Und jedes Einzeldatum galt jedem einzelnen zunächst nur als neues isoliertes weiteres Einzelereignis, das eben so passierte, mehr nicht. ESCAPE ESCAPISM, stand in großen Buchstaben am Gymnasium von Schönhausen, read on, take care.

Am Mittwoch, den 31. Juli 2002, kam Holtrop nachmittags um halb fünf zuhause an. Assperg war also Geschichte. Der letzte Arbeitstag lag hinter ihm. Es war herrliches Wetter, er hatte ein Taxi genommen. Terek war schon seit vergangenem Freitag dem neuen Vorstandsvorsitzenden Wenningrode als Fahrer zugeteilt. Holtrop war das egal. Es ging auch ohne Fahrer gut. Man ruft ein Taxi, das Taxi kommt und fährt einen, wohin man will. »Bringen Sie mich nach Hause«, hatte Holtrop zum Taxifahrer beim Einsteigen gesagt, sich dann sofort verbessert und seine Adresse genannt. Er war zwar nicht mehr CEO, verrückt geworden war er aber nicht. »Was bin ich schuldig?« sagte er zum Taxifahrer, bezahlte, gab exakt zehn Prozent Trinkgeld und ließ sich eine Rechnung geben. Das also war das neue Leben. Er stieg aus dem Taxi aus und schaute triumphierend auf die Haustüre seines Hauses. »Herrlich«, dachte er, atmete ein, das Taxi fuhr weg, dann ging er auf die Haustüre zu. Er sperrte sie auf. Er ging hinein. Er stand in der Vorhalle seines eigenen Hauses, mitten am Nachmittag eines ganz normalen Werktages, als freier Mensch. »Es ist vorbei!« rief er aus, quasi an alle gerichtet, und ging weiter ins Wohnzimmer. Da stand er dann und schaute sich um, schaute durch die Panoramafensterscheibe in den Garten hinaus, »ein gutes Gefühl«, dachte er, vom ungewohnten Moment noch ganz euphorisiert, und merkte im selben Moment, wie die Gutheit des Gefühls schon kippte und ungut wurde. Anruf bei Mack, er wählte die Nummer von Mack und hörte es läuten, wartete, schaute auf den Boden, lauschte in den Hörer hinein, da meldete sich die Mailbox von Mack, und Holtrop richtete sich auf und sagte, »es ist so weit, ruf mich zurück«. Dann ging er nach draußen. Dass niemand ihm antwortete, störte ihn kaum. Wahrscheinlich waren alle außer Haus unterwegs. Er ging quer durch den Garten über den Rasen auf den weißen Kaffeetisch, der in der Ecke unter den Bäumen stand, zu. Auf der

Tischplatte lag ein hellblaues Handtuch. Holtrop ging um den Tisch herum, setzte sich, nahm das Handtuch und hängte es sich um den Hals. Dann schaute er auf das Haus, schaute in den strahlenden Sommerhimmel darüber und stellte sich die einfache Frage: Wann hatte er zum letzten Mal den Himmel angeschaut?

## II

JULI. Ein Aufwind ging durch ihn durch, ein abiturientenhaftes Freiheitsgefühl erfüllte ihn für einen Moment: jetzt war er also endlich frei, die Welt stand ihm offen, alles war möglich, »ganz einfach«, dachte Holtrop, »herrlich«, der Zwang war weg, und von jetzt an würde er nur noch tun, was er wollte und wozu er Lust hatte und sonst nichts mehr. Das Gefühl war Kitsch, im Kern Depression, aber darüber wusste Holtrop, dessen Existenz bisher komplett von außen stabil gehalten worden war, wenig. Auch hatte er keine Erfahrung damit, wie die Leere der inneren Räume, die sich ihm plötzlich in den Gefühlsregungen öffneten, zu begehen, zu verstehen, ins Lebensganze hinaus zurückzuübersetzen wäre, er wusste gar nicht, wie das geht, in Dialog mit seinem Ich zu leben. Ungeduldig fiel sein Blick wieder auf das Handy, das auf der weiß lackierten Metalltischplatte des Gartentischs vor ihm lag, schwarz und stumm, und die ganze Zeit keinen Ton von sich gab, es war still, vibrierte nicht. Holtrop hörte ein Geräusch von hinten und drehte sich um. Bei den Büschen bewegte sich am Boden ein flüchtendes Tier durch erdnahe Zweige. Dann ein Schrei von oben, Holtrop schreckte erneut herum, schaute hoch und sah einen knäuelartig zusammengeballten Flugkörper durch die Leere des Himmels über sich in die Tiefe stürzen, ein ganz normaler Raubvogel, nur sehr schnell, der von hoch oben her auf die Baumwipfel am äußeren Rand des Grundstücks zuhielt. »Herr Holtrop?« »Ja?«, antwortete Holtrop und ging auf die Frau im Hausmädchenkostüm zu, die vor der Wohnzimmertüre auf der Terrasse stand. Sie hatte ein Telefon in der Hand und winkte ihm damit zu. »Ein Anruf für Sie aus Brüssel«, sagte sie, und während Holtrop nickte und »sehr gut« sagte und über die Wiese auf das Haus zuging, kam ihm der verdunkelte Hochraum in den Sinn, der in Luxemburg von der Veerendonckbank als Bargeldschleuse benutzt wurde, Freigeld aus Brüssel war dort für ihn eingetroffen. Der Raum, in dem die Akten wie Gefangene gehalten wurden, war ein hoher, düsterer, an den Wänden mit Regalen bis zur Decke hoch zugestellter Bankraum im Keller. Die Regale waren mit zusammengesunkenen Papieren gefüllt. Ein Wandstreifen war frei, dort hing eine Uhr. Darunter stand ein Schreibtisch, gegenüber ein Arbeitstisch, um den herum fünf Stühle, alles war aus grobem Kantholz gemacht, dicke hölzerne Bohlen am Boden, kein Teppich. Von draußen kamen Schritte näher. Die Türe ging auf, der von Mack beauftragte Bargeldbote kam herein, nickte, schaute sich um und nahm das auf dem Tisch für ihn bereitgelegte Kuvert an sich. »Vielen Dank«, sagte Holtrop zur Hausmädchenfrau und übernahm das Telefon von ihr, dann drehte er sich wieder gartenwärts und meldete sich in den Hörer hinein mit seinem Namen. Der Anrufer aus Brüssel machte ihm die erfreuliche Mitteilung, dass die vorzinslichen Überlaufbecken des Luxemburger Bargelddepots mit der heutigen Einzahlung auf doppeltes Fassniveau angehoben werden konnten, und erklärte die steuerrelevanten Implikationen dieser für Holtrop vorteilhaften Depotanpassung. »Aha, aha«, sagte Holtrop mehrmals, ohne Einzelheiten zu verstehen, »verstehe, sehr gut, danke« und ging dabei über die hell besonnte Wiese zum Gartentisch zurück.

III

AUGUST. Die Tage dauerten lange und endeten nie richtig, sie hatten eine undeutlich vernebelte Randlosigkeit um sich herum. Holtrop stand viel zu früh auf, egal wie müde er war, so früh wie in den früheren Zeiten der äußerlichen Pflichten, er ging zum Workout in den Keller, ging meist auch noch hinaus zum Laufen, und bevor die sonstige Familie wach war, saß er am bisher untertags noch nie benutzten Schreibtisch seines häuslichen Arbeitszimmers, um ein kleines Memorandum zu verfassen, das die Umstände seiner fraglich rechtswidrigen Entlassung als Asspergvorstandschef zum Gegenstand hatte. Die Arbeitsrechtler der Kanzlei Gauweiler hatten ihn durch ihre Fragen dazu veranlasst. Schwunglos hatte Holtrop die entscheidende Sitzung des Vorstands nach seiner Rückkehr aus Mallorca mit einem um Lockerheit bemühten Scherz zum Thema »Verfolgungswahn« eröffnet. Der Finanzhai Maddoff hatte sich mit einem großkalibrigen Gewehr in seinem New Yorker Büro erschossen. Auf CNN war der Trump Tower gezeigt worden, die Straße davor war mit blauweißen Polizeigittern abgesperrt, und aus dem goldgefassten, viele Meter hohen Eingangsportal war Maddoff in einem schmutzigbraunen Plastiksack, der auf einer Bahre lag, herausgebracht und in einen auf dem Gehweg geparkten Lieferwagen hineingeschoben worden, die Türen wurden zugeschlagen, die Aufschrift lesbar: The Coroner's Office. Holtrop dachte an seinen Großvater Johann Holtrop senior, der sich in den späten fünfziger Jahren, kurz bevor er die Firma an seinen ältesten Sohn Bernhard,

Holtrops Vater, endgültig übergeben hatte, im Keller seines eigenen Hauses selbst erschossen hatte, und zwar auf sehr spezielle Art, mit einem gaumenwärts in den Mund gehaltenen Schrotgewehr. Die von einer solchen Waffe mit einem so geführten Schuss verursachte explosionsartige Zerfetzung der gesamten oberen Schädelhälfte, also auch der oberen Hälfte des Gesichts, das bis zur Mitte der Nase völlig intakt geblieben, oberhalb davon in Fetzen, Splittern, Matsch und Augenhöhlenleere auseinandergerissen und an die Wand dahinter gesplattert worden war, konnte der von diesem Suizid betroffene Angehörige, zuallererst der damals gerade dreißigjährige Sohn Bernhard Holtrop, nicht anders auffassen denn als letzte, grausige Botschaft: das hast du aus mir gemacht, dein Vater. Maddoff, der Großvater Johann Holtrop senior und dessen fanalhafter Abgang in den Tod, den Holtrop mit fünf Jahren ungenau mitbekommen hatte, waren am entscheidenden Tag bei Assperg die Holtrops Handeln hemmenden Störgedanken gewesen, die ihm auch beim Schreiben seines Memorandums jetzt immer wieder ins Gedächtnis und vor Augen kamen, vorallem die schmutzstarrende Wand in dem aus dicken Luftschutzmauern gebildeten Kellerraum, an die hin der Großvater sich selbst exekutiert hatte. Von einem Herzversagen war in der Familie danach die Rede gewesen, daran hatten sich alle gewöhnt, und Holtrops Kinder wussten nur dies über den Tod des ihnen sowieso unendlich fernen Urgroßvaters. Holtrop hatte noch nie länger als einen halben Tag zurückgeblickt, zurecht und richtigerweise, wie er jetzt dachte, während er den Ablauf der Wochen vor der letzten Sitzung rekapitulierte, Begegnungen, Gespräche, Momente, aber da das Resultat ja unausweichlich feststand, war es sinnlos, den sich ebenso unausweichlich aufdrängenden Fragen nachzugehen, was genau er anders hätte machen können, vielleicht müssen, dass alles anders gekommen wäre: »ja, ja, ja«, dachte er wütend, empört, zunehmend auch manifiziert vom Sicherinnern und Schreiben, und dazwischen kamen Anrufe aus allen Ecken seines früheren Lebens, »wie gehts dir?«, »viel Glück«, »alles Gute«, und immer zorniger schrie Holtrop den angeblich um sein Wohl besorgten Neugierigen zu: »danke, bestens, vielen Dank!« Man will ja kein Mitleid, Mitleid ist schlimmer als Neid oder Hass, Fürsorge in Wirklichkeit doch nur Niedertracht. Aber kein Gedanke, auch dieser Wutgedanke nicht, fand Halt im Meer der Stunden, das jeder Tag war, ohne Termin, ohne Pflicht. Denn nichts von alledem, was Holtrop sagte, dachte oder niederschrieb, hatte irgendeine Folge irgendwo, für irgendjemanden oder irgendetwas, alles, was er machte, dachte, sagte, schrieb, blieb ohne Wirkung, folgenlos, aus einem simplen Grund: Die Macht war weg. Der Rand war weg, der Widerstand, er selbst. Mittags sollte er zum Essen nach unten zu den anderen kommen, er wollte aber nicht. Er blieb in seinem Zimmer. Einmal bekam er einen Anruf vom Spiegel, »Schmidt, der Spiegel«, und versehentlich redete Holtrop zu lang, zu ausführlich und zu ehrlich mit dem freundlich und gut informiert ihn befragenden Schmidt. Nach dem Auflegen war Holtrop unruhig, ob das von ihm Gesagte gegen ihn verwendet werden könnte, auch diese retrospektiv orientierte Unruhe war ihm fremd, neu und widerwärtig. Es gibt kein richtiges Leben im Denken, dachte Holtrop nicht direkt, aber eine Empfindung dieses Inhalts beschäftigte ihn und verärgerte ihn zusätzlich. Abends ging er schließlich ins Wohnzimmer und zeigte sich den dort vor dem Fernseher versammelten Mitgliedern seiner Familie. Die von ihm künstlich angegrinsten Kinder schauten den sinnlos vor sich hinnickenden Vater betrübt und angewidert an und waren froh, wenn er bald wieder weg war. Nachts lag Holtrop wach im Bett neben seiner Frau und rechnete in Gedanken die mit Mack vereinbarten Honorarzahlungen nach. Wenigstens der Gedanke an Geld beruhigte ihn, die Bezahlbarkeit der Welt war Faktum, zumindest mit seinem eigenen Geld konnte er immer noch machen, was er wollte. Er setzte sich auf, saß am Bettrand und hatte plötzlich die Idee, das kommende Wochenende mit seiner Frau in Paris zu verbringen, romantische Reise, einfach so, diese Idee war sogar realisierbar. Leise stand er auf und ging in sein Arbeitszimmer hinüber, der Computer war noch an, Holtrop drückte eine Taste, und der Bildschirm links von ihm wurde hell. Er wählte sich ins Internet ein, eine Melodie erklang, eine Frauenstimme sagte: »Sie haben Post«, aber Holtrop klickte die Mails nicht auf. Zurückgelehnt saß er da und dachte an Paris, aber in der Konkretion der Absicht, ein Hotel zu buchen, war ihm der Reiseplan sofort wieder verfault, verfehlt, absurd vorgekommen. Er wurde müde, ließ den Kopf in die Hände sinken, die Ellbogen auf den Tisch gestützt, das Gesicht in den Händen, saß Holtrop da, seitlich vom Licht des Computers bestrahlt. »Komm doch auch ins Bett«, sagte von hinten seine Frau, und er drehte sich zu ihr um und antwortete: »Du hast recht, ich komme gleich.« Er wartete, wollte gleich aufstehen, blieb noch einen Moment sitzen. Der Bildschirmschoner schaltete sich ein, es wurde dunkel im Zimmer. Kleine weiße Punkte bewegten sich langsam durch das Schwarz eines simulierten nächtlichen Firmaments. Auch diesen Himmel, dessen zurückgenommene Reizlosigkeit ihm immer angenehm gewesen war, hatte er noch nie bewusst gesehen: ein All als dunkles Nichts und unzählbar viele Sterne, die aus der Tiefe des Raums auftauchten, im Näherkommen langsam größer wurden und seitlich weg ins Nirgendwo hinaus verschwunden waren, Reise ans Ende welcher künstlichen Nacht? Die innere Unendlichkeit des Ich, ein Abgrund, von der Zukunftslosigkeit der Existenz im Jetzt bewirkt, das war der von diesem Bild hervorgerufene Gedanke, dem Holtrop sich aber nicht wehrlos überlassen wollte. Er schaute vom Computerbildschirm weg, stand auf und ging ans Fenster. »Gut«, dachte er aufgebracht, »es ist ja gut.«

## IV

HAMBURG. Der aktuell das Gesellschaftsressort des Spiegel verantwortende Unter hatte Schmidt auf eine kleine Besprechung zu sich gerufen, und Schmidt stand in dem engen Ressortleiterkabuff vor seinem Chef, der die Beine demonstrativ entspannt auf den Stuhl vor sich gelegt hatte und nach hinten gelehnt dasaß, dicke rote Hosenträger über dem dick blauweiß gestreiften Hemd, und so verkleidet um US-journalistenhafte Lockerheit bemüht, verdruckst und schwammig die komplizierten Informationswege mehr andeutete als wirklich darlegte, auf denen ihn die Empfehlung erreicht habe, dass das neueste Schmidtwerk, das die Asspergsaga wieder weitererzählte und auf den neuesten Stand brachte, der berühmte letzte Tropfen auf den heißen Stein und in das Fass hinein zu viel sei und deshalb in der Form, in der es schon im sogenannten Stehsatz stand und für die kommende oder nächste Ausgabe zum Druck gebracht werden sollte, keinesfalls wie geplant erscheinen könne. Schmidt sagte nichts und schaute amüsiert auf seinen Chef. Noch so ein komplett Kaputtbezahlter, der ohne es zu wissen in riesengroßen Buchstaben das Wort ANGST auf der Stirn über seinem permanent zur Fratze der Gutgelauntheit und Lässigkeit verzogenen Gesicht eintätowiert hatte, von keiner Lasertherapie entfernbar, denn das Tattoo erneuerte sich allnächtlich im Schlaf.

Angst erklärt Schmidt, dass ein direkter Unter von Spiegelchef Czisch auf Umwegen, nicht von Czisch selbst, erfahren habe, dass Czisch von der Anzeigenabteilung informiert worden sei, die Assperg AG lasse das derzeitige Auftragsvolumen für Werbung aller Asspergfirmen im Spiegel zusammenstellen, eine Zahl, die der Assperg AG selbst natürlich bekannt sei, weshalb diese Assperganfrage an die Anzeigenabteilung des Spiegel nur als WARNUNG betrachtet werden könne, so jedenfalls die Interpretation dieses Unter von Czisch, der als eins von drei Mitgliedern der Chefredaktion, jeder mit jedem anderen im Wettlauf, die unausgesprochenen Wünsche von Spiegelchef Czisch, möglichst noch bevor Czisch selbst sie überhaupt geäußert oder auch nur gekannt hatte, schon erfüllt und in die organisatorische oder publizistische Tat umgesetzt zu haben, Motto: »bereits veranlasst, Herr Czisch!«, um in der Gunst des Chefs vielleicht ein kleines bisschen, und sei es nur für ein paar Tage, zu steigen, aufzusteigen usw, sich deshalb dafür einsetzte, nichts allzu Kritisches über Assperg im Spiegel erscheinen zu lassen, und diese Interpretation habe nun dieses Mitglied der Chefredaktion, dessen Namen Angst aus Gründen der Diskretion dem Schmidt nicht nennen könne, an ihn, den Angst, wiederum weitergereicht und zur weiteren Erwägung und Auslegung und Durchführung mit dem Satz übergeben: »Sie kennen doch die berühmte Geschichte von Göhrener.« Schmidt schaute interessiert, obwohl er die Geschichte schon tausendmal gehört hatte, um dem Angst, der seine Daumen inzwischen in seine roten Hosenträger eingehängt hatte, die offenbar von ihm erwünschte Gelegenheit zu geben, diesen Repressionsgassenhauer noch einmal zu erzählen.

In Goschs großer, seit Jahrzehnten vergeblich um Seriosität bemühter überregionaler Pseudotageszeitung Der Tag war im Feuilleton zum Jahresausklang eine Liste junger

Kulturaufsteiger und vorallem Aufsteigerinnen erschienen, auch Göhreners neue Freundin und zukünftige Ehefrau, die junge freche Nora Schalli, war mit ihrem ersten und letzten Roman, in dem es auf sehr banale Art um Sexualität, speziell um das sogenannte Ficken gegangen war, vorgekommen, und ein Fickzitat aus diesem Schallifickbuch war mit dem Namen Nora Schalli zusammengebracht und im Tag völlig korrekt zur Besichtigung freigegeben worden, woraufhin Göhrener, selbst mächtiger Großchefredakteur der einstmals seriös und mächtig gewesenen überregionalen Deutschen Allgemeinen Wochenzeitung, bei Goschchef Messmer telefonisch eine Vendetta gegen den Autor dieser Kulturaufsteigerinnenliste ankündigte, mit der DROHUNG, dieser Journalist werde in Deutschland nie wieder, dafür verbürge er sich mit allem Einfluss, den er habe, einen Fuß auf den Boden, einen Job, eine Stelle als Schreiber, egal ob frei oder festangestellt, bekommen usw, so wahr ihm, Göhrener, Gott helfe. Puh. Messmer wiegelte freundlich ab. Er mochte Göhrener und wollte auch deshalb nicht, dass der sich mit derartig verbotenen Drohungen, die natürlich schon fünf Minuten nach den verschiedenen Vendettaanrufen Göhreners beim Ressortchef des Autors, beim Autor selbst, bei Tagchef Lusche, Goschchef Messmer und sogar bei Messmerchefin und Goschmehrheitsaktionärin Trude Gosch, der der ganze Laden Gosch AG mehr oder weniger gehörte, branchenweit bekannt geworden waren, in eine letztlich für ihn, Göhrener, selbst bedrohliche, wegen fraglicher Nötigung sogar auch strafrechtlich relevante Lage brachte. Und dann sagte Messmer zu Göhrener, was alle anderen von Göhrener Angerufenen, Beschimpften und Bedrohten auch gesagt hatten, was ja sogar Göhrener selbst dauernd allen möglichen Leuten sagte, von denen er derartige Repressionsanrufe bekam, wie er sie in seiner Erregung jetzt in die

Welt hinaustelefonierte, dass bei Gosch von oben auf redaktionelle Inhalte traditionellerweise nie, Messmer betonte nie, irgendein Einfluss genommen werde oder genommen worden sei, wie er, Göhrener, doch wisse. Das war natürlich wieder einmal komplett gelogen. Auch das wussten alle. Aber das war in solchen Fällen, die praktisch täglich irgendwo im weiten Reich der journalistischen Welt, einem insgesamt immer noch feudal beherrschten und von einzelnen Lokaldiktatoren diktatorisch geführten Sondergebiet der deutschen Gesamtgesellschaft, vorkamen, die gesetzlich vorgeschriebene Sprachregelung: Einfluss wird nicht genommen. Im Schutz dieser Formel wurde täglich überall und von allen herumtelefoniert wie verrückt.

Und am Ende war es wie in anderen Sozialsituationen auch, im Konflikt setzte sich der mit der meisten MACHT am Ende mit dem von ihm Gewollten durch. So ging es Göhrener in seiner Wut längst auch schon nicht mehr nur um das fragliche, seiner Freundin und zukünftigen Ehefrau zugeschriebene Fickzitat, sondern um die Demonstration seiner Macht. Diese Macht, nach der er so süchtig war wie jeder, der Macht hatte, wollte und musste er zuallererst sich selbst beweisen, dann seiner kleinen, noch relativ neuen Freundin, die er als normal aufgedunsener Büroquallerich ursprünglich nur wegen dieser Macht für sich interessieren und gewinnen hatte können, und zuletzt und vorallem allen anderen Akteuren, Konkurrenten, Chefs und Untergebenen in ganz Journalististan. Die Botschaft war: Göhrener traut sich offen zu drohen. Das war gefährlich, deshalb auch unüblich, normalerweise wurde nur verdeckt gedroht, so konnte der Drohende, wenn die Drohung erfolglos blieb, den Gesichtsverlust vermeiden, der hier direkt ein Machtverlust war. Messmer war zehnmal mächtiger als Göhrener, aber auch fünfmal kultivierter und viel vorsichtiger. Am Ende stand, über die üblichen, nach oben laufenden Untergebenenkaskaden, durch die der jeweilige Unter veranlasst wurde, das ihm von dem übergeordneten Unter gar nicht direkt Befohlene freiwillig und im vorauseilenden Gehorsam als das vermutlich Erwünschte auszuführen, bewirkt, die Entlassung des jungen Fickzitatautors aus den Diensten der Gosch AG. Der offizielle Grund, der dann verwendet worden war, um den Autor zu entlassen, hatte sich in der Branchensaga dieser berühmtesten der vielen berühmten Geschichten von Machtkaputtnik Göhrener nicht erhalten. Schmidt wusste, dass der Angst ihm diese Geschichte erzählte, weil ja genau er, Schmidt, in der Position des am Schluss entlassenen Goschschreibers war. Auch die von Angst hier erzählte Geschichte war also eine DROHUNG. Schmidt lächelte. Er liebte diese Mechanismen seines Berufs. Und wie der Angst, der diese Mechanismen nicht liebte, sondern fürchtete, das sah, sah er auch, dass dem Schmidt keine so ganz unnennenswerte Karriere im Journalismus bevorstand. »Ich hole mir was zu trinken«, sagte Schmidt, »soll ich dir was mitbringen?«

## V

PARIS. Vor dem Restaurant George V saßen Pia Holtrop und ihr Mann auf der Terrasse beim Abendessen, es war eine warme Sommernacht, die Autos auf den Champs-Élysées summten und leuchteten, das großstädtische Bewegtsein des Verkehrs euphorisierte Holtrop, auch das Essen war natürlich außerordentlich, und Holtrop textete manisch seine neuesten Pläne und seine augenblickliche Begeisterung auf seine Frau hin ein, genau so wie er früher immer seine Untergebenen zugetextet hatte, wenn ihm gerade danach war. Die Rücksichtslosigkeit Holtrops beschämte seine Frau. Sie war müde, wollte ihm aber gern die Freude machen, sich an dieser absurd kurzfristig angesetzten Parisreise zu freuen. Sie hatte sich an das hocheffizient eingerichtete Nebeneinanderher ihres Lebens gewöhnt, Holtrops Beruf hatte eine Abwesenheit Holtrops vom täglichen Leben der Familie, auch ein inneres Abgewendetsein von den Problemen der Kinder und seiner Frau zur Folge gehabt, das war normal, das hatte sich im Lauf der Jahre so herausgelebt, tatsächlich zur Zufriedenheit aller, weil Holtrop an seiner Letztloyalität der Familie und auch seiner Frau gegenüber nie einen Zweifel spürte und deshalb auch nicht aufkommen ließ. Die Rollen waren auf eine fast reaktionär geklärte Weise festgelegt, das Lebensmodell der Familie Holtrop war altmodisch, die Eltern und Eheleute Holtrop lebten eigentlich genauso, wie ihre eigenen Eltern gelebt hatten, er seinem Beruf, sie der Familie, das war unüblich geworden in diesen Jahren am Ende des XX. Jahrhunderts, das galt als rückständig, aber es hatte eben funktioniert, vorallem auch für Pia Holtrop. Sie war zehn Jahre jünger als er und hatte, als sie schwanger wurde, ihr beinahe abgeschlossenes Studium aufgegeben, um zu heiraten, und dann in schneller Folge die Kinder gekriegt, die sie, weil sie sie gemeinsam haben wollten, haben wollte. Vier Kinder und zwölf Jahre später wachte sie auf. Als ihre jüngste, 1994 geborene Tochter Cornelia mit drei Jahren in den Kindergarten kam, war Holtrop gerade zum künftigen Vorstandsvorsitzenden der Assperg AG gekürt worden. Die Vormittage hatte sie jetzt frei. Sie atmete einmal kräftig durch und nahm das Studium der Vergleichenden Literaturwissenschaft, die sie an dem berühmten Berliner Szondi-Institut studiert hatte, wegen ihres Aussehens und ihrer intellektuellen Brillanz quasi ein Star der frühen 80er Jahre dort, genau an der Stelle wieder auf, wo sie es mit zweiundzwanzig abgebrochen hatte. Sie war jetzt Mitte dreißig und fühlte sich im Kopf so klar, dass sie über die Ineffizienz im Nachhinein staunte, mit der sie zu Beginn ihres Studiums in einem irren Tempo in alle Richtungen gleichzeitig losgerannt war sozusagen, ohne überhaupt zu wissen, wohin sie wollte. Jetzt wollte sie den Abschluss und machte ihn, nicht in Berlin, sondern in Siegen, sie schrieb einfach die abgebrochene Magisterarbeit, es war immer noch Balzac, in einem dreiviertel Jahr fertig. Das Gefühl war herrlich. An ihrem Leben hatte sich dadurch nichts geändert, aber an ihrem Denken, vorallem an der Art, wie sie über sich selbst und ihr Leben dachte. Ein abgebrochenes Germanistikstudium war eine Lächerlichkeit, jetzt war sie eine Magistra Artium, das war auch lächerlich, aber es eröffnete Möglichkeiten. Sie sah die Kinder und freute sich, wenn sie da waren, wenn sie weg waren, hatte sie Zeit für sich selbst und freute sich auch. Sie bereitete dann die Kurse vor, die sie an der Schönhausener Volkshochschule gab, zuerst war es Deutsch für Ausländer, dann ein Lektürekurs, dann kam ein zweiter dazu, nach zwei Jahren konnte sie ihren eigenen Interessen folgen und anbieten, worauf sie Lust hatte. Das Lehren veränderte sie mehr als der Abschluss des Studiums. Man wird einfach ein sich weltwärts objektivierender Mensch dadurch, das stabilisiert auf richtige Art das Subjekt. Während die Frauen in Pia Holtrops Umgebung, gerade die ab Anfang, Mitte vierzig, den Weg in die Yogapraxis gingen, durch die sie gegen den altersbedingten Rückzug des Körpers aus dem Körper den Körper wieder in sich hineinzuüben versuchten, ging Pia Holtrop durch das Lehren an der Volkshochschule den umgekehrten Weg von sich und ihrem Körper weg, auf die Gegenstände des Geistes zu bei der Vorbereitung der Kurse und beim Vortragen dann auf die anderen Körper und Menschen zu, zweimal weltwärts, zweimal von sich weg. Sie führte äußerlich das Leben einer verheirateten Hausfrau und Mutter von vier Kindern und war in Wirklichkeit, geistig: ein völlig unabhängiger Mensch.

Holtrop hatte von diesen inneren Veränderungen seiner Frau in den Jahren, in denen er bei Assperg alles gegeben hatte, wenig mitbekommen. Er merkte nur jetzt beim Reden mit der Zeit doch, wie wenig sie seine Begeisterung teilte, wie skeptisch sie ihn offenbar sah. Das verunsicherte ihn, hysterifizierte ihn plötzlich zusätzlich. Als der Kellner die bestellte Zigarre nicht sofort brachte, auf Anmahnen Holtrops dann die falsche, glaubte Holtrop sich nur wegen seines stark akzenthaften Französischs als Ausländer nicht ganz ernst genommen, sprang auf, schrie den Kellner an, rannte in den Laden hinein und verlangte dort schreiend in immer schlechterem Französisch den Geschäftsführer zu sprechen. Eine Gruppe junger Russen, die am Zentraltisch vor dem Fenster saßen, fühlte sich von dem Geschrei belästigt und machte auf Englisch, in Holtrops Richtung gesagt, ein paar spöttische Bemerkungen über den verrückt gewordenen deutschen Gnom, der hier wie ein wiederauferstandener Goebbels den totalen Krieg verkündete. Als Holtrop das Wort Goebbels gehört hatte, sich damit als Faschist etikettiert und verhöhnt fühlen musste, fuhr er herum, sah die lachenden jungen Russen und drehte jetzt wirklich endgültig durch. Ganz langsam ging er auf die Russen zu, sah den opulent gedeckten Tisch, die vielen Teller mit dem Essen, die Gläser, die Flaschen, das glänzende Besteck auf der weißen Tischdecke, den leuchtend hellen Stoff, und während er immer näher dorthinkam und es auch ganz still geworden war, weil er selbst zu schreien aufgehört hatte, fürchtete er sich vor dem, was jetzt gleich geschehen würde. Zwei der jungen Russen waren aufgestanden. Einschüchternd riesig standen sie hinter ihrem Tisch. Und konnten nicht verhindern, im Gegenteil, waren als Gestalten einer bedrohlich eindeutigen körperlichen Übermacht der Letztauslöser, dass Holtrop sich dazu gezwungen sah, sein Recht, das ihm hier von allen auf das alleraggressivste verweigert und abgesprochen wurde, selbst in seine eigenen Hände zu nehmen, indem er, nach einem letzten Schritt auf den Tisch zu, die Tischdecke packte und mit einem irrwitzigen Schwung und Lärm und Krach und einer Gewalt, die ihm niemand hier zugetraut hätte, vom Tisch herunterriss, dabei zurücktrat, in das Krachen und Klirren hinein wieder nach vorne ging, den Tisch von unten packte und den russischen Stehriesen, die ihn verblüfft anschauten, entgegenschleuderte. Der Lärm war gigantisch, die Reaktion vergleichsweise zivil. Holtrop wurde von zwei Sicherheitsleuten des Lokals zu Boden gerissen und dort gewaltsam festgehalten, dann hinter die Bar gebracht. Pia Holtrop war zuerst noch draußen sitzen geblieben. Dann stand sie in der Türe und sah, wie ihr Mann vom Boden des Lokals aus mit der Verzweiflung eines geschundenen Tieres zu ihr hochschrie: »Warum hilfst du mir nicht!« Die Polizeisirenen heulten auf, die Wagen fuhren heran, die Polizisten aus vier Polizeiwagen gingen in das Lokal, übernahmen den deutschen Patienten und brachten ihn in die psychiatrische Notaufnahme des Hospitals von la Salpêtrière.

## VI

OKTOBER. Im Herbst kam Holtrop als gebrochener Mann wieder nach Hause. Drei Monate Psychiatrie hatten aus dem einstigen Vitalitätsgenie ein Wrack gemacht. Ein Taxi war bestellt, weil niemand Zeit hatte, ihn abzuholen. In sich zusammengesunken stand Holtrop im Mantel vor

Schloss Blüthnerhöhe an der Haupttreppe, einen kleinen Koffer neben sich, und wartete darauf, dass das Taxi auf der Straße weiter unten in dem Tal auftauchen und zu ihm hochfahren würde, aber das Taxi kam nicht. Es war Ende Oktober, der Himmel hing tief, und der Wind fegte über den Hügel hin, auf dem die Therapieeinrichtung Blüthnerhöhe gelegen war. Hier hatte Holtrop die letzten drei Wochen in Rehabilitationsbehandlung verbracht. Von den Therapeuten war er zu dem Persönlichkeitsmus zerstampft worden, das hier Normalität war, vom ursprünglichen Mensch Holtrop war nichts übrig, angeblich geheilt wurde er als final Kaputtgemachter in sein früheres Leben zurückgeschickt. Ein Auto kam hoch, ein großer Opel Vivantes, ein Transporter für acht Bauarbeiter statt eines normalen Taxis für den einen ausgebrannten Ex-CEO. »Für Orlog?«, fragte der Fahrer, nachdem er gehalten hatte, mit starkem Akzent in Richtung von Holtrop, der nickte nur und bestieg den Lieferwagen durch die Schiebetüre. Es rumpelte, krachte und rüttelte beim Losfahren, das Auto war praktisch ungefedert, achtzig Kilometer waren es auf kleinen, schlechten Straßen über Land hin bis nach Schönhausen. Jede Stufe der Therapie hatte Holtrop noch kaputter gemacht. Der Stimulantienentzug ganz zu Anfang war die schlimmste Zeit gewesen. Sein ganzer Körper hatte sich in Krämpfen und Schmerzen dagegen gewehrt, dass ihm das ihn belebende Pemolin aus unerfindlichen Gründen plötzlich vorenthalten wurde. Je elender niedergeprügelt vom Entzug er in den ersten Tagen dalag, umso wilder schrie die Manie ihre Pläne, Befehle und Geschäftsphantasien ihm zuerst ins Hirn, er dann all dies, wie von ihm selbst gehört, hinaus in die Welt. Holtrop wurde für verrückt erklärt. Der Rücktransport aus Paris verzögerte sich, weil die französische Ermittlungsrichterin die von Holtrops Anwälten gestellte Sicherheit unzureichend fand, dann in die Sommerferien gefahren war und der Vertretung die Akte zu übergeben vergessen hatte. Mehrere Nächte lag Holtrop gefesselt in der für Tobsuchtspatienten mit Gegenständen zur Folter ausgestatteten Einzelzelle der geschlossenen Abteilung, drohend erschien in der Mitte der Nacht ein riesengroßer Mann im langen schwarzen Ledermantel in der Türe, eine schwarze Hasskappe über das Gesicht gezogen, einen Baseballschläger in der Hand, blieb in der Türe stehen und hielt sein maskiertes Gesicht in Richtung des auf der nackten Pritsche gefesselt daliegenden Holtrop. Wenn Holtrop schrie, kamen drei Pfleger herein, die ihm ohne ein Wort zu sagen Beruhigungsmedikamente in den gewaltsam von ihnen aufgespreizten Mund und möglichst tief in den Rachen hinein drückten, um so den Schluckreflex auszulösen, einmal bekam Holtrop eine Spritze durch sein Krankenhemd hindurch direkt neben das Sternum in die Brust gerammt, eventuell tatsächlich intrakardial verabreicht. Ein klein wenig nur zu sehr hatte Holtrop sich mit seinem vielleicht zweiminütigen Ausbruch im George V am falschen, nämlich öffentlichen Ort aus der Normalität der Welt hinausgelehnt, und schon hatte die Welt ihn aus ihrer Normalität gänzlich ausgestoßen und hinein in einen Orkus der Rechtlosigkeit verbannt, auf unbestimmte Zeit. In Deutschland wurde Holtrop, angeblich zu seinem eigenen Schutz, in eine kleine, privat geführte Irrenanstalt am Tegernsee verbracht, von dem dortigen Chefarzt für unzurechnungsfähig und selbstmordgefährdet erklärt und mit dieser rechtlich unangreifbaren Handhabe über zwei Monate gefangengehalten und gefoltert. Die extrem hoch dosierten Antiparanoika, die Holtrop hier verabreicht wurden, dämpften, wie von dem behandelnden Stationsarzt Dr. Hayel vorhergesagt, die Manie, führten aber über den gefürchteten Reboundeffekt zur medikamentös nicht mehr erreichbaren Durstdepression, auf die hier am Tegernsee mit der sogenannten Wechselschocktherapie reagiert wurde. Eine Spezialität der hiesigen Anstalt war die nach Ansicht des Chefarztes zu Unrecht in Vergessenheit geratene Eiswassertherapie, mit der Holtrop alle zwei Tage, im Wechsel mit der Elektrokrampfstoßtherapie, als sogenannter Wechselschockpatient behandelt wurde: Dienstag und Donnerstag Elektrokrampf, Montag, Mittwoch und Freitag Eiswasserbad. Vergeblich wartete Holtrop auf eine Nachricht von draußen. Auch das war Teil des Tegernseer Therapiekonzepts, den Kontakt mit der die Krankheit koproduzierenden Altumwelt des Patienten für eine erste Ausglühphase der Verrücktheit völlig auszusetzen. Am Sonntag gab es zur Einübung in den Weltkontakt die Möglichkeit, zu dem von der CSU-Seniorengruppe Tegernseebund im Vorraum der Gesundwassertrinkhalle veranstalteten Kurkonzert zu gehen, wo die sogenannten Donalfonskosaken beliebte Melodien von Gunther Gabriel und Heiner Schirner-Schlaffer spielten. Holtrop ging nur einmal hin. Am Tag der Wahl zum neuen Bundestag hatte Holtrop die von ihm geforderte Selbstvernichtungserklärung freiwillig unterschrieben, anders als Jenny Gröllmann, fünfhunderttausend Leute stünden seither Schlange, die von ihm erlassenen Tagesbefehle, egal ob im Neuen Deutschland publiziert oder in der alten Deutschen Allgemeinen, zu lesen oder und auch zu befolgen! Dieser Rückfall in die Manie wurde von Dr. Hayel mit der iterierenden Nachschockmethode behandelt, Insulin, Doxycyclin, Dexamethason und Methadon in streng iterierender Rollatur, keine zwei Wochen später war Holtrop wieder maniefrei. Im Folgezustand des Stupor periodicus wurde Holtrop dann Anfang Oktober als Liegendtransport von Tegernsee zur finalen Endtherapie nach Schloss Blüthnerhöhe verlegt und dort zunächst mit Hirnwäsche und Blutabsaugung erfolgreich stabilisiert. Die für die

Rückkehr in den Alltag nach Ansicht des Blüthnerhöhechefs erforderliche Endzerstampfung der Patientenpersönlichkeit wurde in Gespräch- und Basteltherapiestunden auch am Patienten Holtrop so erfolgreich durchgeführt, dass eine Entlassung auf Probe nun also ärztlicherseits versucht werden konnte. Als der brutale Rüttelopel mit Holtrop hinten drin endlich in Schönhausen einfuhr, machte Holtrop in einer Aufwallung von Schmerz die Augen zu. Nie mehr hatte er hierher zurückkehren wollen. Jetzt warfen ihn die, die ihn ungebeten und gegen seinen Willen aus seinem alten Leben herausgerissen hatten, ohne ihn gefragt zu haben, einfach hierher zurück, die Niedertracht dieser Befehlswillkür kam Holtrop maßlos und durch kein Eigenverschulden selbst verschuldet, sondern wirklich illegal und, ja, höllenhundhaft böse vor. »Wenn Sie dort vorne an der Ecke halten«, sagte Holtrop bei der Einfahrt auf die heimatliche Priecher Hauptstraße, »da steige ich gerne aus.« Holtrop wollte an der Ecke aussteigen, um die letzten paar Meter in Ruhe zu Fuß gehen zu können. Aber der Fahrer erklärte ihm in seinem Spezialdeutsch, dass das bei dem geschlossenen Transportauftrag, den er hier im Auftrag der Blüthnerhöheklinik fahre, nicht möglich sei. Erst an der ihm von der Klinik angegebenen Endadresse dürfe er Holtrop an die dort ihn erwartende Betreuungsperson übergeben. Holtrop musste an den verrückten Ersatzfahrer Zuber denken und hätte ausrasten können vor Zorn, war dazu aber innerlich viel zu geschwächt. Und so nickte er jetzt einfach nur und wiederholte leise für sich die Worte des Irrsinns: Betreuungsperson, Endadresse, übergeben.

# VII

NOVEMBER. »Doch wenn der letzte Text geschrieben ist«, sagte Traugott Buhre, der Pastor in Keitum auf Sylt, in seiner Ansprache bei der Augsteinbeerdigung, »und alles aus der Hand gegeben ist«, hier machte der Pastor eine Pause und schaute in die voll besetzte kleine Kapelle, in der die Trauergesellschaft um die Ehefrauen und Geliebten Augsteins, seine Kinder und Verwandten, versammelt war, auch die wichtigsten Spitzenleute von Mediendeutschland – ähnlich wie bei der Trauerfeier für Gräfin Dönhoff im März und bei Siegfried Unselds Beerdigung vor gerade eben erst zwei Wochen in Frankfurt – alles Leute, die eigentlich noch nichts aus der Hand geben wollten, im Gegenteil definitiv entschieden waren, alles, zumindest vorerst noch und so lange es ging, so total wie möglich in der eigenen Hand zu behalten, deshalb je nach Naturell demütig, schuldbewusst oder trotzig auf die Vollendung dieses Satzes warteten und es auch vermieden, den sie etwas zu lange schweigend anschauenden Pastor anzuschauen, wie er wartete und schließlich prophetisch drohend sagte: »dann werden die irdischen Beurteilungen vom Winde verweht.« *Vom Winde verweht.* Die irdischen Beurteilungen. Die letzten drei Worten hallten in der Kapelle nach und wurden zwischen den weiß gekalkten Wänden, zwischen denen die schwarz bekleideten Trauergäste saßen, hin- und hergeworfen. Aber stimmt denn das überhaupt? Die Praktiker des Lebens, die Sieger, Gewinner, Mächtigen, die sich im ersten Moment automatisch gegen diese Annihilation ihrer gesamten Aktivitätsexistenz gewehrt hatten, denn irdische Urteile und Beurteilungen waren die Währung ihrer Ehre, die ihnen das Leben an der Spitze der Gesellschaft ermöglichte, mussten im nächsten Moment schon, waren sie aufrichtig, den traditionellen Kompetenzvorsprung der Kirche in der vom Tod für alle eine kurze Zeit lang fundamental veränderten Welt anerkennen. Es war die Perspektive des Toten selbst, oder zumindest die, die man dem Toten, der in Ruhe ruhen möge, wünschte, aus der heraus gesagt der Satz nicht nur der reine Kitsch war, sondern zumindest vielleicht, möglicherweise wahr, »der letzte Text«, notierte der Berichterstatter Schmidt, »vom Wind verweht«. »Wo ist Holtrop?« hatten Schmidt vor Beginn der Trauerfeier einige Kollegen gefragt, »nicht eingeladen«, sagte jemand, »krank«, ein anderer, »er traut sich seit dem Asspergrauswurf«, sagte Schmidt, »nicht mehr unter Leute«, dabei deutete er an, mehr und Genaueres zu wissen. »Und der kleine Dicke da?« »Ist das nicht dieser Telekomtyp«, »der von früher?« »Auch gegen Holtrop soll ja übrigens die Anklage schon vorbereitet werden«, sagte Schmidt, »wegen Untreue, Bilanzfälschung etc.« Draußen standen die Leute nach der Beerdigung in kleinen Gruppen zusammen und redeten, es war ein kalter, sonniger Tag. Der alte Assperg war schon am Weggehen, als Spiegelchef Czisch auf die Gruppe um ihn und Wenningrode herum zutrat, auf Wenningrode zeigte und fröhlich befahl: »Und jetzt sind Sie dran!« Wenningrode grinste lasch. Czisch: »Mit Interview!« »Natürlich«, sagte Wenningrode. Czisch verabschiedete sich und ging zur nächsten Gruppe weiter, wo Flimm und Bissinger zusammenstanden, daneben Sommer, Rau und Helmut Schmidt. Sie redeten über die große Trauerfeier, den Staatsakt, der am kommenden Montag in der Hamburger Kirche St. Michaelis zu Ehren von Rudolf Augstein stattfinden würde. Und heißt es nicht auch: »Handwerker trugen ihn. Kein Geistlicher hat ihn begleitet.« »Ja«, sagte Flimm, »trifft hier nicht zu, ist aber eine schöne Stelle.«

## VIII

DEZEMBER. Irgendwann hatte sich der Dax dann doch wieder gefangen, war nach dem jahrelangen Absturz aus den Achttausendergipfelhöhen bei 2519 Punkten aufgeschlagen, hatte sich gedreht und war seither in eine langsam sich verstetigende, bald sogar beschleunigende Steigbewegung übergegangen. Holtrop erlebte den Turnaround der Kurse zu Hause. Meist im Bett, in der Bibliothek und an schönen Tagen, von denen es in diesem Spätherbst einige gab, auch auf der Terrasse oder im Park. Im dicken Bademantel ging er durch den verwilderten Park auf der südwestlichen Grundstücksseite. Mit einem Zweig stocherte er im Gestrüpp und haute gegen die Stämme der hohen Bäume, ging durch die früher, vor dem Ersten Weltkrieg, hier aus Licht und Laub, geschwungenen Wegen und Grasflächen angelegte Gartenanlage bis zur Grenze, wo hinter dem Zaun die Gleise einer selten befahrenen Bahnlinie vorbeiführten. Dort stand er und schaute nach draußen. Ein weites Feld, ein Waldrand in der Ferne, rechts der Kirchturm der alten Dorfkirche von Prieche. Anfang Dezember gab es zum ersten Mal Schnee, Mariä Empfängnis, der zweite Advent. Holtrop stand nachmittags am Zaun und schaute ins Weiß der frisch fallenden Flocken. Von hinten hörte er einen Wagen, an manchen Sonntagen kam Salger zu Besuch. Holtrop drehte sich um und sah zuerst das Licht der Autoscheinwerfer durch die Büsche und Sträucher hindurch zittrig auf und ab und hin und her huschen, dann den silbernen Sportwagen selbst. Jedesmal gab ihm der Anblick dieses Autos einen Stich ins Herz. Langsam ging er zum Haupthaus zurück. Mit dem Salgerproblem verhielt es sich inzwischen so: Salger hatte der Familie während Holtrops Krankheit auf vielerlei praktische Art geholfen, war an den Wochenenden von Krölpa herübergekommen, hatte Holtrop in der Klinik am Tegernsee und auf Schloss Blüthnerhöhe besucht, sich mit den Kindern gut verstanden und mit Pia Holtrop sowieso. Die Attraktion zwischen Pia Holtrop und Salger war so stark und deutlich gewesen, dass jeder der beiden für sich schnell zu der Klarheit der Entscheidung gekommen war, aus vielen dunklen Gründen und dem einfachen Gefühl der Loyalität dem erkrankten Holtrop gegenüber, das Abenteuer der Affäre, das sich hier mit einer Macht aufdrängte, die man auch als schicksalshaft verstehen hätte können, vorerst doch eher zurückzuweisen. Man verliebt sich auch, wenn man es will, nicht nur, wenn Götter es befehlen. Die Himmelsmacht der Liebe ist, entgegen einer gegenteiligen Propaganda, von den Menschen mitgemacht, willentlich mit dem nicht völlig unfreien Willen aktiv auch mitgewollt. Die meisten wollen sich meistens gerne neu verlieben, deshalb geschieht es so oft. Auch Pia Holtrop hatte viele gute Gründe, nach inzwischen über fünfzehn, sechzehn, siebzehn Jahren Ehe an der Seite ihres maßlos auf sich und seine Arbeit bezogenen Mannes, in Salger das Modernere, Offenere, auch Weichere und Vitalere des jüngeren Mannes attraktiv zu finden und in der möglichen Affäre ganz zielgerichtet den Nukleus eines vielversprechenden neuen Lebens zu sehen, um diese Option zu wählen. Über die Gründe gab sie sich keine klare Rechenschaft, »vorerst noch nicht«, hatte sie in dem Moment im Auto gedacht, als sie durch den neben ihr sitzenden Salger und das gemeinsame Anschauen der Karte, über die sie ihre Köpfe gebeugt hatten, verursacht, zu ihrer großen Freude aus der Mitte ihres Körpers heraus erstaunlich deutlich übermittelt bekam: »ja, ich will«. Der Körper will, das hatte sie erfreut und den Freiraum eröffnet, den Kuss, der ihr im Zustand dieser Bereitschaft so natürlich nahe war, vorerst aufzuschieben. Aus dem Vorerst ergab sich die Möglichkeit, diese Bauchentscheidung gegen das Bauchgefühl nicht als Verzicht erleben zu müssen. Holtrop wusste nicht, ob die Freude an der Sexualität mit seiner Frau seit dem verdrängten Brandbild der zu nahen Köpfe von Salger und ihr, damals im Auto am Waldweg bei Redecke, etwas Unwahres, Kompensatorisches oder gar Verlogenes bekommen hatte, ließ die Frage instinktiv offen und vertraute der Materialität der Fakten, der eindeutig beidseitigen Freude. Pia Holtrop wusste nicht, dass ihr Mann den Entscheidungsmoment zwischen ihr und Salger mitbekommen hatte, war aber im Nachhinein darüber froh, dass ihre Entscheidung so ausgefallen war. So hatte sie nichts zu verbergen, konnte Salgers Hilfe während Holtrops Krankheit annehmen und hatte inzwischen ein hintergedankenloses, auch von der körperlichen Attraktion fast freies Freundschaftsgefühl für Salger, so wie Holtrop selbst es ja auch hatte, wenn Salger bei ihnen zu Besuch war. Und direkt drehte sie sich, als Holtrop von draußen zur Türe hereinkam, in der Küche Salger und sie nebeneinander stehen sah, zu Holtrop um und sagte: »Wir haben Besuch, es gibt Tee!« »Ja«, sagte Holtrop, »draußen fällt Schnee, ganz schön dort hinten am Zaun, wo alles weiß geworden ist.« Die Wassertropfen auf Holtrops Bademantel glitzerten. »Sie sind ja ganz nass«, sagte Salger, »stimmt«, sagte Holtrop, klopfte den Mantel ab, zog ihn aus, und gemeinsam gingen sie ins Wohnzimmer, um Tee zu trinken und zu plaudern, und Salger erzählte von Krölpa, Assperg und Schönhausen.

## IX

BERLIN. Im grünlichen Licht der Großbaustelle ging Sprißler, der König der klandestinen Papiere, auf die ihm von Duhm genannte hintere LKW-Einfahrt zu. Es war halb acht in der Früh, fast noch dunkel, der hohe Metallzaun um die Baustelle herum war grell angestrahlt, der Gehweg daneben, auf dem Sprißler ging, verschmutzt, auf der Straße stand eine Kolonne schwerer Laster, die im Akkord den Fertigbeton anlieferten, der über das Stoßpumprohrsystem zur Betonverteilung nach innen gebracht, auf die eingeschalten Feststahlgitter gesprüht und dort zum Stahlbetonboden der dritten Etage zusammengestampft wurde, von Trupps von jeweils fünf Leuten gesteuert, aufgespritzt und zitterschlauchentlüftet. Der Lärm dieser die Weite des ganzen Gesichtsfelds durchwimmelnden Tätigkeiten hier vor Ort, das Stampfen, Gurgeln, Brüllen, Schlagen und Schaben, war eine vertraute und als schön empfundene Musik in den Ohren des Architekten Braunfels, der Sprißler entgegenkam und unterwegs war zur Baustellensteuerhütte auf der Gegenseite der LKW-Zufahrt, um dort die aktuelle Planfeststellungsüberprüfung abzunicken. Hinter der LKW-Schranke, auf die Sprißler zuging, war rechts das Wärterhaus, von dort kam Sprißler der ihm nicht bekannte russische Großgrobian Dobrudsch entgegen. »Herr Sprißler?« sagte Dobrudsch, und als Sprißler nickte, zeigte Dobrudsch auf den Weg: »bitte hier!« und ging voraus. Auf engen Wegen gingen sie zwischen Gerüstmaterial, Baugeräten und Schuttbergen hindurch nach hinten. Dobrudsch drehte sich im Gehen um und schaute, ob Sprißler hinter ihm herkam, da fiel Sprißler ein, dass er diesen Mann schon gesehen hatte, und zwar im Heizungskeller des Arrowhochhauses, dort hatte er als Wachmann gearbeitet. Ganz hinten, wo die Containersiedlung für die

Ersatzbaufachkräfte aufgetürmt war, mehrere Containerreihen in die Höhe und in die Tiefe gestapelt, ging Dobrudsch im Schacht zwischen zwei Containerrückseiten hindurch, sagte wieder »hier!«, machte eine Türe auf, und dann standen sie in der für die Besprechung mit Duhm vorgesehenen Containerkammer. »Duhm kommt gleich«, sagte Dobrudsch und ging wieder hinaus. Sprißler hatte nichts dagegen, in einem solchen sauber aufgeräumten Bauarbeiterloch seine Welterfahrung etwas zu erweitern. Von Salger hatte er den Hinweis bekommen, dass die laufende Untersuchung der Theweüberwachung durch die von Wenningrode und Brosse eingesetzte Kanzlei Latham & Watkins dazu instrumentalisiert werden sollte, ihn der Fabrikation von Beweismitteln zur Rechtfertigung der illegalen Maßnahmen gegen Thewe zu überführen. Es gebe sogar Belege, Sprißler selbst habe an Duhm Gelder in bar ausgezahlt, außerdem an Mitarbeiter von Duhms Bessemer Consult Unterlagen über Thewe, Schlüssel zu dessen Haus und Auto und mehrere tausend Mark konspirativ in bar übergeben, was alles, wie Sprißler zu Salger gesagt hatte, kompletter Blödsinn war, aber ein, das erkannte Sprißler auch sofort, für ihn konkret nicht ungefährlicher Blödsinn. Nun ging es um die Frage, wie Duhm, der Sprißler einiges zu verdanken hatte, sich in der neuen Ära Wenningrode zu diesen fabrizierten Realitäten positionierte, beziehungsweise konkret um die Höhe des Betrags, den Duhm als Aufwandsentschädigung für angemessen halten würde, wenn er sich aus alter Verbundenheit zu Sprißler dessen Sicht der Vorgänge anschließen und diese Sicht mit Unterlagen und Aussagen belegen würde. Duhm lächelte, als er zur Türe hereinkam, hinter ihm kam Dobrudsch herein. »Schön, Sie wiederzusehen«, sagte Duhm, der in diesem Bauarbeiterloch sein Berliner Büro hatte. »Ich wusste gar nicht«, sagte Sprißler, »dass Sie nach Berlin gewechselt sind.« »Von Leffers vermittelt«, antwortete Duhm, »wir machen hier auch nur Bewachung Außengelände, zusammen mit der Correal«, dabei zeigte er mit seinem Gesicht auf Dobrudsch, der dazu nickte. »Gut«, sagte Sprißler, »was habt ihr dabei?« Duhm legte die Unterlagen vor, die er den Ermittlern der Kanzlei Latham & Watkins vorerst noch nicht übergeben hatte. Aus den Ortungen von Sprißlers Handy ergebe sich der Hinweis, dass Sprißler bei einem Treffen auf dem Parkplatz vor der Diskothek Moon den Leuten von der Bessemer die dort sichergestellten Theweunterlagen übergeben habe. »War ich nie dort«, sagte Sprißler, während er auf die ihm hingehaltenen Protokolle schaute, und Duhm antwortete, »aber Ihr Handy«. Dabei war Duhms Freude unübersehbar, dass er sich an Sprißler für die vielen Mikrobosheiten, die der in seiner Arroganz auf den früher von unten zu ihm hochwinselnden Duhm hinunterfallen hatte lassen, jetzt ein bisschen rächen konnte. Sprißler kam auf das Geld zu sprechen, und Duhm nickte. Um Geld gehe es hier gar nicht primär, aber dann nannte Duhm als Größenordnung doch schnell die grobe Etwasumme von hundert, einhundert, einhunderttausend. »Hunderttausend Euro«, sagte Sprißler, »das ist eine Menge Geld, Herr Duhm.« »Aus alter Freundschaft, Herr Dr. Sprißler«, sagte Duhm und lachte. Dann wurden die Übergabemodalitäten besprochen. »In bar habe ich es nämlich nicht dabei«, sagte Sprißler. »Wie lange brauchen Sie denn?« sagte Duhm, er habe ja auch seine Auslagen. Dabei deutete er mit dem Gesicht zur Türe, wo Dobrudsch Wache hielt. »Nächste Woche in Krölpa, sind Sie da da?« Sie fixierten den Termin für nächsten Freitag, Boriéclub Krölpa, 22 Uhr. Duhm erklärte noch, dass er auf die laufenden Ermittlungen der Lathamanwälte, die in Krölpa natürlich weiter Unterlagen prüfen würden, keinen Einfluss nehmen könne. Sprißler akzeptierte. Dann gingen sie zu viert zu dem Kantinencontainer hinüber. Inzwischen war es heller geworden. Das grünlichweiße Flutlicht mischte sich mit dem bläulichen Licht des Morgens, und Sprißler machte im Gehen die Beobachtung, dass Duhm sich hier deshalb so gut fühlte, weil er von seinem Prätorianer Dobrudsch begleitet wurde. Die Bande machte ihn stark.

## X

KRÖLPA. Bei Henze stand die Polizei vor der Türe. Irgendwo zwischen Henzes Papieren, Henze in seiner Nacht, der Nacht seiner Sachen, lag auch ein einige Monate alter Brief der Staatsanwaltschaft Werra, Zweigstelle Bad Langensalza, der Henze davon in Kenntnis setzte, dass er in dem Ermittlungsverfahren gegen Dr. H. Sprißler als Zeuge geführt werde und einvernommen werden solle. Henze wurde aufgefordert, sich beim Amtsgericht Krölpa, Zimmer Sowieso, zu melden und als Zeuge befragen zu lassen. Weil dieser Brief von Henze aber nicht geöffnet worden, sondern wie andere Behördenpost, die im graublauen Umweltschutzpapierumschlag mit hoheitlichen Adlern im Poststempel ankam und bedrohlich ausschaute, von Henze sofort dort abgelegt worden war, wo die neuesten Papiere wie Kassenzettel, Werbesendungen, Wurfschriften etc sich ansammelten, dieser schnell wachsende Stapel wegen Platznot immer wieder an einen neuen, anderen Ort gelegt wurde, dort von anderen Gegenständen überlagert, verdrängt und immer tiefer weggedrängt wurde, der Brief zuletzt auf die Art unauffindlich im Nirgendwo von Henzes Zimmer verschwunden war und der nächste und übernächste Brief der Staatsanwaltschaft und die folgenden Briefe auch, standen an diesem Donnerstag, wie im letzten Behördenschreiben angekündigt, zwei Polizeibeamte morgens um acht Uhr vor Henzes Haus, um ihm die Ladung zur Vernehmung persönlich zuzustellen, die Wohnung zu durchsuchen und Henze auf das Amtsgericht zum Verhör mitzunehmen. Weil es am Gartentor keine Klingel mit dem Namen Henze gab, gingen die Beamten zur Türe des Hauses, klopften daran, gingen durch den Garten auf die hintere Seite des Hauses zu, riefen dabei Henzes Namen, klopften an die hintere Türe, an die heruntergelassenen Rolläden vor den Fenstern, aber niemand meldete sich. Von vorn war ein schreiendes Kind zu hören. Die Beamten gingen zurück zur Vorderseite des Hauses, wo eine Frau in gelben Leggins, etwa 22, vor der Türe stand und das Baby auf ihrem Arm immer wieder aufforderte, es solle sofort zu schreien aufhören. Sie fragte die Beamten, was sie hier wollten. In der Türe erschien am Boden ein zweites Kind, das von der Türschwelle zur Mutter hochschaute, die Frau befahl dem Kind, im Haus zu bleiben, worauf auch dieses Kind zu weinen anfing, und die Polizisten kamen freundlich näher und redeten auf die drei schreienden Menschen begütigend ein.

## XI

2003. Die Vitalität der Szene im Nachtclub funktionierte, Holtrop wippte mit der Musik mit wie die anderen Männer, vorne tanzten zwei Frauen im roten Licht auf der Bühne, dann wechselte der stampfende Beat von Techno auf sleazy House, das Licht wurde heruntergedimmt, die beiden fast unbekleideten Frauen machten sich gegenseitig ganz nackt, und das Licht wurde wieder heller. In der kaltweißen Bühnenbeleuchtung tanzten die nackten Frauen, küssten und berührten sich, und die nahe vor ihnen sitzenden Männer in dem Londoner Kellertheater off Oxford Street, in das Holtrop von Mack mitgenommen worden war, sollten die Details genau erkennen können, die schimmernde Haut am inneren Oberschenkel bei der großen schwarzen Frau, die prall vorspringenden Brustwarzen bei der anderen, einer Asiatin, an denen die große Frau saugte und die sie leckte, dabei die Rosette ihres Anus dem Publikum entgegenhielt. Unter dem Venushügel erschien das Gesicht der Asiatin, mit ihrem Mund nahm sie die äußeren Schamlippen, denen ein glitzerndes Kurzhaarfell gelassen war, in sich hinein auf, atmete, leckte, blies und schmatzte das Genital der schwarzen Frau hellrosa feucht und nass und rieb dabei zugleich mit ihrem Mittelfinger ihre eigene, auch dem Publikum entgegengehaltene Scheide, steckte den Finger in die Vagina, bewegte ihn da im Inneren vor und zurück, befeuchtete auch das nackt rasierte Äußere ihrer Spalte, drückte ihre Schamlippen, die dadurch größer und noch schöner wurden, auseinander und zusammen, spreizte weit die Beine und betupfte mit ihren Fingern die Spitze ihrer Klitoris von hinten und von vorne und immer heftiger und schrie zuletzt mit ihrem Mund in die nass wogende Fotze der Schwarzen hinein einen tierischen Lustschrei gellend aus sich heraus. Danach fiel sie zurück, lag am Boden, schnaufte schwer und lachte mit geschlossenen Augen in sich hinein. Die Männer applaudierten, johlten, freuten sich unglaublich am egal wie abgefuckt fingierten Realismus dieses Schauspiels. »Da kommen Sie nicht gegen an«, sagte Mack und schaute Holtrop, dessen Unsicherheit er registriert hatte, von der Seite lauernd an. Mack war einer von drei Leuten, die Holtrop nach dem Asspergdesaster geblieben waren: Maschinger, Bodenhausen, Mack. Man musste nicht gleich von Freundschaft reden, aber an Macks handfester Normalität hatte Holtrop im Nachhinein die Marionettenhaftigkeit der Figuren erkannt, die ihn in seiner Zeit als Mega-CEO gar nicht genug umschmeicheln konnten, danach aber in einer wirklich unvorstellbaren Weise fallengelassen hatten. Wie ferngesteuert war Holtrop von all diesen früheren Bekannten, Kollegen und vermeintlichen Freunden ignoriert, geschnitten, übergangen worden, mit einem Schlag regelrecht ausgestoßen aus der Gesellschaft derer ganz oben, der er sein ganzes Berufsleben lang angehört hatte. Als Nichtchef und Freier war er für diese jetzt nicht nur Paria, Untermensch und Loser geworden, sondern wirklich ein GEFÄHRDER, weil er das System der Privilegien der ganz oben angestellten Manager kannte, aber nicht mehr selber davon profitierte. Wer mitmachte bei der systematisch organisierten Chefkorruption im oberen und obersten Management der großen Wirtschaftsunternehmen, war akzeptiert, weil er sich durch eigene Vorteilsnahme mit dem System einverstanden erklärte und damit selber genügend korrumpierte. Kein Nichtkorrumpierter sollte in ihren Kreisen verkehren, darüber wachte ängstlich die Gesellschaft der Feiglinge ganz oben. Das war der Mechanismus, dessen Opfer Holtrop nach seinem Sturz geworden war. »Das muss man realistisch sehen«, hatte Mack dazu gesagt, »nicht moralisch.« Und dann hatte Mack aus dem angestellten Topmanager Holtrop, der ohne eigenes Verschulden in den Abgrund gestürzt worden war, den freien Unternehmer, den Dealer, den Entrepreneur und Investmentabenteurer Holtrop gemacht. Vierzig Millionen Euro hatte Holtrop von Assperg direkt mitgenommen, zwanzig Millionen würden in den nächsten fünf Jahren von dort noch dazukommen. »Das ist ja nicht viel«, hatte Mack gesagt, aber mehr als nichts sei es natürlich schon. »Mit vierzig Millionen können Sie kleine Brötchen backen oder ein bisschen größere«, hatte Mack bei dem legendären ersten Treffen in

Holtrops Wohnzimmer erklärt und Holtrop dann dazu animiert, ihn zu beauftragen, diese in Aussicht gestellten etwas größeren Brötchen für Holtrop backen zu dürfen, mit Holtrops Geld, gegen später von Holtrop zu zahlende Provision. Gerade hatte Holtrop sich mit dem frisch von Assperg herübergespülten Schweigegeld ein bisschen reich gefühlt, nach den Besprechungen mit Mack fühlte er sich jedesmal schuldig, weil er Mack nur Peanuts, nicht ein vernünftiges Vermögen zur Verwaltung übertragen konnte. »Große Sprünge macht man damit nicht, das ist klar.« Aber dann hatte Mack Holtrop den Winter der Genesung über stark dazu gedrängt, mit diesem Geld möglichst schnell nach London zu gehen. Durch eine richtige Steuergesetzgebung laufe der heimliche Boom dort in der City schon seit Monaten, noch seien die Kurse am Fallen, noch könne man überall sehr günstig einsteigen dort. Alle warteten nur auf den Startschuss. Und wenn der Krieg gegen den Irak komme, und dieser Krieg werde kommen, egal was in Washington und Bagdad oder Berlin an Lügen und taktischen Nichtwahrheiten dazu in diesen Tagen vermeldet worden sei, könnte eben dies, der Beginn des Krieges, sehr gut der von allen erwartete Startschuss sein. Im Januar war Holtrop noch nicht so weit. Im Februar auch nicht. Holtrop wollte nicht nach London gehen. London kam ihm alt und langweilig vor. Lieber wäre er nach New York gegangen, auch in den USA war die Rede von einem neuen Finanzboom, der bald richtig anspringen sollte. Dort ging es um Kredite. Nie waren die Zinsen günstiger, nie war das Geld billiger. Aber um am Refinanzierungsgeschäft selber mit Gewinnaussicht teilzunehmen, war Holtrop zu wenig Banker. Dann vielleicht also die Westküste? Dort saßen die einstigen Stars der New Economy verwirrt in ihren mehrfach geschrumpften Restbüros, ratlos. Und die Freunde von früher hatten auch hier für Holtrop, den Nichtmehrchef, nur ganz kurz Zeit. »It's so great to see you!« Zehn Minuten später war der Termin beendet. Und so war Holtrop jetzt also doch, wie von Mack empfohlen, innerhalb von zwei Wochen dreimal in London gewesen, um mit allen möglichen hier wichtigen Leuten die von Mack vorbereiteten Gespräche zu führen. Mack hatte es zum Ritual erklärt, dass jeder Neuanfänger in der City einen solchen Abend in einem Sextheaterclub wie diesem hier über sich ergehen lassen müsse. Die Frauen vorne auf der Bühne standen auf und verbeugten sich, sie bedeckten Brüste und Scham jetzt mit ihren Händen, spielten fröhlich beschämte Kinder, was von den Männern nach der Hardcorevorführung nicht ungern gesehen wurde, die Männer applaudierten, und die Frauen hüpften seitlich nach hinten weg von der Bühne herunter. Mack rief: »Ich gebe noch einen aus!«, dabei drehte er sich nach dem Kellner um, winkte, gestikulierte mit beiden Armen und bestellte beim so endlich alarmierten und herbeigeeilten Kellner zur Feier des Tages noch eine dritte Flasche Champagner für ein paar hundert Pfund. Dann schaute er Holtrop wie der Krösus von Cremona an, als wäre dieser Coup, dass er hier Champagner ausgibt, schier nicht zu glauben, und lachte und haute sich immer wieder auf die Oberschenkel, dass sein ganzer Kopf und seine Schneckelhaare nur so wackelten.

## XII

2004. Aber es war nicht nur der Lärm der Lautesten und das leise Tuscheln der Boshaften und Leisen, das verängstigte Zusammenstehen der Leute in Gruppen von jeweils Gleichen, die Angst vor Andersartigen, die die Beamten bei den Beamten, die Anwälte bei den Anwälten, die Professoren, die Künstler und Fabrikanten, die Nichtchefs und Chefs alle mit den ihnen jeweils Gleichen zusammen stehenbleiben ließ, auch war es nicht das davon noch am ehesten abweichende, provokant selbstbewusste, aber wen eigentlich wozu provozierende, absichtlich schlechte Benehmen der Adligen, es war vielmehr der ganzen Gesellschaft die Idee abhanden gekommen, was es heißen könnte, auf schöne Art ein FEST zu feiern, und was das dann für jeden einzelnen an Ambition bedeuten müsste. Das große Sommerfest bei Gabriele Heintzen, geborene von Lanz auf Puttlitz-Zitzewitz, das äußerlich so ausschauen sollte, wie der Mädchenname der Gastgeberin klang, machte da keine Ausnahme. Die Kulisse war insgesamt neureich, obwohl die Steine des Gebäudes, das viel zu dick lackiert im Hintergrund als Schloss dastand, so alt waren wie der Grund und Boden, auf dem um das Schloss herum ein völlig sinnlos getrimmter Golfplatzrasen angelegt war, und über den Rasen gingen an diesem Julinachmittag, es war ein Sonntag, bei herrlichem Wetter die versammelten Sommergäste dahin, die geladenen Gäste, die bessere und beste Gesellschaft von ganz Festenbergskreuth, in kleinen Gruppen miteinander im Gespräch, Champagnergläser in der Hand. Holtrop war ganz hingerissen. Mack, vor einigen Wochen: »Du musst endlich mal vernünftige Leute kennenlernen«, und an allererster Stelle der Vernünftigen, die Holtrop kennenlernen sollte, hatte Mack Frau Gabriele Heintzen genannt, »dieses Jahr, bei ihrem Sommerfest«. Holtrop hatte sich inzwischen daran gewöhnt, in Mack eine Art verbesserten Dirlmeier zu haben, von dem er sich sein berufliches und privates Leben bahnen, lenken, planen und erleichtern ließ. Und so stand Holtrop jetzt wirklich beim Sommerfest von Gabriele Heintzen auf einem dieser Golfplatzhügel unter einem großen weißen Sonnenschirmdach, vom Champagner angenehm beschwingt im Kopf, das angenehm sinnlose Geschnatter der Syltspezialistin Ida Griesstein im Ohr, die den anderen Syltianerinnen am Stehtisch unter dem Sonnenschirm ihre neuesten Syltgeschichten erzählte, und konnte nicht anders als diese sommerliche Gesellschaft hier mit den unsagbar traurigen Frühstücksveranstaltungen bei Kate Assperg zu vergleichen. Und im Ergebnis musste er das Schicksal dafür preisen, dass es ihn von Assperg weg und hierher geführt hatte, in die Freiheit seines neuen Lebens. »Wo bist du denn, Holtrop«, rief Mack aus einiger Ferne und winkte, »komm her!« Holtrop trat aus dem Schatten des Sonnenschirms und ging mit blinzelnden Augen auf Mack zu, der neben sich die Gastgeberin, die mit vorsichtigen Schritten und etwas langsamer als Mack ging, an der Hand hielt, eigentlich, wie Holtrop im Näherkommen sah, neben sich her schleifte. Die Anmutung der Unsicherheit, die von Gabriele Heintzen ausging, war Holtrop sympathisch. Mack: »So, meine Liebe, das hier ist Dr. Holtrop, von dem ich dir schon viel erzählt habe!« »Ich freue mich sehr, dass Sie kommen konnten«, sagte Gabriele Heintzen und gab Holtrop die Hand. Er gab ihr einen Handkuss, und sie lächelte. Das Lächeln sagte: Angst, Scheu, bitte nicht. Nicht noch einer, bitte, nicht noch ein Mensch, der etwas von mir will. Nicht noch ein Kompliment. Und weil Holtrops Freude an Menschen, die auch viel Dummheit beinhaltete, Güte nicht ausschloss, konnte er hier instinktiv richtig reagieren, gütig, mitleidsvoll und mit Verständnis. Das also war eine der vier reichsten Frauen Deutschlands: ein Pflegefall, ein vom Leben zusammengetretener, zerprügelter Mensch, ein Wahnsinn. Und weil umgekehrt sie selbst sah, dass von diesem neuen fremden Menschen Holtrop in durchaus ungewöhnlicher Weise vieles und Wesentliches ihrer inneren Kaputtheit und der davon ruinierten Weltgestimmheit aufgenommen worden war, fasste sie ihrerseits, noch bevor

Holtrop ein Wort zu ihr gesagt hatte, ihm gegenüber eine Art furchtsames, von der Erwartung der vermutlich gleich eintreffenden Enttäuschung im Voraus schon zerrüttetes Tiefenvertrauen. »Mein Gott«, dachte Holtop und sagte ein langgezogenes »tjaaa« und nickte freundlich. »Komm, Gabi«, schrie Mack, »wir müssen weiter!« und haute Holtrop dabei auf den Oberarm. Mit einem von Koketterie fast freien Blick, der Scham über das Eingeübtsein dieser Unterwerfung unter einen solchen Rohling wie Mack mit der Bitte um Nachsicht für die konstitutionelle Wehrlosigkeit ihres Naturells zu einer Holtrop flehentlich um Zustimmung zu alledem bittenden Entschuldigung verband, was in einem kindlich entgleisten, gejagten Zusammenzucken ihres ganzen Gesichts kulminierte, verabschiedete sich Gabriele Heintzen wortlos von Holtrop und ließ sich von Mack weiterschleifen. Der Kellner mit dem Tablett offerierte Holtrop mit freundlicher Geste noch ein Glas, Holtrop dankte, stellte sein fast leergetrunkenes auf den Tisch der Syltianerinnen, wobei er den sogenannten Damen freundlich zunickte, nahm das nächste Glas vom Tablett und saugte versehentlich, weil das alles hier so unbeschreiblich angenehm und erfreulich für ihn war in diesem Augenblick, mit einem einzigen schlürfenden Schluck das ganze Glas Champagner in sich hinein auf. »Hach!, herrlich«, sagte Holtrop, stellte auch dieses Glas wieder auf den Tisch und ließ sich ins Offene hinaus treiben, den Hügel hinunter, gesellschaftswärts, wo die Leute in einem amphitheatrisch angelegten Halbrund versammelt waren, eine Musikband leise die lasche Wohlfühlmusik mit karibischem Einschlag spielte, die hierher passte, und Holtrop swingte da hin, um sich auch an der dortigen Bar noch einen Schluck Champagner zu holen. Auffallend war, wie viele Leute ihn im Vorbeigehen mit freundlichem Zuruf grüßten, »ich habe Sie gesehen!« sagten manche und zeigten mit dem Finger fröhlich in seine Richtung, sie meinten Holtrops Fernsehauftritt vor einigen Wochen bei Sabine Christiansen, auch das war ein Rat von Mack gewesen, »zier dich nicht, geh einfach mal hin!«, und auch dieser Rat von Mack war ja nun offensichtlich, wie Holtrop auf diesem Sommerfest hier dauernd erlebte, wieder einmal völlig richtig gewesen. Ähnlich war es mit dem Geld, das seit vergangenem Jahr, in dem Holtrop bei der Londoner Investmentfirma CAIN CORPS INC als Partner angefangen hatte, von dort her in einem sehr erfreulichen Übermaß auf ihn zu eindrängte, jährlich an die zehn Millionen Euro, die steueroptimiert von Mack angelegt werden mussten, und offenbar war das gelungen, denn im März des Jahres hatte Holtrop eine Rückausschüttung von nocheinmal fünf Millionen Euro zusätzlich zurückbekommen, die aus schwächeren früheren Jahren auf die neuesten Besitzfestgelder prozentual außerdem so angerechnet werden konnte, dass für das laufende, noch ertragreichere aktuelle Jahr auch die Verlustprämiendividende zum Ersten des Monats jeweils staatlicherseits schon zugewiesen, eingezahlt und überwiesen worden war, alles von Mack so erdacht, erfunden, errechnet und Holtrop, der immer wieder nur staunen konnte über Macks Finanzgenialität, zur Ratifikation vorgelegt, von Holtrop für richtig befunden und so unterschrieben. »Hier!«, sagte Mack und zeigte auf die Stelle, an der Holtrop unterschreiben musste, so dass, von Holtrops Unterschrift ermöglicht, die Gelder in die richtige Richtung zum Fließen kommen konnten. »Was halten Sie eigentlich von diesem Bodo Kirchhoff mit seiner Bierdeckelrevolution?« wurde Holtrop an der unteren Bar von einer fast unbekleideten Bewunderin gefragt. »Ich bin selbst kein Steuerfachmann«, antwortete Holtrop beschwingt, »aber ich glaube, dass Bundeskanzler Schröder mit seiner Skepsis diesem sogenannten Professor aus Heidelberg gegenüber schon richtig liegt und außerdem auch eher unsere Interessen vertritt als die mir nicht immer ganz verständliche und inwiefern eigentlich überhaupt noch konservative Politik der gegenwärtigen CDU unter Vorsitz von Frau Dr. Merkel.« Holtrops Antwort, die er auf einem mitgedachten Fragezeichen hatte enden lassen, war aber zu lang gewesen und hatte performativ den Körper der Fragerin nach deren Ansicht offenbar zu wenig zugewendet behandelt, denn die Lust zu antworten war ihr vergangen, und sie hatte sich inzwischen schon zum nächsten Mann weitergedreht. »Alles so leicht heute«, dachte Holtrop und ging von der voll besetzten Bar des Amphitheatrons weiter bis hinunter zum See. Es wurde Abend, war aber immer noch sehr heiß. Einige Leute hatten sich ausgezogen und waren ins Wasser gesprungen und auf den See hinausgeschwommen. Aus der Ferne hörte man ihre Rufe und ihr Lachen, das Spritzen des Wassers, dazwischen die Flügelschläge der aus dem Wasser luftwärts sich erhebenden Großvögel und ihre Schreie. Holtrop setzte sich ins Gras und dachte darüber nach, wie lange die Einkünfte dauerhaft und in wie hohe Höhen hinauf noch steigen müssten, dass man selber, also er, in den Bereich käme, dass man in solche Verhältnisse wie hier umsiedeln könnte, und kam zu dem Ergebnis, dass diese Möglichkeit nicht in unendlicher Ferne liegen müsste. »Ganz und gar nicht«, dachte Holtrop, »nein.« Der Gedanke breitete sich mit großer Ruhe in ihm aus. Nach einiger Zeit stand er auf und ging wieder zurück zu den anderen Leuten, durch den jetzt mit Fackeln illuminierten abendlichen Park und hoch zum Schloss, um dort etwas zu essen.

## XIII

2005. Nach dem Sommerfest bei Gabriele Heintzen war Holtrop mit einer ganz neuen Begeisterung für GELD an seine Arbeit zurückgegangen. Geld in großen und sehr großen Mengen war für ihn jetzt auf die sinnlich sehr konkrete Vorstellung von Grundbesitz in großen und am besten riesengroßen Ausmaßen bezogen. Er hatte außerdem auch einige Fragen an Mack, die sein Geld und die Verhältnisse in der Veerendonckbank betrafen. Mack erklärte, der Einwand gegen die Veerendonckbank, der verschiedentlich erhoben werde, Bargeldverkehr sei nicht möglich, sei Unsinn und könne von ihm an dieser Stelle zurückgewiesen werden. »Blödsinn«, sagte Mack, »Bargeldverkehr ist möglich.« Mack beschrieb die Prozedur folgendermaßen: Das Bargeld wird in den Filialen der Bank entgegengenommen, kann dort in Buchgeld umgewandelt einem Konto gutgeschrieben werden oder nach Schweizer Art direkt bar in die Tresorräume der Bank verbracht. Auch für die Auszahlung von jeder Art von Geld an den Kunden, speziell von zuvor als Buchgeld noch nicht fixierten Bargeldern, hält die Bank an allen Standorten in dafür eigens eingerichteten Liquiditätsschleusen anonymisiert hochprozentig verzinste Mittel vor. In der Münchner Filiale der Veerendonckbank am Promenadeplatz war die entsprechend gehebelte Geldpumpe in die Zwischenwandkammer zwischen den Beratungszimmern Zirbelstube und Hanseat im zweiten Stock eingebaut. Der von Mack beauftragte Bote kam in der ersten Hälfte des Jahres einmal im Monat, seit Mitte des Jahres alle zwei Wochen via Luxemburg mit dem Auto nach München und brachte die in London von Holtrop zuvor generierten und nach Brüssel transferierten Übersummen in kleinen Tranchen zu je drei- bis vierhunderttausend Euro zuerst in eines der beiden Besprechungszimmer. Dort quittierte der bei Veerendonck München für Holtrop zuständige Privatbeamte dem Boten die Summe und verließ das Zimmer. In der Zirbelstube auf der rechten Seite, im Zimmer Hanseat links ging dann die in die Lamperie eingeschnittene Türe auf, durch die der Geldbote die Kammer dahinter betrat. Von dort aus führte eine elektronisch gesteuerte Metallschachtvorrichtung, die Materie im Raum durch Wände hindurch bewegen konnte, direkt in die Tresoranlage im Keller der Bank. Hier empfing der diensthabende Kellerbeamte den Boten und brachte ihn durch zwei mit Stahlbolzen und Zahlschloßsystem steuerabweisend gesicherte Feuertüren in den eigentlichen Barraum, wo das Geld auf den Tisch gelegt und, nachdem der Bote den Raum verlassen hatte, normalerweise in den dahinter eingezogenen Fluchtgang mit Rücklauftreppe zur Garage, vorschriftsgemäß automatisch zum Verschwinden gebracht wurde. In umgekehrter Richtung und auf gleiche Weise wurde das Geld, wenn benötigt, wieder rematerialisiert. Holtrop war von diesen Darstellungen, was mit den von ihm erwirtschafteten Geldern und Gewinnen konkret geschehe, weniger beruhigt als vielmehr zusätzlich erregt und fühlte sich dazu veranlasst, möglichst viel von diesen auf diese Art sicher verwahrten Geldmitteln zusätzlich zu generieren, solange das so besonders gut und leicht möglich war wie durch seinen international ausgerichteten Job bei der Cain Corps Inc. Holtrop war also, worüber er sich freute, von Mack genau so angefixt worden, wie Mack das bei allen seinen Kunden machte, um sie nach seinen Wünschen steuern zu können, denn je mehr Geld Macks Kunden heranschafften, umso mehr davon blieb natürlich bei Mack hängen, wie vertraglich vereinbart. Im Spätsommer nahm Mack Holtrop mit nach Sylt, wo ein zweitägiges Poloturnier stattfand. »Man muss die Reichen zueinanderhetzen«, sagte Mack zu Holtrop, »das befördert ihre Gier.«

Holtrop lachte über diesen Scherz von Mack, ohne darüber nachzudenken, selbstverständlich auch ohne sich selbst davon gemeint zu fühlen. Denn da war es wie mit den Toten auch: die Reichen sind immer die anderen. Das Poloturnier war eine Veranstaltung der Veerendonckbankchefs. Die traditionsreiche Bank wurde seit einigen Jahren von zwei Hochstaplern, die sich selbst als Dick und Doof vorstellten, geleitet, beide hatten an verschiedenen Stellen in die weitverzweigte alte Familie, der die Bank gehörte, eingeheiratet, Dick hieß eigentlich Graf Sittl, Doof war ein geborener Baron von Solling Bleichen, und zusammen hatten sie für ihre Arbeit bei der Bank das Ziel identifiziert: die Bank so schnell und effektiv wie möglich auszuplündern, im Sinn eines von Graf Sittl bei Marx entlehnten Gedankens, was gegen den Besitz einer Bank zu sagen sei, solange von der Pleite ihrer Kunden wenn schon nicht die Bank selbst, so doch wenigstens die Chefs der Bank profitierten. VW sponserte das Turnier auf Sylt, um seinen Polo zu promoten. Die Veranstaltung war sehr wenig mondän, das Wetter war schlecht. Hinter weißen Holzgattern standen die Zuschauer zu leicht bekleidet in der eisigkalten Sylter Luft, die Reiter des Teams von VW trugen knallrote Trikots, das wenigstens ergab für Momente eine schöne Farbwirkung. Im Wind knatterten die Fahnen der Sponsoren, von VW und Rewe, von Henkell, Möbel Höffner und Saturn. Es schaute traurig aus. Die ganze Szenerie schrie: GEIZ IST GEIL. Sylt kam Holtrop schlimmer als Krölpa vor, eine Kloake für die Deppen und Dümmsten des Nordens. Vom Spielfeld her hörte man das Getrampel der galoppierenden Pferde und das Schnauben und Rotzen ihrer Nüstern. Der Wind jagte den Zuschauern mit seinen Böen den Sand in die Augen. Holtrop war von Baron Solling gerade der kurz zuvor wegen Geldproblemen bei VW ausgeschiedene Hartz-IV-Erfinder Prof. Dr. Peter Hartz vorgestellt worden, und Graf Sittl hatte den beiden gerade ein neues Glas Billigsekt gebracht, da hörte man Schreie vom Spielfeldrand und sah eines der Pferde erschreckt hochsteigen und wild mit den Vorderbeinen in den diesig verhangenen Himmel hineinschlagen. Der Reiter hatte Mühe, das Pferd zu halten, es war ein wunderschöner Rappe, der laut brüllte und scheute und immer neu hochstieg und den Reiter abzuwerfen versuchte. Gegen die herbeigeeilten Helfer wehrte sich das Pferd mit seinen fellbeschweiften, eisern beschlagenen Hufen und schlug auf die Leute, die das Pferd vergeblich zu bändigen und zu halten versuchten, immer wieder wütend ein. Schreie der Leute, brüllendes Wiehern des Pferdes, war das schon Babylon, die große Klage, das Kommen des letzten oder ersten Gerichts? Danach wollte Holtrop weg aus Hornum, weg von Sylt und nicht mehr so schnell dorthin.

## XIV

2006. »Sylt ist furchtbar, Sylt gefällt mir nicht, suchen wir lieber etwas Schönes im Süden«, hatte Holtrop zu Mack gesagt, und das folgende Frühjahr über war Mack ein paar Mal an die Côte d'Azur gereist und hatte sich verschiedene Objekte zeigen lassen, in Monaco, Nizza, Cannes, aber die Gegend war eigentlich leergekauft und zugebaut, am schönsten war das Hinterland immer noch in St. Tropez, obwohl es auch dort inzwischen auf den Hügeln des Nordens von traurigen Billigsiedlungen scheußlicher, auf engstem Raum zusammengedrängter Kleinhäuser nur so wimmelte. Madame Prunelle, die für Mack in St. Tropez arbeitete, hatte in La Rouillère etwas Schönes im Angebot, was Mack gefallen hatte. Holtrop war dazugekommen und hatte moniert: »Aber da sieht man ja gar nichts!«, weil man nur Bäume, Landschaft und Himmel sah, aber nichts vom nahen Meer. Ein andermal war das Meer zu sehen, aber leider auch der Tennisplatz des Nachbarn. »Nein«, sagte Holtrop, »das ist nicht schön!« Dabei schaute er Mack an, und der nickte, als habe Holtrop völlig recht. »Kann man denn nicht vielleicht weiter oben«, sagte Holtrop zu Mme Prunelle, »für ein paar Millionen mehr?«, dazu machte er mit beiden Händen Bewegungen der Weitläufigkeit vor seinem Gesicht und eine Geste ins Land hinein und aufs Meer hinaus, da gingen die Augen der Maklerin zustimmend auf, »mais oui, oui!«, sie fuhren zu einem Anwesen in Bagary, einzeln auf einer Erhebung gelegen, von altem Baumbestand umgeben, Villa und Nebengebäude dick aufgemotzt und aufgespritzt im Neopalazzostyle. Das gefiel Holtrop, nur die Nähe des Golfplatzes war ihm unbehaglich. Und zwischen Villa und Pool stand eine dramatisch gewachsene, weit ausladende Kiefer, unter der Holtrop auf den Pool zuging, wobei er mit den Händen über dem Kopf nach der Sonne tastete, den erhobenen Befund kopfschüttelnd kommentierte und Mack und Mme Prunelle mitteilte: »Keine Sonne nachmittags hier, schlecht.« Es war April, es war schon warm, im Sommer würde man froh sein um jeden Zentimeter Schatten am Pool. Aber Holtrop hatte sich berufsbedingt einen aggressiven Nörgelinfekt zugezogen. Wo früher hysterisch generalisierte Begeisterungszustimmung war, war jetzt Generalmissmut die Grundhaltung, mit dem Spruch, den Holtrop auch hier brachte: »Das Bessere ist der Feind des Guten.« Dabei wedelte er mit dem ausgestreckten Zeigefinger vor Mme Prunelle hin und her, um seine Ablehnung zu unterstreichen, seine Vorsicht, die Skepsis, »nein, nein«, rief er, das sei noch nicht das Beste hier, er habe keine Eile, er wolle nur das Allerbeste, alle wollten ihn überall nur noch über den Tisch ziehen inzwischen, aber er lasse sich nicht mehr über den Tisch ziehen, diese Zeiten seien vorbei, nur weil ein bisschen Geld da sei, müsse er sich nicht von jedem zweiten hinter die sogenannte FICHTE führen lassen usw. Dieses enthemmt geschwätzige Gerede war Ausdruck einer völlig irren Weltapperzeption, in die der Erfolg seiner neuen Geschäfte Holtrop in einem unglaublichen Tempo hineingeführt hatte. Zusätzlich zu seinem Job in London hatte Holtrop vor einem halben Jahr einen Sitz im Aufsichtsrat des Geräteherstellers Lanz AG übernommen. Die Mehrheitsaktionärin Gabriele Heintzen hatte ihn, von Mack ermutigt, im Herbst angerufen, sie brauche seine Hilfe, Lanz sei in Not, sie bewundere Holtrop als mutigen Unternehmer, das habe sich neulich in Festenbergskreuth für sie bestätigt, damit meinte sie ihr Sommerfest, er sei ihre letzte Hoffnung, Lanz habe unglaublich Potential, zuallererst habe sie an ihn gedacht, wage kaum zu fragen usw. Und dann hatte Holtrop sich ein paar Papiere zeigen lassen und gesagt: »gut, probieren wirs!« und hatte sofort bei der Lanz AG in München im Aufsichtsrat und als Sondergeneralist und Berater der Besitzerfamilie angefangen und schon nach wenigen Wochen, im Vorbeifahren sozusagen, festgestellt: »Das kann man alles sehr viel besser machen.« Das waren die Sätze, die Gabriele Heintzen hören wollte. Der alte Vorstand war nicht so sehr erfreut. Das war Holtrop egal. »Kann ich mal die neuesten Zahlen sehen!« kommandierte er, ließ die Lanzführung bei sich im Büro antanzen und klopfte im Nörgelmodus mit dem Finger auf das ihm vorgelegte Papier: »Hier, Verlust, schlecht!« Und weil im ganzen Land in diesem Herbst nach der Abwahl der ausgebrannten und abgewirtschafteten Altregierung unter Altbundeskanzler Gerhard Schröder, der seine Kanzlerschaft aus einer Überdrusslaune heraus per Neuwahlbeschluss verzockt hatte, überall eine diffus arbeitsam gestimmte

Lust auf Neues spürbar war, das Alte als hallodrihaft und unseriös empfunden wurde, ohne dass irgendjemand, schon gar nicht die Neubundeskanzlerin Merkel oder der Neuaufsichtsrat Holtrop, konkret hätte sagen können, was genau sich jetzt ändern würde und müsste usw, war aber auch bei Lanz in München die Grundstimmung umfassend auf Neuanfang ausgerichtet und Holtrop, kaum hatte er im Aufsichtsrat angefangen, von allen Seiten schon gedrängt worden, den alten Aufsichtsratschef abzulösen und selbst den Vorsitz zu übernehmen, und zwar möglichst schnell. Holtrop zierte sich nur kurz. Vom eigentlichen Geschäft der Lanz AG, die als Gerätehersteller firmierte, in echt ein wirres Konglomerat aus Alteisen, Neugas, Riesengeräten und Mikroideen war, hatte Holtrop keine Ahnung. Aber das war nicht der Punkt. Holtrop hatte in seiner Zeit als Firmenaufkäufer bei Cain den magischen Röntgenblick bekommen und perfektioniert, wodurch er Firmen im Blickdiagnoseverfahren von außen erfassen, durchschauen und bewerten konnte und im selben Moment auch noch bis ins letzte Detail analysiert und verstanden hatte. Und weil dieser magische Blick Holtrop Erfolg gebracht hatte, und zwar in der so schwer widerstehbaren, urüberzeugenden Form von Geld, Geld und noch mehr Geld, hatte Holtrop an dieser speziellen Stelle seines Lebens keine Chance, das gefährlich Hochstaplerische seiner Bereitschaft erkennen zu können, auch noch als einziger, die ihm angetragene Herausforderung anzunehmen und, wie er überall herumerzählte, rein aus Mitleid für die arme Gabriele Heintzen, deren Drängen nachgegeben, zugestimmt und sich zum Chef des Aufsichtsrats machen lassen.

Der Sommermärchensommer kam. Lanz war wieder pleite. Kredite, Mieten, Lieferanten, dieselbe alte Arie, die Holtrop bei Assperg fast wöchentlich von Ahlers immer neu vorgeleiert worden war, wurde ihm jetzt vom versammelten Lanzvorstand so lange und so hilflos vorgetragen, bis er sagen musste: »Sie können es nicht.« »Aber könnten denn nicht Sie!?« fragte mit flehender Stimme Gabriele Heintzen zurück. »Das kann Lanz nicht bezahlen.« »Warum?« rief sie erschreckt, »natürlich!« Und dann bekam Holtrop diesen später als beinahe sittenwidrig eingestuften CEO-Vertrag bei Lanz, der es ihm erlauben sollte, die inzwischen fünfzehn, siebzehn Millionen Euro schwere Stelle bei Cain in London zu behalten, dort nebenher weiterzuarbeiten, alle Reisespesen frei und garantiert im Flugzeug usw, und nur das eigentliche Lanz-CEO-Gehalt plus Boni sollte bei 3,5 Millionen Euro gedeckelt sein. Ins Tatenregister der Bösen wurde dieser Ausplünderungsvertrag aufgenommen unter: die Wucherer. Kurz nach dem Ende der Fußball-WM saß Holtrop mit Mack abends in Nizza vor dem Fischrestaurant Le Girelier am Hafen, Holtrop hatte im Mai schließlich doch bei Nizza ein recht schönes Anwesen gefunden und von Mack, steuerlich besser darstellbar, für sich einkaufen lassen, jetzt schaute Holtrop auf parkende Autos, vorbeiflanierende Passanten und die weißen Yachten dahinter und dachte an Skernings Oldtimergeschichten, die der ihm bei einem Regattatraining vor zwei Jahren in St. Tropez erzählt hatte. Aber die heutigen Yachten gefielen Holtrop doch besser als die alten Schiffe, auch wenn sie nur aus Plastik waren. »Was kostet so ein Boot?« fragte Holtrop. »Zum Mieten oder Haben?« »Naja, man würde es natürlich schon lieber haben wollen, oder?« »Vier Millionen, sechs«, sagte Mack und freute sich schon, »man kann auch neun Millionen ausgeben oder fünfzehn.« Holtrop nickte. Vielleicht könnte er dort das von der Lanz AG her zusätzlich und für vorerst drei Jahre auf ihn eindrängende Geld sinnvoll unterbringen. Mack merkte, dass Holtrop rechnete, und sagte, um ihn zu provozieren: »Gibt dann natürlich laufende Kosten.« »Natürlich«, sagte Holtrop, obwohl er daran im Moment nicht gedacht hatte, »laufende Kosten gibt es immer.« Das war es, was Mack an Holtrop mochte: Holtrop träumte, er rechnete. Aus dieser Differenz entstand für Mack geldwerter Gewinn. »Ich hör mich mal um«, sagte er zu Holtrop, und Holtrop, der das Gewinnstreben von Mack mochte, weil es ihm das Leben ermöglichte, das er heute führte, schaute Mack an und nickte und sagte: »Das ist sehr gut.« Dann lehnte er sich zurück, schaute auf die dicken weißen Boote und ließ sich den abendlichen südfranzösischen Sommerwind ins Gesicht wehen.

## XV

2007. Seit seiner Flucht nach London war Holtrop in Deutschland so populär wie nie zuvor. Der spektakulär erfolgreiche Neustart dort hatte, nach dem noch spektakuläreren Rauswurf bei Assperg, genau die Story ergeben, die jeder hören wollte, die in der medialen Verdichtung durch den Peoplejournalismus, an immer neuen Figuren exemplifiziert, am besten ausschaute und deshalb auch am liebsten erzählt wurde, Absturz und Wiederaufstieg, Krise und Bewährung, Johann Holtrop, The Comeback Kid. Auch die Wirtschaftsjournalisten waren fasziniert, für sie war im wiedererstandenen, erneuerten Holtrop der neueste Geschäftsklimaindex quasi verkörpert; die Hoffnung, die damals überall zu spüren war, gelebt: gleich geht es wieder richtig los. Und wie es dann wirklich losgegangen war, hatte die Realität des Aufschwungs die tollsten Erwartungen übertroffen, und Holtrop mittendrin, vornedran, ganz oben auf der Welle obenauf. Jedes halbe Jahr mindestens hatte er ein großes Interview gegeben, dem deutschen Publikum die Geheimnisse der globalisierten Wirtschaft erklärt, die höhere Mathematik der finanzkapitalistischen Internationale, an deren Siegeszug Holtrop führend beteiligt war, zumindest sah es so aus, denn er ließ sich von den Reportern auf seinen Reisen quer durch die Welt begleiten und an möglichst exotischen Orten bei der Arbeit fotographieren, beim Dasein also und Herumstehen auf Flughäfen, in Shopping Malls, im Wüstensand am Golf, beim Scheich, beim Heliskiing in den Anden oder in St. Tropez am Hafen, wo er auf einem weißen Steinquader des Quai Gabriel Péri saß, und immer klimperte und klapperte ein Fotograph um ihn herum und gab die Kommandos, »da!, hier!, besser!, sehr gut«. Und Holtrop telefonierte mit Maschinger, der diesen Imagefeldzug aus seinem Stuttgarter Büro heraus befehligte, so fundamental falsch angelegt, wie der ganze Maschingerkosmos war, der unter der Überschrift stand: »geht nicht, gibts nicht«. Maximale öffentliche Sichtbarkeit war vielleicht für einen Provinzpolitiker aus der dritten Reihe ein erstrebenswertes Ideal, für einen Mann der Wirtschaft, einen noch dazu so extrem eitlen Menschen wie Holtrop, war sie ein Desaster. Je sichtbarer Holtrop in der Öffentlichkeit wurde, und seit seinem Engagement für die Lanz AG, als deren Retter er sich inszenierte und feiern ließ, hatte diese öffentliche Sichtbarkeit noch einmal sprunghaft zugenommen, er war inzwischen in der Promiwelt von Siri Reza, Gundi Ellert und Liz Gabbi angekommen, umso lächerlicher wirkte Holtrop, umso unseriöser und banaler, und zwar deshalb, weil er auch wirklich genau so geworden war in diesen Jahren, flach und hohl, geldgierig vorallem und dabei total normal banal. Holtrop selbst fühlte das Gegenteil: höher, leichter, mehr.

## XVI

2008. Nachts war Holtrop hochgeschreckt, Atemnot, ein Herzanfall. Er wollte atmen, konnte aber nicht, er kriegte keine Luft mehr, der Brustkorb ging plötzlich nicht auseinander. Er setzte sich auf und saß mit durchgedrückten Armen und tief hängendem Kopf auf der Bettkante und wartete höhnisch auf das Ende, das Abklingen der Brusteinpanzerung, der Atemnot, des Lebens in der Hölle dieser Nacht, auf die Verbesserung, die ihm sein Körper demnächst doch wohl gleich anliefern würde, in den nächsten Sekunden, oder etwa nicht? »Scheußlich«, dachte Holtrop, abgestoßen von sich selbst, denn dass alles immer besser werden würde, zumindest für ihn, war Holtrops von keiner gegenteiligen Lebenserfahrung widerlegbare, bisher zumindest unwiderlegte Letztüberzeugung, der fratzenhafte Hohn auf seinem Gesicht kam von daher, der kalte Schweiß und die entblutete Fahlheit dort waren rein kreislauftechnisch bedingte Reaktionen auf den inneren Herzklumpenkrampf. »Ja«, dachte Holtrop bitter, »was zu beweisen war.« Nach einer Zeit kehrte das Leben in ihn zurück, er nahm eine doppelte Xanax, legte sich wieder hin und fiel in einen tiefen, narkosegleichen Schlaf. Mit Bodenhausen saß er in einem Fiaker hinten drin, der Kutscher hatte einen hohen Zylinder am Kopf, die Hufe der Pferde klapperten auf dem Asphalt der kleinen Straßen, die quer durch die innere Stadt von der Hofburg zum Café Engländer führten, wo Bodenhausen mit Akademiepräsident Jorn zum Abendessen verabredet war. Bodenhausen warnte Holtrop, der in den letzten Monaten immer öfter über Wien reiste, um von Cain kommende Ostgelder hier aufzufangen, umzutransferieren und gestückelt auf Konten bei der mit Veerendonck liierten Hypo Alpe Adria Bank einzuzahlen. Bodenhausen redete von einem großen bösen

Tier, dem SCHWARZEN SCHWAN, dessen Erscheinen eher bald als später zu erwarten sei, und Holtrop schaute Bodenhausen mit wachsender Skepsis von der Seite bei diesen Reden zu und versuchte vergeblich, dem Gesagten zu folgen. Vor dem Engländer hielt der Fiaker an, Bodenhausen bezahlte den Kutscher, Leben wie ein Wiener in Wien, fand Holtrop einschränkungslos gut. Dann verabschiedeten sie sich voneinander, und Holtrop ließ sich nach Schwechat hinausfahren, um von dort nach London zu fliegen, saß schon in seinem kleinen Privatjet, der steil in den Abendhimmel hochzog, schaute kurz aus dem Fenster und wendete sich wieder der Zeitung zu, die er in weniger als drei Minuten durchgelesen, durchgeblättert, atmosphärisch inhaliert hatte, geistig federnd, wie der Weltkontakt in echt ja auch geworden war, wenn er an einem Tag in vier deutschen Städten, München, Düsseldorf, Berlin, Hannover für schnelle Kurztermine leibhaftig erschien, verhandelte, Entscheidungen verkündete und schon wieder verschwunden war, »kommen Sie, setzen Sie sich!« sagte Holtrop und ging auf den jeweils nächsten, den er empfing, am liebsten im eigenen Flugzeug, mit einer Freude zu, die den gleich erzielten Verhandlungserfolg schon vorwegnahm, anmaßend, charmant, immer schön lässig federnd auch im Auftritt. Und mit einem souveränen Lächeln im jetzt höchst vital durchpulsten Dandygesicht betrat Holtrop gegen zehn Uhr abends in der City von London die Bar des Eight Club, wo sein Erscheinen ein freudiges Aufjohlen hervorrief, die trinkfestesten der Cainkollegen, die dort den vierzigsten Geburtstag des Cainpartners Heep feierten, prosteten Holtrop zu, zerrten ihn an die Theke, hauten auf den Tresen und wendeten sich auch schon wieder von ihm ab, um weiter aufeinander einzureden und miteinander zu reden, jeder mit jedem, alle mit allen: »Work hard, party harder, be happy, don't die.«

## XVII

2009. Aus, aus, aus. In den Lanzheadquarters in Unterschleißheim bei München brannte in allen Zimmern Licht, überall Leute, zehn Uhr abends, Freitag, Holtrop war am Telefon mit den Banken. Lanz war zahlungsunfähig. Die immer wieder abgewehrte Pleite war endgültig Faktum, das war die Lage, »nein«, schrie Holtrop ins Telefon, »ich warte!«. Es nützte aber nichts, dass er warten wollte, Hombach war für ihn nicht zu sprechen. Und dass Holtrop in seinem Wahn, die Welt zwingen zu können, so zu springen, wie er wollte, die Direktionsassistentin von Hombach auf deren Privattelefon anbrüllte wie eine eigene, ihm unterstellte Praktikantin, war auch nicht gut. Es war aus, das war die Lage, Punkt, aus, Ende. Holtrop schaute zur Decke hoch. Aber auch dort passierte nichts, niemand meldete sich, game over, Mr. Holtrop. Holtrop gab das Telefon an einen seiner Mitarbeiter weiter, schüttelte den Kopf und sagte zweimal: »diese Schweine«. Resignation, Protest, Hass, der Hass, den Holtrop in den vergangenen Tagen gegen den Berufsstand der Bankleute aufgebaut hatte, ließ ihn zwar den Irrsinn der geldgetriebenen Weltwirtschaftsexzesse in einer plötzlichen, bizarren Klarheit erkennen, aber dieses antikapitalistische Späterweckungserlebnis, das er aktuell mit jedem zweiten Zeitungsleser teilte, nützte ihm nichts, im Gegenteil, der Hass auf die Bankleute, so begründet er war, erschwerte ihm die Verhandlungen mit den Banken. Liquiditätsengpass war das Zauberwort, das die Hoffnung implizierte, dass die Enge dieses Engpasses demnächst gleich durchschritten sein würde, und dann würde das Geld in schönster Flüssigkeit nur wieder so sprudeln, während in Wahrheit, was die Lanzanwälte Holtrop in den vergangenen zwei Wochen wiederholt unter der Hand gesagt hatten, der Straftatbestand der Insolvenzverschleppung längst erfüllt war. Natürlich ging es auch um persönliche Dinge. Im Kampf mit den Banken hatte sich Holtrop, der immer schon einen wenig seriösen Ruf hatte, als Figur und Verhandlungsgegenüber endgültig verschlissen. Vorallem Hombach hielt Holtrop für einen Hallodri. Auf dem Weltwirtschaftsgipfel in Heiligendamm waren sie zuletzt gemeinsam auf einem Podium gesessen, Hombach skeptisch, in der Pose des nachdenklich warnenden Intellektuellen, Holtrop großmaulhaft optimistisch, er hielt es für seine Pflicht als CEO, in der Öffentlichkeit Optimismus zu verbreiten. Aber die Bankleute glaubten seinen Zusagen nicht mehr. Wenn bis Montag früh um neun bei der Deutschen Bank nicht zweihundert Millionen Euro Kreditrückzahlung überwiesen sind, dreht die Deutsche Bank der Lanz AG die Lichter aus, sechzigtausend Arbeitsplätze waren da inzwischen auch kein Argument mehr. Und während Holtrops Mitarbeiter, die alle das Jackett abgelegt hatten und im weißen Hemd mit gelockerten Krawattenknoten im Zimmer herumstanden, telefonierten und rechneten, letzte Rettungsoptionen beraten und erwogen wurden, stand Holtrop in einer Ecke am Fenster, schaute in die Nacht hinaus und dachte an seine eigenen Gelder. Private Kredite in Höhe von hundertvierzig Millionen Euro waren in den letzten Jahren aufgelaufen, um die sehr hohen Einkünfte der damaligen Jahre mit möglichst hohen Kreditzinsen möglichst steuergünstig, am besten natürlich steueroptimal verrechnen zu können, aber inzwischen war von diesen Finanzfinessen, wie vom Kapitalismus überhaupt, wenig übrig geblieben, seit der Finanzkrise gab es das Geschäftsmodell von Cain Corps Inc nicht mehr, die kreditfinanzierte Firmenaufkäuferei war insgesamt zum Erliegen gekommen, weil es keine Kredite mehr gab, Lanz war pleite, und Holtrop musste sich fragen, wo er selber blieb mit seinen Schulden, ohne Einkünfte, in dieser Lage.

Er telefonierte mit Mack, dann, obwohl es schon so spät war, noch mit Gabriele Heintzen, dann wieder mit Mack. Wie wäre es verfahrenstechnisch möglichst wenig auffällig und so wenig inkorrekt wie möglich zu bewerkstelligen, dass möglichst viele der Holtrop vertraglich zugesicherten und ihm aufgrund seines außerordentlichen Einsatzes für Lanz auch rein moralisch zustehenden Millionen Euro Abfindung, Bonus, Pensionsansprüche noch an Holtrop von Lanz überwiesen werden könnten, bevor am Montag der Insolvenzverwalter bei Lanz die Geschäfte übernehmen würde? Der Personalausschuss des Aufsichtsrats sollte morgen um fünfzehn Uhr zu einer außerordentlichen Notsitzung zusammenkommen und die entsprechenden Beschlüsse fassen. Holtrop schickte seine Leute aus dem Zimmer, räumte den Tresor leer und fuhr ins Hotel, wo er neben dem stumm sendenden Fernseher am Schreibtisch saß und den Beschluss aufsetzte, der die ihm morgen zuzusprechenden Millionen Posten für Posten aufschlüsselte, und dass es nach dieser Liste etwa zehn Millionen Euro werden würden, die Lanz ihm vor der Pleite noch auszuzahlen haben würde, fand Holtrop nur fair. Unter anderen Bedingungen wären in einem solchen Fall mindestens doppelt so hohe Auszahlungen fällig, hochachtungsvoll, gez. Dr. J. Holtrop, etc pp. Holtrop ging mit dem Beschluss in der Hand ins Bad, putzte sich die Zähne, las das Papier dabei mehrmals durch, war zufrieden und ging nach unten an die Hotelbar, um sich bei ein paar Drinks von den Anstrengungen der vergangenen Tage zu erholen.

## XVIII

2010. Draußen saßen die Paparazzi im Gebüsch, so nah, dass Holtrop die Kameras rauschen und klicken und feuern hörte, als er die Türe aufmachte, mitten am Vormittag um halb zehn. Es war eine Demonstration der Behörde: öffentliche Hausdurchsuchung. Wenige Minuten zuvor hatte Holtrop von seinem Vater einen Anruf bekommen, mehr als zehn Polizeiwagen seien am Rand des holtropschen Großanwesens, wo die Eltern ihre Villa hatten, vorgefahren, was das zu bedeuten habe. Holtrop beruhigte den Vater, und dann klingelte es auch schon bei ihm an der Haustüre, er ging selbst hin, um sich das anzusehen. Zwei Männer und eine Frau standen da, »bitte kommen Sie doch herein«, sagte Holtrop, »guten Morgen«, trat ins Haus zurück und machte die Türe frei, freundlich nickend kamen die Staatsanwälte herein. »Sie wissen ja, warum wir hier sind«, sagte die den Trupp anführende Frau, nachdem sie sich und ihre Kollegen vorgestellt hatte, und übergab Holtrop den Durchsuchungsbeschluss irgendeines Schönhausener Amtsrichters, drei Seiten eng bedruckt mit Lügen und Gemeinheiten, und während Holtrop auf das Papier schaute, kam ihm das Gesicht von Thewe in den Sinn, das Staunen, Schreck und Renitenz gezeigt hatte, als Holtrop ihm mit einer ähnlichen Formulierung die Entlassung eröffnet hatte, damals, vor etwa genau neun Jahren, als die Zeit bei Assperg ihrem Ende entgegenzugehen anfing, »ja ja«, sagte Holtrop, »natürlich«. Er war auf diesen Besuch der Ermittler vorbereitet. Durch die Anwälte hatte er wiederholt seine Bereitschaft erklärt, alle relevanten Unterlagen zu übergeben, auch darum gebeten, selbst einvernommen zu werden, aber darauf hatte monatelang niemand reagiert. Jetzt standen sie leibhaftig da, in ihren klobig zusammengeklebten Beamtenschuhen, auf seinem Teppich, bei ihm daheim im Wohnzimmer, die Exekutionsorgane einer staatlichen Gewalt, die den Ermittlungskomplex Holtrop einem höheren Behördenplan gemäß heute in den Modus *Zugriff* auf das Objekt Holtrop überführt hatte, und diesen Täter-Opfer-Unterschied zwischen dem das Handeln bestimmenden Staatssubjekt Behörde, der Staatsanwaltschaft hier von Hinterniedertrachtingen, und dem diesem Zugriff ausgesetzten Objekt Holtrop, der den Zugriff als einen ihn zermalmenden, im Erstmoment zertretenden Vorgang erleben sollte, wollte die Behörde sich nicht nehmen lassen. Holtrop hatte sich nichts vorzuwerfen. Dass die Rechte der Bürger vom Staat derartig mit den Füßen getreten werden durften, war eine deutsche Ungeheuerlichkeit, die vom Europäischen Gerichtshof für Menschenrechte demnächst für unzulässig und unverhältnismäßig erklärt und im Nachhinein verboten werden würde, denn Holtrop war nicht Zumwinkel, er hatte keine Steuern hinterzogen, weil er seit Jahren überhaupt keine Steuern mehr zu zahlen gehabt hatte, durch Spenden, Zinsen, Rücksatzvortrag usw, alles legal, vom Staat selbst genau so gewollt – das war ja immer Bodenhausens Argument gewesen, sich dieser Staatsgängelung durch steuervorteilhafte Ausgabensteuerung zu entziehen, indem man das Geld nicht steuergünstig, sondern einfach so, wie man wollte, anlegte oder ausgab – Holtrop aber hatte trotzdem von Mack dessen gegensätzlichen Optimierungsextremismus, Motto: »Das Geld dem STAAT nicht in den Rachen schmeißen«, übernommen und für sich und sein Vermögen realisieren lassen, allein deshalb traf ihn persönlich keine Schuld, auch deshalb war er ganz ruhig und zuversichtlich, dass auch diese Durchsuchung nur ein weiterer Schritt zur Aufklärung der Haltlosigkeit aller gegen ihn erhobenen Vorwürfe sein könne, und während die Staatsanwälte mit dem höflicherweise eingeholten, gar nicht benötigten Einverständnis Holtrops einen Zug Polizisten ins Haus brachten, die jeweils zu zweit die einzelnen Zimmer des Hauses zu durchsuchen anfingen, führte Holtrop verschiedene Telefonate, stand dann eine Weile verloren im Wohnzimmer da, ging zur Sitzgruppe, setzte sich dort nieder und schaute auf den Boden, konzentriert darauf, die Ungeheuerlichkeit dieser Durchsuchung, die von einem sehr unangenehmen Soundtrack ruppiger Geschäftsmäßigkeit begleitet war, da er sie nicht verhindern konnte, wenigstens äußerlich so souverän wie möglich über sich ergehen zu lassen. Er verzog seinen Mund mehrmals zu einem Grinsen, und als er feststellte, dass das funktionierte, stand er auf, stellte sich in die Mitte seiner von den Durchsuchern geschäftig belebten Villa und grinste, von niemandem bemerkt, demonstrativ vor sich hin.

## XIX

*je ne sais rien de moi*
*je ne sais même pas la date*
*de ma mort*

PRIECHE. Das Jahr ging nicht sehr gut zu Ende. Der Wecker läutete um fünf, und es dauerte eine Zeit, bis Holtrop richtig wach war und wusste, wo er war, wer er war und was ihm heute bevorstand: nichts. Er musste nichts tun, niemand wollte ihn sprechen. Holtrop war sehr müde. Er stand auf und ging in den Keller, machte den Fernseher an und setzte sich auf den Hometrainer. Langsam fuhr er einen sehr steilen Berg hinauf, die Anstrengung war groß, er kam auch nicht höher. Wieder war er in der Nacht wach gelegen. Das Verdikt über ihn war gesprochen, egal was die

Gerichte entscheiden würden. Er hatte sich bereichert, er hatte gelogen, er hatte seine Ehre verloren. Es gab auch keine Exitstrategie mehr. Holtrop war eine Figur des öffentlichen Hohns geworden. Die Vermutung von Schuld reichte aus für das Urteil: ausgestoßen aus der Gesellschaft. Holtrop ging in die Küche. Er nahm sich einen Orangensaft aus dem Kühlschrank, im Haus war es noch ruhig. Das Jahr war fast vorbei, Ende Dezember, das Jahrzehnt ging zu Ende. Dieses Jahrzehnt hatte ihn um viele Millionen Euro reicher gemacht, ihm aber die Ehre als Mensch entrissen. Im Alltag hatte sich sein Leben nicht geändert. Die von Holtrop bezahlten Hausangestellten waren ihm gegenüber nicht unfreundlich. Früher hatten sie sich gefreut, bei ihm zu arbeiten. Heute schämten sie sich. Sie wurden besonders gut bezahlt, auch deswegen schämten sie sich. In jedem Weltkontakt war der gesellschaftlich Entehrte im Kern seiner Existenz ruiniert, sogar in jedem eigenen Gedanken. Holtrop ging wieder nach oben in sein Zimmer. Er saß am Bettrand und spürte, wie die Müdigkeit ihn wieder erfasste. Er stand auf und ging unter die Dusche. Dann setzte er sich im Anzug an den Schreibtisch. Die Feiertage waren vorbei. Schnee und Eis lagen über Nordeuropa. Bis zum Mittag kam kein Anruf, wieder kein Anruf, es war ein Tag wie zu viele gleiche in den letzten Wochen. Das absurd leere Leben, das er im Arbeitszimmer führte, um zumindest vor sich selbst den Anschein der Normalität aufrechtzuerhalten, war sinnlos. Am späten Nachmittag ging Holtrop in den Park. Er ging zum Zaun bei den Gleisen. Von der drüberen Waldfront her waren Schüsse zu hören. Eine Granate war im Garagentrakt eingeschlagen. Aus dem Gebüsch vor den Bäumen kamen im dämmrigen Licht die Angreifer heraus. Holtrop ging über den Zaun, um der Offensive entgegenzutreten. Er rückte vor über das schneebedeckte Feld und auf den Bahndamm zu. In der Ferne sah er einen Zug kommen. Er rannte los in Richtung der Gleise, wurde schneller, schaute, wurde wieder langsamer. Er sprang durch den brüchigen Schnee, auf den Bahndamm zu, den Bahndamm hoch, schaute wieder, hielt sich am vorderen Gleis fest, schleuderte sich zwischen die Gleise, stand auf und rannte der ihm entgegenrasenden Lok entgegen. Die Lok war klein und sehr weit weg. Sie stampfte, kreischte und schrie. Dann wurde sie plötzlich größer, schwärzer und immer schneller. Holtrop lief und wusste, was er wissen wollte: das Leben war herrlich gewesen. Er war dankbar, auch für die Einsicht, dass es falsch war, dieses Leben wegzuschmeißen, und lachte auf. Entschlossen, vor der sicher noch zehn Meter entfernten Eisenbahnlokomotive von den Gleisen herunterzuspringen, tat Holtrop den rettenden Schritt mit dem rechten Fuß wütend, zu heftig, rutschte aus, stürzte, schaute hoch und: war tot. Die Welt stand still in dem Moment. Dann drehte sie sich wieder weiter. In der Villa Holtrop kam die Familie zusammen. Nachts um elf Uhr waren schon viele Stunden seit der Nachricht vergangen, es war so viel geredet worden, dass sich sogar Sekunden von Normalität ereigneten. Es war vorbei. Die Menschenjagd war zu Ende. »Vielleicht ist es besser so«, sagten die, die weit weg vom Toten waren. Nein, es war nicht besser so. Es war falsch. Der Tod ist ein Irrtum, nicht für den, der tot ist, aber für die, die weiter leben müssen ohne den Toten. Leben geht weiter: Lüge. Das Leben ging nicht weiter. Noch waren Reste des Toten in der Nähe. Nachts schreckten die Schlafenden aus dem Schlaf hoch und verfluchten den Schlaf, der sie die Wirklichkeit kurz vergessen hatte lassen: Holtrop war tot, er war weg, endgültig und für immer. Der Körper lag, schon obduziert und wieder zugenäht, in einem Kühlfach der Rechtsmedizin von Schönhausen. Das hier im Stahlschrank Kälte produzierende Aggregat war auf Basis eines Lanzpatents entwickelt worden. Über der Fluchttüre brannte eine grüne Nachtlampe von Osram. Um halb vier rückte ein Putztrupp durch den Bau. Timecode schaltete die Weltenlichter an und aus.